城破了，家亡了，國滅了！
來年春草再綠時，已不見滿地枯骨……
大廈將傾，孰能爲獨支之木？
高寶書版
傾城傾國
凌力──著
茅盾文學獎、姚雪垠小說獎得主
上

戲非戲　DN098

傾城傾國（上）

作　　者：凌力
編　　輯：李國祥
校　　對：卓淑萍
出 版 者：英屬維京群島商高寶國際有限公司台灣分公司
Global Group Holdings, Ltd.
地　　址：台北市內湖區洲子街88號3樓
網　　址：gobooks.com.tw
電　　話：(02) 27992788
E-mail：readers@gobooks.com.tw（讀者服務部）
pr@gobooks.com.tw（公關諮詢部）
電　　傳：出版部(02) 27990909　行銷部（02）27993088
郵政劃撥：19394552
戶　　名：英屬維京群島商高寶國際有限公司台灣分公司
發　　行：希代多媒體書版股份有限公司/Printed in Taiwan
初版日期：2010年02月

國家圖書館出版品預行編目資料

傾城傾國(上) / 凌力著. -- 初版. -- 臺北市：
高寶國際出版：希代多媒體發行, 2010.02
面；公分. --（戲非戲；DN098）

ISBN 978-986-185-417-5（上冊：平裝）

857.7　　　　99000951

第一章

一

落日之前，煙塵滾滾，大金國八旗騎兵如同一股股奔騰的洪流，從四面八方洶湧而來，把坐落在重巒疊嶂之中的永平府城團團圍住，數萬女真鐵騎在同聲怒吼：

「速促那！哇——」

「速促那！哇——」

「速促那！哇——」

這怒吼好似平空爆發的駭人悶雷，天宇震撼，大地顫抖。三聲吶喊方停，餘音還在原野上迴盪，卻聽角聲四起，八旗軍環城立營。

旗幟如林，十彩輝耀，鼓蕩著北風，獵獵作響。

陣陣馬嘶，此起彼伏，在長空迴盪。

粗獷的笑語，野蠻的叱罵，被呼嘯的北風送出很遠。

1 速促那：女真語，衝；哇：女真語，殺。

重圍之中的永平城，四門緊閉，城牆上闃無一人，千門萬戶無聲無息，彷彿雞犬盡都死絕。城外東北一隅，山坡上營帳重重，熊腰虎背的小校們正把串燈吊上高高的燈桿。燈下一人，貂帽戎裝，撫髯遠望。他腰懸寶劍，胯騎戰馬，夕陽照著他魁碩的身體，北風掀動他寬大的褐色披風。此刻他眉宇間流溢著的憂鬱和柔情，與他威風凜凜的外貌、與周圍瀰漫著的騰騰殺氣極不相稱。

他凝望著、慨嘆著，竟吟哦出聲：

「……四面邊聲連角起。千嶂裡，長煙落日孤城閉……」

「范章京，又發雅興了？」背後突然有人這麼問，洪亮、爽朗，笑聲隨之滾了過來。范文程不用回頭便知是誰，連忙翻身下馬，單腿跪倒：

「給汗請安。」

「起，起。」金國大汗皇太極下了馬，三十多名侍衛在他身後八字排開，靜靜地站得筆直。他滿臉笑容，細長的眼睛裡有掩飾不住的好奇：「你在獨個兒念什麼？可是南朝的詩詞？講給朕聽聽。」

范文程笑道：「好教大汗知道，這是我家祖上范文正公[2]的名篇哩！」他把這首流傳千古、膾炙人口的《漁家傲》細細講了一遍。皇太極靜靜聽著，目光投向積雪的遠山。侍從們早為主人布好坐墩，兩人卻都沒有坐的意思。

2 北宋名臣范仲淹，諡文正。

「好一個龍圖老子！」皇太極聽罷，大聲讚嘆，「不過，『將軍白髮征夫淚』，不免頹喪了些。上午，朕道經碣石山，不由想起先生你講的曹操征烏桓和他的《觀滄海》：『日月之行，若出其中；星漢燦爛，若出其裡』……這才是雄才大略呢！」

「所以，」范文程沉靜地笑笑，「先祖志在做一代良臣，曹公卻具帝王之量呀！」是說古還是比今？這一語雙關，引得皇太極哈哈大笑。范文程的機敏使他非常滿意。

「范章京，」皇太極在黃龍繡墩上一盤腿坐定，「你又為大金立了一大功！反間計已經奏效，南朝小皇帝果然把袁崇煥下了獄。除掉他，咱們可就沒對手啦！哈哈哈哈！」

范文程聳聳眉頭，驚訝道：

「真不料這般容易！……崇禎多疑，自壞長城，足見明朝氣數已盡了。」

「正是哩。朕想乘此良機，取永平為家，攻破周圍城池，連成一大片，也好打開關內關外通道。」

范文程沉吟片刻，說：「只怕他各路勤王兵馬齊聚京畿，我們還是難於撐持的……」

皇太極大手一揮：「那有什麼，敵不住便回關外，下次再來，我們又不失什麼。若能立住腳，豈不是好？」

范文程正視皇太極，面色嚴肅了：「大汗，若想立足，則嚴明軍紀，禁止濫殺無辜，就不能不……」

「好了好了，先生放心就是。」皇太極笑著搶過話頭。

＊　　＊　　＊

親隨侍衛庫爾纏來報：諸貝勒[3]已齊集帳下候駕。

皇太極站起身：「這永平城已勸諭再三，不肯歸降，理當今夜攻破！城破之時，可就難說什麼不濫殺了，規矩如此……走吧，去尋一個攻城口。」上馬之後，他勒住躁動不安的青驄：「范章京，今晚你往遵化守城去吧。遵化城得來不易，旁人去朕還不放心哩！」

一聽說要攻破永平，貝勒們興高采烈，頓時精神百倍。只有這種拒降的地方，他們才能放手屠戮掠獲，各顯英雄。這回出征伐明因是大汗親率，規矩比老汗王還大，拘得人怪難受，有了這麼個任情舒放的機會，誰不快活！所以繞城跑馬選攻擊點很是快當，眾人幾乎沒有異議，全都贊同大汗指定的西北、東南兩角，一正一佯。

如果不是一樁意外，那麼，明天拂曉，這個死寂的永平城就要熱鬧了！多少財富、人口、美女等著他們去取，三天之後大汗才會下封刀令，能整整殺它三天，夠痛快！

這當兒，兩名侍衛押來一人跪在大汗馬前，說是前哨所擒，不敢自專，特地獻上。

眾人都有些納罕，紛紛圍上前來。

貝勒濟爾哈朗心疑，催馬近前看了一眼，暗暗吸了口涼氣，說：「大汗，是劉愛塔的侍從！」

御用青驄猛地昂頭一跳，皇太極勃然變色，用可怕的聲音吼了一句：「劉愛塔！……」

濟爾哈朗轉向俘虜：「說！劉愛塔在哪裡？」

3 貝勒：滿語，原為滿族貴族稱號，清崇德元年定封爵，位於親王、郡王下。崇德以前的貝勒，即後來的親王。

俘虜必是橫了心，回答很平靜：「劉興祚將軍奉命率兵馳援沙河，聞說金國大兵已到永平，故直奔太平寨。遇見北兵押了掠獲的南朝人在途中吃飯，劉興祚將軍襲斬五十級，令我等攜首級往官廳請賞。」

「劉興祚是誰？我在問你劉愛塔！」濟爾哈朗倒不發火，皺著眉頭追問。

「劉興祚便是劉愛塔。他歸降南朝，閣部大人特地為他改了名字，是興隆明祚的意思……」

俘虜話未說完，刀光一閃，頭顱忽然飛去，一腔血立時噴濺好高，無頭的軀體隨之倒地。這種場面眾人司空見慣，並不在意。但看到動刀的是皇太極本人，無不驚異，大金國汗親手殺這麼個無名小卒，未免有失身分。

這一刀卻使皇太極的憤怒得以發洩，漲紅的臉和凸出的眼睛漸漸復原，氣息也漸次平靜，他板著臉對貝勒們說：

「朕的意思，擒獲劉愛塔，勝得永平城！……他忘朕恩養，竟敢詐逃！今日送來手頭，真乃天意！」

他眼睛陰沉，聲音沙啞，每逢到這種時候，誰都不敢抬頭看他。

「阿巴泰！濟爾哈朗！你兩個各率三百騎兵追殺劉愛塔，生要見人，死要見屍。處置了劉愛塔再破永平！」

阿巴泰瞥了瞥濟爾哈朗，眼裡透露出不滿：一個人竟勝似一座城池？濟爾哈朗連忙眨眼示意接旨，二人領命去了。諸貝勒也各歸營帳。范文程留在最後，遲疑片刻，走近皇太極低聲說：

「大汗，劉愛塔有罪，但……」

「范章京，大兵伐明，降者不擾拒者戮，朕已明諭天下，何況背恩叛主，死有餘辜！劉愛塔不殺，何以警來者？」皇太極臉色已平靜，眼中卻還透著執拗。

「劉愛塔畢竟不同……」范文程還想說什麼，皇太極臉上突然湧來一片紅潮，一揮手，背轉了身：

「范章京，遵化守城，請多費心……」

范文程心事重重的背影消失在暮靄中。皇太極心煩意亂地踱來踱去，抬眼望了望西天最後一抹晚霞，一顆星在雲絲邊閃爍。他站住不動了。

「大汗，奴才請隨阿巴泰貝勒擒拿劉愛塔！」有人跪在腳邊低聲請求。

「你？……」皇太極聽聲音知道是親隨侍衛庫爾纏，靜默片刻，終於嘆了口氣，說，「去吧！……」

二

灤河的這一段，寬不過十丈，卻水深流急，最冷的時候也不封凍，何況已是「七九河開」的季節。

右岸伸展出一片平灘，明軍大隊人馬在這裡歇腳：有的河邊飲馬，拾柴生火炊飯；有的背靠背坐著打盹，或者乾脆頭枕鵝卵石橫躺著呼呼大睡。他們穿著各色各樣破舊不堪的絆襖、罩甲、戰裙、遮臂；戴著生鏽的鐵帽、頭盔、紅笠帽、五色紮巾，跟手中的斧鉞刀槍一樣，多是百年前祖爺爺輩留下的古物。五六千人鋪滿河灘，像是蓋了一張破爛齷齪的地毯。雜沓的馬蹄聲由遠而近，藍色旌旗如同一團藍色的雲飄來對岸，數百名金國騎兵不緊不慢地沿河行進，鮮明的甲冑在陽光下閃亮。

自從去年十月金兵南侵、圍攻京師以來，從山海關到北京，整個灤河流域都成了明、金交鋒的戰場，犬牙交錯，你來我往，兩軍猝然相遇的事很平常。有時會成爲一場遭遇戰，有時也可能各有各的使命，互不相擾擦肩而過。今天的形勢，本應是後者。但是，藍旗騎兵過於整齊強壯，他們的馬過於矯捷神駿，他們的神氣過於洋洋得意，使右岸河灘上幾乎不能稱之爲軍隊的明軍兵勇們火冒三丈、氣沖牛斗，仗著人多勢眾，也許還仗著河水阻隔，竟忍不住地大聲叫罵：

「臭韃子！去奔喪啊？」

「騷胡狗，挨千刀！」

一呼百應，河灘上空罵聲喧囂。藍旗騎兵們不知出了什麼事，住馬停下，向河灘張望。

明兵越罵越上勁，搬出了祖傳的看家本領：

「我肏你奶奶！我肏你姥姥！」

「肏你媽！肏你祖宗！」

「我肏你老婆！我肏你姑娘丫頭！」

……

大金國那些不上陣、未謀面的女人全都遭了殃，無一倖免。藍旗兵們驚愕地聽著，想必有通事把這陣臭罵的意思講明了，岸上猛烈爆發了大笑，鬧哄哄的如在擂鼓。亂了片刻之後，竟由隊伍中驅趕出四五十名婦女，或老或少，或醜或俊，有的身著綾羅，有的布衫襤褸，但短襖長裙，都是明朝婦人裝束，一個個掩面搗嘴低頭哭泣，踉踉蹌蹌跪倒在河邊。只見一名戎服金將用流利的遼東味漢話隔河大喊：

「看見了嗎？這都是你們的婦人！你們的奶奶姥姥，你們的老婆、女兒、娘！盡都被爺們肏夠啦！你們反想肏人？有臉嗎？哈哈哈哈！……」

「轟！」河岸上又騰起大笑。河灘下一片寂靜。

「嘩啦」一聲響，藍旗下的領隊拔出長劍在頭頂一揮，大吼：「哇！速促那——」

「哇！速促那——」狂野的吼叫轟然如雷，幾十名騎兵激箭般飛出隊列，衝向河邊，揮刀砍倒了臨河而跪的十數名婦女後，連人帶馬躍入水中，似要浮渡過河。

河灘上悚然失色、呆若木雞的明兵中，不知誰慘叫一聲：「天啊！逃命哇！」數千明軍頓時大亂，掉頭狂奔，如失魂魄，丟盔棄甲，互相推擠。不到一頓飯工夫，六千大明官軍逃得無影無蹤，只留下數十具死於擠撞踐踏的屍體。

浮渡的金騎兵只前進了十數步，便勒馬停住，望著逃竄的對手，和大隊一起鼓掌大笑。

阿巴泰沒有笑，他一直冷眼靜觀。此時厭惡地罵一聲：「熊包軟蛋……濟爾哈朗，我們不在這兒耽擱了！」跟這樣的對手打交道，真是乏味！他的臉拉得更長了。

「是。」濟爾哈朗是阿巴泰的堂弟，語氣帶著恭敬。他看看河邊，還活著的女人們互相摟抱著哀哀哭泣，道：「把那些累贅……都殺了吧。」

他倆昨晚奉命後立即出發，午夜時分，以拒降爲名攻屠了一個村莊，便在那裡宿營。天亮前探哨來報：劉愛塔率軍二百人由太平寨去山海關，他們決定在途中攔截。集隊出發不久，就遇上剛才河邊那一幕。沒料到各佐領不少弟兄戰馬上都綁了一個掠來的女人。殺掉當然乾脆，總是一份資財玩意兒，就沒有更好的法子？阿巴泰想了想，說：

「差十名甲兵押回大營收管，各人做好記號，回去後再領。」

少了女人的拖累，行軍加快了，不久就接上了前哨。哨官請兩位貝勒爺登上小山，眼見那隊打著「劉」字旗號的人馬正遠遠走來。阿巴泰和濟爾哈朗一齊盯住旗下棕紅白蹄馬背上的騎者，半晌，不約而同地自語道：「是他！……」

阿巴泰表情活躍多了，興奮地掃了堂弟一眼，說：「劉愛塔可不像剛才那群熊包蛋。你我要小心對付！」

被這許多人眷注的劉愛塔——劉興祚，正在他的「劉」字大旗下緩轡而行。三十二三歲年紀，身材挺拔，動作瀟脫，一看而知馬上功夫到家。面白微鬚、修眉俊目，可以想見十多年前是個漂亮人物。他率領的這隊人馬和一般雜牌明軍一樣，鑼齊鼓不齊，衣裝已破舊，軍械不成樣子，但他從不回顧，只管領頭前進，彷彿那是一隊精兵，彷彿他是凱旋的將軍。

他身後隨行的侍從親兵可不像他們的主將那樣沉默寡言，正小聲議論著眼前那件震動朝野的大事：兵部尚書兼薊遼登萊總督、天下無人不知的抗金名將袁崇煥，在金兵大舉南下圍攻京師的危急關頭，竟被發現是通敵賣國的內奸，一夜之間淪爲階下囚！

「娘的！他袁崇煥也有今天！真是報應！」毛承祿滿臉大鬍子，眼睛瞪得賽銅鈴。他原本姓王，投奔皮島毛文龍[4]後被認義子，改姓毛。

「誰知道哩。興許是咱大帥討命追魂也說不定！」高大魁梧的孔有德，是典型的遼東大漢，長相憨厚，甚至有些呆氣，說完就傻呵呵地笑了。

同是遼東人，耿仲明卻靈巧俊俏，靈活的眼睛飛快地朝眾人一掃，壓低聲音：「論起來，上天有眼，也算冤冤相報，可要說袁督師是內奸，我還真有點難信呢！……」

一時，眾人都不做聲了。

他們這些人，心頭的天平和京師內地人不一樣。滿洲人占遼東，殺得他們家破人亡，只得逃出故土投奔毛文龍以圖復仇。袁崇煥在大明軍屢戰屢敗屢退、喪失大片國土之際，砥柱中流，寧遠大捷打敗了努爾哈赤，寧錦大捷打敗了皇太極，爲他們出了一口惡氣，曾是他們最崇敬的英雄。英雄竟然殺掉了在危困中收留並重用提拔他們的恩人毛大將軍，這筆帳又該怎麼算？

「哎，你在看啥？」孔有德捅捅劉興賢，因爲他一直呆呆望著遠方，「咋不說話？」

劉興賢愁眉苦臉地瞥了孔有德一眼。他是劉興祚的弟弟，身形相貌都小了一號，卻顯得猥瑣、怯懦。他小心翼翼地四下瞅瞅，策馬貼近孔有德，探過上身耳語道：「孔哥，只求你盡心盡力保住我二哥，我們劉家就指望著他啦！」

孔有德聳聳濃眉：「這是咋的啦！」

4　毛文龍，浙江人，以都司援朝鮮，逗留遼東。遼東失於金後，率部自海島遁回，乘虛襲殺金鎮江（今丹東北）守將，得授總兵，累加至左都督，掛將軍印，佩尚方劍，率軍鎮皮島（今朝鮮椵島），牽制金後方。崇禎二年五月，被袁崇煥以跋扈等十二項大罪斬殺。

「唉！要是還在皮島，也就罷了。如今天天跟金韃兵照面，一旦知道二哥的行蹤，他們必定要來擒拿；一旦被他們拿去，怕要碎屍萬段了……」

「咋會呢！」

「你不知道，」劉興賢聲音更低、眉頭蹙得更緊，「如今這位大汗，早先最喜歡二哥。在那邊二哥叫劉愛塔，便是大汗起的名，依著遼東話『愛他』的音……哎呀，來啦！」他神色突變，尖叫出聲。

前面山路轉彎處，忽然漫出一片塵土，如同黃色的霧，霧中殺聲震天，一團藍旗騎兵裹著風沙從黃霧中湧出來，直奔「劉」字大旗。

劉興祚臉上出奇地鎮靜，只對後隊做了個手勢，兵勇立刻散開，排出迎戰隊形；他伸向後隊的手又向下一壓，騎兵們立刻翻身下鞍，拉著戰馬一起臥倒。這真及時！隨著一聲響箭的尖嘯，強勁的羽箭如密密飛蝗掠著他們頭頂飛過，奔湧而來的人馬已看得清面目，聽得清吼叫聲了：

「殺劉愛塔呀！——」

「殺劉愛塔！——」

劉愛塔卻不臥倒，只用長刀和弓左右揮動，撥開射來的箭。他確實靈活敏捷，箭雨過去，只左胸甲和右臂甲上各著了一箭。

阿巴泰已經逼近，滿臉亢奮，狂野的光芒在黑眼睛裡躍動，大吼著：「劉——愛——塔！——」

劉愛塔揮長刀「噹」的一聲架住阿巴泰砍來的寬背金環大刀，左手扔了弓，迅速拔掉身上那兩支箭。兩人對視的一剎那，阿巴泰滿眼鄙視和仇恨，但又極度興奮，鼻孔張大，額頭青筋暴起；劉興祚冷漠的眸子裡閃過一絲悲哀，嘴角微微一動，竟牽出一個苦笑。

阿巴泰一愣，隨即大喝一聲：「殺！」雙方抽回刀，便你來我往，你進我退地鬥成一團。三百正藍旗騎兵把不足二百人的明軍團團圍住，刀槍相擊，人喊馬嘶，不斷有人慘叫落馬，落馬後又被馬蹄踏死……

寡不敵眾，疲兵勝不了精兵，明軍剩餘的人越來越少，廝殺也就越加酷烈了。

孔有德催動著胯下黑馬，揮動著七十二斤大鐵棍，左右開弓，掄出去力大無窮。藍旗騎兵被他殺傷十數人後都不敢近身了，他便如舞飛輪，把鐵棍甩得溜圓，衝出重圍。耿仲明緊隨其後也殺了出來。孔有德回頭一望：

「劉爺殺出來沒有？」

耿仲明在馬鞍上踮腳遠望：「沒有，還在裡頭！」

孔有德一勒韁繩，驅馬轉身重新殺回，直撞到劉興祚面前，大叫：「劉爺，快跟咱老孔殺出去！」他掄著鐵棍殺出一條血路，領頭衝出包圍。回頭一看，劉興祚並沒有跟他出來。他急得拉了耿仲明棄馬步戰，再次殺進，就是拖也得把劉興祚拖出來！

劉興祚與阿巴泰廝殺許久，已呈敗相，只能招架了。阿巴泰看準時機，大刀往下一掃，劉興祚的棕紅馬突然驚跳，竟把主人摜下地！阿巴泰舉刀就砍。偏偏孔有德趕到，一棍架住、推開，背起劉興祚，還空出右手舞棍，在耿仲明的護衛下，第三次潰圍而出。

劉興祚剛剛喘過一口氣，便推開孔有德，奪過耿仲明的長槍灰馬，躍上馬鞍又要殺回去。孔有德一把拽住馬勒口，大叫：「劉爺，你瘋啦？送死嗎？」他膂力千斤，身長腰粗，一使勁，就把劉興祚從馬鞍上舉起，小心地放在地上。

劉興祚倔強地挺著脖子，伸手又去揪韁繩。突然，孔有德怒吼一聲，胸前中箭：可怕的箭雨尖嘯著飛來，又是一團藍色！數不清的鑲邊藍旗騎兵包抄圍攏，殺出重圍的數十明軍再度陷入包圍。孔有德感到鑽心的疼痛，他拚命睜大眼睛，看到了耿仲明中箭倒下，看到了劉興祚前身像刺蝟似的直插了十多支箭，仍然站著不動……

在孔有德喪失意識之前的最後一刻，他聽到了劉興祚的一句低語，安詳而欣慰：

「總算死在該死的地方了！……」

兩隊金兵會合了。明軍已沒有一個活的。那直挺挺站立不倒的劉興祚就格外顯眼。金兵漸漸在他面前圍成個半圓，氣氛很古怪，誰也不知道該說什麼，該怎麼辦。

二位貝勒過來了。他們打了勝仗，生擒了劉興賢作證，殺盡了明兵。濟爾哈朗興沖沖地面帶笑容，阿巴泰的臉又沉下來。騎兵們連忙給王爺讓路，他倆就站在了劉興祚的面前。

阿巴泰突然發作，跳起來照劉興祚臉上狠狠一拳。他心裡有一個狂暴的聲音在怒吼：「你不肯拿出本事跟我比試！你瞧不起我！到死也瞧不起！混蛋透頂！……」

已經死去的劉興祚經不住這一拳，「撲通」倒地。濟爾哈朗眼裡泛上一片惡意，喝道：「扔掉！喂狼！」

兵士們一擁而上，他們早看中了劉興祚護身的上等甲冑絲質衣袍。片刻爭搶，剝光了他身外的一切，他便如初生到這個世界上來的時候一樣，赤裸裸地躺在寒冷的大地，斑斑血跡，像是幾朵絢麗的紅花覆著白皙的身軀。

濟爾哈朗曖昧地笑笑，說：「怪不得叫劉愛塔！」阿巴泰盯他一眼，冷如寒冰，使他趕忙換了話題：「咱們回去交令吧，載上他的屍體……」

「等一等，貝勒爺。」庫爾纏不知何時來到他們面前，滿頭是汗，口中彷彿還在喘氣，「既已殺了，何須載回屍體？」

阿巴泰問：「汗有新旨意？」

庫爾纏頭也不回地望著劉興祚的屍體，答非所問地說：「有我作證。」他突然轉身，邊走邊脫衣甲。他細心地給劉興祚穿上自己的長袍，又順手拽過兩匹馬，推下馬上兵勇，奪來馬鞍上的被子，抱起劉興祚放在被子上，命令道：「挖坑！」

兵勇們都知道他是大汗的侍從，誰敢違拗？坑挖好了，庫爾纏最後看了看劉興祚的臉，那上面有一種大澈大悟的寧靜。他嘆口氣，合上死者的雙眼，用棉被裹好屍身，下葬了。

濟爾哈朗好奇地注視著這一切，阿巴泰卻裝作沒看見，吩咐部下檢查戰場，有沒有漏網敵兵。

「哇呀！——」一聲怪叫，查看戰場的兵士「撲通」倒地，一個渾身是血的大漢突然跳起，「嗬嗬」怒吼著，像受傷的猛虎，一頭撞進金兵最密的人群，掄起鐵棍亂打亂殺。金兵大驚，紛紛舉刀上前圍攻。

「轟隆隆！」一聲巨響，土裂泥飛，鐵屑四散，金兵一片吶喊！

「轟隆隆！」又一記巨雷，這發炮彈打到人群中，頓時血肉橫飛！

緊接著，「噼噼啪啪！」「嗵嗵！」「轟隆隆！」聲響不絕，震耳欲聾，是西洋大炮、佛朗機和火銃的駭人齊射。剎那間，塵土飛揚，硝煙瀰漫，人喊馬嘶，金兵完全被打蒙了！

阿巴泰勒住驚慌的馬，沉著下令：「吹角集隊，撤！」他一扭頭，發現總是平靜愉快的濟爾哈朗臉上罩滿烏雲，眼睛直冒火，便問：「是他嗎？」

濟爾哈朗咬咬牙，恨恨地說：「就是他！」

四年前的寧遠大戰，許多八旗名將死在他的西洋大炮之下，濟爾哈朗也受了重傷。今天相遇，仍然得避開這個可怕傢伙的鋒芒！這口氣，怎麼忍？

庫爾纏低聲嘆道：「怪不得人說『孫家兵』不可侵！」

阿巴泰又有些興奮了：「南朝人也真怪！熊包的連縮頭烏龜都不如，厲害的又勝過深山猛虎、大海蛟龍！……」

金兵撤走了。滿地屍體的空曠戰場上還飄著硝煙、浮著塵埃，只有那渾身是血的大漢，還沒命地揮舞著鐵棍，向虛空用力砍、擊、掄、掃，嘴還在狂野地吼著：

「殺！殺！殺！……殺光你們這些狗娘養的！……」

有人架住他的鐵棍，他怒吼一聲，跳起來抽棍就打，一棍撲空，背後好幾個人抱住他，奪下他的武器。

「孔有德！」

大漢一愣，轉著腦袋四面搜尋。這聲音從哪裡來？好像是天上？他拚命睜開被鮮血糊住的眼睛，頓時被面前的神奇景象驚呆了：

一團紫霧瀰漫，一片紅雲繚繞。雲霧中一匹金色的神馬，馱著一位威風凜凜、金光閃閃的神將，從天上緩緩下凡。他從戲文裡、年畫裡知道，這就是托塔李天王！……神仙竟知道他的姓名，竟親口喚他！孔有德說不出的驚喜和惶恐，「撲通」跪倒，連連叩頭：

「弟子孔有德，拜見大仙托塔天王！」

旁邊的人都忍不住笑了，知道是因爲夕陽、煙塵和下坡的大路，造成這位殺得發昏的大漢的錯覺。

白馬上的將軍跨下雕鞍，走近來，又說道：

「孔有德，你靜靜心，不認識我了嗎？」

孔有德一哆嗦，這帶著南方口音的話語那麼親切，那麼溫和受聽。他愣住了，用勁搖搖頭，目光漸漸由模糊變清晰，終於看見了面前的人：內束衷甲，外罩紅袍，頭上紅頂纓玉簪瓣明鐵盔，腳下護甲短靿靴，四十七八歲年紀，疏疏的五綹鬚使長方形面容透出一團書卷氣，劍眉下一雙丹鳳眼炯炯有神，與高直的鼻梁、輪廓鮮明的闊嘴相映襯，是一張集中了智慧、精明和才幹的相貌，一旦微笑，又如春風拂人，溫和慈祥。對著這樣的微笑，孔有德雙腿一軟，跌坐地上，如同見到親人，放聲大哭。

將軍安慰地拍拍這位渾身血跡的遼東大漢的肩膀，直起身環顧四周，微微嘆息，轉臉問身邊的中軍官：「只剩他一個人了？」

右前方的屍體群裡，又掙扎著站起來一個人，走了兩步，嘴裡艱難地吐出幾個字：「還有……我，耿、仲、明……」他又摔倒了。兵勇們趕忙上前攙扶。

將軍皺著眉頭下令：「掩埋屍體，收集散馬軍資，今夜趕回撫寧！」

他是鎮守撫寧的山東右參議兼寧前兵備道孫元化。

三

清明過後，初暖乍寒，河邊柳樹剛剛蒙上一層似有若無的鵝黃。大金國汗領右翼大貝勒代善、貝勒岳托、杜度，左翼大貝勒莽古爾泰、貝勒阿濟格、多爾袞、多鐸、豪格等，統帥大軍班師回朝。大金國都瀋陽城一片歡騰，舉國若狂。這是滿洲立國以來第一次攻進山海關，第一次占領了關內土地——永平、遵化、灤州、遷安四城！從朝廷到民間，從宮外到宮中，都在歡慶拜賀、喜宴不斷，所有的人都沉浸在勝利的歡樂中。

大殿的慶功宴結束後，皇太極就想回宮，卻又被留住，因爲他必須接受漠南諸蒙古部落使臣的拜賀。侍衛們見汗王不住地看窗外天色，都知道爲什麼，但那些憨厚的蒙古人仍是一板一眼、有條不紊地履行使臣的職責。

皇太極終於脫身回宮，踏上翔鳳樓的高臺階。昨晚，他的大福晉率領後宮的福晉、格格們在翔鳳樓上設宴爲他洗塵。滿堂粉白黛綠，鬢影釵光；滿座嬌聲笑語，眉挑目許。但卻只有一雙明媚的眼睛使他神往，向他奉送著讚美，傳遞著思念之情。出征五個月中，也只有這雙眼睛常常在戰事間隙擠進他的心頭，如那個人一樣變化萬端捉摸不定：時而天真無邪，如同五六歲的小奴恩[5]；時而狡黠頑皮，彷彿整日攀樹騎馬的哈哈珠子[6]；時而似迷人的少婦含情脈脈；時而又像

5 奴恩：女真語，妹。
6 哈哈珠子：女真語，小男孩。

冷靜的智士明睿機警。想到立刻就能與這雙眼睛單獨相對，皇太極竟興奮得怦怦心跳，一步三階地跨上了拔地一丈一尺四寸高的臺基。

翔鳳樓後的高臺上有他的內宮，不甚寬廣，頗像一所富貴人家的大四合院。正北清寧宮是正宮，左右有東西配宮，西配宮之南是西一宮、西二宮；東配宮之南是東一宮、東二宮。唯有頂上的黃琉璃瓦、鑲綠剪邊、花脊上的龍鳳紋五彩琉璃裝飾和椽間簷下那些精緻的雕刻彩畫，使這一組質樸實用的建築帶有一些皇家氣派。

皇太極向右一拐，幾個大步就跨到東二宮前。宮婢們向他蹲拜。他只管走進去，宮裡竟靜悄悄的，沒有人。環顧這稔熟的堂屋，聽得到胸膛裡「撲通、撲通」的有力搏動。五個月沒見面了！……他咽喉發乾，有些氣短，緩步走近南裡間，掀開門簾，一步跨入，自言自語：

「這個塔拉溫珠子[7]！跑哪裡去了？……」

語音未落，一雙香噴噴的手臂猛然從背後摟住他的頸子，靈蛇般柔軟輕巧的身體緊緊貼上他寬闊的脊背，熱辣辣的親吻雨點似的落在他後頸和兩腮。他一回身，便把這柔若無骨的小美人抱在強有力的雙臂間。她秀眸含笑，櫻唇微啓，似要說什麼；他卻用他男人的方唇用力堵住那鮮紅的小嘴，彷彿要把她悶死，好半天不肯放開。她掙扎了一下，也就順從地讓烈烈情焰在兩人間燃燒了。但當他的大手摸索著要解她的袍紐時，她卻用力推拒。汗王沙啞著嗓子低聲說：「這麼些日子，想死我了！」她身子靈活地一聳一轉，溜出丈夫的懷抱，笑著小聲說：「青天白日的，叫

7 塔拉溫珠子：女真語，小女孩。

人笑話！」

皇太極立刻想起，自己前些日子剛以「白日宣淫」的罪名處罰了皇弟，不免有些尷尬。真不知她怎麼會這樣快，眨眼間一碗冰酪遞送過來。如同解酒的烏梅湯，冰酪平息了他胸中的焦躁。他再次打量自己最寵愛的小福晉時，目光已然清湛平靜。她忍不住拍著手，嬌愛地歪頭笑道：

「啊呀，你真是我的大皇帝、大英雄、大男人！」

皇太極笑了，心頭升起了一股說不清的軟酥酥的複雜感受：沉醉？自豪？憐愛？……他在南炕坐定，把她拉過來像小女孩似的擁在懷中，道：「昨兒慶賀宴，妳爲什麼總不到我跟前來？是怨我夜裡在大福晉宮裡宿嗎？」

櫻唇邊的笑意倏然消失，她驚異地聳聳眉頭：「我難道這麼不懂事，敢跟大福晉爭？回宮頭一夜怎麼能不在正宮宿？若這個理都不明白，我可成什麼人啦？」

皇太極拍拍她粉嫩的面頰，嘆道：「怪不得老福晉大福晉，宮裡上上下下的人都喜歡妳！識大體明大義，別人總不能及啊！」

皇太極有六位福晉。中宮大福晉博爾濟吉特氏，是科爾沁蒙古貝勒莽古思之女；西一宮福晉鈕祜祿氏，是皇太極娶來最早的福晉；東一宮福晉烏喇那拉氏，是皇長子豪格的生母；西二宮住著二位側福晉，葉赫那拉氏和顏扎氏；東二宮小福晉就是這位蒙古小美人布木布泰，她的父親科爾沁貝勒塞桑，是中宮大福晉的親哥哥，所以她是中宮大福晉的嫡親姪女，今年十七歲，進宮卻已五年，最得汗王歡心。雖然她姿容秀美、生性活潑又知書達理，但皇太極特別鍾愛她卻並不只是因爲這些。

「好，我家女才子、女學士、女狀元又在讀書！」皇太極見妝臺桌几處都攤著蒙文書冊，不禁也用布木布泰的口吻取笑，「是周公之禮還是孫子兵法？」

聰慧的眼睛目光流轉，布木布泰忙接口道：「奴才看的是《三國演義》，蔣幹盜書，東吳周瑜施反間計殺卻礙事的蔡瑁、張允……」

皇太極大笑：「妳猜到了？小精靈！」

布木布泰抿嘴一笑：「袁崇煥豈是蔡瑁、張允能比？我家大英雄妙計勝周郎！」

「是侍衛們送信回來透的風吧？妳還知道什麼？」

「知道……知道……」她忽然斂住笑，正色道，「聽說汗要殺庫爾纏？」

皇太極微微一愣，心下暗自沉吟，臉上卻帶出明顯的怒意：「此人身為近侍，朕待他不薄，膽敢屢屢抗上違命，豈能容得！」說著，從眼皮下注意地看他那小福晉的反應。

「說是因為劉愛塔？」問話很是輕柔。

皇太極板住了臉：「不錯！」當日兩貝勒回來覆命，皇太極見他們損兵折將，心裡已是惱怒，問他們要劉愛塔的屍身，卻說是庫爾纏奪軍士衣被裹屍下葬。皇太極大怒，立命挖回劉愛塔碎屍萬段。不料又是庫爾纏偷偷收去碎屍骸骨，偷偷掩埋。「這樣與朕作對，哪能輕饒！」皇太極說到這裡，怒沖沖地站起來。

「庫爾纏是西宮福晉的族弟，殺他，豈不要傷了福晉的心嗎？」

「哼！朕要殺一儆百！」

「殺劉愛塔，也為了殺一儆百？」

「不錯！」

「那又何須棄永平城不顧而追殺一人？又何必碎屍棄骨？」

「朕最恨這種忘恩負義之徒！安得快人如翼德，誅盡天下負心人！」

小福晉似笑非笑，眼裡流露出不加掩飾的奚落，道：「只怕是愛之太深而恨之尤切吧？……」

皇太極苦笑：「在妳跟前，朕也無須隱諱。」

小福晉半晌不做聲。皇太極奇怪，轉身看到，她目光灼灼，只在那裡沉思默想。「布木布泰，妳……」

「汗常說不以私情壞國家大事，可是？」

「當然。」皇太極立刻想起太祖歸天後，他逼請大妃阿巴亥殉葬的事，那時支持他的正是這一條信念。否則子以母貴，阿巴亥的三個親子阿濟格、多爾袞和多鐸就會成爲亂政亂國的勢力，大金國汗位也未必屬於他皇太極了。

「那麼，奴才斗膽進言，汗此舉實爲不智！」布木布泰突然雙膝跪倒，做請罪狀，口氣卻十分強硬。

「哦？」

「殺劉愛塔已是不智，若斬庫爾纏便錯上加錯！」

「砰！」皇太極一拍炕桌，聲色俱厲地喝斥，「放肆！今天若不把話說明白，連妳一同斬！」

「是。」小福晉很鎮靜，神態自信，目光明睿，「請問汗王，我大金國定都瀋陽以來，東征朝鮮，南伐大明，最礙手腳的是什麼？」

「早告訴過妳，是皮島！」

「正是。毛文龍占皮島，使我征朝鮮則側翼分兵，伐大明則後背受敵，十分不利，所以汗即位後便一再招降毛文龍。不料去年五月毛文龍被袁崇煥斬殺，致使功敗垂成。現下皮島明軍二萬八千，分爲兩協。領東協者副將陳繼盛，領西協者劉愛塔之弟劉興治。劉愛塔兄弟七人，除劉愛塔和劉興賢調往寧錦，其餘盡在皮島領兵鎮守，若生擒劉愛塔，不難以爲人質，動以厚利，招降皮島劉氏兄弟，取皮島，除後患。處死劉愛塔，豈不是自壞計謀？至於庫爾纏，不但無罪，而且有功。」

皇太極聽得極其專注，急問一句：「爲什麼？」

「汗既有心與南朝爭天下，便如汗平日所說，須以仁義恩德服人。庫爾纏爲尊者諱，替汗掩過揚威，豈不是功？」

皇太極忘了生氣，探過上身追問：「依妳說該怎麼辦？」

「庫爾纏只可赦不可斬！」

「劉家弟兄呢？」

「反間計能扳倒袁崇煥，還不能叫劉氏弟兄倒戈？況且他們不是南朝人，在皮島未必有好日子過，只要……」

「哈哈哈哈！」皇太極大笑，一把拉起跪著的小福晉，「我是逗妳玩的！不料妳的見識計謀竟與范章京一樣！朕已命將囚禁獄中的劉氏家眷放出善待恩養了。……朕有范章京做軍師，又有妳這個宮中謀士，取南朝江山當是天意了！」

原來，皇太極要殺庫爾纏時，范文程力勸並陳說利害，與小福晉不謀而合。小福晉也笑了，又蹙起眉頭，說：「只是孫元化那西洋大炮不好應付，還得針鋒相對以毒攻毒……」

「正是正是！朕與范章京也曾計議此事。銅鐵器具是明朝禁運物，往年常借皮島通商之便，以貂皮人參換取。所以招降劉氏弟兄更是刻不容緩了。」

小福晉嫣然一笑：「好哇，竟這樣耍我，還要斬我的頭！給你，斬吧！斬呀！」她不管滿頭絹花珠翠，把臉往丈夫懷裡亂拱，皇太極只是笑，疼愛地摟緊了嬌美的小妻子……

遠遠傳來一聲嬰兒「咿唔」和女人笑語，小福晉推開皇太極，走到門前喊道：「阿春，抱雅圖來！」回臉又一笑：「雅圖就要週歲了，長得真像你呢！」

皇太極笑道：「女兒嘛，像妳才漂亮！……阿春，是那個朝鮮女子吧？阿敏想把她要回去哩。」

阿春，是二大貝勒阿敏征朝鮮歸來獻給汗的美婦之一。今天上午慶賀大典，三位大貝勒與汗王並座受拜。皇太極雖然繼承了汗位，這由太祖定下的四大貝勒共同執政的制度卻一直未變。趁著大家高興，阿敏突然向皇太極討還阿春。

小福晉皺眉問道：「給他嗎？」

皇太極道：「豈能因一婦人而敗壞兄弟之好？」

兩人都沉默了，心裡都明白，這不單單是討還女人。阿敏是皇太極的堂兄，藍旗旗主，與代善、莽古爾泰、皇太極並列爲四大貝勒。那年他率大軍征朝鮮，定盟受質後卻不願班師，說是一向羨慕朝鮮城郭宮殿，想留兵屯耕，與子姪同居王京。雖因部下極力反對而罷，但心懷異志已露跡象；這次皇太極出征伐明，阿敏留守瀋陽，惟耽逸樂，屢行出獵，岳托、豪格先回師，阿敏竟坐受其拜，儼如國君，不又是一個明證嗎？

還有代善，還有莽古爾泰，他們都有實力，有大貝勒的聲望威信，對皇太極的汗位豈無覬覦之心？可是限於祖制，又在攻伐征戰的緊要關頭，皇太極不能貿然行事。

小雅圖的到來改變了氣氛。不滿週歲的小女兒在父親懷裡蹦著跳著，「格格」地笑。皇太極親親小雅圖，把她舉得高高的：「雅圖快長大！長大了進中原，到北京去當公主！」

小福晉站在遠處一笑：「進北京？還早吧！京西四鎮能守得住嗎？孤軍深入啊！……」

「守得住！范章京輔佐阿巴泰、濟爾哈朗，錯不了！哎呀……」小雅圖快活地揪住父親的鬍子，用力拉拽，痛得皇太極叫了一聲，扭頭對小福晉說，「瞧她多有勁，像個男孩子！……哎，我說，妳給朕生個兒子呀！」

小福晉臉上微微一紅，笑道：「那，要看你的本事！」

「這還不容易！走著瞧！」皇太極大笑著，對女兒說，「雅圖，帶個弟弟來……」忽然，耳邊飄來輕輕的一句話：

「不如換阿敏去守四城……」

「嗯？」皇太極猛地停住動作，眼睛一亮。

小福晉繼續說：「軍師不能長時間遠離主帥呀！……」

三月初十，大金國汗遣派二大貝勒阿敏率兵五千往守永平等四城，換回阿巴泰、濟爾哈朗、范文程等。臨行，汗親囑：一要善撫百姓；二要避免與守撫寧的孫元化相遇。

阿敏離瀋陽後，汗又將朝鮮美婦阿春賜給有功總兵冷格里，在一次朝會中，向眾人說明阿敏獻美又索美的經過，以及自己不願傷手足之情又不肯成兄弟之過的苦心。

四

大金國汗敕諭皮島副將陳繼盛知悉：

朕大兵於年前十月內，從薊鎮邊上節次征進，效命歸順者數十有餘處，市肆不擾，秋毫無犯；逆命抗衡者，全城屠戮孑遺不留。沿邊各鎮，將帥不謂不多，兵馬不謂不精，連次接戰，全軍覆沒。在陣殺死並生擒總兵趙率教、滿桂、孫祖壽、麻登雲、黑雲龍等；在城投順文職郭侍郎、白參政、馬副使等不止數十人。凡歸順者，朕皆復其官職、安其家業。順天者昌、逆天者亡，此之謂也！然天意屬朕，故兵不血刃，長驅直前，北京咫尺可下，諒難久存。況你南朝皇帝，貪財好利減剋軍餉，不恤民命不憂臣僚，此又非天意乎？

爾水泊中彈丸之地，能存幾多？一勺之水能活幾人？爾等不過農民，或為人誘迫，或畏懼逃走，島中有何滋養利欲？權時安身，豈得已也！

今朕體奉天心，廣行仁政，除殘去暴，設官安民。爾等各想自己身家，小民情苦，乘時速來，官加品爵，民享生全，何等好處！且今春耕在即，農不容緩。爾果回心轉念棄暗投明，任從爾等各人心願，揀選地方住種，不教爾等北來奔馳。「良鳥相木而棲，賢臣擇主而仕」，古今皆然。朕一片良言，甚是憐憫爾等，各宜三思早圖便計。

特諭。

差人齎去此諭帖共七封：

皮島副將陳繼盛一封；

皮島游擊劉興治一封外帶劉興賢家書一封；

長山島游擊劉興沛一封外帶劉興賢家書一封；

鹿島游擊劉興亮一封外帶劉興賢家書一封；

大獐子島游擊李友良一封；

廣陸島都司毛有候一封；

旅順口游擊一封。

時天聰四年二月十四日

弟興賢字拜大、三、四、五爺得知：

去年七月內，袁督師差人到島調取，弟隨二哥於九月二十二日到覺華島下船，至錦州見過袁督師，吩咐送回皮島練兵，全管島民。因秋天風高，未得去，遂駐紮寧遠。冬至月，聞汗大兵進了長城，二哥奉命撥給人馬六百往太平寨防守。汗聞聽二哥在太平寨，差庫爾纏侍衛來招二哥。

比二哥回關途中，行至山溝，還未見庫爾纏，倒先撞遇前哨探馬，亂箭誤傷，這是我家不幸。弟隨即跑出聲言高叫，方遇庫爾纏聽見，將弟救出。

後帶弟見汗，汗吩咐說：「他兄弟們，我甚疼他。今聽說他二哥在，恐他畏懼，故差庫爾纏招服，不想誤死，可憐可憐！」隨將弟交付大人說：「先送回瀋陽見他母親，免她掛牽。」沿途路上，王子大人比常恩愛，一日苦也不曾受。及到城見太太、眾嫂子孩子們，一家團圓，養活的甚好。弟到時，汗送緞子二匹、布十四、棉花十斤。雖是監中，另蓋的房，凡少物件，一一送來。太太這邊衣服都是汗送來的。委實是疼我們，不是虛怯。況阿沙副將也是逃走了又回來，汗照舊養活，前程照舊，日前跟汗到西邊有功，又升總兵，也不是他們一個骨血，你們可細思之。

我弟兄逃去，原是怕死。如今這樣養活，汗是怕我們什麼？況前在陣上拿住的黑總兵、麻總兵，如今養活，做貂鼠皮襖、狐狸皮襖與他，甚是優厚。陣上拿獲之人尚是如此，我們壞了他什麼！你們可速將島子裡人帶來，豈有不升賞之理，有個不養活我們的嗎？

汗這樣恩典，且今二哥又沒了，你們在那邊住著也無好處。況北京周圍，各邊兵馬都殺敗了，府州縣城得了一多半，北京看來料也難保。承汗這樣養活，好心不記前恨，此時不來還等何時？若是不來，那時汗惱了，我們與太太受法，你們於心何忍？弟雖不足惜，就是該死的，太太及孩子們，你們不思想可憐嗎？太太養我們一場，不能孝順，反帶累死辱，天也不容你們，生居也見不得人！我們就死在陰司也是抱怨你們！

弟思汗一則實心養活，二則要以仁服人，要聲名遠播，這是實情，可熟思之，千萬千萬！

我因不會寫，煩人代寫。你們若不信，差人先來討我真信。弟跟二哥去時，留下三個皮箱，可帶來，莫要疏失忘了。弟交與李天祿往臨清買貨銀子一千兩，此時不知到否？如到，你們收貯，來時帶來。忙中草草，不及多敘。

千萬速來，免我與太太懸望。至囑至囑！

大金國汗敕諭劉大、劉三、劉四、劉五、劉七知悉：

當初朕聞爾兄在太平寨，特遣阿巴泰貝勒、濟爾哈朗貝勒並令庫爾纏送書令兄，以告朕意，不想二位貝勒尚未曾到，令兄已被前探人殺死，只得劉六來了。

朕想爾等奔島，不過以令兄不在，內不自安，故單身獨馬逃命去耳，何嘗傷朕什麼來嗎？爾等若說：「我們既棄汗走了，又沒了倚靠的兄長，雖是回去，豈肯養活？」則大不然。

朕心思之，若得爾等回來，待以厚禮，天下人必不謂我計人之過，有好養之德，皆慕朕矣！朕欲爾等來，原為我名聲。朕正要播仁義之風於四方，豈肯詐爾五人乎？

爾等如以朕言為是，來歸若是輕身，即依爾南朝官爵，母子妻小團圓。若能帶島中人來，不拘多少，俱封爾等擇地住種，長享其福。朕之此言，是爾等再造之天也。朕為爾等諄諄如此，爾等若不來，則爾母弟姪妻子，全殺不留！此殺非朕也，朕百般欲全爾等，而爾等不肯，是自殺之也。

若不信朕言，宜先遣個心腹人來，朕親與他當面說誓；若信朕言，宜速速來，勿令人覺知不便。

但爾等勿痴痴思南朝，南朝喪天下之時近矣！爾等當熟思之，勿失機會，後悔無及。

特諭

時天聰四年三月十四日

被大金國汗視爲威脅，又甜言蜜語屢屢招降其守將的皮島，又稱東江，在遼東半島與山東半島之間的大海中，綿亙八十里，遠南岸，近北岸，向北八十里海路即抵大金界，東北隔海與朝鮮相望，原是大明遼東所屬的荒島。努爾哈赤占遼東，大肆屠戮，漢人逃命者紛紛上島。後來毛文龍受命鎮守，招納遼東人爲島兵，分布哨船，聯接登州以爲犄角，多次出兵襲擾金國，使之頗有後顧之憂。

不幸毛文龍胸無大略，狂妄自尊，每戰輒敗，往往掩敗爲勝、殺良冒功。又極貪財奢侈，以自籌軍餉爲名，廣招商賈，貿易禁品，私開馬市，鬻參販布，名濟朝鮮，實通金國。去年六月，身爲兵部尚書的袁崇煥因毛文龍專制一方不聽約束，以十二項大罪爲名將其斬殺。

毛文龍雖死，他經營多年的皮島，卻已成爲村鎮星布、商賈聚集、農耕漁獵俱全的大島。他麾下健校悍卒數萬，除調出的劉興祚一營之外，都不曾散離。當初袁崇煥收繳毛文龍的敕印、尚方劍，令副將陳繼盛代掌。但陳繼盛只能在自己兼領的東協發號施令，統領西協的劉興治根本不聽從他。

東西兩協各自稱雄，素日來往極疏，島民都知道是「面和心不和」。而今天，東協陳繼盛卻領了數十騎隨從，帶了禮品宴席，登上西協的游擊署大門，因爲西協劉興治選在今日爲他的二哥劉興祚治喪。

大門外紮著素花牌樓，牌樓下喪鼓雲鑼伴著吹打；佛、道經棚各一臺，爲死者誦經；執幡打傘的晚輩在哀哀號哭；掛孝的兵勇焚燒著數不清的冥器——車馬衣箱、金錠銀錠。執事拖長聲音高唱：

「東協陳副將赴奠弔喪——」

大門內影壁後轉出十多名威風凜凜的侍從，各個戎裝，頭盔綴著白麻。驟然間，人們眼前雪亮地一閃，一個渾身素白的人大步流星跨下石階，雙手一拱，聲音悶啞地說：

「陳大人光臨，先兄泉下有知，也當感激不盡。請！」

此人身量不高，非常結實，像一塊重石，又似林中猛熊，腳步落地「咚咚」有聲，白帽白袍白腰帶，更顯得臉色棕紅，眉毛濃黑。他就是西協游擊劉興治，劉氏兄弟中排行第五。

陳繼盛客氣一番，指示從人擔進奠禮。劉興治眼皮一抬，布滿血絲的眼睛裡倏地閃過一道強烈的光芒。陳繼盛背後突有一人大叫著直挺挺地倒下去。周圍侍從一陣忙亂，把他扶起，他仍然昏迷不醒。這是陳繼盛的副手，參將沈世魁。帶病人入門弔唁最爲喪家所忌，陳繼盛只得命人將沈世魁送回。

素幃高張，香煙繚繞，靈堂就設在大堂。正中雪白的幕簾上綴著五尺見方的「奠」字，靈桌上燈燭、香花、供盤、鼎爐供奉著劉興祚的靈牌。到了這裡，陳繼盛才發現，鎮守皮島及周圍大小島嶼的將領們都來了。

陳繼盛在劉興祚靈位前奠酒跪拜，從人在靈桌邊的奠池裡燒了百錠金元寶。禮罷，陳繼盛正要向劉興治說幾句哀悼的安慰辭，劉興治卻對他高高地一拱手：「請坐！……諸位將軍也請坐，劉五有幾句話。奉茶！」

家丁絡繹上堂進茶，諸人只得落座。劉氏七兄弟中，劉興祚最有才幹、最出色。劉家兄弟先後學成武藝，當上營官，都靠這位二哥的提攜。所以他們弟兄悲痛逾常，可以想見。不料劉興治卻淡淡一笑，說：

「陳大人，我昨夜做得一夢：你我跟另幾位弟兄賭紙牌葉子，眾人手中還有四五張，你的牌竟都出光，便喊了一聲：『我沒牌了！』陳大人，你可圓得此夢？」

陳繼盛莫名其妙，不知是自己聽錯了，還是劉興治出了什麼毛病。

劉興治濃眉一揚，兩道目光像利劍般戳向陳繼盛的臉上：「『只怕劉興祚陣亡是虛，降金是實。』這話可是你說的？」

陳繼盛一驚，隨即哈哈大笑：「劉五弟，你也太認真了，一句玩笑話，什麼要緊！」他說著伸手去拍劉興治的肩膀。劉興治抬胳臂一攔，冷笑著：

「玩笑話？你平白誣我二哥詐死，又假惺惺地來靈前弔祭，豈是大丈夫所為？堂堂大明將軍，竟是這路雞鳴狗盜之輩，沒的叫人羞煞！」

陳繼盛強壓怒火：「劉五弟，那金國汗送來的帖子，專給你們弟兄附上劉六弟家書，誰能不生一點疑心？但韃子詭計多端，你我不可上當！……」

「你這叫將計就計，還是叫借刀殺人？」劉興治「嘿嘿」一笑，順手把茶盞「砰」的一聲摔碎在堂前，如同回響，靈堂四周一片吼聲：

「拿住他！」

「不許亂動！」

素幃帛帳後面、側門和正門衝進許多披甲戴孝、手執武器的劉家兵：大門進來的是長山島游擊劉大劉興沛；左右兩側來的是鹿島游擊劉三劉興亮、守備劉四劉興邦；後堂擁進的是千戶劉七劉興基，各領全副武備的精兵武士共數百人。諸將來靈前祭奠，按禮節不帶兵器，此時只能乖乖地聽任劉氏兄弟擺布。

「綁了！」劉興治一聲令下，家丁們蜂擁而上，把陳繼盛和隨他同來的部屬一起捆綁。劉興治這才轉向堂上的各島守將：「諸位弟兄受驚，莫怪劉五魯莽，實在是火燒眉毛，迫在眼前，不得不出此下策。」他從袖中抽出一封信，繼續說：「這是陳繼盛差人送上朝廷的密信，被我截獲。信中竟一再誣告我二哥詐死投金，又以謀叛大罪誣陷我們弟兄，要拿我們置於死地，他好獨攬東江大權！」他果真把這封密信從頭到尾念了一遍。

那邊陳繼盛跺腳吼叫開來：「弟兄們莫聽他胡說八道！我並未寫此密信！……他們這些高麗種子，低賤之輩，不同我們一個骨血，凶狡好亂成性！……」

劉興治猛衝到陳繼盛跟前，咬牙切齒，面目狂暴可怕，嘶聲喊叫：「你！你果然一直拿我們當異類，混蛋！——」他血紅的眼睛閃出凶光，奪過家丁的大刀，高高揮起，寒光一閃，陳繼盛被殺，倒在血泊中。

劉興治撇了大刀，拍拍手：「都押下去，一併處死！」

東協的營官都被押出大堂，家丁們拖走屍體，收拾乾淨血跡。皮島諸將眼睜睜地望著，沒人吭聲。

劉大劉興沛揚著一張紙，大聲宣告：「這裡有島上商民官兵上奏朝廷的摺帖一件，請朝廷優恤劉興祚，並命劉興治掌敕印、尙方劍鎭東江，東協兵馬由劉興邦、劉興基暫領。諸位請來簽字畫押！」

事態如此，誰敢反抗？當諸將離開西協游擊署，看到素花牌樓外的東協陳繼盛等十餘人的屍體時，不免兔死狐悲、黯然神傷，深感皮島大亂方長，正不知日後還有什麼變故哩！

……

諸將走後，劉家弟兄齊聚靈堂。

劉興亮急不可待：「老五，既已做出事了，就給汗去信，打點著投過去，好救老太太和老六他們的性命，又給朝廷上的什麼奏摺！」

劉興基遲遲疑疑地說：「五哥，果真投金嗎？只怕……那韃子茹毛飲血的，我實在過它不慣。再說，汗雖應允得好，下面人真能善待咱？……」

劉興沛終於也開了口：「老五，你倒拿個正經主意呀，這麼腳踩兩隻船，終不是事！」

劉興治胸有成竹地笑笑：「就是得腳踩兩隻船！兩邊都牽著拽著，都不給他實信兒，咱們才好慢慢走著瞧！天賜給咱這塊海島、這個良機，可不能錯過了，兩邊都好好應付著，偷出空來，幹咱們自個兒的！」

劉興沛驚異地瞪大眼睛：「你是說……」

劉興治一拍桌子站起身來，臉膛發紅泛亮：「毛大將軍說過：以皮島兵力，牧馬登州、南取金陵易如反掌。南京咱不敢想，登州還不去逛逛？那可是七里十萬家，富商如雲的地方！……」

差往北京送奏摺的專使剛出發，劉興治與皮島諸弟兄放舟南下，沿途登上海洋島、隍城島、大欽島、砣磯島，直攻到長島。長島南端距山東半島的登州府只有四十里海路。守島明軍在烽山頂的烽火臺燃起了報警的烽煙。烽煙只燃了半日，就被趕到的劉家兄弟撲滅，在烽火臺上豎起了「皮島大帥劉」的大旗。他們在島上一如南下途中所爲，大肆燒殺搶劫、扣押漁船和來往商船，並不時派出一隊隊戰船在登州附近海域耀武揚威，放出話來，要上岸到登州府借錢借糧！

登州瀕海，向有水陸重兵鎮守。但此時駐登大軍已由登州總兵張可大率領勤王，赴援永平去了。登州城內異常空虛，被劉家兄弟的威勢嚇得惶惶不可終日，滿城店鋪貨棧關門閉戶，四方貿易商船不敢再來，漁民不敢出海，平民百姓紛紛準備逃難。歷來號稱繁盛富庶的登州府，霎時間成了鬼門關！州府衙門只得趕緊向朝廷發出六百里告急羽書，並馳請山東巡撫和周圍府州縣救援！

五

兵部尙書梁廷棟急急忙忙趕往內閣，帶著登州的告急公文。皮島事變不斷，經常是朝廷的一塊心病，可是鬧到眼下這種景況，卻實在是出人意料之外的。

那一道請求優恤劉興祚、請求朝廷任命劉興治鎮守皮島的奏摺，直令舉朝大駭。但當時京畿戰事正急，皮島畢竟孤懸海外，未遑深問。不料劉興治居心難測，竟攻占長島，窺伺登州。萬一登陸占領州城，取青、萊，下濟南，山東一亂，則京師腹背受敵，形勢岌岌可危，他這位總理天下兵馬的兵部尙書，能保住官位，保住人頭嗎？

近日，他連連遭到言官彈劾，攻擊他舉措失當、臨陣退縮。他當然也按朝臣公認的慣例：凡被參劾，在疏辯的同時，立刻上奏請求解職，以示氣節和自尊。但他心裡有底，只要他的靠山還在，皇上就不會准奏。此刻他去內閣，就是參謁「靠山」，通消息，討主意。一旦告急文書到了宮裡，勤於政事的皇上，說不定半夜三更就會召見兵部尙書。

內閣，連同它左右的制敕房、誥敕房，在大內會極門東南，與午門西側歸極門西南的六科廊相對稱，是這輝煌雄偉的紫禁城內獨有的兩處朝廷官署。一進宮門，那森嚴冷峻的氣氛使人不得不屏息靜氣。梁廷棟步態端莊、含胸垂目，小心謹愼地走進被臣輩視爲最高、嚮往最切的中書省——人們慣用唐代權力最重的政務中樞來稱呼內閣。

正逢大學士們會議，梁廷棟被領往議事堂一側的小屋坐候。板壁上有處一指寬的裂縫，大學士們議事一聲高一聲低地從那裡透出。他有心貼耳去聽，又怕被人撞見不是模樣，便坐在客位的紅木椅上，側著臉對準裂縫，故作悠閒品茶之態，恨不能把溢出的每一個字都收進耳中。

一個厚濁的聲音，操著剛硬的大名府腔調，梁廷棟很熟悉，這是當朝首相成基命，口吻是公事公辦的，又帶著些疑慮：「徐璜雖以風聞謝罪，皇上大不高興，對我說：『都御史豈可輕授！徐璜直是前後矛盾！』各位議一議，如何處置？」

徐璜事件，眼下朝中滿城風雨，無人不知。

崇禎即位後，銳意圖治，經常召見群臣論事。但臣下言語稍不合聖意，便遭呵斥譴責，能得皇上首肯的極少。鬼使神差，這位戶科給事中徐璜上書言事道：

陛下召對，有「文官不愛錢」語。而今何處非用錢之地？何官非愛錢之人？向以錢進，安得不以錢償？以官言之，則縣官為行賄之首，給事為納賄之尤。今言者俱咎守令不廉，然守令亦安得廉？俸薪幾何？上司督取、過客書儀，又有考滿朝覲之費，不下數千金。此金非從天降，非從地出，而欲守令之廉，得乎？臣兩月來辭卻書帕金五百兩。臣寡交猶然如此，餘可推矣。伏乞陛下大為懲創，逮治其尤者。

崇禎閱奏大喜，立刻召見廷臣，即令徐璜當場宣讀他的奏疏，並命內閣諸大學士遍讀，諭令：「徐璜忠鯁，可簡都御史。」

當下吏部尚書王永光不服，奏請皇上令徐璜指實，徐璜唯唯諾諾，彷彿不願當面攻訐旁人。皇上體諒，命他密奏。一時間滿朝文武拭目以待，以爲能揭出大奸大貪，也頗有人惶惶不可終日。不料，這位新升的副都御史遲延了五天，實在搪塞不過，竟舉發前朝[8]舊事爲對。皇上於是再次召見廷臣，手持徐璜奏疏，親自琅琅誦讀。讀到「此金非從天降，非從地出」，則掩卷而嘆，問徐璜道：「你說書帕金五百兩，是誰所饋？」徐璜誠惶誠恐，結結巴巴，終於沒有指出人名；皇上再三追問，徐璜彷彿是聾子聽不到問話，只管恭恭敬敬，一會兒說是風聞，一會兒又拈

8 指明天啟朝。

出前朝舊事敷衍。皇上本因朝野貪賄成風，正想借徐璜指實，好順藤摸瓜、借題發揮、大加懲處，見徐璜又縮回去，能不氣惱嗎？

「嗯咳，咳，」幾聲尖細的咳嗽，一聽而知是內閣大學士中年歲最高的何如寵，小心翼翼地問，「皇上的意思，莫非要奪官放歸？」

「徐璜向有直聲，諫官中難得的人才，」這一口令人聽得吃力的吳越鄉音，是梁廷棟的老師錢象坤，「奪官放歸，過分了吧？」

「哈哈哈哈！」一陣大笑，輕鬆，嘹亮，甚至有幾分嫵媚，但任何人都能聽出其中的嘲弄，感到在這種場合發出這種笑聲的人的狂妄。梁廷棟精神一振：除了他，誰有這麼令人傾倒、使人心悸的笑？他就是梁廷棟的靠山——東閣大學士周延儒。笑聲雖止，他的語調仍帶笑意：「徐璜雖有直聲，未必就是直臣。這也不必說它。皇上惱他不錯，但他終究是皇上親自拔識的。依我說，略略小降，遷僉都御史[9]……二老以爲如何？」

梁廷棟連忙湊上裂縫，果然看見周延儒正笑瞇瞇地向何如寵、錢象坤揚手揶揄。

周延儒字玉繩，宜興人，萬曆四十一年狀元，入翰林授修撰，年方二十，文才高，相貌美，風動一時。去年入閣輔政，也才三十六歲，由於善保養，看去彷彿二十七八的人。同是盤領寬袖、胸背綴仙鶴褂子的紫袍，同樣是漆紗展角帕頭、素玉一品腰帶，成基命穿戴著顯得莊重威嚴；何如寵、錢象坤穿戴著卻更顯老邁顢頇；而周延儒被這一套宰相官服扮得越加風流瀟灑，

9 都察院有糾劾百司、辯明冤枉、提督各道之責，為天子耳目風紀之司，長官為都御史、副都御史、僉都御史。

更映出面白眉青、眼如曉星、脣若塗朱了。他微微一擺頭，帕頭兩邊各長一尺二寸的展角也隨著得意地上下晃了兩晃，似在重複著主人的笑語：「二老以爲如何？」

錢象坤沉了臉不做聲，何如寵嘆口氣，又咳嗽兩聲，眼望著首輔成基命：「這也不失爲一高著。」

成基命點點頭，道：「另一件，有人往通政司投疏，說年號崇禎之崇字，宜用古體作『崈』。因以山壓宗，則宗廟不安，若宗廟安於泰山之上，方爲吉兆。諸公以爲……」

「見怪不怪，其怪自敗！」周延儒一拂袖，斷然道，「但凡出語怪誕，多屬蠱惑人心。不必奏知皇上。」

梁廷棟離開壁縫，重又正襟危坐，不由讚賞地點頭。他佩服周延儒就在於此，既有氣派，又明決果斷。那邊周延儒又添了一句，教梁廷棟忍俊不禁：「二翁以爲如何？」可以想見何、錢二相的悻悻之色，看來周相也不免欺弱怕強的俗態，他總也不敢取笑首相成基命。

一個人名把他飛走的注意力又拉回來：袁崇煥。這是眼下朝野最爲關注的大事，他趕忙豎起耳朵細聽。

袁崇煥下獄，牽連了一大批原來支持和保護他的官員，魏忠賢餘黨蠢蠢欲動，頗有藉機興大獄、翻舊案的勢頭。成基命身爲首輔，首當其衝，近日不斷有人以袁崇煥事爲由彈劾他。成基命詳細說明了錯綜複雜的內情之後，故作坦然地說：

「既有言路彈劾，我自當上疏求罷回籍。只是小人得逞，天啓年黨禍怕要重演，國力如此，怎當得內外交困？」

「老師儘管上疏！」周延儒昂昂然一派正氣，「皇上明察秋毫，不會准奏！至於閹黨借題生事，勢在必然，只怕好戲還在後頭哩！」

「難道就袖手旁觀？」錢象坤聲音裡透出不滿。

「這種事，目下無顯跡、無把柄，你我還能怎樣？就黨爭而言，何朝無之？烈與不烈而已。皇上聰明天縱，果於誅殺，對朝臣黨爭最爲痛恨，或許早有覺察，我等怎好越俎代庖，啓皇上疑忌之心呢？」

智士出言，常把最精闢最尖銳的一句話淹沒在一堆廢話中，彷彿一簇荊釵中的金釵。梁廷棟一下就揀出了這根金釵，忍不住心裡一哆嗦，小聲重複：「果於誅殺……」

可不是嗎？皇上即位不過十六歲，便要斬決棄地喪兵的遼東經略楊鎬、遼東巡撫王化貞等人。閣臣上書說，正逢中宮誕生皇子是國家喜慶，不宜誅殺，乞加恩寬赦。皇上慨然道：「祖宗封疆不能保，何有於兒孫？」立時下令處決，毫無猶豫。一開了頭，以後督、撫大員失機戰敗者，駢首累累矣……昨日吏部尚書王永光還同禮部尚書溫體仁來訪，專門說起袁崇煥結黨謀逆的事，那麼，他們或許暗中與閹黨一派？……可不能沾這個邊！皇上英明，小心頭顱……

「散了吧，有事明日再議！」隨著成基命的宣布，一片桌椅響腳步聲。梁廷棟本想出去，又縮住腳：他是錢象坤的門生，卻來找周延儒私下商議，當面撞上怎麼也不好看。他向門後挪挪身子，打半掩的門裡朝外望。

成基命已步下臺階走了，何如寵咳嗽，錢象坤傴著腰，兩人都龍鍾老態，鬚眉皤然，這多半日議事，十分勞累。周延儒卻神采奕奕，想是今日當值，站在堂門前目送兩位同僚，不無得意地笑道：

「二老翁慢慢走，摔著可不是玩的！」

「二老翁」對視一眼，都有憤慨之色，何如寵轉身，點著周延儒，尖聲細氣：「君莫欺老，須知這老，終究亦要留與君的啊！」

錢象坤一拽何如寵的衣袖，出言可就不那麼厚道了：「走！走！莫留與他，莫留與他！免得後人又欺他！」

周延儒哈哈大笑。隨後站到他身邊的梁廷棟望著老師遠去的背影也笑了：「錢師偌大年紀，一張利口仍不饒人，可想當年了！」

周延儒這才意識到錢象坤是在咒他命短不得到老，心裡罵一聲，臉上仍是笑容可掬：「大司馬[10]到此，有何見教？」口氣輕飄、輕鬆，說不上是開玩笑還是譏諷。

梁廷棟連忙笑著拱手：「周相忒客氣，廷棟哪裡敢當。因登州府六百里告急羽書……」

周延儒斂起笑容，皺著眉頭：「我已知道了，危局可慮！……兵部理應先拿出對策。」

「我想，可否令張可大回鎮登州？」

「嗯。不過平定皮島，還須另遣良將……這樣吧，我薦一人，可授大將印，其才具撫定劉興治綽綽有餘。」

「是哪一位？」

10 兵部尚書又稱大司馬。

「哦，周文郁。」

梁廷棟心裡一「咯噔」：奸巧也太過了！竟推薦自己家將外任封疆！……表面當然要五官堆笑，連聲附和：「不錯不錯，早聽人說周文郁才兼文武，所謂近朱者赤，真是上好人選！」

* * *

次日，周延儒得知，皇上爲登州事連夜召見梁廷棟，並採納了這位兵部尚書的進言，令登州總兵張可大星夜率軍趕回登州，並授周文郁大將印，平皮島撫定劉興治。他輕鬆地吁了口氣。周文郁多年來赤膽忠心護衛周府，後來補官入朝，仍不忘舊主的恩情，時有進獻。近日又送來金珠一箱、童男美女各二，求周延儒爲他謀個外差。這一下，總算了卻一分人情債。

周延儒這個人，才學高見識廣，有氣派有心胸，然而軟美多欲，凡親友門生有所求，他從不駁人家面子，事事給辦；凡酒、色、財，他都喜好，絕不拒之門外，多多益善。實在的，少年科第、弱冠狀元、春秋三十六入閣爲宰相，古來能有幾人？豈能辜負老天爺的厚愛？到了如今的地位，他需要費心對付的，只有皇上一人。

皇上即位時，還是少年，卻能誅魏、客[11]，斥閹黨，平東林諸臣冤獄，頓使天下想望治平。三年來，皇上勵精圖治，勤於政事，頗想有所作爲，重振祖業。不過，皇上的心思周延儒還是揣摩透了：沉機獨斷，不無忌刻多疑之嫌，卻又自認英睿過人。但凡於此處迎合，就如貓搔著癢處那麼舒服愜意，自能無往而不勝。

11 魏、客：魏是太監魏忠賢，客是奉聖夫人、明天啟帝的乳母客氏。

一般來說，一位聰明的三十六歲宰相，足能應付一個十九歲的小皇帝，不管這小皇帝怎樣號稱英睿。

「周相爺，萬歲爺召請！」內閣僕役一聲稟，打斷了臨窗佇立的周延儒的沉思。他連忙轉身，只見面前一位二十六七歲的太監，紅色織金線雲紋衣、藍腰帶、黑色金線縫靴，膝間有膝襴，胸前綴補，漿過的襯衣露出一道雪白的領圈。這一身只有司禮監秉筆、乾清宮執事及皇上近侍才能穿，但此人面生，周延儒居然記不得何時見過他，心下沉吟。太監卻已對他半跪見禮：

「奴才吳直，給相爺叩頭。」

周延儒連忙謙讓。崇禎元年誅殺魏忠賢以後，太監們似乎都夾起了尾巴，變得謙卑，周延儒卻深知他們的厲害，絕不敢怠慢。

「萬歲爺因永平、遵化等四城次第恢復，請相爺商談功賞事宜。」吳直面目俊秀，口齒清晰，很得周延儒好感，往後右門見駕的路上，兩人一直在交談。

「公公在宮中哪個衙門供職？」

「原在尚衣監，昨日才到司禮監秉筆，是萬歲爺恩典。」

「必是公公才高學富。不然豈能得皇上看中！」

「相爺過獎，奴才不敢當……昨夜梁大司馬也如此說。」

「哦？昨夜是公公在皇上跟前侍候？」

「是。哦，相爺……周文郁可是相爺家將？」

周延儒一驚，忙問：「是梁大司馬奏告？」

「不。梁大司馬已出宮。萬歲爺問起，我不清楚，可楊公公回說是。」

周延儒背上涼颼颼的似有一層薄汗。楊公公楊祿，他認識，是司禮監老資格的秉筆太監。他盡力使口吻無所謂：「我倒不知梁尙書竟薦了周文郁！……皇上怎麼說？」

「楊公公說罷，萬歲爺只笑笑，沒再提起。」

沉默中，只聽兩人的靴子擦得地皮沙沙響，一同踏上御河白玉橋。周延儒的聲音更柔和、更善意了：

「公公仙鄉何處？家中還有何人？」

「老家在山東登州府海邊，父母早就沒了音信。這不，上月剛認了個乾兒，日後入土也好有人燒紙錢……」

「別這麼說，」大學士眼睛裡波光流動，暖如春陽，但凡見到美貌俊秀的男女，他就有些情不自禁，不由得親近起來，說道，「不論經商業，走仕途，只要是個好的，乾兒也勝過親兒嘛！」

「若能得相爺扶持，就是我父子的造化了。」

「你……儘管放心好了！」

「奴才謝過相爺。」他們正走到廊子的一處拐角，吳直趁機跪下便拜，周延儒連忙扶起，兩人目光一觸，臉上微微泛紅，便都會心地一笑，默契達成了，往後雙方都能獲得極大的好處。

「來日周文郁拜印南征，著他給你好好打聽。」周延儒的口氣頓時近乎了許多。

吳直機警地四下瞧瞧，壓低了聲音道：「萬歲爺似有增設登萊巡撫的意思……」

「哦？」大學士只隨口應得一聲，卻有無數念頭在心裡飛快地轉動，「聖意可有所屬？」

「眼下還難說。今兒一早萬歲爺差內侍馳赴永平，召右參議兼寧前兵備道孫元化進京陛見。」

「孫元化？」周延儒猝然止步，重複一句。

「就是那位善築炮臺、善用西洋大炮的孫元化！當年寧遠大捷與袁崇煥齊名，卻不似他那般張狂。如今袁崇煥下獄頭顱難保，他卻能善始善終，很是難得。」吳直的讚賞似乎出自真心。

「不錯，不錯，孫元化！半年來，守撫寧、援開平，所屬五城二十四堡屹然不動，收復永平、灤州、建昌之役，他都功績卓著。雖不過是舉人出身，確是才幹超群！皇上召見之榮，他著實無愧！公公可知道，他乃徐光啓老先生的門生？」

「徐大宗伯[12]嗎？修治我朝曆法的徐老先生？啊呀，是我朝的大賢人哪！都說他上知天文，下通地理，萬歲爺對他極是敬重！」

「不止不止！他師徒二人淵博多才，尤善西學，兵、農、律、曆及火器諸門均有造詣。他們爲購買鑄製西洋大炮，真是耗盡心血……」周延儒說起來也十分感慨。

「這我就弄不明白了，」吳直疑惑地揚揚眉，「西洋大炮最爲金虜所懼怕，很給咱大明立功，怎麼朝廷上上下下總那麼雞一嘴鴨一嘴嘮叨不休，好像用了洋炮是多大罪過也似的！」

大學士不痛快地笑笑：「誰讓咱是天朝大國哩！西洋大炮不是又叫紅夷大炮嗎？用洋夷之物

12 禮部尚書，多尊稱為大宗伯。

上陣，體面何存？」

「這……」秉筆太監直咂嘴。

「所以，無論孫元化怎樣出類拔萃，留在京畿非但不能盡其所長，只怕根本就施展不開……」周延儒嘴上說著，心裡早已經盤算妥當，風向既改，就須立即轉舵。他已經看到自己的計畫在一步步地實施。

陛見時，他首先讚頌皇上知人善任，使收復京東四城大功告成；其次論諸臣功勞時，他特別提及孫元化善守能攻。這番話很合皇上心意，所以孫元化應召進京陛見時，周延儒得以與兵部尚書陪同。

皇上對孫元化大加讚賞，賜給蟒服、金幣、貂皮，孫元化感激謝恩。召見完畢，周延儒首先向皇上推薦孫元化出任登萊巡撫，隨兵又拿出禮部尚書徐光啓的表明同樣意向的奏摺。皇上很高興，但問起周文郁如何安置？周延儒愕然答道：「幾乎把此人忘卻了！既起用孫元化爲巡撫，周文郁自當解任。」梁廷棟雖然驚訝，但說不出什麼；而皇上對周延儒公而忘私很是滿意——這也就解除了對他在周文郁一事上的疑忌……

徐光啓、孫元化師徒也感激周延儒，爲他們致力的紅夷大炮提供了一個施展宏圖的新天地。徐光啓在朝中德高望重，他的感激和傾向，對周延儒可不是無足輕重的。

比較之下，周文郁又算什麼？話又說回來，只要周延儒相位不倒，提拔他的機會還會少嗎？

一如既往，周延儒穩操勝券，事情的進展，盡如他所算。但有一件，孫元化的影響比他預料得還大。推薦孫元化的不僅有徐光啓，還有名重兩朝、節制天下勤王兵馬的中極殿大學士孫承宗。皇上召見孫元化，不僅按常例賞給蟒袍金幣貂皮，說了很多獎許的話，還御筆親題「勞臣」兩個大字頒賜，敕令蘇州府嘉定縣官員製成匾額，以大隊儀仗送往孫元化故里。

朝廷敕令：擢孫元化爲右僉都御史巡撫登萊東江，有援遼之責，並相機收復被金虜侵占的金、海、復、蓋四州。

孫元化似乎並不十分樂意，竟上疏辭謝，說：

……今日大勢，恢復四州，進而收回遼東，宜從廣寧進取。一旦去累年所備器甲、所練營伍、所撫士民、所修城堡，而往一無可倚之蓬萊，何以立功？況且登、萊阻海，往來不便，軍機緩急，風汛難恃，接濟調撥俱不易行……

不要說內閣其他大學士，就連周延儒心機這麼靈活的人，也覺得孫元化不知好歹、不識抬舉：以舉人出身而驟升封疆大吏，歷數前朝，直若鳳毛麟角！不是皇上勵精圖治、破格提拔，哪有這樣的鴻運！

孫元化的奏摺不准。敕令六月底前赴登州上任。

第二章

一

「大人！來了！」中軍官管惟誠喊了一聲，原登州鎮總兵官、現任登萊副總兵官張可大站在湧月亭，順著中軍指示的方向，回首西北望：

通體赭紅、拔海而起的丹崖山側，朱碧輝映的蓬萊閣下，綠波滾滾，白浪點點，長島、廟島、大小黑山諸島重重疊疊，直鋪到大海盡處，與鋼灰色的雲層相連。海天之間，突然升上一片如林的檣帆，無邊無際的斑斕色彩古怪地亂飛，閃爍的光點刺得人眼痛，海面掀起了一團撼山搖岳的颶風，天外飽含暴風雷霆的烏雲，向登州撲來了！

張可大定定神，驅去心頭這不祥的幻覺。他明知那色彩是飛動的旌旗，亮點不過是刀槍鐵器的反光。而且孫巡撫率軍不過八千，連同各營家眷、輜重軍資，最多二百艘大船。返身巡視，他的陸師水師一萬餘名官兵都在這裡！水城的城牆頭、平浪臺上、水門水閘兩旁，密密麻麻排滿了他們的隊列，就連那道由天然巨石堆砌而成的長長的防波堤上，也有一列舉著五色旌旗帶著鼓號樂器迎候巡撫大人的儀仗隊！……不過，那隊形可不怎麼像樣！他一扭臉，叫道：

「中軍！傳令儀仗，少時撫院進關，他們如果還是這副屌樣，我就揭了他們的皮！」

管惟誠領命，著人飛跑傳話。

張可大輕輕吁了口氣，出湧月亭，侍從親兵簇擁著他快步走向碼頭。那裡已用席棚彩帛紅花搭了一座接官亭，在藍海綠樹白牆環抱中格外鮮豔奪目。登州萊州所屬州縣各官都已集齊。迎接上司的禮節，朝廷本有定制，但張可大這次格外精心布置，超出了常規，也超出了他一向的習慣。

孫元化，他久聞其名。這次天下勤王兵馬齊集京畿，他卻總沒有機會與孫元化相遇。不能說張可大對孫元化的戰績功勞不欽佩，但是，得知孫元化出任登萊巡撫的那一刻，他心裡突然冒出一股憤懣。由於登萊巡撫的設置，登州降爲副總兵鎮，他只得以總兵銜任副總兵職。無端降了一級，吃糧領餉甲馬軍資跟著靠後一步，別說張可大自己，就是各營營官又有誰能服這口氣？都說孫元化長期供職關外，訓練出一支悍勇善戰的遼東兵，難道就一定強過登州兵？孫巡撫就一定強過張總鎮？張總鎮世襲南京羽林左衛千戶，怎麼說也是武將世家！孫撫院呢！聽說是個文人，連進士都沒考中，只憑了西洋炮和炮臺，就弄上個巡撫，不知他走的是什麼路子，竟然混上了這麼個肥缺！

所以，說是迎候巡撫上任，多少人肚裡都存著個比試的心思，盡力收拾打扮，使軍威雄壯，讓他們瞧瞧登州兵！

「轟隆！」「轟隆！」「轟隆！」海上三團強烈的光亮之後，三聲巨響震得地皮發抖，人們被這震耳的轟鳴驚得變色。海上的龐大船隊，如展翅大雁排開隊形，緩緩駛近，用他們特有的紅夷大炮向登州致意。

「嗵！」「嗵！」「嗵！」水城東西兩炮臺的佛朗機同時開炮，對客人們表示歡迎，相形之下，未免失色。幸而防波堤上長號、喇叭、金鼓震天價響起來，客船上的皮鼓、銅鑼、觱篥、螺號與岸邊相呼應，使迎候的氣氛驟然添了喜慶之色。

兩條蒼山船打著紅色藍邊的清道旗駛在最前面，後隨著四艘金鼓船，飛揚著七尺見方、纓頭雉尾珠珞的素黃色金鼓旗。之後，前營旗號出現了，二十艘高大如活動城壘的福船排成雁翅緩緩駛來，船上大桅旗和五色五方旗迎風招展；前營兩翅再分左右，飄動著左營和右營的大旗；左右兩營側翼的相交處又排開雁翅人字，是後營船隊。後營之後，人字排列跟進的便是家眷船、輜重軍資船，雖雜但絲毫不亂。在前後左右營環繞的菱形中心，中軍營的大旗淹沒在一片五色旗幟的海洋之中。想必那就是孫巡撫的帥船了。

不管張可大對孫元化是什麼心情，看到這樣井井有條、紋絲不亂的行船陣勢，作為領兵大將，他不能不敬服。

水關前，登州水師營的戰船左右擺開，水兵列隊等候，將登上來船把他們引入水城，停靠碼頭。

關門上一聲大吼：「起橋！──」

關門門垛間架設的巨板「嘎吱嘎吱」地響，被兩條胳膊粗的鐵鏈緩緩吊起，客船落了帆，從水門魚貫進入小海，分別駛向預先指定的停泊處。

中軍營的福船陸續地駛向接官亭。那艘飄動著一丈三尺高、方七尺的黃邊飛虎旗，又有黃青紅白黑五面高一丈五尺的五方轉光旗的大福船，定是孫巡撫的座船！接官亭邊頓時響起細樂吹打，散坐各處的官員將領都整頓衣冠，列好順序，準備叩拜。

一道雪亮的閃電倏地劃過長空，「噼啪啦」一聲霹靂在半空炸響，從清晨起就醞釀著的濃雲，頓時化作傾盆大雨，劈頭蓋腦地澆下來，銅錢大的雨點打得海面濺起水氣，地面飛起塵土。接官亭裡的官員將領，雖有席棚遮護卻還慌作一團，亭外的兵丁更是亂跑亂喊，捲旗收槍往樹下房簷下躲雨，亂糟糟的沒了隊形。

「站住！」一聲大吼壓住了四周雜聲吵鬧，一位頭戴紅纓著鐵盔、身罩鎖子甲的軍官，扯過哨長腰間懸掛的皮鞭，照著炸群羔羊般的兵丁猛抽幾鞭，返身跳上一塊大青石，揮手大罵：「混帳東西！都給我滾回來！」

兵丁們拖著腳步，嘴裡嘰嘰咕咕，不情願地站回原位挨淋。軍官俊俏的臉扭歪了，漲得血紅，忍著氣狠狠瞪著部下，壓低聲音喝罵：「給老子丟臉！看看人家！」

登州兵們移眼看去，只見暴雨狂風中，滿載客兵的船攏近小海，浸水的旌旗仍在招展，長號喇叭照樣在吹，溼透的金鼓還在敲，船頭站立的一列列兵士木雕泥塑一般，直挺挺地紋絲不動，任憑雨點打得人睜不開眼，任憑溼得貼身的衣服如小溪般往下流水。只有靠上碼頭的大福船，一記鑼響才解除了定魔法，兵士們立刻行動，收槳下錨，抬炮扛槍，有條不紊。看人家這炮！娘哎，咋就造得這麼大？炮筒塡得進西瓜！怕不有六七千斤！二丈來長，還帶輪子，神氣得像四大天王！這麼大傢伙，又這麼大雨，幾個遼丁推推拉拉的，居然就下船上岸了！是施了法術，還是遼丁有神力？憑這樣的大炮誰也能百戰百勝！……登州兵說不出的驚訝羨慕，妒嫉不服，一個個瞪著眼，張著嘴，雨水流進去都覺不出。

繡著飛虎的黃邊大旗終於靠岸，搭板剛剛放定，船上便快步走下一名將官和兩名侍從，直奔接官亭。這邊張可大率著文武官員迎了上去。那名將官二十餘歲，亮鐵尖頂盔的庇眉下有一雙似睜非睜的畫眉眼，他迅速地打量一周，對張可大深深一揖：

「甲冑在身，恕不跪拜。卑職是孫撫院麾下中軍官、都司耿仲明。孫撫院因故未到，諸位大人免接請回。」

一片嗟呀之聲。張可大眉尖一豎，沒說什麼，旁邊知州忍不住了：「那麼，孫撫院他、尚未出京？」

耿仲明又是深深一揖：「卑職不知，大人恕罪。」

接官亭內眾人在小聲議論猜測。張可大沉臉站在亭邊。

烏雲翻滾的天空，大雨如注，就像不打算停息似的。

＊　＊　＊

雨終究停了。傍晚，夕陽從雲縫露出了半邊。雨後的清新中又添進夏日燠熱，使張可大愈加煩躁。上午未接到孫巡撫他已感不安，剛才在校場又看到那麼一場爭鬥，他心緒更煩雜了。

四郊和水城內外有十數處校場，場邊營房密集，一排挨著一排。向來登州駐軍，只有正五品守備以上的軍官才在城內設有公署住所，其餘官兵都住在這些營房裡。孫巡撫麾下八千兵馬，也照此例按水師、陸師分別住進幾處營區。雨停之後，張可大去各處看看客軍的安置，盡地主之誼。

客軍各營已經安頓。也許是有意炫耀，五門西洋大炮連炮車都推出來了，昂然挺立，黑洞洞的炮口驕傲地望著天空。遼丁們正圍著這些龐然大物忙碌著，擦拭上油，要把著雨有了鏽斑的

「巨人」們重新拾掇得嶄新烏亮。登州兵不免要圍過來看希罕。張可大下了馬，悄悄走進圍觀的人群，這是他體察下情的機會。從心裡說，他對這久聞大名的洋夷奇具也有幾分好奇。

「這傢伙！真不老小！」一個登州兵忍不住伸手摸炮筒。

「別動別動！」膀大腰圓的遼丁扒拉開他的手，「沒看見有油嗎？哼，不老小？八千斤哩！」

「嘖嘖！」登州兵眼都瞪圓了，「這麼大傢伙，真能打出十多里路去？」

「那還有假！對你說吧，早年寧遠大捷、寧錦大捷，去年守衛京師，今年收復四城，殺韃子成千上萬，俺們這大將軍可是立了大功、披過紅掛過彩的！」

「成千上萬？吹牛！」周圍的人笑了。笑聲中有人反駁：「上陣殺韃子，真刀真槍憑武藝，使這西洋大炮不照面就殺人，也算本事？」

立刻有人接茬兒，不無惡意地譏笑：「算！咋不算！泥胎木樁也似的站著淋雨，也是大本事哩！」

圍觀的人群中騰起一片揶揄的哄笑。遼丁給笑惱了，一拍胸膛叫陣：「笑俺們遼東弟兄身上沒功夫？敢來比試比試？」

登州兵果然推出一名山東大漢，上來就是個懶紮衣的出手架子，下勢連單鞭，一拳劈頭打下。遼丁金雞獨立，橫拳一攔，兩人你來我往地鬥在了一處。幾個回合過去，遼丁收拳扭身後退，彷彿怯陣，山東漢趁虛而入，不料遼丁使的是倒騎龍，待對手猛力硬攻之際，突然回身，雙拳齊上連珠炮。山東漢著了幾拳連忙後退，腳步略有錯亂，遼丁乘機來了個伏虎勢，伸腿向後一掃，山東漢「撲通」一聲摔了個四腳朝天，擦炮的遼丁們哄然大笑。山東漢半天掙扎不起，惱羞成怒，跳起身又撲上去，狀如拚命，破口大罵：

「喪家犬！跑登州逞能來啦！奶奶的，饒不了你！」

遼丁大怒，出拳就打：「你媽個蛋！敢罵老爺！」

許多人上去拉架，但罵聲越來越高，越罵聲音越雜：

「他媽的，罵誰喪家犬！」

「就他媽罵你！老窩叫韃子端了，跑我們這兒神氣啥？」

「王八蛋狗雜種！老子跟你拚啦！」

「就罵你，喪家犬！喪家犬！誰是王八？老婆姑娘叫韃子占了，那才要出雜種哩！……」

罵架的越罵越不成話，勸架的也捲入了相罵，你推我搡，眼看成了相打。張可大喝斥不住，下令侍衛親兵拿住動手的送交各自營官處罰，一場風波才算平息。

頭一天才見面，互相就這麼鄙視，以後的日子還長，誰知道會出什麼事？張可大滿腦門的不痛快，索性一擺韁繩，大喝一聲「加鞭！」於是，在侍從們簇擁下，馬蹄生風，衝上了山坡。坡下大道彎向海灘，影影綽綽似有行人，但張可大來不及細看，因為下坡路極平坦，又迎風，駿馬歡快地奔跑，勒都勒不住。最前面兩騎侍衛高叫著：「閃開！閃開！總鎮大人在此！閃開！——」騎隊如飛，衝下坡來。

果真有人立馬道邊！是聾子嗎？竟一動不動！海灘上有人驚叫，他才慢慢回頭，已經來不及了，騎隊衝到跟前。喝道的兩騎從他左右兩邊閃過，前儀衛卻沒那麼幸運，幾匹馬都驚得揚蹄而立，高聲嘶鳴，兩名儀衛兵被顛下馬，摔得不輕。騎隊亂了一陣，便有人喝罵著扯住闖禍的紅馬韁繩，幾隻大手一齊把馬背上的人拽下來，舉鞭就打。那人猛地一閃，站到路邊，鞭子抽空了。侍衛大怒，趕上去又要打，那人笑道：「諸位慢動手，我有話說。」

侍衛們見慣了在他們面前嚇得發抖的百姓，聽得這麼一句，反倒愣了。那人已走到張可大馬前，拱手謝道：

「貪看夕照，衝撞了總鎮大人儀衛，實屬無心，大人見諒。」

他的聲音彷彿大阮的最粗弦在振盪，很低沉，又渾厚有力。使人感到一絲說不清的震顫，不由得一齊注目：一領藍衫，包巾裹著髮髻，兩帶垂於雙肩，衣著簡單卻不貧陋，滿臉書卷氣，溫文爾雅，眉梢眼尾都斜掃雙鬢，疏疏的五綹髯鬚，掩不住方唇闊嘴邊的笑意。張可大不禁被此人風采所吸引，下馬拱手道：

「下人無知，先生不要見怪。」

藍衫人笑得更爽：「久聞可大兄有儒將風度，果然。舟山張公堤，百姓稱頌至今，真不虛傳啊！」

張可大吃了一驚。十一年前，他以副總兵鎮守舟山。當地海潮甚烈，農田常年受害。張可大率部下築堤、挖塘、蓄淡水，數千畝田地盡成膏腴，當地人把長堤冠以張公之名來頌揚他。此人竟知！張可大疑惑地看著他：「先生是……」

他謙和地微微低頭：「我是孫元化。」

張可大大驚，翻身下馬跪拜：「卑職叩見巡撫大人！不知大人駕到，衝撞了大人，死罪死罪！」他的部下也都嚇得跪倒一片。張可大喝令把冒犯撫院大人的侍衛捆綁拿下，要重重處罰，孫元化連連搖手，和藹地說：「不必如此。他們原有開道職分，事關朝廷的威儀，怪他們不得。是我不好，沒有及早躲閃。」

張可大過意不去，又不好違拗，只得罷了，隨即請問：「大人下午剛到登州？」

孫元化笑了笑：「請總鎮不要見怪才好，我來此已經五天了。」

張可大心裡不快，只含糊應了一聲。巡撫大人的隨從已從海灘趕來，眾人一同上馬，擁了登萊巡撫和總兵官回城。孫元化對張可大笑道：

「元化離京陛見之際，周相延儒，梁大司馬廷棟均在側，皇上說了許多鼓勵的話，其間，對周相說：『往例巡按出朝皆微服訪民間，近日則高牙大纛盛氣凌人，且衙門前後皆啓竇通賄，每外差歸來，富可敵國，成何體統？須得重重懲治以儆來者！』在下雖非巡按，但聖言在耳，爲臣子的豈可無動於衷？」

張可大點點頭，心裡並未釋然：總歸是微服私訪。

「元化才疏學淺，所謂盛名之下其實難副。蒙主恩寵驟領封疆，不勝內慚之至，尤不宜張揚其事，以避招搖之嫌。然既任職於斯，則山川地理形勢、民情民風民俗不可不知，這才……」他微微一笑，不再往下說了。

張可大拉長的臉上第一次有了笑意：「大人，微服私訪，也是一段佳話，又何必諱言呢？」

孫元化眼睛裡滿含著慈祥：「我只是不願大人你多心啊！」

張可大笑出聲：「啊，巡撫大人，你多慮了。」

兩人一起笑了，氣氛輕鬆下來。

新任巡撫使登州總兵和他的下屬驚訝。其原因和程度卻大相逕庭。此刻就有一雙銳利的眼睛仔細探究著孫元化，驚訝很快轉爲失望，又漸漸化爲輕視：這不是他想像中能和無敵的紅夷大炮聯繫在一起的孫元化！這雙眼睛烏黑深邃，閃爍不定，它屬於那位在接官亭外揮鞭制止混亂的陸師游擊營營官呂烈——登州駐軍最標緻、最有才幹、最放蕩不羈、最難捉摸的年輕都司。

二

鎮守登州的軍隊中，本地衛所兵多是登州人，少量客兵也都來自中原，自然瞧不起關外人。還有一層，登州是個富地方，照例聚集了不少有來頭有根底的名門貴族子弟，那都是見過大世面的，哪裡把孫元化放在眼裡？

這天傍晚，名門子弟們又聚在中軍管惟誠的游擊署裡喝酒賭錢。

管惟誠把竹筒裡的骰子搖得「克啷克啷」亂響，咧著大嘴笑道：「怎麼著，咱們這新巡撫，沒啥能耐嘛！」

「能耐？」守備[13]姚士良是位侍郎的兒子，一翻白眼，「簡直是窩囊廢！領了一幫傻頭傻腦的遼呆子，呸！那股土腥氣沒把我熏死，又髒又臭，這路貨色也能打仗？」

13 明末的軍銜等級為總兵、副將、參將、游擊、都司、守備、千總、把總，品級分別為正二品、從二品、正三品、從三品、正四品、正五品、從五品、正六品。

「也就仗著紅夷大炮，別人不趁，他獨一份唄！」這是最小的子弟官——千總張鹿征，登州總兵張可大之子，一邊說，一邊又搖頭又撇嘴，還不住討好地瞧瞧呂烈，指望他給予證實似的。

呂烈不接茬兒，只管叫著：「下注下注！我的五兩。」

游擊陳良謨也拍上一塊銀子：「我也五兩！」

呂烈從眼簾下朝他一瞥，鼻子裡哼了一聲。張鹿征連忙湊趣：「老陳官最大，家裡頭金山銀海，好意思拿五兩銀子哄人？」陳良謨的老爹做過一任漕運總督，撈足肥足，是登州子弟官中的「首富」。

陳良謨笑道：「我添！我添——加五兩！……沒準真是個膿包哩，頭次轅參[14]過去五六天了，沒點子動靜嘛。」

「就會這個營看看，那個營轉轉，誰跟他說好說歹，他總是個笑，沒話。濫忠厚，沒用！多半一輩子沒管過這麼大地盤，不知怎麼好了。就像叫化子白得了一筐籮饅頭，摸這個拿那個，恨不得都咬一口！……」姚士良的話越說越刻薄，把大家都逗笑了。

唱曲的銀兒袒著胸，掠著烏雲似的鬢髮，裊裊婷婷走來給他們斟酒，從管惟誠手裡奪過竹筒子，嬌笑著：「管爺，你只管押銀子，骰子我替你擲！」

管惟誠在她粉馥馥的臉上捏了一把：「好好擲，贏了錢跟妳對半分！……也難那麼說，常言道，仰頭老婆低頭漢最難鬥，說文點，叫作大智若愚……」

14 下級武官定期進轅門參見總兵以上的高級武將，稱轅參。

「糊弄人罷了，騙誰去？」陳良謨做了個鬼臉，「點他出任巡撫，朝廷裡多少人不服！好些進士出身，熬一輩子也不過知縣知府裡轉兩圈，他個小小舉人，竟然……哼，誰不罵他借物進身無恥下作！等著看笑話的多了去啦！」

「就是嘛，」姚士良又翻翻眼皮，「朝廷不是差他來平定劉五的嗎？如今劉家那伙子王八蛋還站在長島撒尿哩，他可連屁也不曾放一聲！……哎，呂哥，你說呢？」

登州衛無端降級，激起他們本能的反抗，他們不敢對做此決定的朝廷說三道四，就把怨恨都發洩到新巡撫頭上。

呂烈嘴角冷笑：「我有啥說的？擲骰子，擲骰子！」說著端起酒盅一飲而盡。銀兒殷勤地執壺再斟，他揮手攔住，銀兒順勢托住他的手輕輕撫摸，他抽身離座走開。張鹿征連忙補座，涎臉去捏銀兒的小手，銀兒甩開，重新偎到管惟誠身邊去，替他拿起竹筒，逕直向桌上銅盤傾倒，骰子蹦了幾蹦，定住。

「哈哈，十點！好銀兒，小心肝！」管惟誠眉開眼笑，摟過銀兒就要親嘴，銀兒推開他：「急死你！別人還沒擲呢！」眾人嘻嘻哈哈笑成一團。呂烈自己斟了酒，拈了塊醬肉嚼著，獨自走到一邊慢慢地喝。

孫元化，孫巡撫，到底怎麼樣？……

親兵告訴他，孫巡撫曾兩次夜巡到他呂烈的都司署，都逢他夜飲未回。昨夜呂烈扶醉歸來，又過了二更。親兵急忙跑來稟告：孫巡撫又來了，正在書房等他。呂烈做出不在乎的樣子，趁著酒意，晃進了書房大門。

案前燈光明亮，孫巡撫一身便裝，正在燈下看書，神態自然灑脫，溫文爾雅。短短的一瞬間，讚賞抵消了心中的敵意，他暗暗嘆息：「好好的儒雅之士，何苦到這兵刀險惡之地來攪渾水！」但瞬間軟弱頃刻消散，他哈哈地笑著長揖不拜，口齒不清地說：「撫院大人不愧出身舉人，至今善讀，不勝欽佩，欽佩之至！」若能惹得這位巡撫大人勃然發怒，也算一件開心事！

孫元化只望著呂烈，口氣很溫和：「你又醉了。」

他說「又醉了」！他用的那樣慈和悲憫的口吻，好像呂烈是個淘氣的孩子，是個任性的病人！呂烈覺得怒氣倏然撞上胸膛，立刻頂了一句：「我從小不要保母，見道學先生就作嘔！」說罷又嘻嘻笑著湊過去，涎著臉問：「大人所讀何書？」

孫元化指指函封：《漢書》。

呂烈乜斜著眼笑：「既讀《漢書》，請問，漢高祖何許人？啊？哈哈哈哈！……」他不等孫元化回答，自管大笑著挺身躺上便榻。他有意借酒冒犯巡撫大人，但實在醉得支持不住，躺倒便呼呼大睡，也不知孫元化何時離去。

今天一整日，呂烈都等著巡撫大人叫他去斥問，對答詞都想好了，回來定可在同伴中吹噓一番。然而他白等了，沒有一點消息……想起他的微笑，那居高臨下的可惡的微笑，他恨透了！——他深信，一切笑臉迎人的都沒有好心腸！

「呂烈，該你擲了。」管惟誠叫著，他回過神，懶洋洋地拿竹筒晃了晃，骰子跳出來：六點。管惟誠嘻嘻笑著把三十兩銀子都摟到自己跟前，不住地嚷：「再來再來！這回我押十五兩！」

呂烈半睜半閉的眼睛猛地睜大，閃出一道亮光。張鹿征立刻來了精神：「呂哥，你又有好點子啦！」

呂烈對眾人眨眨眼，狡黠地抿嘴一笑：「咱們來掂掂他到底幾斤幾兩！要能激得他發怒，最好再賞咱們十幾棍子，他那笑模樣可就戳穿啦！……」

這些人，一個個從小就是混世魔王，哪肯放過這個洩憤出氣的好機會！興高采烈地計議了一番，甚至定下了搗鬼的賞格：一桌酒席、五十兩銀、一百兩銀等三種……

押寶賭錢的第二輪，管惟誠又贏了。他真有個豪爽勁，分了一半銀子給銀兒，說：「銀兒，小寶貝，今晚就陪我宿了吧！這份錢夠我去妳家住一個月的啦！」

銀兒掩著嘴笑，目光卻飄向呂烈，戀戀地一眼又一眼地瞅，拿出打情罵俏的身段，尖尖食指一戳管惟誠的額頭，嬌聲道：「纏死人啦！要是呂爺……」

張鹿征搶過話頭：「哎呀，小銀兒，別做夢啦，也不照照自個兒！妳又不是不知道，我家呂哥呀，除了原生貨，妳們這號娘兒們，倒貼他也不要！」

銀兒啐他一口，眾人哄笑，各自散去。

* * *

進巡撫署大門，轉過影壁，先看到一座溼潤的、點滿綠苔的太湖石山立在水池中，水面蓮葉青青，紅白兩色睡蓮給人帶來涼意。一個小男孩迎著他們，口齒伶俐地叫道：

「孔叔，耿叔，帥爺[15]讓我在這兒等你們。」

15 巡撫有兼管一方軍事的職權，可尊稱為帥爺、撫院、撫臺等。

「哎喲，小陸奇一！」孔有德一步跨上，把孩子抱著舉起，小傢伙兩條瘦腿高興地亂蹬一氣。

耿仲明也伸手拍拍孩子清秀的小臉蛋：「可有個人模樣了！要不叫我，誰還認得你這個小叫化子！」

孩子生氣地瞪他一眼：「你再叫我小叫化子，我就叫你小白臉啦！」他掙扎著跳下地：「跟我來，帥爺等著你們呢！」小腦瓜一晃，挺胸凹腹，儼然帥府小執事！孔、耿二人相視一笑，隨他穿門過廳走廊子，來到東花廳。孫元化放下手中書，起身迎接：

「二位來了，請坐。倒茶來。」

兩位遼東營官向孫元化行禮落座。孔有德笑道：「帥爺，才幾天呀，陸奇一就出息多啦。」

耿仲明眨眨眼：「這小鬼頭，拿住他那會兒就像隻小狼，還咬了我一口。我這傷還沒好利落，他倒變了個人啦！」

送茶來的陸奇一正好聽到，悄悄對耿仲明做個鬼臉，一溜煙退出去，引得三個大人又笑了一陣。

這陸奇一，小鼻子小臉，脖子細長，瘦骨伶仃，一個十一二歲的娃娃，是孫元化收養的小親兵。原是個不知天地的小野人，居然也伏管了，除了孫撫院，別人再難辦到。

「自家弟兄，我也不用客套。」孫元化習慣地朝扶手圈椅的椅背上一靠，神色十分和悅自然，姿態也瀟脫受看，「我想你二人原先都在毛文龍帳下，與那劉興治可相熟？」

「帥爺跟前，咱老孔從不說瞎話，」孔有德直性子人，毫不隱諱，「劉家弟兄咱只服劉二，別的，哼，都不咋的！」

孫元化笑了：「不咋的？什麼不咋的？」

「瞧不上唄！一個個好勇鬥狠，又奸詐又野，不懂禮義，不知王法，高麗棒子，比韃子也好不到哪兒去！再說他們弟兄七個，我到今兒也鬧不清誰是誰。」

耿仲明細眼長眉，很清秀，一看就比孔有德機靈。他有個眨眼皮的習慣，眨得極快，活像蜜蜂忽扇翅膀，或許他心思動得更快。他說：「孔哥粗心不記事。劉家弟兄裡除了劉二，就數劉五是塊材料，有心計著呢！當初我和孔哥隨劉二出島那會兒，我就想過劉五早晚要鬧事，果不其然……」

「哦？你何以料得？」

「這天底下，劉五只怕一個人，毛帥毛文龍；只服一個人，他二哥劉興祚。如今毛帥死了，劉二陣亡，誰還管得了他？陳繼盛哪在他眼裡！他早認定他該是皮島大帥，早晚得找個茬兒把陳繼盛收拾了。這不，直鬧到長島來了！……這人能幹是真能幹，可也橫得厲害，真開了殺戒，野著呢！」

「對，對！」孔有德想起來了，「他隨劉興祚來皮島，不到一個月就娶了十五個小老婆，哈，每天晚上拈鬮陪他睡。劉興祚勸他減些個，他就擺了一盤珍珠串、一盤珊瑚串，招來那些女人說：願意留下的取珍珠串，願意走的取珊瑚串。女人嘛，哪知深淺？十五個人裡倒有十三個取了珊瑚串。他還笑嘻嘻地告訴劉興祚：『我聽二哥的，把她們全嫁出去！』一回頭，全殺了。劉興祚聽說了又驚又怒，他倒像沒事人似的，說：『我不是講明了嗎？拿她們都嫁給閻王爺呀！』瞧瞧！」

耿仲明蹙蹙眉頭：「他倒也不是一味耍蠻，還算個能屈能伸的漢子。孔哥，還記得沈世魁跟他要女人的事嗎？」

孔有德拍拍額頭：「那事也是劉五的？」

孫元化也問一句：「沈世魁，好像是毛文龍的親戚，現下仍在皮島，可是？」

耿仲明連連點頭：「帥爺好記性，沒錯！他仗著女兒是毛帥的小夫人，當年可是皮島上的二太爺！劉五的一個愛妾才色雙絕，出自書香門第。劉五雖也識得幾個字，筆下卻畫不成形，得了這個美人，連公文書信都有人代理了。沈世魁那天找到劉五說：『我有一事相求，肯答應，才告訴你。』劉五哪敢不應，恭恭敬敬地說：『只除了我劉五這一身，任憑你取！』沈世魁哈哈一笑，說：『那我就先謝過了！』一聲令下，手下人竟把劉五的愛妾強扯進轎，抬了就走，沈世魁還笑著連連拱手致謝說：『在下所求就是這位新嫂子，承賜承賜！』劉五氣得臉都白了，硬是站著一動沒動，把這口氣嚥下去了。尋常人豈能辦得到？」

孫元化拈著鬍鬚，默默點頭。

「我記得毛帥一死，沈世魁挺知趣，趕緊就把那個美人送還劉五，還搭上好些珍珠人參，算是賠罪。劉五倒真的全收下了，對不對？哈哈哈哈！」孔有德笑得很開心。

「後來的事更怪，這女人反倒對沈世魁念念不忘，多半也是嫌劉五的根兒是外夷，總瞧他不上。偏又沒事找事，寫詩作詞說什麼彩鳳隨鴉，偏偏又叫劉五看見，登時大怒，一把揪住美人說：『你講彩鳳隨烏鴉不是？告訴你，烏鴉還打彩鳳哩！』一巴掌扇過去，劉五力氣大得賽狗熊，美人何等嬌弱？竟給他打折了脖頸，倒地斃命。劉五不在乎，一口薄木棺材埋了，倒是沈世魁，聽說還偷偷去祭了幾回……」

孔有德一拍大腿，說：「所以呀，我說他高麗棒子不知禮義嘛！」

「也難這麼說，他對他結髮妻子就情深義重！」耿仲明看了孔有德一眼，「他們弟兄逃出來，老母妻子可都叫韃子下了獄。劉五在這邊，吃飯留著髮妻的座位杯盤碗筷；睡覺留著髮妻的床帳被褥；多少小妾進門，都要先向他髮妻的座位拜主母；就是跟小妾睡覺，也要往髮妻位子那兒稟告一聲，說是不爲尋歡取樂，爲的劉家後嗣……」

孫元化驚訝地問：「這是爲什麼？」

「聽說當年劉五在陣上受重傷，看看將死，髮妻割臂肉入藥，又日夜服侍，衣不解帶一月有餘。劉五活過來了，他那髮妻卻病累交加，死了好幾回。好不容易撿回一條命，如今，又受劉五連累下了獄……劉五感念髮妻，原是發誓終身不近別的女人的，可他髮妻定要他納妾生子爲劉五留後代接香煙。劉五便一個接一個地娶妾，至今也沒生下一男半女……」

孫元化沉吟片刻，問道：「據你們看，他們會不會暗通金國？」

孔有德抽了口冷氣：「不會吧？他們弟兄反出瀋陽，那韃子恨他們不死，還懸賞買他們的腦袋哩！」

耿仲明也說：「韃子拿他們家眷下大獄，劉五那性子，還不恨透韃子！……不過，要說當初，韃子汗王待他們弟兄也真不薄。」

孫元化默然，孔耿二人也不言聲了。半晌，耿仲明遲疑道：「帥爺，不知當講不當講……我隨劉二出島赴寧遠，又奉命守太平寨，那會兒他不知爲啥，總是心事重重。我想……他像是自己要尋死，最好死在韃子手裡頭才甘心也似的！」

孔有德恍然：「對！對！我也覺著劉爺自打去守太平寨就不對勁，可說不明白。今兒仲明這麼一說，是那意思！」

「哦？」一道寒光從孫元化眼中劃過，大家又沉默了。

陸奇一匆匆走來稟告：「張總鎮來拜。」

孫元化站起身：「二位隨我去迎接。」

孫元化親自到大門把張可大接到西花廳，分賓主坐定。撫標中軍[16]耿仲明和游擊孔有德站在孫元化身邊，鎮標中軍[17]管惟誠和千總張鹿征則隨侍張可大一側。

寒暄一番之後，張可大開門見山：「撫院大人經綸滿腹，韜略在胸，平劉興治之亂想必早有成算。近日又有商民上書，因長島爲劉興治所占，往天津、旅順等處貨船不敢出海，陸路又十分艱辛，是剿是撫，望大人示下。」

孫元化嘆道：「正是。漁民也半年不敢下海，桃花漁汛已白白放過，眼看秋汛在即，不能再等。不過，剿撫二策，大人以爲何者爲上？」

「下官以爲，良民百姓殺一個都是罪過，但叛逆之徒須斬草除根，便殺千殺萬也不爲過！劉興治凶狡好亂，絕非善類啊……」

「大人不以爲他進據長島揚威海上，是爲逼迫朝廷任他爲皮島東江之長嗎？未必真有叛逆之

16 撫標中軍：即巡撫衛隊長。
17 鎮標中軍：即總兵衛隊長。

心吧？」

張可大驚異地張張嘴：「這……」

孫元化神態和悅：「我有意在蓬萊、長島、廟島之間海域來一次水戰演練，邀劉興治出兵船合練，看他如何回答，是剿是撫，我們便好相機而動。」

張可大點點頭：「也好。」

「這樣，便須訓練士卒，排演陣法戰法。我意自明日起，先會集營官、哨官、哨長講習三日。」

「今日正好有幾位營官隨行，不如就此請大人教訓。」

說話間，六七名登州營的參將、游擊、都司、守備銜營官也來到西花廳，張可大一一向孫元化引見。待眾人分列站定，孫元化和藹地鼓勵了幾句。

忽見一名守備銜營官，喝醉了似的踉踉蹌蹌走進花廳，在巡撫和總兵大人面前一站，便旋風似的原地打轉，彷彿西域胡人跳胡旋舞，又重重一頓腳，停住，瞪著眼努著嘴，腰也不彎地高高一揖，嘴裡口齒不清：「卑職姚……姚士良，參拜……參拜帥爺……」再旋一圈，搖搖晃晃地出去了。

張可大張口結舌：「他……這……」

孫元化視如不見，對張可大說：「我想，講習地點，選在關帝廟，如何？……」

張可大尚未回答，便呆住了：又有一個身穿碧綠紗衫、腳登護甲皂靴的高大男子，中了邪一樣哼哼呀呀地唱，手舞足蹈地進五步退三步，一會兒蹲一會兒跳，彷彿巫婆跳鬼裝神，又滿臉塗墨，看不清面目，揮動著一副營官頭盔，遙遙對巡撫大人躬身一拜，轉身慢跑離開。

張可大語無倫次，很是不安：「這是游擊陳良謨……素日胡鬧慣了，責罰多次，全無效用……怕是又喝多了！」

登州營諸將領都在偷偷地笑，一眼又一眼地瞅著撫院大人。孔有德、耿仲明臉都氣白了：這不是公然戲弄帥爺嗎？孫元化仍然繼續說他的要事：「講習完畢，要一個個考查，不合格的不准參加演練，待補習合格，方可領兵……」

人們的注意力又被引開，全都注目廳前：那兒出現一個女子，鵝黃衫水紅裙，高髻橫釵，濃施粉黛，但身材高大魁梧，當她裊裊娜娜直趨庭前時，裙下露出一雙穿粉底皂靴的大腳。她羞答答地低垂了頭，衝著巡撫大人拜了四拜——新嫁娘拜見公婆的禮數！有人「撲哧」地笑出聲，又趕緊捂嘴，多數人拚命咬住嘴唇隱忍不發。孔有德大怒，挺身欲出又被耿仲明扯住，向他努嘴示意：沉住氣，瞧帥爺的。所有的人都看明白了，這女子是男人扮的，專爲戲弄耍笑，以激怒巡撫大人。

張可大尷尬萬分，對那「女子」發怒道：「呂烈！大膽！竟敢如此！真是……」他口氣卻又軟了，嘆道：「這麼鬧，成什麼模樣！……」

裝成女子的呂烈，挑釁地望定孫元化，就盼著他變臉。戳穿假面具，是呂烈最痛快最開心的事，他一向喜歡這麼幹。只要巡撫大人一拍案，他就跟他呂烈站平了，呂烈就獲得心理勝利；若能拿呂烈又出轅門捆打幾十棍則更妙，呂烈就更能在登州營兄弟伙裡稱雄，身分就更高了。遺憾的是孫元化看都沒看他一眼，只管繼續對張可大說話：

「還有，得讓登州將領們都懂得西洋大炮。隨炮同來登州的葡萄牙國教官可萊亞漢話說得不錯，屆時請他示範……」

衆人畢竟是軍官，西洋大炮畢竟是聞名天下的兵器，大家肅然靜聽，不再竊笑議論，也不再看那個男扮女裝的呂烈，而呂烈也不知何時悄然離去了。

總兵大人告辭時，爲難地苦笑：「帥爺明鑑，這幫貴胄子弟，下官也……唉！」

孫元化體諒地安慰：「不必如此，哪裡都一樣。何況此乃私廳相見，並非公堂公事，不用太認真。」

孔有德出府時憤憤不平，橫眉怒目地說：「帥爺是封疆大員，這不成天下人的笑柄了？就該當場懲戒，打他五十大板才對！」

孫元化緩緩搖頭：「我若如此，豈不稱了他的心願？現在成笑柄的是這些貴胄子弟，於我無損。」

晚上，孫元化退回私第，夫人沈氏、長女幼蘩、幼子和京、幼女幼蕖迎接慰勞。飯後一家人說笑片刻，孫元化仍回書房，重新拿起量尺三角尺，畫一會演算一陣。爲了提高西洋大炮的準頭，他一直想造一件實用的量器。

「爹爹！」幼蘩在門口叫了一聲，走進來站在桌邊，眼淚汪汪地擺弄著桌上的文具。

「蘩兒，怎麼啦？」孫元化小心地從女兒手下移開演算草稿。

「他們……這些登州營官，太欺負人！」姑娘說著，便抽抽噎噎地哭了，「難道爹爹還怕他們？……」

「陸奇一告訴妳的？……責罰他們有何難，爹也不怕那些名門望族。只是初來乍到，遼東兵與登州兵已見裂痕，些許小事就會引來爭鬥，若壞了大事，辜負聖恩，豈非得不償失？……好了，妳去吧，爹沒事。」

在作圖演算過程中，孫元化眼前不時出現一個人的形影：忽而威風凜凜中帶著嚴酷，揮鞭抽打散亂的兵丁；忽而男扮女裝怪模怪樣，一臉狂妄挑釁之色。那日候他夜歸，他竟反問：「漢高祖何許人？」意思不就是說，漢高祖也好酒好色貪財貨，照樣可以成就大業，何必以小節苛求他呂烈呢？……

這是個古怪的、不可捉摸的人，看來頗有才幹，只是他那麼深的敵意，是從哪兒來的呢？

三

一盤點綴著綠葉紅絲的菜肴捧上桌，醬紅色的濃湯泛著油光，異香撲鼻，在滿桌魚蝦中顯得很特別。劉興治瞟了一眼，隨口問：「什麼玩意兒？」

「回爺的話，因爺昨兒說海參鮑魚吃膩了，廚下特地給爺燒的大紅螺，深水下頭才撈得著……」侍從對應殷勤小心。

「這紅螺肉味好？」

「好，好！又鮮又嫩！」

劉興治看他一眼：「你吃啦？」

侍從很惶恐：「小人怎敢！」

劉興治瞪眼：「沒吃怎麼知道味好？又來誆我！扯下去打！」

侍從跪地求告：「饒了小人吧！爺先前應許過的……」

「嗯？」

「前兒小的服侍爺去海邊，爺見沙灘上荊條子很好，說是打人正合用，就拿小的試笞，小的說無罪不當受，爺應許以後有過錯折兒，便打了小的三十。今兒爺就饒過小的，權當抵了上回……」

「放屁！」劉興治喝罵，「沒過錯都能打，何況有過錯！打！」他突然火冒三丈，拿大拳頭用力捶著桌子，尖聲大叫：「誆人！他娘的誆人！全是些誆人的狗雜種！——」杯碗碟盆給擂得跳起來好高，有的碎了，有的傾倒，湯汁菜肴濺了一桌子。

侍從被扯到庭院當間，一五一十地數著打，劉興治這才拿起匙子，偏偏他最小的兄弟劉七劉興基腳步匆忙地闖進來。劉興治把匙子一摔，這頓飯他是吃不安生了。

劉興基卻不顧五哥難看的臉色，口中呼呼喘氣：「五哥莫怪，有大事！孫巡撫要上島來了！」

劉興治一愣：「他，他果真來了？……多少人馬？」

「說是只有一條福船、兩條海滄船，不到二百人。」

劉興治濃眉一聳：「他敢單刀赴會？」

「探得他前日從蓬萊水城啓航，現已走遍了各島，果是巡視的樣子。此刻怕已在北長島靠岸了！」

劉興治雙手用力按住桌案，桌腿嘎吱響，他卻不做聲。

「五哥，你倒是拿個主意呀！」劉興基直發急。

劉興治雙手抱著胳膊，木頭墩子似的一動不動，站了許久，終於緊皺濃眉，說：「傳令：各營弟兄，不准擅離駐地，各查軍資兵器，結隊待命！」

「五哥！你是要……」劉興基驚叫出聲。

劉興治不理他，自管說下去：「凡是有職有銜的弟兄，都隨我到北長島迎候！」

＊　＊　＊

還是晚了一步，劉興治趕到北長島泊船碼頭，巡撫大人已經離碼頭向北去了，灣子裡只停泊著一大二小的福船和海滄船。船上旌旗飛揚，旗下數十名兵丁在收拾整理船上器具，不緊不慢，從容自然，彷彿日常出海。

劉興治只得率劉四劉興邦、劉七劉興基和下屬趕往北長島北端。大老遠，他就看到在潔白似雪的海灘上，幾十名甲冑侍從環衛著一位頭戴紗帽，身著暗紅色圓領寬袖袍的官員；藍色遮陽官傘旁邊有三位頭戴紅纓遮陽笠帽、身穿寬袖交領長袍、腰挎寶刀長劍的軍官，那官員正對著海灣指指畫畫，向軍官們解說著什麼。這還能是誰！劉興治快跑幾步，上了海灘，腳踩得滿灘球石「嘩啷啷」響，海灘上的人一起回頭看。劉興治不敢靠近，五丈之外就跪下高聲稟告：

「卑職皮島游擊劉興治迎接來遲，撫院大人恕罪！」

「嘩啦嘩啦」一片腳步響，他們走近了。

「請起。果然與興祚有幾分相像。」低沉渾厚的聲音明明近在耳邊，卻像撞鐘從遠方傳來，帶著些撼人心腑的「嗡嗡」餘響，一股說不清的魅力。劉興治忍不住失禮地抬頭看：開朗慈祥的笑容，壓得低低的紗帽兩側鬢間的幾縷銀絲，使孫元化彷彿仁厚長者；但高挑的眉梢眼角顯露著才華和機警，軒昂的神態自有他懾人的威嚴。劉興治剎那間歷數自己一生的交遊，何曾見過這樣的氣度風采！他傾慕之餘不免惶恐，不免自慚形穢，慌忙又埋下頭，不知如何對答才好。

「啪」的一聲，劉興治肩頭挨了一巴掌，一個大粗嗓門快活地嚷：「哈，劉五弟，久違啦！你可好哇？」

「孔大哥！果然是你！」劉興治趕忙拱手爲禮。

「劉游擊，咱們又見面了，今日又有好宴吧？」呂烈半笑不笑，話裡有話。劉興治很尷尬地笑著，躬身道歉：

「呂老弟別見怪，武人粗魯，不過試試二位的膽量……」

十天前，孫巡撫差耿仲明長島下書，照知劉興治整頓兵船，參加一月後的水戰演練。因爲不明劉興治的態度，此行頗有幾分危險。不知爲什麼，呂烈三番五次上書請求同行。他說他雖不及耿仲明是劉興治故交，但熟悉地形水情，願去做個嚮導。人們議論紛紛，說賭氣說顯能說爭功的都有。孫巡撫卻准了呂烈的請求。

耿仲明和呂烈不辱使命，三天後按時歸來，取到劉興治的回信，說是「願領撫院將令參演水戰，但手下各營素無訓練，兵船更不懂陣法，乞撫院大人親臨長島予以教誨，駐島各軍引領以望」等等。誰都看得出這是劉五的託詞，可能還包藏禍心。張總兵更勸巡撫大人不可輕動，焉知長島上擺的不是鴻門宴？若非去不可，他願率水師五營隨行。孫巡撫卻決定巡視諸島，只帶三條船、一百多人。

人們也問起耿仲明和呂烈上島送信的經過，不知爲什麼兩人都守口如瓶。今天該真相大白了吧？

耿仲明跟著呂烈，也是一臉譏笑：「劉五哥，前兒你可是拉弓搭箭，叫我們打刀門下鑽過去的！咱們好歹是老相識，虧你幹得出來！我都沒臉跟人說！」

「是哥哥不好，耿兄弟饒恕了吧！」劉興治賠著笑臉。

「大人，」呂烈恭敬地對孫元化說，「島上可看之處頗多，卑職當嚮導。」

孫元化一笑：「劉游擊在島時日不淺了，比你更熟吧？」

「他？嘿嘿，他能占島爲王，他能殺人如草，他能聚貨斂財，可就是島上的掌故他一些不知。劉游擊，」呂烈轉向劉興治眯眼笑道，「算你走運，好好侍候著巡撫大人，讓我這個嚮導給你開開眼！」

劉興治無可奈何地瞪他一眼：「我怎敢勞你！你既無事不知，就先說說眼前！」

呂烈瞥了他一眼，不屑地轉過半身，對孫元化介紹：「大人，此灣名半月灣，又叫月牙灣……」

「半月灣？月牙灣？地名妙！景致更妙！哦……」孫元化放眼四望，舒展胸懷，長長地吁了一口氣。

北長島最北端的這道半月灣，環抱一泓碧水，直鋪向遙遠的天邊，左右兩座山巒，似綠絲絨裝點的矮屏風。最難得這延展里許的長長海灘，竟如新月一樣圓柔，彎得那麼勻稱，那麼婀娜。灣內波平浪靜，風軟水涼，夏令時節竟如浩爽空寥的新秋。長島原本夏無酷暑，月牙灣更是島上的涼灣。

呂烈指著輕輕拍動卵石灘的層層白浪花：「人稱此灣海浪為女兒浪，狀其溫柔輕緩。早年間此處停泊小漁船，每到黃昏，歸帆片片、漁火點點，與霞光相映，與星月爭輝，何等情趣！如今再難見到了。」說著他瞅了劉興治一眼。自然，劉興治上島以後，島上商民能逃的都逃走了，誰還敢把漁船停在海灣！

劉興治不滿地小聲嘟囔：「這也算掌故？」

呂烈理也不理，只管朝著孫元化：「大人，請看腳下。」

「啊！」孫元化驚嘆一聲，一個很強烈的動作，彷彿立刻就要蹲下，但他止住了自己，停留在彎腰下視的姿態上。

滿灘潔白光亮的球石，渾圓的如珠，扁圓的似餅，橢圓的則像鳥蛋，很是玲瓏可愛。而經海水浸潤的球石更呈現出繽紛色彩，或潔白如玉，或紅豔似瑪瑙，橙黃猶似橘柚，青綠彷彿海天。呂烈捧起一把晶瑩的石頭給孫元化細看：「大人，這石上花紋圖景，天地點染，自成情趣，真是勝過人間畫師千萬！」

孫元化揀過一塊橢圓扁石，不勝讚嘆：「真是難得，這不是一幅絕佳的林壑飛瀑圖嘛！」

「大人不記得蘇東坡的《北海十二石記》？」

孫元化恍然：「那『五彩斑斕、秀色粲然』的讚語，就是為此石所下？」

「大人果然博識強記。蘇東坡不過做了五日登州太守，並未親臨長島，居然也有人渡海獻石逢迎討好。將古比今，能不令人慨嘆！」

孫元化注目手中球石，微微點頭：「誠然。但因此而傳下這篇錦繡文章，也足以爲半月灣增色了。」

呂烈一笑而罷。孔有德也跟著笑，他是個不通文墨的粗人，聽不懂那對話的奧妙。耿仲明心細，聽懂了也不說破，只陪著微笑。劉興治卻心緒繚亂，半懂不懂，總覺得輸給呂烈，在孫撫院面前抬不起頭。

南長島與北長島相距五里，中通一路，寬二十餘丈，全由珠璣石鋪就，真是名副其實的玉石街！只有十五大潮日海水能把路面淹沒。孫元化一行人騎馬走過，望著兩面喧鬧的藍色大海，望著腳下如同浮在海上、蜿蜒延伸的白色路，驚嘆不已。

「這像是海上飄著的一道白練呀！」耿仲明小聲地嘖嘖稱讚。

「什麼白練！是條白龍！」孔有德大口吸著海上的涼風，非常快活，「咱們騎在龍背上游東海呢！哈哈哈哈！」

孫元化捋著鬍鬚，微笑四顧：「我想它更似一道白虹，連天連海，雄偉壯觀！」

呂烈彷彿沒有這分詩情畫意，望著右面那一片風平浪靜的海面侃侃而談：「這一片俗稱廟島塘。南北長島是它的東北屏障，擋浪、大小黑山等十數島環聚四周，恰似一串翡翠，任憑外海波浪滔天，塘內總是清風徐來，水波不興，最是商船泊錨的好地方。早年間這裡帆檣林立，舟楫穿梭，珍寶如山，商賈如雲，北去津京，南往吳淞閩粵，東北到高麗、到倭國，可謂四通八達。每至傍晚，十里燈火亮如繁星，盛極一時也！現如今卻……」他哼了一聲，又瞅劉興治一眼。廟島塘，真像一個碧玉盆！水平如鏡，倒映著遠山浮嶼，幾隻白色鷗鳥貼著海面低翔，又倏然衝上天空。只船片帆皆無，冷清寂靜，只有海浪輕柔地拍打玉石街，和著輕風在人們耳邊嘆息。自從劉興治占了長島，商船哪還敢來廟島塘！

劉興治惱火地脫口而出：「人爲財死，鳥爲食亡，總不能看著弟兄們餓肚皮！……再說，你這又算得什麼掌故！」

「當年唐太宗東征到此，與大將尉遲恭分兵駐紮南北長島，」呂烈果然講起了掌故，「一日，太宗得知尉遲恭重病不起，欲往探視，卻遇狂風巨浪，船不能渡。太宗仰首而歌曰：『恨蒼天之寡情，探愛將兮無路，舟兮舟兮何以渡！』他憂慮入寐，竟得一夢：一條白龍揚鬃探爪，騰出海面，臥伏於二島之間，竟化爲晶瑩潔白的長街。太宗驚醒，趕至灘頭，宛然夢中景象：玉石長街嵌連南北長島，兵勇吶喊，萬眾歡呼……唐初君臣相依，推心置腹，情無隔閡，善始善終，所以得貞觀、開元之治，百年盛世。唉！……」他很快地看了孫元化一眼，惋嘆著不說了。

孫元化的眉頭痛楚地聳動了一下，遠望西北海上浮雲，默不作聲。君臣相依，推心置腹？……當年他與袁崇煥同在遼西，堪稱好友。袁崇煥得大用爲總督、爲兵部尚書時，就是以此自詡的。後來袁崇煥下獄，他也曾上疏援救；一旦定下賣國通敵大罪，他只得緘口不語了。……如今他時時事事都在吸取袁崇煥始信而終棄的前車之鑑，不求達到君臣相依、推心置腹、情無阻隔，但以他的聰明博識，善始善終總還是可以的吧！……

烽山是長島的最高峰，登上烽山，則南北二島盡收眼底：北望半月灣玉石街，如月如玉，更加惟妙惟肖；南隔四十里海域，登州城雄踞灘頭，萬戶人煙；西看廟島塘，平鋪出幾十里藍綠色錦緞，一團團島嶼、一串串礁石，似翡翠，如琥珀，在瀲灩水光中閃爍；東臨汪洋，廣闊無垠，波濤洶湧，極目遠望，海天相連，溶化在一片朦朦朧朧的藍色霧靄中。孫元化舉目四望，由衷讚嘆：「何等壯闊！何等雄偉！定是觀日出月出的上好所在！」

呂烈輕輕一笑：「大人，此處看日落月落也極難得。」孫元化看他一眼，他裝作沒看見，向西指道：「大人請看，那便是廟島，又稱沙門島，歷朝罪犯流放之地……」他開口就是這些不中聽的話，好像人世間一切都欠他的債，令他痛恨。

孫元化一口接過去：「不錯，廟島向以海神廟著稱。原建於宋宣和四年。前年皇上即位，特令增修擴建，賞景祈禱者紛至沓來。每逢七月七，廣閩浙蘇許多南船在此辦盂蘭會已成百年老例，其時商客雲集、繁盛非常，可算登州府一大勝事。」他轉向劉興治，「今年七月初七就在眼前，商船竟無一敢至，盛極一時的海神廟會難道就因劉游擊而廢嗎？不知劉游擊何時率部返回皮島？」

劉興治一怔，他沒料到孫元化會問得這麼直截了當：「這這這……小的來長島，實在是糧餉無著，不得不……」

孫元化微微點頭：「不錯，前些時朝廷忙於收復四城，糧餉有緩急之別，果是對皮島顧及得少。下面弟兄不得不自出尋食，原是朝廷的疏忽，但百姓商民看來，不就是搶掠嗎？……如今京東四城收復，金兵盡都趕出關去了，皮島糧餉自會及時轉運，也就不容將軍擅自徵餉，擅離汛地了……劉游擊可明白？」

劉興治幾次想打斷孫元化的話，終究不敢，這時便急急忙忙地問：「四城果然已經收復？金兵確實全都退了？」

他最關心的竟是此事？孫元化心念一動，敏銳地盯住他：「怎麼，劉游擊竟然一點消息也不知道？」

劉興治慌亂地避開孫元化的注視，心裡暗暗咒罵韃子的奸狡，想起了皇太極不斷送來的諭帖中那些甜言蜜語：

「金國汗書與劉府列位弟兄知道：我國與南朝爭雄之際，爾果殺其官員，率其島民歸我，此天意特使爾等助我也！誠如爾言，但凡爾等率來金、漢、蒙古人等，絕不令其入我境，皆與爾爲民，在境外任爾擇地住種，做個屬國過活。青天在上，我言皆實，我若哄你，天不罪我乎？……」

「……爾等書信中有云：『聞西邊探報，汗得城池，未幾復被漢兵占守』，必是說建昌也。永平攻下後，建昌參將馬光遠率眾歸降，時朕欲發兵防守，以其城小地窄，恐擾官生軍民，故未發兵……」

這位金國汗必是窺出劉氏弟兄首鼠兩端的隱祕，竟應許他們「做個屬國過活」，對劉興治實在是很大誘惑：屬國！國主除了他劉興治還有誰？劉家祖墳或許真有王氣哩，保他稱孤道寡當真龍天子也說不定！但金國汗至今不承認已經退出關外，極力掩飾真相，哄騙劉氏弟兄，這卻是劉興治無法容忍的，不覺怒形於色。

孫元化一直注意觀察劉興治的表情變化，進一步逼上去：「京畿四城收復，關內安定，則海路必須通暢無阻，朝廷斷不容劉游擊駐兵長島爲所欲爲，所以，已升副將黃龍爲總兵，駐鎮皮島！」

孔有德、耿仲明、呂烈三人聽孫元化突然把話挑明，顧慮變生不測，不約而同圍攏來護住巡撫大人，一齊警惕地盯住劉興治。劉興治果然吃了一驚，一把攥住腰刀刀柄，怒聲大叫：「黃龍？他是什麼東西！憑什麼？」他一揮手，劉興基和島上將領們突然按劍集攏到劉興治一邊，立眉怒視。

孫元化迅速接住劉興治的話：「憑他收復四城新立大功，連進三級爲都督僉事，世蔭副千戶！劉游擊也是領兵打仗的人，豈不知武將唯有戰場上一刀一槍殺敵立功，方能加官晉爵，光宗耀祖，封妻蔭子？」

劉興治噎住，瞪了眼啞口無言。

孫元化口氣更加和緩：「劉游擊武藝高強，才量過人，本帥早有耳聞，可惜沒能在勤王一戰中殺出威名立得功勳。縱然你才具堪爲島帥，朝中誰人知道？軍中誰個服氣？恃強任性而行，則更失人心。我爲劉游擊計，莫如龍歸大海，虎進深山，他日往戰場殺金虜立奇功。收復金、海、復、蓋四州之日，本帥親自爲你請功；倘能驅逐金兵恢復遼東，我敢斷言，那便是你拜印掛帥、封侯進爵之期了！」

劉興治呆了半晌，「撲通」跪倒在地，很響地叩了一個頭，說：「我劉五自小氣性不好，弟兄們多讓著我，長到這麼大，從沒有人像帥爺這般正言教導，不欺不誑，是非曲直利害都擺得一清二楚！還有什麼好說？我服了帥爺你！四哥，老七，弟兄們，都來給帥爺磕頭！」

孫元化謙和地扶起諸人：「不必如此。目下國家危難，強虜猖狂，更須我等同仇敵愾抗擊金虜，以期還我河山！元化願與諸公共勉！」

孔有德、耿仲明眉開眼笑，不料真能化干戈爲玉帛。呂烈心裡未嘗不爲孫元化審時度勢、因勢利導的才幹和魄力所折服，但表面絕不肯表露一點。

眾人簇擁著孫元化下山，孔有德忽然嚷出聲：「好作怪！那也是棵樹嗎？」好一株狀貌奇特、蒼勁遒拔的古樹！高數丈圍八尺，樹冠圓闊茂密，似擎天傘蓋，濃蔭方圓數畝，樹幹皮暴稜凸，好像八九條龍蛇緊緊絞纏盤結一起，又各自伸向天空。

孔有德拍拍呂烈：「喂，你這百事通，怎麼啞巴了？」

呂烈一時回答不來，隨口說：「山草野樹，誰能識得許多！便是大人恁般淵博，怕也說不出這怪樹的名目。」

孫元化笑笑：「果然難認。只是因這樹，我想起一個人。」

「末將倒不信了，」孔有德驚奇地問，「何人有這般胖大身軀？」

「不是形似，是神似。」孫元化不笑了，繞著這株怪樹慢慢地兜圈子，沉思著，說：「此人幼蒙倭難，幸遇大將軍劉綎平倭定朝鮮，攜回中國養爲親兵。薩爾滸之戰，明軍大敗於金，劉大將軍戰死，他因此自覺有罪，不敢回關內。遼東失陷，他竟被金國擄去。因他聰明機警，深受汗王喜愛，多方善待恩養，先嫁以貝勒之妹，又任爲副將，管金、海、蓋三州，可謂榮華富貴極矣，此人卻視如草芥，一心要歸南朝，暗中交通毛文龍。多次被人告發，也多次定罪下獄，幾回要殺，金國汗王因特別愛他才幹，竟都赦宥了。受此磨難，他並不灰心，歸朝之意愈切，費盡心機才用金蟬脫殼之計，假託自焚逃走，於前年十月攜帶屬下二百餘人歸來。金國汗聞知大怒，將他家眷數十口全下了獄，他也並無回顧之意。金國汗恨他入骨，今年正月聞知他在太平寨，專遣兩路兵馬夾擊，置他於死地，他身中十數箭而直立不倒……」

劉興治兄弟此時已泣不成聲，孫元化對他們望了好一會兒，嘆息道：「在寧遠，我與他相處月餘，一見如故，三生有幸，常相往來晤談。聞他在太平寨遇險，急領兵救助，已是不及，連遺體也不曾尋得，只救得他兩個回來。」孫元化指指孔有德、耿仲明，「當日戰事詳情，耿中軍上次來島想必都說與你了？」

劉興治連連點頭，跺著腳慟哭。

「他生時心中糾結纏綿如此樹的，是一片忠君報國、一心向明的情懷，死後英靈不散，定將護佑我朝國泰民安。但願你們弟兄承繼令兄遺志，不辱令兄英名！」孫元化說罷，虔誠地對天一揖，劉興治兄弟連忙跪倒，哭著對天叩頭，隨後站起身擦淚，嗚咽著說：

「帥爺教誨，我兄弟銘記終生！」

眾人早聽得呆了，孫元化突然轉了話題：「呂都司，我記得此樹乃小葉樸，本地人呼之為『祖宗樹』，不知是也不是？」

「這，卑職不知。」呂烈還在恍惚中。

孫元化便告訴眾人關於這棵樹的傳說：二百年前，安徽鳳陽一老人攜了八個子姪逃難至此，一住十年，墾田開荒，終於豐衣足食，老人卻一病不起。臨死遺言說：「要想守住家業、世代興旺，你們八個千萬不能分心……」八個孩子埋葬了老人，各自在墳前栽一棵樹，表示齊心協力在島上紮根創業的心意。這八棵樹從此不管日烤風吹、雹打霜侵，愈長愈旺，愈挨愈近，漸漸併在一處，長成了一棵。後代都知道此樹是得了老人的靈氣，對它格外虔敬，「祖宗樹」的名便世世代代流傳下來。

最後，孫元化說：「我等弟兄們也當如這祖宗樹一般齊心協力，不生外心，抱成一團，方能抵擋暴雨狂風啊！……」

他的低沉厚重的聲音，像古鐘一樣在每個人耳邊震動，直響到了他們心底，在那兒激起戰慄。今天，是他成功的一天，他光輝的一天！這些人都被他迷住了，爲他丰采奪人，爲他器宇軒昂，爲他博學多才，爲他沉靜慈祥，甚至爲他疏朗誠篤的面容，爲他深邃動人的聲音……

院子裡搭起天棚，排桌設宴款待孫元化一行。劉家弟兄不再提水戰演練的話頭，決定十天之內北返皮島，賓主皆大歡喜。

不想入席之時，呂烈對主人的座位故意地看了一圈，冷冷笑道：「劉游擊那張別緻的椅褥怎的不見鋪出來？」

劉興治雙眉一豎，似要發作，繼而軟下來，頗有幾分尷尬，笑道：「鬧著玩的事，何必又提它。」

上次呂烈和耿仲明來島下書，劉興治也設宴款待，入宴前向兩人指看他椅上的坐褥：似獸皮而無毛無尾，似帛緞又四肢宛然，椅背處的褥上黑毛叢密，彷彿人髮。呂、耿二人都認不出是何怪物。劉興治嘿嘿一笑，請他們轉到椅後去看，坐褥後垂的那一塊竟是一張人臉！耳目口鼻分明，但已乾縮，原來是人皮坐褥！兩人驚詫不已，劉興治卻洋洋得意地誇耀此物如何冬暖夏涼。

這是劉興治的下馬威，並未把呂、耿二人嚇住。耿仲明不快地笑道：「劉五弟還是這麼愛殺人玩！」呂烈卻極其鄙夷地從鼻子眼裡哼一聲，說：「蠻夷陋習！」幾個字就把劉興治激得面紅耳赤，差點發作。

今天呂烈哪壺不開偏提哪壺，不是專要劉興治難看嗎？

孫元化看定劉興治閃爍不定的眼睛，親切地說道：「劉五弟，我大明乃禮義文明之邦，不可再學那茹毛飲血的蠻族行事，免被同僚恥笑。」

「是。」劉興治面有愧色，低頭恭敬地回答。

海參宴極是豐盛，爲貴賓特意準備了清湯原汁鮑魚，用的是最上等的皺紋盤大鮑，一隻只有剖開的半個鵝蛋大小，擺成六六如意圖案，鮑肉上剜了花紋，撒上紅椒、青蔥、黃薑切成的極細的絲，鮑貝內壁閃著華美的珍珠色澤。對著色香味形俱美的上等佳肴，誰不開懷暢飲？幾個清俊的十三四歲小親兵，在席間調絲弄竹，爲賓主唱曲：

……徒捧著淚盈盈一酒卮，空列著香馥馥八珍味。慕音容，不見你；訴衷曲，無回對。俺這裡再拜自追思，重相會是何時？揾不住雙垂淚，舒不開咱兩道眉。先室，俺只為套書信的賊施計；賢妻，俺若是昧誠心，自有天鑒知……

這曲《雁兒落》是《荊釵記》中王十朋祭祀亡妻的唱段，極是流行。酒已半酣，許多人跟著點板打拍、輕聲哼唱。那邊劉興治持杯不動，呆呆地聽著，眼眶裡竟盈著淚光。他的部下都不敢看他。孫元化瞅著他暗自嗟嘆，知道他不只是因爲有了酒意。這次事情完滿解決，表明自己對他的判斷相當準確……

早知道這般樣拆散啊，誰待要赴春闈？便做到腰金衣紫待何如？說來又恐外人知，端的是不如布衣！……

一句「端的是不如布衣」，劉興治眼裡的淚擱不住，終於滾下。他連忙舉杯仰頭飲酒，雙袖掩過了兩滴豆大的淚珠。

「停！檀板拍——拍錯了！」耿仲明搖搖晃晃，撐著桌子站起來，指著小親兵，已有七八分醉意。

「仲明，你醉了！」孔有德趕忙拉他坐下。

劉興治不高興地瞪住耿仲明：「錯？錯在哪兒？」

「就是這句『端的是不如布衣』！這『布衣』之『布』字，出口應在後半拍，是這樣——」他竟以手代板在宴桌上拍擊，搖頭晃腦地把這句唱了一遍，然後說：「他，搶了半拍！」

身為營官，當眾唱曲，成何體統！劉興治卻笑了：「真看你不出，精通音律呢！」

「哈！我若不是會唱曲，早就見閻王去了！」耿仲明很興奮，眼皮也不眨了，只顧絮絮叨叨，再管不住自己的舌頭：「早年間，努酋[18]破遼東，恨貧民作亂，拘來貧民殺個乾淨，叫做

18 指清朝開國皇帝努爾哈赤。

『殺窮鬼』；第二年又說富人聚眾思叛，再拿富民抓來殺個精光，號稱『殺富戶』，兩趟大殺，遼東還剩幾個漢人？……只有四種人不殺：一是皮工，韃子留了作快鞋；二是木工，韃子留了製器具；三是針工，韃子留了縫裘帽；四是優人，韃子留了看戲聽歌。最殺得狠的就是念書人，殺光不留！我幼時原是讀書種子，偏又生得白淨，那年韃子拿住我時問說：『你必是秀士！』我急中生智道：『不是秀士是優人。』韃子道：『既是優人，唱支曲子我聽！』虧我平日愛聽戲，便唱了一曲，就是方才那支《雁兒落》，才得活命……」他醉眼矇矓地望望這個，瞧瞧那個，大家也都靜悄悄地看他。他淒切地笑了，抹了抹額頭，說：

「何必嘲笑我呢？咱們這些人，只除了帥爺和呂都司，誰不是打韃子刀下逃出來的呢？誰又不是喪家犬呢？……」他說著，突然傷心，嗚嗚地哭了起來。

主客滿座，一個個神色慘然，有人低頭飲泣。

「哈哈哈哈！」呂烈不合時宜地仰天大笑，笑聲很刺耳，令人討厭。劉興治、孔有德諸人禁不住怒目相視，孫元化也不解地蹙起眉頭。呂烈自顧自地笑了個夠！非如此，不能抵消心裡因受孫元化感動而低他一頭的感覺。他一拍桌子，傲然大言：「男子漢大丈夫，何屑作此婦人態！」攬過大杯一氣喝乾，擲杯於地，喝道：「酒來！」

四

「孔叔，帥爺在這兒嗎？」陸奇一跳下馬背，就氣喘吁吁地衝到孔有德面前，尖聲尖氣地問。

「哈，小猴兒！」孔有德喜愛地一摸小親兵的腦瓜兒，「怪神氣呢，帥爺來過，呆了一會兒就走了。」

「又跑哪兒去了！」陸奇一可笑地蹙著小眉頭，儼然管事的侍從模樣，「校場我全部跑遍了，全都是這句話：來過，又走了！……」

「哎，小陸奇一，」孔有德突然把這小兵拉到身邊咬耳朵悄聲問：「那幾處校場，他們那伙練的什麼？……」

陸奇一當然明白「他們那伙」指的是登州兵，他溜一眼周圍舉石擔、舞石鎖、一個個汗溼衣衫的遼丁們，說：「一樣一樣，練得狠著哩！陳良謨營練射箭練格鬥；姚士良營練刀槍劍戟外帶火銃佛朗機；管惟誠幫著張鹿征擺陣……放心！他們才開練，比不過咱們！」他一張小嘴極其伶俐，吐珠子似的一串說下來，又快又清楚。

孔有德聲音更小了：「悄悄告訴我，帥爺定下哪天會考？到底……考啥題目？」

孫巡撫大義收服劉興治的故事傳開以後，登州人鬆了口氣，對孫元化感戴佩服起來。他也就看準這個時機，下令登州駐軍練將練兵。各營都掛出孫巡撫的軍訓格言：「校場多流汗，戰場少流血。」他每天親自督導，又制定小考、大考、會考的種種獎懲辦法，逼得各營從早到晚地苦練，累得晚上上炕都抬不動腿。

孔有德竟想作弊！小親兵腦袋搖成撥浪鼓：「不知道！不知道！你這麼大個人還想偷題？沒門兒！」

孔有德嘻嘻地笑，低聲下氣：「好兄弟，我生來的笨，要考糊了丟咱遼東人的臉！就告訴一句，回頭請你吃大螃蟹！」

「告訴你不就哄了帥爺？不成！」陸奇一扮個鬼臉，轉身就走，冷不防孔有德大手往孩子腰間一拿，眨眼間就單手把他高高舉起，耍罈子一樣在空中旋轉，彷彿他不過是根羽毛。小親兵手腳亂晃尖聲嘶叫，招得營兵們瞧著他倆哈哈大笑。

「我說我說！」陸奇一笑得幾乎岔氣，吱吱叫。孔有德輕輕一托放下孩子，雙手扠腰，笑著威脅道：「叫你知道我的厲害……」一語未了，小鬼頭像隻松鼠，打孔有德腿襠「哧溜」鑽過去，一蹦好遠，拔腿就跑，邊跑邊笑邊嚷：

「大狗熊！熊瞎子！就不告訴你！就不告訴你！……」

魁梧碩大的孔有德真像隻大熊，起動得慢，待要挪步去追那機靈的小猴子，他已爬上馬背如飛地跑了，留下一串揶揄的笑聲。

天黑了，半個月亮從藍海裡升上天空，陸奇一終於在水城西炮臺找到孫元化。

西炮臺是由孫巡撫親自設計督造改建的，把城牆延伸到丹崖山峭壁上，這樣，東西兩炮臺就像用力打出去的兩個拳頭，呈犄角之勢，封鎖了海面，護衛著水門。近日炮臺剛剛成形，道路崎嶇，人行馬走都很吃力，真不知那兩門八千斤西洋大炮是怎麼弄上去的！

守西炮臺的是登州陸師游擊營。到了這裡，陸奇一便板住面孔拿足架子，昂昂地回答哨兵查問。藉著暗淡的營燈和月光，他摸索著攀上丹崖山，爬上西炮臺。轉出門道，眼前一亮：幾十盞營燈高挑，幾十把火炬熊熊燃燒，上百人來來往往圍著兩門大炮忙碌，只有腳步聲、旗幟飛動聲、火把燃燒聲和陣陣海潮聲，沒人言語，連咳嗽聲都聽不到。燈火下所有的人看去都一模一樣，陸奇一揉揉眼睛，覺得如同在夢中。

「不行。炮身俯仰少了半度，定位時間慢了半刻，差得遠。」低沉柔潤的聲音來自炮口前，孫元化手持銃規在那裡測量，靜靜地評判著。

從那幾十名抬炮身推炮墊的營兵群裡，站出滿頭大汗的呂烈，走到炮身一側瞇著眼端詳片刻，對部下一揮手：「重來！」他返身回去又同營兵們一起操弄那沉重的大炮。

一個嘹亮的、腔調古怪、說不清是哪方人氏的聲音讚嘆著：「據窩（我）的這個……精鹽（經驗），孫大人，泥（你）的車拴（測算）亨蒸覺（很正確），窩（我）非唱（常）……奇，奇怪！窩（我）說的，泥（你）明白？」陸奇一認出是葡萄牙教官可萊亞。他又高又瘦，淡色鬈髮與眾不同。

「哦，這很簡單。」孫元化微笑著解釋，「我的脈搏每刻九百次，用來計時多很準確。至於俯仰，我做了一個銃規，插進炮口，便可測知。」

「通（銃）……規？」可萊亞很驚奇，「可以給窩（我）刊刊（看）嗎？」

「稟帥爺！」陸奇搶上一步，「張參將請你回署，有要事。」

登州參將張燾，與孫元化同是徐光啓的門生，同是天主教徒，隨孫元化同來登州，做他的副手。

「知道了。」孫元化對水城內的小海看看，那裡船上水面燈火通明，水師仍在操練。他原本還要上船去的，只好等明日了：「可萊亞教官，我已命人在福船上架設大炮，請你去看看裝架得是否合理。」

「是。窩（我）這就去。」

「呂都司，就按方才的順序反覆演練，務必練成定位準、用時少的本領。」

「是！」此時的呂烈極其沉默，應對發令都減省到了只用一兩個字。劍眉在眉心執拗地糾結一團，少有的威重。

孫元化趕回巡撫署，剛在書房坐定，張燾一腳邁進來，神色有些緊張，機警的眼睛飛快地向四周一掃，朝門外喚一聲：「抬進來！」

兩名親兵用輕便擔架抬進來一個人。此人一見孫元化，便掙扎著要起身，哽咽著喊：「帥爺！……」

孫元化很驚訝，忙扶住他：「劉興基？」

「正是小的。」劉興基垂淚道，「家兄不仁，不聽良言，反將小的杖責，還說要打死。小的無奈，只得投奔帥爺。」

「前日劉興治來函，道是即日將歸皮島，要率隊來登州辭行。」孫元化注視著劉興基。

劉興基急忙擺手：「帥爺斷不可信他！他想誘帥爺再次上島，好擒了去做降金進見禮！……」

「哦？」孫元化暗吃一驚，「他又變卦了？」

「是。」劉興基竭力忍住嗚咽，「他是故意請求率隊來登州辭行的。他說就算帥爺答應，登州地方及張總鎮也決然不准，定能逼得帥爺再次赴島送行。原是他欲擒故縱的計謀……」

劉興治果然機敏過人！事情正如他所料，他的辭行來函遭到張可大及登州太守、蓬萊縣令的堅決反對，怕劉興治積習難改，爲害地方。孫元化確已準備二上長島送行了，險些落入陷阱！

孫元化揭開蓋在劉興基下身的單布，那臀、腿上的棒傷腫起好高，青紫處潰爛處慘不忍睹。孫元化皺眉道：「自家親兄弟，竟下如此毒手！」他扶劉興基俯身臥倒，爲他輕輕拭去額上汗珠，問起變故的起因。

劉興基長嘆了一聲：「帥爺駕臨長島，不嫌我弟兄愚魯，以大義相勸，島上弟兄無不感戴，便是我五哥也是真心歸服。誰知三日前由皮島開來一條大船，持著黃龍總兵的手諭，說是奉孫巡撫之命特地差人迎我們弟兄北歸。這原是帥爺與黃總兵的好意，卻不知爲何差來的人役盡是沈世魁的家將親兵！黃總兵難道不知沈世魁與我五哥有仇嗎？好歹也該打聽打聽！這些人上島就倚勢詐索銀兩海物，鬧得雞飛狗跳。我五哥當下就要翻臉，被我們大家勸住。只說次日起錨，不料又起了變故……」

劉興基接著講了一件傳奇一樣的故事。

劉興基勸回五哥，陪他在屋裡喝悶酒，聽他不住咒罵沈世魁，發誓回皮島去收拾他。忽有親兵來報，說有四名朝鮮參客搭那大船來了長島，要往登州做生意，求劉爺使船送去，有重謝。

劉興治酒入剛腸，十分暴烈，哈哈大笑：「真是央求老虎放牛羊哩！上好的生意，叫他們進來！」

四名參客一進中堂，先跪倒三個，獨有最瘦小的不肯跪，只愣愣地瞅著劉興治。劉興治暴怒，劈胸揪過那人就揮拳頭，那人雙手猛地攥住劉興治的青筋大手，笑得很淒楚：

「你，你還是這樣粗莽……」

只這一聲，滿堂下漫不經心等著看笑話的劉家弟兄和親兵們都呆住了，幾十雙眼睛一齊盯住瘦小的參客，不敢出聲。劉興治揮出去的拳頭猛然停住，轉而擂在自己的胸膛上「咚咚」亂響，大叫一聲「貞姐！」兩人便摟在一處放聲大哭，跪倒在地。

「五奶奶！」「五嫂！」「五弟妹！」堂上一片叫喊聲，跪的跪，扶的扶，陪著一同流淚。

還是五奶奶先收了淚，說：「蒙汗恩典，差這三位爺護送我來此團聚，一路上多少勞碌險阻。四哥，勞你管待三位爺，不可差了禮數。」

退回後堂，五奶奶才取出金國汗的書信：「汗的意思這回講得明白，他年滅明之後，與我劉家分國而治。爲表和好誠意，將我送了來。太太及六弟，還有各位嫂子姪兒，還在那邊，汗養活著。若失信於汗，一家人就難保了……」

劉家弟兄沉默良久，無人搭茬兒。五奶奶哭了：「不看別人也罷了，就不看太太的面？太太年高，一輩子吃盡辛苦，把你們弟兄七個拉扯大，容易嗎？就眼看她老人家死在刀下？你們七個堂堂男兒，連自己的親娘都……咳！」

劉三劉興亮沉不住氣，直跳起來：「老五，就應下！先救下母親再說。到頭，我們弟兄終是不降金不歸明！」

劉興基直是搖頭：「若是這般行事，有何面目見泉下的二哥？如何對得住孫帥爺？」

計議半晌，舉棋不定，劉興治牙咬得「格格」響，只不做聲。這時劉四劉興邦匆匆進來，很有些慌亂：「沈世魁的那些家將親兵一直盯咱們的梢，似已發現五弟妹……」

堂上氣氛驟然緊張。劉興治一拍桌子，立命眾兄弟各自回營準備船糧兵器，隨時聽他將令。

劉興基回營，忐忑不安，不知五哥到底拿什麼主意。直到傍晚，他才應命去大堂聽點。卻見營門柵欄上掛一排血淋淋的人頭，仔細辨認，竟都是沈世魁的家將親兵！劉興治已決意叛明降金，收編了皮島來船和餘部。叫劉興基來是計議誘擒登州大將以獻俘金國汗的！

「……我再三勸告，卻把他惹惱，竟要亂棍將我打死。虧了五嫂講情，才留了我一命……」說到這裡，劉興基傷心欲絕，伸手從懷中取出幾頁紙，嗚咽道，「這便是金國汗和我六哥的密信，我抄錄了來……」

孫元化接過展讀。讀著讀著，孫元化慈和的目光陡然變得尖利，直刺劉興基：

「這麼說，你們一直與金虜交通？」

劉興基局促不安地分辯：「古來敵國尚通書信，當年袁督師、毛大將軍也都如此。何況我五哥並非真心投金……」

「難道忘卻你家二哥生而歸明，死不降金的志向？」孫元化慨然追問一句。

這話不知怎麼觸動了劉興基，他痛苦地咬住嘴唇，閉上眼睛，淚珠不住地順著慘白的面頰滾下來。好半晌，他終於抑住嗚咽，緩緩地說：「帥爺，我敬服你如敬天人，不忍見你入陷阱遭擒害，所以冒死報信。我心裡其實與五哥並無不同，既不願歸明也不願降金。我們是朝鮮人，大明也罷，大金也罷，誰也不待見我們，跟了誰也是奴才，有什麼好？……帥爺提起我二哥，其實我二哥他……他是悔不過，自己尋死的呀！……」劉興基哭得抬不起頭。

孫元化頓時想到劉興祚自己就死的跡象，還有那句古怪的話：「總算死在該死的地方了!……」

劉興基擦擦淚，伏在擔架上歇了口氣，接著說：「去年臘月底，二哥從關裡捎了封信來皮島，裡面的話盡都淒涼不堪。說是我們弟兄皆因仰慕中華，故而不避險阻，九死一生投奔了來。只說毛大將軍忠勇爲國，又有袁督師這般英雄主兵事，皇上又如此英明，收復遼東趕走金虜必是指日可待的了。誰料袁督師竟殺了毛大將軍，使皮島人心渙散；皇上又將袁督師下了詔獄，如今人人自危，誰還有心陣戰？大明乃禮義之邦，沒想到原來如此，有甚興味？細想起來，金國汗待我們弟兄本是不薄，倒是我們負了他。唯願死在金人刀下箭下，恩義相抵，我也就安心瞑目了……」他泣不成聲，喘息片刻，又說：「前日來了探報，說袁督師在京受磔，京都人竟買他的肉吃！我們弟兄心裡……實在受不得了……」

孫元化耳中「嗡」地掠過一道尖嘯，一時聽不見劉興基又說了些什麼。前兩天京裡來人興致勃勃地告訴他十六日西市磔殺袁崇煥的盛況。京都百姓怨恨之極，每人使銀一錢買袁崇煥一塊手指大小的肉，生嚼血食，嚼時必罵一聲「賣國奸賊！」然後吞下。共剮了一千餘刀，皮骨已盡而其心肺間仍叫聲不絕，半日方止。劊子手對人誇示說：「我服侍的老爺多了去了，從沒見像袁爺膽這麼大的，看看，趕上鵝蛋了！」……

太活靈活現了！血淋淋的酷刑，皮肉、筋骨，直至五臟六腑……孫元化咬緊牙關，不願也不敢再想下去，但劉興基的哭訴聲聲入耳，卻在逼著他想……這一瞬間，他看到劉家兄弟是那麼孤立無援、走投無路、受盡欺壓，他們是迫不得已啊！這也能算是背叛嗎？……

孫元化舒放軟化的心似被重物一撞，驟然縮緊堅強，驀地醒悟：我這是怎的了？竟有這樣的怪念頭！對背叛行爲姑息憐憫，豈非不忠？他悚然起身，走到窗前站定，對窗外沉沉暗夜凝視片刻，回轉身來，已恢復了莊重和嚴厲：「你們弟兄這樣出爾反爾，周旋於明、金之間，將來明、金聯手，你們怕不碎爲齏粉！」

劉興基苦笑：「帥爺，我們不過想尋幾處島嶼容身，自成小國，與世無爭罷了……」

「這不是痴想嗎？明、金兩國交兵，誰能容得你們？便是金國汗那些對天盟誓的話，也不過一片煙雲！」

劉興基長嘆一聲：「這，我們兄弟豈不省得？只是老母妻子都在他手，不得不……只求帥爺，若是拿住我五位哥哥，千萬念在我們兄弟不得已的苦衷，饒恕一二，該斬的長流，該流的充軍，該充軍的杖責，我便擔個不忠不義的惡名去死，也是情願的！」他猛然起身跪倒，撲地大哭。

劉興基抬走後，書房內沉靜了許久，孫元化和張燾相對無言，各自想著心事。

孫元化終於望著夜空的星月，輕聲說：「明日將有大雨，後日上島吧。著孔有德、耿仲明先去。」

多年相交達成默契，簡單幾句話，張燾已明白了孫元化心裡一整套相當複雜的方案：「要把內情告訴孔游擊嗎？」

「不必。他不會裝假，易出紕漏。……著呂烈同去，把內情對他講明。」

「他？登州營裡的，又性情古怪……」

「這都不假。但他大事不含糊，且其才堪用。」

「是！」張熹靜悄悄地退出書房。孫元化仍站在窗前，仰望天空，一動不動。

五

一下船，呂烈就一反常態地大說大笑，指手畫腳，又是刻薄，又是打趣，招得人們一陣陣哄笑。不僅讓親身來迎接的劉興治感到奇怪，就是與他同行上島的孔有德、耿仲明也難解難猜。都知道呂烈是個怪人，只得見怪不怪，由他去。

「盤古開天地，天地生萬物，萬物之中人爲靈。而人中聖賢，自古難得。」呂烈說著，扡開五指高高伸著，「伏羲以八卦窮天地之旨，一也，」他屈下拇指；「神農植百穀濟萬民，二也，」他收回食指；「周公制禮作樂，百代常行，三也，」他屈下中指；「孔子出類拔萃，四也，」他屈下無名指；「孔子之後，再沒有屈得吾指之人了……」半晌，他又屈下小指說：「連我呂烈算上，不過才五耳！」

人們亂哄哄地笑嚷，耿仲明搖頭道：「狂！狂！真不知天高地厚！」

隨從兵勇中有人笑道：「呂都司，連關老爺也不算數？」

呂烈搔搔額頭，裝作爲難的樣子：「要說呢，他原與孔老夫子並稱文武二聖的。只是他太熱鬧，勢力太大，我豈肯去巴結他！」

孔有德最崇敬關聖大帝，立刻不滿地說：「這是什麼話！」

「不信？你算算，但凡剃頭店、茶坊、酒肆、商鋪，哪一家堂前不供他關老爺紅臉神像？

可憐孔夫子只有坐冷板凳的私塾先生那兒供一尊泥胎哄哄小孩子。再數數，小兒寄名給關老爺的有多少！凡乳名關囡、關保、關金、關銀的一切關字輩小把戲們，都是關老爺的乾兒乾女，孔夫子只有幾個虛名的窮酸作門徒，無人肯拜他做乾爺，弄得初一十五的香燭元寶都騙不到手。再看看，每座城池，孔廟只得一所，關帝廟則無論僧寺道院都能附設。孔夫子每年只有春秋二祭吃幾口冷牛肉，關老爺可是一年四季月月日日，都有善男信女燒香供齋的，可惜也沒有吃得胖點……」

呂烈說一句，眾人笑一陣，這樣挖苦貶損孔夫子、關老爺的話，即使這些粗魯武人，也是頭一回聽到。

孔有德瞪了呂烈一眼，說：「你小子毀罵文武二聖，就不怕遭天雷打！」

呂烈哈哈笑道：「天雷且打不到我頭上呢！文武二聖教導的是，文官不要錢，武將不要命；而今早已是文官三隻手，武將四條腿啦！……天雷打那三隻手四條腿還忙不過來，哪有閒心照顧我！……」

眾人又是一場大笑。孔有德恨得咬牙道：

「帥爺不得來，你就如脫鎖的猴了！……」

劉興治連忙關切地問：「帥爺的傷勢重嗎？」

「昨日大雨，他還上炮臺巡查，不慎滑跤，又是這把年紀了，怕是跌得不輕。不然，他早惦著上島來撿球石觀日出，況且雨後大霧，這長島更如海上仙山，妙不可言，他豈肯放過？」呂烈說著舉目環顧，果見雲霧如從海上蒸出來似的，漸漸從四周向島上瀰漫開來，填窪塞凹，沿著山腳往山頂纏繞，就是近在數十步內的礁石岩塊，也被雲濤吞吐著忽隱忽現，奇妙非常，藍天綠海都消失在緩緩飄遊的霧幔之中。呂烈心裡暗暗佩服：好一個孫帥爺！果然料得準，真個是上知天文下識地理了！

＊　＊　＊

濃霧中，數十艘福船、海滄船在南長島東側一處人跡罕至的海灣拋了錨。帥船上，靜立船樓觀望的，便是那位「滑跤跌傷」的孫元化。前營頭起哨探正在向他報告：

「稟帥爺，孔游擊他們已被劉興治迎去大堂赴宴，劉興治不見帥爺尚無疑心。」

「劉興基投登州的事，島上沒有傳聞？」

「稟帥爺，島上兵丁盡知劉七爺被五爺杖責幾死，羞憤難當閉門養傷，不見客。」

「好，你去吧。」

不一時，二起哨探回來，稟報軍情大同小異，但有一樁意外：北邊開來一支船隊，數十條大船，意思要在北長島東岸停靠，沒有旗號，行動詭祕。

孫元化和張燾交換一道目光：這不是節外生枝嗎？

「這樣的大霧，商家漁民是不肯開船的。」張燾小聲提醒。

孫元化點頭：「若是兵船，朝鮮不會南下，金國水師尚無霧中行船技能，唯有皮島諸營有此膽量。若接應劉興治，則無須隱匿，那麼是來尋仇的？……」

三起哨探趕到了：「稟帥爺，北來船隊停在望夫礁外一里許，正以小船運人偷偷上岸，都穿的明軍號衣，說漢話，並無韃子和蒙古人。」

孫元化略一思索：「令各營划開浪船網船登岸，集隊後埋伏於烽山北麓東溝內，其處下臨大道，是去劉興治大營的必經之路，且待北來人馬經過，相機行事！」

張燾領命而去。不多時，各大船拖帶的開浪船網船載滿兵士，像在海面撒下一大片柳葉，紛紛偷渡上岸了。

＊　＊　＊

還是那個院落，仍然搭著天棚，宴席的擺設位置都跟上回一樣。大帥不在場，客人們少了拘束，說說笑笑很是隨便。劉興治冷眼看去，對方毫無戒備，心裡雖因孫元化未來而覺得不足，卻又因孫元化未來而暗暗鬆了口氣。這兩天一想到要親手擒拿捆綁孫帥爺，他就心慌。真是怪事！為孫元化預備的柏木大檯桌仍居首席，上面排列著十六件盛滿菜肴的沉重陶簋以示敬重，果盒酒具也擺得整整齊齊。看一眼檯桌，劉興治心裡怪不舒坦，命親兵撤了。四名親兵上去抬，竟抬它不動。

「熊包！給老子丟人！」劉興治忍不住喝罵，見孔有德他們掉頭來瞧，又賠笑道，「去了首席，大家平起平坐，也好開懷暢飲！」

耿仲明對柏木桌打量一番：「讓我試試。」挽挽袖子，掖緊袍襟，他走到跟前蹲下，兩手各握一隻案腳，大喝一聲：「起！」柏木檯桌便慢慢地、穩穩地離地，被他舉了起來。眾人齊聲喝采。采聲未落，耿仲明又慢慢放下，笑一笑，說：「卻是行動不得。」

「我也試試！」呂烈上前，只用一手握案足，也把沉重的柏木桌單臂舉了起來，桌上杯盤簋盒微微晃動，卻未傾斜。他試圖抬腿行走，又改了主意，慢慢放下桌子，長長喘了口氣：「嗬，真夠重的，我也不得行動。」

「看我的！」孔有德摟袖攥拳，站在那裡渾身一使力，不知是筋還是骨，「喀啦啦」一陣響得像爆豆兒。他大步上前，一躬身，大家還沒看清，他已單手抓著案足把桌子高高舉起，瞧他那輕鬆樣兒，好像沉重的桌子、十六個沉重的陶簋都是紙糊的！邁腿就走，繞著院落走了三圈，步履輕捷，手臂就像鐵鑄石雕的一般，食具陶簋也長在桌面上了，紋絲不動。神力！真是神力！營官兵勇們，不分主客，哄然叫好。

劉興治看得驚呆了，不由他不格外謹慎。他笑吟吟地高舉大杯，聲音響徹院堂：「今日既是接風，又是餞行。弟兄們難得相聚，定要一醉方休！來，換大杯，抬酒甕！」

劉三劉興亮極力響應著：「對對！難得今日，大塊吃肉，大碗喝酒，喝醉了倒頭睡大覺！明日扯大帆回老家！」

眾人哄然大笑。孔有德手執大海碗，咧著大嘴笑道：「多謝盛情高義！諸位回到皮島，見了老朋友，替咱老孔問好！」一仰脖，「咕嘟咕嘟」響，大海碗霎時底朝天！大盤油亮鮮紅的火熗大蝦上席了，「滋滋」地爆響。

「孔大哥海量！」劉興治擊案讚美：「滿上！再滿上！」

酒如流水，菜如流水，與宴的人都沉醉了……

* * *

烽山北麓東溝，原本就被叢生的野草遮掩得影影綽綽，如今雲遮霧迷，千餘人馬竟蹤跡不見。撥開密密草木，孫元化和張燾注目下面的大路，費力地分辨那些匆匆趕路的兵勇。他們是明軍，但既無旗號又無標誌，營官兵勇沒有一個面熟。他們是誰？

一片薄霧夾在濃雲之間從大路上飄過，景象驟然清晰了許多，數十名扈從簇擁著一位將官騎馬前進。幾個奉命靠近觀察的來自皮島的營兵快步跑回，氣喘吁吁地指著那名將官：「稟帥爺，他是沈世魁！」

「沈世魁？」張燾很覺得奇怪。

「這就對了。」孫元化點點頭，「他來尋仇，偷襲劉興治。」

「他遠在皮島，哪裡就這麼快趕來？」張燾不解地問。

「他的部分家將親兵乘大船登長島之時，他必定率兵船暗暗跟隨在後，隱藏在砣磯島或大欽島靜觀動向……」孫元化沒有往下說，他推斷沈世魁是故意激反劉興治，再來名正言順地除掉他，省得劉興治回皮島對他沈世魁造成威脅。

張燾皺著眉頭笑笑：「他倒替我們把事辦了。這分功勞就讓給他吧？」

「不！不在功勞屬誰。他若得手，必置劉興治於死地。」

「劉興治謀叛有據，原是死罪。沈世魁殺他，倒也公私兼顧。」

孫元化一時無話可說，沉默有頃，揮揮手：「傳令：集隊，快速跟上！」

＊　＊　＊

「當！當！當！」三聲銅鑼響，劉興治的部下突然躍起，把海吃海喝、業已大醉的登州貴賓按倒在地，對剛才舉桌案顯力氣的三位就更不客氣，用船上的粗纜繩上綁。耿仲明和呂烈醉得不省人事，任從擺布。半醉的孔有德還當是跟他鬧著玩，一個勁兒笑嘻嘻地嚷：「別鬧別鬧，兒子敢欺負老子？」待到給捆成一團包袱，掙扎不開了，才明白是怎麼回事，頓時暴怒，瞪著血紅的虎眼吼罵：

「好你個黑心肝的劉五！好你個無君無父的叛賊亂黨！帥爺怎麼待你來？我老孔哪些對你不起？你個忘恩負義的王八蛋！高麗賊坯，沒有一個好東西！……」

劉興治面孔漲成豬肝色，衝上去掄開手臂，「噼噼啪啪」抽了孔有德十幾個耳光，嘶啞地大叫：「填土！填糞！把他那臭嘴給我填滿！看他再罵！」

劉家親兵一窩蜂擁上去，十多人壓住孔有德，往他嘴裡塞泥土馬糞，孔有德怒吼掙扎，周圍的人又喊又笑，亂哄哄地鬧成一團。

「砰！」「砰！」四面突然一排火銃震響，院裡飛來如雨的鉛子，數名兵勇慘叫著倒下，人群驚得亂逃亂躲。劉興治大喝：「快！跟我衝出去！」

「別動！」「站住！」四面八方一片吶喊，牆頭房頂、掀開的天棚上，密密麻麻布滿了鳥銃手、弓箭手，大門外又衝進來許多兵馬，劉家兵勇紛紛扔下兵器，乖乖投降。

劉興治慢慢倒退，想退進屋從後窗逃走。未到臺階，腳下被人使了個絆子，「撲通」摔倒，一隻穿厚底靴的大腳踩住了他的脊背。他用力扭頭看，竟是雙手還反綁著的呂烈，毫無醉意，望著他冷笑。

劉興治束手就擒，苦笑道：「這麼說，孫帥爺他，他猜透了？……啊！——」他突然慘烈地大叫一聲：兩把利劍，幾乎同時，一前一後地把他刺穿！呂烈大驚，阻攔已是不及。胸前一劍是孔有德刺的，背後那一劍來自一位不相識的中年軍官之手。呂烈連忙說：

「孫巡撫有令，要留活口！」

中年軍官陰沉地笑了笑，說：「斬草除根，免留後患！老孔，別來無恙啊？」

孔有德「呸呸」地吐著口裡的糞土：「啊哈，沈世魁！早點來多好，我就少遭這分罪哩！呸！呸！這狗娘養的高麗賤坯！……」

倒在地上的劉興治，按住胸口汩汩出血的傷處，極力抬起上身，瞥了沈世魁一眼，並不理睬，轉臉望定孔有德，恨恨地說：「我是高麗賤坯，你也不過是遼呆子，喪家犬！誰又比誰有臉？……」

此刻，後院押出的一串脂濃粉香、紅襖綠裙的女人，正打旁邊經過，一個個嚇得渾身哆嗦，不敢抬頭。那個病病歪歪、瘦小得像個孩子的女人突然衝出來，誰也來不及阻攔，她已撲到劉興治身上。劉興治胸前的血頓時沾滿了她的衣領和面頰，她淒楚地哀叫一聲：「五哥——」

劉興治竭力聚集力量和精神，在脣邊彎出一絲微笑：「貞姐，累妳受了一輩子苦，真對不起妳！可我實在沒有別的法子。下輩子報答妳……下輩子。」他一直表現得神完氣足，彷彿是個正常人在說家常話，清清楚楚送出「下輩子」三個字以後，雙目一合，停止了呼吸。

「五哥！——」那小女人肝腸寸斷地低聲呻吟著，摟著劉興治的屍體，似乎在哭，卻發不出聲音，好半天不抬頭，不動。等到沈世魁、孔有德、呂烈、耿仲明他們圍過來，令人把她拉走時，才發現，她已經死了！……

眾人瞠目相視，一種說不清是恐懼、驚詫還是敬佩、羨慕的複雜感情，突然壓到眾人心頭，很沉重，壓得他們都說不出話。孫元化進來了，正遇上這死一樣的寂靜。

「他……死了？」孫元化問。

沒人回答，大家都呆呆地望著那一對拆不散的夫妻。良久，孫元化嘆了口氣，低聲地、像是在回答自己的問題：

「他死了……」

六

正月十六，是一年一度的五天海神廟會中最熱鬧、最隆重的一天，因爲這一天是海神廟主神、輔國佑民顯靈感應神妃，即人們俗稱的天妃娘娘聖誕之期。商民畏之如虎的劉興治已死，各島變亂平定，漁民揚帆出海，商船停泊往來一如既往。又因遼東失陷，與朝鮮的參貂布帛貿易改由此處轉輸；皮島駐軍每年的八十萬兩餉銀也以此處爲孔道，一時商旅雲集，遊人如織，登州恢復了膠東首府的地位而富甲六郡。所以今年的海神廟會格外熱鬧，登州舉城狂歡，趁著元旦、元宵節的餘興，還是過年的那身最像樣的穿戴，扶老攜幼，拖兒帶女，紛紛走迎仙橋，出振揚門，擁向丹崖山。

丹崖山彷彿水發的海參，驟然胖大了許多：各條盤旋至山頂的路上，支出來的那五顏六色的各種棚攤，是它身上的一行行參刺；擁塞在蓬萊閣、三清殿、龍王殿之間那密如簇簇蟻群的香客遊人，是它膨脹的參體。嘈雜的叫賣聲、呼兒喚女聲、說笑打鬧聲、爭吵叱罵聲海潮般喧囂著，其中又透出天妃宮前大戲臺上那脆亮高亢的鑼鼓響；香火味、酒菜味、柴煙味、塵土味、海腥味，還有汗酸臭、脂粉香，瀰漫在每一個角落……

呂烈走出望日樓，正在欲醉未醉之際，很是舒泰。他一早趕來，看到了最寧靜澄碧的海上那最清晰壯觀的日出，飽了眼福。在樓上品嘗了三清殿道士最拿手的八珍素齋，飲了大名久仰的千日酒，飽了口福。又和幾位儒生指點山海，談詩論賦，逸興遄飛，十分暢快。現在他惦著去飽耳福——今天在天妃宮唱戲的是馳名登、萊、青三州的聚仙班。

呂烈穿過蓬萊閣下的廊子，在香客遊人中間竟無法邁步，當他終於擠到天妃宮殿前，便知道耳福享不成了：高高的戲樓東、西、北三面堆積著數千香客遊人看酬神戲，擠得針插不進，水潑不進；臺上鑼鼓鏗鏘，演的是八洞神仙的熱鬧戲文，臺下人聲嘈雜，大人喊小孩哭，一些濃妝豔抹的婦人嗑瓜子剝花生嚼栗子山響，還不住嘻嘻說笑。呂烈頓時興趣索然。轉到戲樓背後，人群稀疏多了。那兒多是賣吃食的小攤。遊人香客在這裡買上一碗熱騰騰的豆漿、豆腐腦、老豆腐湯，就著香噴噴的果子、蟹殼黃燒餅吃下去，也是一件樂事。所以各處攤位買賣興隆。呂烈記起戲樓南邊原有兩兩對峙的赭紅色巨石六尊，有人叫它三臺石——因爲一對低一對高；有人叫它坤爻石——因爲它正合了八卦中的坤卦：☷。都說這六塊巨石連著丹崖山根，呂烈早就想要看個究竟。眼前都是人，坤爻石到哪裡去了？他按往日印象尋找，發現它們都被攤篷遮住了。矗立的石柱搭起篷來最方便不過。

呂烈走到一塊坤爻石邊細細打量。它有一人高，兩人合抱，通體赭紅，上尖下圓，像是山裡鑽出來的巨大石筍。搖搖它，似蜻蜓撼柱；背抵石筍用力後推，仍是紋絲不動。他乘著酒興，退出幾步，對準石頭猛衝，用肩頭狠狠一撞。

「哎呀！」有人驚叫。「噼里啪啦」，「撲通」，響聲一片，籃子筐子水桶一齊被呂烈撞翻，水流滿地。老翁忙著扶桶，旁邊老婦趕著撿拾草藥。肇事的呂烈卻只管撿起被他撞碎的幾片碎石，得意地哈哈笑道：「果然根深！」——他聽過傳說：撞動坤爻石的男子，能降服天下女人。如果他知道這一撞將給他帶來多少苦惱，也許就不會這麼漫不經心了。

老翁急眼了，揪住呂烈直嚷：「你這人！如此魯莽！撞翻藥箱也罷了，撞翻這許多水！」

呂烈看看聞聲圍上來看熱鬧的遊人香客，看看兩位上歲數的老夫婦，嬉皮笑臉地狡辯：「我後腦勺上又沒長眼！一桶水什麼要緊！挑兩桶賠你！」

「賠？你賠得起？這是五泉四井的好水，攢了三個多月才攢齊！……」

好傢伙，要訛人啦！呂烈一打量：篷上懸著一面「捨藥濟貧避瘟」的布招子，一位黑襖黑裙黑綾首帕蓋頭的女子舀出桶裡剩餘的水，往一窮婆婆的陶缽裡倒，又拿一束草藥遞過去，小聲囑咐：「煎三滾，分三次，每次一人一茶盞。」

呂烈鼻子裡哼了一聲：「原來是搖『奪魂鈴』[19]的！……」復又嘻嘻笑道：「算我倒楣，撞上你二位老人家。也罷，我就讓讓，寧可受你腳踢幾下子出氣！可好？」他說著，扒拉開老翁揪住他袍襟的手。

圍觀的人笑著當和事佬：「打兩拳豈不便當？」

呂烈故意裝得驚懼萬分，連連搖手：「不敢不敢！經他手定難活命！」

19 奪魂鈴：明代賣草藥郎中多肩背藥箱，手搖一個帶銅舌的鐵圈或串鈴，俗稱「響傳」、「病皆知」或「鐵響虎撐」，人們罵之為「奪魂鈴」。

人群譁笑，笑聲中有人爭辯：「人家是濟世救人的！」

呂烈冷笑：「走江湖賣假藥、唯利是圖草菅人命的，哪一個不打出濟世救人的幌子騙錢！」

老翁氣得說話都結巴了：「我們並、並不取……一文錢！」

「不騙錢騙名！欺世盜名是也。如今這世道、人心，哼！」呂烈說罷拂袖就走。黑襖黑裙女子倏地轉過身，驚訝地看看呂烈，小聲地自語：

「他怎麼把別人都……都看得那麼壞呢？」

呂烈一扭頭，和那女子打了個照面，竟是位很年輕的姑娘，由於清瘦蒼白，更像個小女孩。不知是因爲鼻梁太細，還是因爲眉峰不平，她的長相普通的臉顯得不夠端正，只有一雙眼睛又大又亮，湛如秋水，配上一對秀美細長的黑眉，成爲整個面容的精華所在。這孩子氣的問話使呂烈失笑，順口反問：

「是我把人看得太壞，還是人本來就壞？」

女子蹙了眉尖，認真地想了想：「世上的人千千萬萬，總是有好有壞，哪能都壞？便是一個人，他心裡也是有惡念也有善念的啊！……」

呂烈覺得意外，這細弱溫婉的聲音怎麼會說出這樣的話？他不由得盯住那女子：「這麼說，你家是行善不是騙人的了？這桶裡真有五泉四井的水？」

她垂下眼瞼，微微低頭擺弄那一束束草藥，不看呂烈，輕聲答道：「是真的。這裡攢了城外花山泉、臥龍泉、金沙泉、白石泉和七里泉五泉之水，又添進城內化龍井、玉寒井、鳳眼井和甜井四井之水，用來煎藥，爲的是潔淨和氣。冬春交替之際常有瘟病，所以將板蘭根、連翹、甘草入藥，清熱解毒。藥都在此，總不至於有草菅人命之嫌吧？」
呂烈愣了半晌：「請問，貴姓？」
黑衣女子仍不看他，靜靜地說：「我們並不想騙名。」
圍觀的人們又笑了，是笑呂烈自食其果。呂烈又羞又惱，卻不能發作。正無解脫處，忽聽有人喊他，他趕忙應了一聲，孔有德撥開人群急匆匆地進來拽了他就走：
「算了算了！大節下的，天大的仇也不能這會兒報哇，當心海神娘娘怪罪！」
呂烈甩開他，臉上掛不住：「你瞎扯些什麼！」
孔有德一怔，疑惑地看看呂烈，轉身問老翁：「你是不是姓舒？叫舒四？」
老翁連連搖頭。
孔有德大喜，滿臉賠笑：「真對不住，弄錯啦，弄錯啦！你老別生氣……走！走！咱們快回去吧！」連拉帶推把呂烈拽出人群。呂烈頻頻回顧，分明還想說點什麼，無奈氣力不敵孔有德，被他一直揪出海神廟山門。
呂烈十分惱怒：「無緣無故，你發的什麼羊角瘋？」
「我瘋？我是怕你瘋！報仇殺人，原是大丈夫的本色。可現在登州，你又身為營官，殺人犯事，前程豈不白白斷送了？再說哩，非殺不可，悄悄幹就是了，哪能敲大鑼擂大鼓地滿世界說去？」
呂烈越聽越糊塗：「說的什麼！誰要殺人啦！殺誰呀？」
「你自己說的嘛，不是要殺一個叫舒四的人嗎？」

「舒四是誰？我多咱說過？」

「就是剛剛，在望日樓上。我剛上樓梯，就聽到你在樓上大叫什麼『舒四真可殺，逼得我沒路走啦』！急得我連樓也沒上，趕著去找你的朋友快來勸勸你，一個也沒尋著！我回頭再尋你，就看你跟那老漢一家子鬥口……」

「哈哈哈哈！……」呂烈大笑，眼淚都笑出來了。

孔有德憨憨地看著呂烈，不由得也隨著笑：「嘿嘿，你笑啥呢？想是悟過來了，心裡高興？」

呂烈衝他連連擺手，一時笑得說不出話來。

原來，他與幾位儒生在望日樓上飲酒論詩時，說起做了五日登州太守的蘇東坡和他的海市詩，秀才們讚美「斜陽萬里孤島沒，但見碧海磨青銅」，呂烈卻喜愛「人間所得容力取，世外無物誰為雄」。談到東坡妙處，說他占盡風華，已有醉意的呂烈拍案大叫：

「蘇軾真可殺！逼得我輩再無出路了！」

竟釀成一場誤會！事雖可笑，足見孔有德的為人憨厚坦誠。呂烈不覺把平日輕視遼人輕視孔有德的成見消了大半。但他並不說破，因為報仇殺人最使血性剛腸的遼東漢心折，能為自己增加一層神祕色彩。他平息了大笑，問道：「孔大哥上望日樓也是去觀景嗎？」

孔有德恍然記起：「哎呀，我是肚子餓了去找點吃的。」他一按門板一樣闊大的胸肚：「哈，剛想起來，它就又嘰里咕嚕叫開了！」

「來，我請客！」呂烈把孔有德拉進山坡上那處懸著「福山大麵館」招牌的食棚裡坐定，

「這兒的炸蠣黃、韭菜炒海腸子原是雙絕，可惜今兒海神娘娘誕辰，館子裡不敢拿她的臣民下油鍋。不過還有幾樣菜很有味，福山大麵也算南北馳名。」說罷，他要了帶子條、柳葉條、細扁條、韭菜條、綠豆條、細勻條、一窩絲、燈草皮的麵各半斤，要分別澆上溫滷、大滷、三鮮滷、炸醬滷、肉絲滷、麻汁滷、清湯滷、雞片滷；又要了油爆肚仁、爆雙脆、九轉大腸、熘腰花、燒五絲，還有就菜吃的三斤叉子火食、三斤硬麵鍋餅、三斤酒。

呂烈原已酒足飯飽，只端了那碗清湯滷的一窩絲相陪，孔有德卻「稀里呼嚕」，飲酒吃菜嚼餅喝麵，如風捲殘雲，不大工夫，把滿滿一桌子東西吃個一乾二淨！呂烈看呆了，各桌的食客也都停箸擱杯看著孔有德笑，嘖嘖稱奇，有人高喊：「老兄好量！」孔有德摸著微微凸出的肚子，心滿意足地瞇著眼笑：「痛快！痛快！呂兄弟，生受你了！」

孔有德竟是來拜神的！呂烈看他認真地買香燭黃表，連價也不敢還，覺得有趣：「你也拜海神娘娘？」

「不敢！我老孔哪裡配。」

「不如去拜月老拜送子觀音拜孔夫子！」呂烈取笑他。

孔有德一雙大蒲扇樣的手亂晃：「不拜不拜！月老沒給我尋老婆，觀音不給我送兒子，孔夫子又沒教我識字，我憑啥拜他們哩？」他領了呂烈擠出人群，走進天妃宮前殿，把香燭分別插在左右守門神將前的香爐裡，燒罷黃紙，向二位門將虔誠地各叩了三個頭。呂烈站在一旁看得奇怪：

「這兩個無名之輩，也值得孔大哥去誠心拜他？」

孔有德略略遲疑：「呂兄弟是貴公子，念過書的人，也難知道江湖上的事。這兩尊神一個叫嘉祐，一個叫嘉鷹，哥兒倆原是海上豪雄，稱霸一時，後來給天妃娘娘收服，替娘娘守門，也成了幹海上營生的守護真神。當年投奔毛大將軍以前……」他撂下半句話，一把拽住一個匆匆進殿的人：「仲明，跑啥？還不快來拜拜嘉祐嘉鷹？」

耿仲明想也不想，跑上去就拜，站起身就著急地問：「二位可見著帥爺？」他擦著臉上的汗，眼睛眨得更快了：「明明跟著他，人堆裡一擠就擠散了，也不知帥爺身邊還有幾個人！」

孔有德也急了：「這還得了？快走，一路去尋！」

呂烈想了想：「多半在海市亭觀滄海哩！」

孫元化是在海市亭。一領石青袍，藍色風衣風帽，頗似一位遊山的名士。背手而立，面對浩瀚的海天，貌似觀海，眉間深如刀刻的皺紋裡，埋著無數憂慮。

平定劉興治之後，他巡視了自己的管區，登州、萊州、東江各島、陸師水師各營都走遍了。他歷來認爲，攻防攻防，先防後攻，先要強固各處守衛，然後加強攻擊力量；先保登萊東江不失，再設法收復金、海、蓋、復四州乃至遼東全境。爲防，各處需築炮臺製大炮；爲攻，需造海船，船上列炮。要辦這兩項，怎麼也要八十萬兩白銀才能初具規模。他盡力節省，從各種費用裡抉、摘、耙、羅，頂多能籌到三十五萬，還有四十五萬怎麼辦？這些天他日夜爲此算計設法，實在智窮力竭勞頓不堪，今日趁天妃宮廟會來散散心。見三位部下匆匆趕到，他收起重重心事，藹然笑道：

「可惜正當冬末，不然此處確是觀海市的好地方。」

「是，所以名爲海市亭。」呂烈回答著，向孔、耿二人說明蓬萊海市的奇景。忽聽孫元化問道：

「此處有正月十六祭奠的風俗嗎？」

孫元化正指著東邊田橫山腳海邊礁石群，那兒有數人舉著白幡燒紙招魂。呂烈看了一眼，講起一段本地傳聞：

早年間一家招商客店的女兒跟一位住店客人有了私情，海誓山盟，訂下娶嫁之約。客人一去不返，女孩天天在海邊盼望。後來父母又打又罵逼她出嫁，竟打得女孩小產，招來滿城人的唾罵。女孩抱著死孩子正月十六投海自盡，投海前她賭咒發願，要她的情人爲她母子報仇！海神娘娘准了她的詛咒，一旦她的情人或情人的後代來到登州，登州便要遭一大劫……

「這些燒紙的是求她收回詛咒，求海神娘娘減輕懲罰……咳，無稽之談！」呂烈說罷，揮手一笑。

「是什麼時候的事？」孫元化問。

「小妞投海嗎？」呂烈的話語又近於輕薄，「有說是二百年前，有說是正德年間，有說是二三十年前，誰知道！」

直到他們緩步下山，還在討論這個觸動人心的傳說，耿仲明惋嘆女孩痴心真情，孔有德痛罵那情人負心不義，孫元化則微笑地靜聽他們爭執。

「這是鏡石亭，咱們進去看看？」呂烈領頭進了一座小亭，這裡遊人不似其他地方那麼擁擠，北牆上嵌了一塊光可鑑人的方石，「這就是鏡石，凡思鄉心切的人，可於石中見到故里家山。」

孔有德忙問：「果真靈驗嗎？」

呂烈笑道：「誠則靈。」

孔有德拽了耿仲明去鏡石上照看：「讓俺們來看看俺們金州老家！……孫爺不來看看？」在人群中他們不敢稱「帥爺」，因爲出來逛會，都換了平民便裝。

孫元化淡淡一笑：「若是三生石，能映出過去未來，還值得一照；只現故里，徒增鄉愁，不看也罷了。呂賢弟，你說呢？……呂賢弟！」

呂烈正心神不定地向亭外張望，聞喚一驚，答非所問，令眾人愕然：「正是，冬春交替之際，易生瘟病……」

「兩位也是金州人嗎？」一聲清晰的遼東話，招得孔有德、耿仲明連忙回頭：兩個高身量的男子站在背後，說話的一位貂帽貂袍，華麗富貴，長得眉目清秀，疏疏的五綹髯襯出他一派斯文，親切地笑道：「他鄉得遇故鄉人，真難得呀！」

孔有德、耿仲明分外高興，立刻攀談上了。此人姓程，原是瀋陽生員，金韃占了遼東，他逃到旅順，因家境富裕，便做起了參貂生意，來往於朝鮮、旅順、大沽之間。這是頭一回來登州，不料登州如此繁富，海神廟會如此熱鬧有趣，他下回還要來。

耿仲明挺內行：「參貂生意可是大買賣，老兄賺不少吧？」

程秀才笑了笑：「託海神娘娘的福，這兩年出海趟趟不回空。方才已在娘娘跟前謝禱過了，添了一炷燈油錢。二位同鄉若有難處，在下理當幫襯。在下住在鼓樓後街悅來客棧。」

孔有德搖手道：「不客氣，不客氣！如今旅順海面城裡還都平順嗎？」
「平順，平順！多虧官軍平了劉五。黃總鎮在旅順整飭兵馬，嚴肅城守，大炮都排上了城門，金韃輕易不敢來犯。不過，比起來，旅順總歸不如登州。」
孔有德一揚臉：「那還用說！孫巡撫駐節登州嘛！」
程秀才指點著伸入大海的東炮臺笑道：「便是大炮，登州的也多。年前在旅順聽人說金韃也要造大炮了，鬧得人心惶惶的……」
耿仲明輕蔑地一皺鼻子：「韃子也會造大炮？笑話！」
沉思默想的孫元化悚然一驚，立刻掉頭細聽。
「可不嗎，我聽了也不信！還說也叫什麼紅夷大炮哩。」
「不中嘛！不中用！」孔有德高傲地大搖其頭，「他們沒有銃規，打炮不過放炮仗一般，哪有準頭！」
程秀才驚喜非常：「咱官軍竟有這神器！豈不是神炮？」
孔有德極爲得意，心癢難撓，忍不住湊在程秀才耳邊，壓低嗓門吹噓道：「那神器是孫巡撫孫大人親自製造的，可是能……」呂烈碰碰他，他一眼觸到孫元化責備的目光，趕緊把後面的話嚥了下去。
程秀才愣了一愣，說：「可是名諱元化，字初陽的？大英雄！遼東人誰不敬仰！……」
孫元化很詫異，從旁邊默默打量這位提到自己名號的秀才，立刻從此人身上感到了使他覺得親切的儒雅書卷氣，和一般腐儒不具備而他非常賞識的精明，好感油然而生。他對程秀才一拱手，笑道：

「尊兄棄儒就商，出雅入俗，委屈了。」

程秀才連忙還禮遜謝：「命也如此，不敢抱怨。尊兄想必也是文教中人了？」

「不敢。在下縣學一教官耳。」

「失敬失敬！」程秀才再次躬身拜揖。

孫元化拈鬚笑道：「尊兄書生弱質，海上風濤險惡，卻也應付得來？」

程秀才絲毫沒有誤會問話的用意：「在下手無縛雞之力，全虧我家老護院。」他指了指身邊那個結實的紅臉漢子。那人穿著打扮也很華麗，腰間懸一口長刀，只看那鑲金嵌寶的白玉刀柄，便知是價值很高的寶刀。聽程秀才提到他，趕緊拱手抱拳低頭爲禮。

孫元化打量老護院：「想必馬上功夫不弱！」

程秀才笑吟吟地說：「正是哩，十八般武藝件件精通，又力大無窮。當年救過家父的性命，在下從不敢以下人待之，只當是叔輩。可惜天生不會說話。」

「哦。」孫元化點點頭，邀程秀才同遊多壽閣。一行人已走出鏡石亭了，呂烈還倚著亭柱仰望蓬萊閣，不知在想什麼，孔有德喊了他兩聲，他才無精打采地跟了出來。

途中，孫元化問起近日參貂的行情市價，程秀才很在行地一一說給他聽。面前正對小海，各式各樣的商船在碼頭排得密密麻麻。孫元化突然順手拍拍老護院的肩膀：「那條大紅船是你們的吧？」

老護院一抬頭，看了孫元化一眼，只張張嘴，便指著自己的舌頭，對孫元化搖搖頭。孫元化心裡一震：這人好厲害的一雙眼睛！黑白分明，極其靈活，而且光芒奪人，深不可測。他抱歉地笑笑說：「我拍錯人了，還當是秀才哩。」他不轉睛地注視著老護院，看他作何表示，老護院卻已移目足下，靜靜地邁步隨行。

將入多壽閣，孫元化對老護院腰間華貴耀眼的寶刀發生興趣，忍不住伸過手去。老護院極其敏捷地向後一閃，一把攥住了刀柄，似要拔出。孫元化連忙按住他的胳膊笑道：「不要多心，我只是看這刀柄似白玉雕就，十分稀罕……」

程秀才也笑了：「不礙事，不礙事。他靠武藝縱橫一方，平日總是機警過人。教官不要見怪才好。」

遊過多壽閣，就要各自分手走開。孔有德突然問道：「秀才，我好像在哪裡見過你？」

程秀才笑著捋捋鬍鬚：「你現在才記起？我方才一見你就認出來了。昨天夜裡。」

孔有德細細一想，恍然大悟：「老書生？」

眾人聽他倆說得奇怪，忙問原委。

昨晚雖是元宵節，但登州因地處海疆，仍行宵禁，不過把宵禁時限延遲到子時。孔有德率營兵夜巡，拘到一個犯夜的。他自稱老書生，因在朋友家談詩論文，忘了時辰。孔有德詐他：「既是書生，我要考你一考。」老書生毫無難色，請他出題。這一來反倒難壞了孔有德，想了半天也想不出半個題目，便大喝一聲：「造化了你！今夜幸而沒有題目，快回家去吧！」

這小故事把大家都逗笑了。孫元化道：「這正應了那句俗話：秀才遇著兵，有理說不清！」

程秀才也笑：「正是呢，還虧得將軍好心腸啊！……」

歸途中，呂烈一直拉著臉不做聲。孫元化沉思默想，也很少說話，有一兩次停步回顧，目送程秀才高大的背影在人群中忽隱忽現。孔有德自顧自地說著福山大麵，很開心。耿仲明瞪他一眼，示意他別饒舌了，隨後低聲問道：

「帥爺，你是不是疑心那位程秀才？」

孫元化點點頭，又說：「程秀才倒罷了，那位老護院絕非等閒之輩，真是當世英雄！」

孔有德大爲驚異：「什麼？莫不是金韃的坐探？」

「不，不像。」孫元化搖頭，「坐探不會有這般氣度！況且藉著按刀柄，我摸了他的脈，博大穩定，不亂不慌。做奸細的不是這等脈象。著人去悅來客棧探探他們的來歷。」

耿仲明忙應道：「回營就辦。」

孫元化轉眼看看呂烈：「你今天怎麼啦？身子不好？」

孔有德哈哈一樂：「他呀，從不饒人，今兒可吃虧啦！」

呂烈突然滿面通紅，瞪眼發火：「關你什麼事？真是狗拿耗子！……」他大約意識到自己失態，立刻住了聲，扭開臉，低著腦袋只管走路，對誰也不睬。

孔有德不知他這陣無名火自何而來，張大嘴愣愣地看了他片刻，嘟囔道：「真是狗咬呂洞賓，不識好人心！……」

身畔的鬥嘴，孫元化似聽非聽，他的心思已飛向別處：金國也會造大炮了！他感到一陣陣緊迫，實施那一整套攻防計畫更是刻不容緩，可是從哪裡弄那四十五萬呢？……真傷腦筋啊！

第三章

一

如朱砂堆就的丹崖山，漸漸隱沒在初春的霧靄之中，今年的頭一場東南風推送著巨大的白帆，數十丈長的艨艟巨艦輕鬆地劃破海浪，行進得十分迅速。

孫元化靜坐艙中，面前一盞熱茶，手執管筆急速揮動，聚精會神地演算著。海浪拍擊船幫和風吹帆檣的「嘎吱」聲響，使四周更顯寧靜。孔有德不好出聲，便對侍立另一側的呂烈聳鼻子歪嘴地示意：出艙去。呂烈視而不見。孔有德又指天畫地做手勢：有話對你說。呂烈竟扭頭去看艙外，把孔有德氣得咬牙。正沒法子想，聽得孫元化說：

「你們各自回艙吧，有事再差人去請。」

二人施禮退出。一出艙門，孔有德揪住呂烈，笑罵道：

「你這小子！裝什麼蒜？故意晾我呀？」

呂烈永遠是那一副似笑非笑、對什麼都無所謂的模樣：「老哥，我可沒料想到你還如此好奇。」

孔有德奇怪了：「咦？你知道我叫你出艙幹啥？」

「那還猜不著？不就是想知道剛才碼頭上的那檔子事唄。」

「嘖嘖，你這小子！」孔有德咂著嘴驚嘆。

方才在碼頭，孔有德領來一個衣著華麗的年輕人，一見孫巡撫就叩拜下去。孫元化看著他，尋思著：「你——不是——吳？……」

「孫大人好記性！小的吳同，小的叔父乃司禮監秉筆吳直。」

孫元化沉吟間，前來爲巡撫送行的張可大發話：「去年五月裡你不是已尋著你的祖母了嗎？登州府還差人專送到京的。」

「是。那次尋的不對，今年重新尋過，方才尋著真的。聽說孫大人有家眷船進京，小的大膽，想陪祖母隨舟同行，乞大人恩准。」見孫元化遲疑不語，他連忙補充：「我們自家有船，只求途中有個照應。」

這事真有幾分爲難：司禮監秉筆太監權勢驚人，不能得罪；但與閹豎交往將爲士大夫所不齒，有礙清名。

孫元化終於點了頭：「難得吳公公一片孝心，富貴不忘本。若能母子團聚，也是一樁美事。孔游擊，帶他同行。」

歸結到「君子成人之美」這種人所共欽的德行，一切難處便都迎刃而解了。既抬高了吳直，也表白了自己，就是張可大，怕也不能不佩服孫巡撫的精明獨到，更別說孔有德了。

後來，孔有德奉命領吳家老太太上船，正碰上呂烈來找他，尚未開口，突然愣住了。孔有德順著他直直的目光看過去，原來吳家老太太掀開轎簾朝外張望。那是個富態的婦人，雖然頭髮已經灰白，卻徐娘半老，風韻猶存，想來三十年前姿色必定動人。

「她是誰？」呂烈目不轉睛，嘴裡輕聲問。

「別老盯著看個沒完，」孔有德小聲埋怨道，「人家是貴婦人……」

「什——麼？」呂烈一扭頭，發紅的眼睛裡的狂暴把孔有德嚇一跳。這時轎停在泊船處，跟從的丫頭打轎簾，吳同恭敬地上去攙扶。孔有德有心也獻個殷勤，卻走不動，回頭一看，束甲帶被呂烈攥住，不讓他向前。

披著茶色繡福字錦緞披風的老太太向他們掃了一眼，走了兩步，又回頭一望。呂烈雙臂抱在胸前，微微低著頭，一動不動地從濃眉下接住她拋來的目光。老太太臉上掠過一片不安甚至驚慌，隨即老練地微微一笑，搖搖擺擺地順著踏板上船去了。

「你認識她？」旁觀的孔有德很奇怪。

「她到底是誰？」呂烈反問。

孔有德說起吳同叩請附舟的經過。呂烈先是聳起眉尖吃驚，繼而放聲大笑，後來大笑漸漸變成冷笑，竟至沉默不語了。這時好幾名侍從親兵來找他們，很快又淹沒在開船前的一大堆繁雜事務中了。

這個孔有德！平生頭一回進京，見識帝都花花世界，多少事不惦著打聽，偏記住了這件事盯著問！由於平定劉興治，兩人常在一處混得熟了，呂烈暗自也喜歡孔有德的憨厚坦率，所以在登州兵和遼東兵之間，他們倆要算交情最厚的了。呂烈於是懶洋洋地倚著船幫，對孔有德瞇眼笑著問道：

「帥爺上任才半年，不夠述職時間，幹嘛急著進京？」

「這呀？咳，一句話，要錢！帥爺想明年就渡海北上，收復四州哩！可造船造炮得多少錢哪？還缺四十五萬，不找皇上，誰給？」

「哦……我再問你，登州營官數十上百，帥爺為啥單選我隨行？」

「這還用問！看你能幹唄！」

呂烈目光咄咄逼人：「當真？」

孔有德茫然不解，這點小事呂烈何以這般認真？他搔搔額頭：「這有啥真假可說？」

「不是旁人薦給帥爺？」

「這……說不準。好像聽說，張總鎮薦過你。」

呂烈嘆口氣，又那麼懶洋洋的了，脣邊露出那慣有的嘲諷：「是薦我才幹出眾？」

「對。」孔有德記起來了，很高興地接下去說，「還說你家大人是朝廷貴官，增撥軍費的事好通融。」

呂烈「哼」一聲，無精打采地閉了眼晒太陽，不再問了。

「別打盹啊！我問你的事呢？你認識那老太太？」

呂烈微微睜眼，怪模怪樣地一笑：「什麼老太太貴婦人，是個老娼婦老鴇子！早他媽斷子絕孫了，怎麼會養出個太監兒子？」

孔有德吃驚地張大了嘴：「啊？……該不是一伙剪綹騙子吧？你多咱見過她？沒認錯？」

「錯不了！骨頭燒成灰我也認得！」惡狠狠地說罷，呂烈又解嘲似的笑開了。

孔有德更加擔心：「要是騙子，不過省幾個船錢，哪怕捎點贓銀贓物也有限，若是韃子奸細……哎，不成，得去稟告帥爺！」

呂烈一想，也覺著嚴重，兩人相隨去見孫元化。不料路過呂烈艙房時，傳出一聲低喊：「呂哥！……」他倆驚異地對視一眼，慌忙進艙去瞧，竟是張鹿征！他驚慌失措地迎著呂烈跪下去，連聲哀求：「呂哥，救救我！」

事出意外，在遼東孔有德面前，呂烈尤其覺得丟臉，板起面孔厲聲問：「誰叫你來的？帥爺可知情？」

張鹿征膽怯地瞥了瞥孔有德，低頭不語。

呂烈對孔有德說：「老兄且去見帥爺，先別吭聲，過一會兒我領他去。」

孔有德想了想：「也好。可得問明白了，別出事。」

孔有德一走開，呂烈就發了火：「你這是幹什麼？往登州兵臉上抹黑嗎？告訴你爹，看不打折你的腿！」

「哎呀呂哥，千萬別叫我爹知道！……」

呂烈眼珠一轉：「怎麼？你跟你小姨娘的事發了？」

張鹿征垂頭喪氣道：「咳，別提了，誰料老頭子的醋勁竟那麼大！……今早起因要給孫巡撫送行，小姨娘過來給我篦頭。那一股股體香，那扭扭的腰，顫顫的奶子，還有鉤子也似的媚眼，撩得我直冒火，摸她揉她，又是笑又是喘，正美呢，老頭子從後房出來了，嚇得我趕緊抽手，不想太慌了，把裙帶拽斷，她那裙子可不就落下來，什麼全露了……老頭子眼多尖？全看了去，拔刀就來斫我，我還不撒丫子跑哇？想來想去沒路，就偷偷上了船……」

呂烈又是笑又是皺眉又是罵：「你這小兔崽子，這麼不小心！偷情偷情，要緊是偷，還能敲鐘打鼓！況且又是你爹最寵愛的小妾！唉，走吧，去見帥爺。」

張鹿征直縮脖子：「啊呀，那可不行！」

「誰藏得住你這麼個大活人？總得討他的示下。」

＊　＊　＊

孫元化見到張鹿征，也很意外。聽張鹿征說失手打碎玉瓶招得父親大怒、持刀趕殺的緣由後，他沉吟道：「張總鎮一向不是這等計較小事啊……父子間家事也難說清。這樣吧，我寫信勸勸你父親，告之你在我處，也好叫他放心。待他消氣，我們也回登州了，你去向父親謝罪。」

張鹿征喜出望外，連忙叩謝。

這位孫巡撫處事，果真是面面俱到！呂烈不快地暗想，孫巡撫卻已轉向了他，問道：「聽孔有德說，你認出那吳直的母親是……確實嗎？不會認錯？」

「沒有錯！」

「但這位吳直的姪子吳同，也確是真的。」

「帥爺認識吳同？」呂烈和孔有德異口同聲。

孫元化點點頭：「那是五年前，寧遠大捷之後，吳同奉叔命，送來因大捷為魏忠賢請功請封的摺本，邀我簽押，被我回絕了。他那時不到二十歲，已經十分驕橫，很說了些不中聽的話……這次倒謙恭了許多。」

孔有德又不明白了：「那吳直不就是魏忠賢逆黨了嗎？如今怎麼反成了大太監？」

呂烈冷笑：「蒼狗白雲，誰說得清！」

孫元化和顏悅色：「聽說吳直查逆案逆黨頗有功，很得聖上信賴。或許此人幼年入宮，他的母親迫於窮困，不得已墮入風塵。如今，吳直富貴不忘根本，不嫌貧賤，也算難能可貴。我們還是隱惡揚善爲好。」

孔有德連連點頭。呂烈咬咬牙根，沒說什麼。

二

「……求主賜天恩與主的子民，更賜恩典與在這裡聚會的人，叫他們謙恭聽聖經的道理，都深信在心裡，終身聖潔，做事合理，誠心事奉主。在這容易逝去的世界上，凡遇難的、受苦的、生病的、有缺欠的和遭別樣災難的人，伏求主大發慈悲，安慰拯救他們。阿門，願主與你們同在。」

這莊嚴熱情、水晶般純淨的聲音，在這間小小的禮拜堂四壁間回響。主禮的湯若望神父立在聖壇邊，身著黑色長袍，頭戴黑色小帽；胸前懸著耶穌受難十字架，深深的藍眼睛、高鼻寬額、線條剛勁有力的面容以及整個身姿，都顯示著一種極富感染力的虔誠。一排排禱告席上的教徒報以同樣的熱情和虔誠，齊聲回應：

「阿門，願主與你同在。」

因爲全是女子，聲音像林中鶯燕齊鳴一樣溫婉好聽。

女教徒們紛紛起身，有的到聖壇前問教義，求神父祝福，有的往捐獻盤裡投銀錢，之後，三三兩兩相隨離去。湯若望微笑地看著這番景象，心裡很覺安慰。

湯若望，原名約翰．亞當．沙爾．馮．白爾。一五九二年他出生於沙爾．馮．白爾這個德國萊茵州古老貴族之家的科隆城爵邸。也許是因爲自幼就在聞名於世的科隆大教堂的庇覆之下，他們的弟兄三人中，兩人都獻身於上帝的事業，成爲教士，另一個勉強留下來繼承爵位。

沙爾家族的紋章，是各色方格上一頂飛鷹的盔帽。據亞里士多德的學說：四方形象徵一個勇敢者的堅定和剛毅。沙爾家族確實產生過這樣的英雄，那位因抗擊俄國暴君伊萬而被俘、在莫斯科附近被處斬刑、寧死不屈從容就義的菲立普．沙爾．馮．白爾，就是這個家族的光榮。

湯若望並不以他出身爲榮，在姓名中有意識地去掉了表示貴族世系的「馮」，但他終身奉行家族紋章上方格的用意，堅定勇敢地選擇了一條荊棘叢生的路，從未動搖。十六歲離開科隆往羅馬進神學院，從此再不曾回過故鄉。

二十六歲那年，約翰．亞當神父乘「善心耶穌」號船赴中國傳教。墨西哥灣的強猛海流、基那阿海令人談虎色變的無風帶——「死氣層」、可怕的「基那阿」瘧疾的襲擊，都沒能摧垮他的意志，他終於到達澳門。不過，由於近一年的困難的海上航行、由於瘧疾的折磨和唯一的放血治療法，他是被抬上岸的，奄奄一息，像一具骷髏。

他不顧一切地跨上這片廣大的、沒有上帝不知聖經，卻又生息著千千萬萬黃皮膚生靈的國土——這幾乎和整個歐洲一樣大的國家。他的心裡充滿悲憫和自豪，因爲他從事的是偉大的事業——

拯救千萬個苦難的、罪惡的靈魂！

前面只有一位先行者——利瑪竇。在澳門神學院的三年中，湯若望完全接受了這位先行者傳教的有益啓示，努力先使自己變成一個中國人，特別是，變成中國人中的「士」。如今的約翰．亞當神父，已是一位精通中國語言文字、因能準確地計算日蝕月蝕而在中國朝廷中享有「天算家」名望、在朝官士大夫中有不少朋友、吸收了許多虔誠信徒的出色的傳教士了。爲了適應這裡強烈的東方色彩，約翰．亞當神父變成了湯若望神父——若望是約翰的轉音，而亞當（Adam）便成了他的姓：湯。湯神父還制定了與歐洲不同的規矩，即男女教徒分堂做彌撒，以消除「男女防嫌、惟嚴惟謹」的這個國家平民百姓的疑慮。

今天是禮拜日，這裡是女教徒聚集的地方。

漸漸空下來的小教堂還有最後四名婦女，虔誠地低著頭，依次投獻銀錠、銀錁和兩串銅錢，末位的黑衣藍裙姑娘伸出玉藕般的胳臂，把一雙光燦燦的金鐲子褪下來，恭敬地放在那堆銀錢的頂端。

「阿囡！」身著香色外衣的中年婦人，用濃重的吳語叫了一聲，顯然有制止的意思。

湯若望走近，拿起那對金鐲遞還姑娘，慈和地說：「教會不接受金銀飾物的捐贈。況且，捐獻要自願……」

「我自願！」姑娘抬起頭，「金鐲算得了什麼？我願獻身於主！湯神父，今天當著我母親和徐太師母，我再次請你接受我做中土的第一名修女！」

「幼蘩！」

「阿囡！」

「小姐！」

「依沙貝拉！」

旁邊的四個人同時叫出了四個不同的稱呼。湯若望一開口，另三人都恭敬地緘默了。他驚異地看到面前是教名海倫娜的徐光啓夫人、好友孫元化的夫人沈．阿嘉達和他們的女兒孫幼蘩．依沙貝拉：「阿嘉達！依沙貝拉！妳們怎麼會在這兒？」

徐夫人笑道：「神父，她們剛由登州來到京師。」

「伊格那蒂歐斯也來了？」湯若望驟然興奮起來。

「是，正在那邊做禮拜。」徐夫人指的是男教徒聚集的另一處大些的教堂，「他們會等候你的。」

「太好了！我這就去！……哦，依沙貝拉，妳的心願是可敬的，但妳的父母願意奉獻嗎？阿嘉達？」

孫夫人自入教以來，一直把湯若望神父當作上帝的化身，尊崇敬畏，此時怎敢明確表態，只含糊應道：「這要聽聽她爹爹的意思……」

湯若望笑了笑：「依沙貝拉，以後再說，好嗎？」

幼蘩失望地蹙起長長的秀眉：「七年以前你就這麼說，四年前你也這麼說，今天，你還這麼說……」

湯若望慈愛地摸摸幼蘩的頭：「並不是人人都能夠做修女。只要對主懷著愛心，常存善念做善事，同樣是爲主服務啊！……這一位？……」他鷹隼般銳利的目光轉向四名婦女中那張陌生而秀麗的臉，她比別人站得遠些。

「她是我娘的伴從，叫銀翹，」幼蘩連忙介紹，「她是頭一回進教堂，我們想她會皈依主的！」

湯若望點點頭，眼睛裡充滿慈父般的關懷：「信奉主吧，孩子，妳的靈魂將得到解救，人世的罪惡將得到洗滌！……」

銀翹惶恐地低下頭，不知所措，後退了幾步。

徐夫人領著三位女客告辭回府。徐光啓一家都是虔誠的教徒，所以特地在教會旁租賃住宅，開闢了專通禮拜堂的旁門。湯若望把她們送到門邊，返身趕往禮拜堂的會客室。

會客室裡，禮部尚書徐光啓、登萊巡撫孫元化、都察院御史金聲閒談著等候。湯若望一進屋，幾乎是衝上去的，一把抓住孫元化的手，孩子般興奮地喊：「伊格那蒂歐斯！是你嗎？我們又見面了！」

孫元化也很高興地笑著，用力搖晃緊握的手。

金聲略感驚訝：「哦？原來他們也相識？」

六十九歲的徐光啓捋著頷下銀白色的漂亮鬍鬚，笑咪咪地說：「哦，豈止是相識……」

* * *

十年前，剛剛來到澳門的湯若望，接受一位想要入教的商人邀請，去船上吃飯。走到碼頭邊，湯若望不禁驚嘆：從沒見過這樣玲瓏精巧的船！它像一棟漂亮的二層小樓，樓簷廊柱乃至窗臺窗框的雕刻，從色彩到花紋都極其複雜繁細，顯得金碧輝煌。兩人在一間豔麗中帶點俗氣的小廳坐定，熱茶和各色各樣精緻茶點流水般擺了一桌。湯若望學著中國人的樣子端茶閉目品味之際，一雙溫軟的手臂纏上脖頸，帶著濃烈的脂粉香，一個妖豔的姑娘力圖擠進他懷中。湯若望大驚，茶盞摔了，熱茶濺了一身。他的狼狽相招來一陣大笑：商人摟著另一個姑娘，跟那個被他推開的女人互相做手勢，笑得喘不過氣。

湯若望指著商人，說著半生不熟的漢話：「你！騙！欺騙！」

他的指責只換來更加放肆的狂笑。湯若望壓不住火爆的脾氣，怒吼一聲，掀翻了桌子，整個船身震動了。雕花木隔斷上懸著的粉紅色帷簾忽然拉開，那邊一些吟詩作畫、飲酒談笑的文士圍過來看究竟，其中一人大聲說：

「他是一位有學問的傳教士，出家人不近酒色，你們不該壞人家的道行！」

湯若望發完火又後悔了，因爲他今天沒穿教士的黑袍，便指著滿地狼藉說：「我，賠償！」

他轉向替他說話的文士，猛然認出他是同住在耶穌會公學、前來澳門爲朝廷募購西洋大炮的學者之一，是老友徐光啓的學生。爲徐光啓和他的學生們自捐資費購炮的愛國熱忱，湯若望還非常感動哩。

於是，他知道了，這就是中國廣南一帶有名的水上妓院——花船。美麗掩蓋著醜惡，文雅莊重與淫佚並存，對他將要畢生傳教的這個國家的複雜古怪，有了第一次體驗。

他們第二天在耶穌會公學再見，就像相熟的朋友了。可惜三天後新朋友就押運大炮去了廣州，給湯若望留下了難忘的印象和名號：孫元化，字初陽。

過了三年，湯若望隨傳教組沿北江、贛江、長江來到可愛的江南小城嘉定，那裡已有了規整的教堂和數百名教徒，成爲傳教江南的基地。當傳教組被引導與捐助地盤、出資修建教堂的教友見面時，湯若望不禁驚呼出聲：「啊！老朋友！孫元化！孫初陽！……」

「哦，湯神父，你的漢話說得這麼好了！該稱我的教名，伊格那蒂歐斯！……」孫元化緊握著湯若望的大手，文靜而含蓄地笑著，湯若望卻忍不住放聲大笑。

他們共同度過整整一個秋天。湯若望成了孫元化家最受歡迎的客人，尤其成了十歲的幼虁的大朋友。孫元化跟從湯若望研修火炮及炮臺，他是徐光啓的得意門生，有很好的數學幾何基礎，所以掌握得很快。在後來的寧遠大捷、寧錦大捷中，孫元化「以臺護炮、以炮護城、以城護民」，輔佐袁崇煥立了大功。

立功升任的孫元化回到北京時，本已赴京傳教的湯若望已被教會遣派去了西安，他們未能見面。今天他們重逢，三十八歲的湯若望已晉升了教職，四十八歲的孫元化，更是獨一無二的、以舉人出身而獲超擢的方面大員了。

* * *

「啊，我已經見到依沙貝拉，長成大姑娘啦！」湯若望感慨地笑著連連搖頭，「還像小時候一樣，想當修女。」

「我對她說了，如果到二十四歲決心還不變，就送妳去當修女！」孫元化說罷，衆人隨他一起笑了。

得知孫元化此行目的後，湯若望十分關切地問：「皇帝召見了嗎？」

孫元化嘆了口氣：「召見過了。」

沉默片刻，金聲搖搖頭：「一說要錢，兵部戶部就叫苦；一提要辦西洋大炮，就有許多奏本大喊：堂堂天朝，豈可用夷人的淫巧小技禦敵！甚至竟有因誅殺袁崇煥而罪及西洋大炮呢！……」

徐光啓皺起蒼蒼濃眉：「當初只爲京師處處有人掣肘，動輒得咎，才薦初陽出任登州。只要登州能成爲天下武備最精良的重鎮，見仗得一次大勝，西洋大炮才能正名，在九邊各鎮推而廣之，實用於抗金復遼。所以初陽的通盤防守之策務必成功！」

又是一陣沉默。徐光啓是他們這批奉教官吏士大夫的主心骨和靠山。徐光啓的話他們當然贊成。無奈，巨大的軍費開支非私人所能包攬，非皇上點頭、朝廷通過不可，然而，這很難很難……

徐光啓府上一名老僕來稟：司禮監吳公公差人到處尋找孫巡撫，直找到徐府來了。徐光啓和金聲都驚訝地看看孫元化。孫元化臉上掠過一絲難堪：「他找我做什麼？」

回說是特意致謝，並代他家太夫人請孫夫人赴宴。

孫元化有點臉紅，連忙說明吳直母親隨舟同行的緣故，並解釋說：「難得他有此孝心，我也不好當面拒絕，並不是想與他來往……」

徐光啓嘆道：「何必拒絕他……那麼，我們告辭吧？神父，晚上過來一同進餐，可好？」

孫元化遞給湯若望一捲圖紙：「這是我新近想要修築的依山面海炮臺的草圖，請神父測算一下是否可行。」他又取出一個直角鐵尺夾半圓形量角器的古怪器具：「這是我新近製作的銃規，在炮口測算距離和發射角，也請神父過目。」

湯若望笑了：「你已經成了大明的炮臺和火炮專家啦！」

孫元化遜謝著：「學生的成績，是老師的光榮。」

「謝謝！這是對我的最高獎勵。」湯若望拍拍圖紙，「晚上我們一同討論吧！」

＊　＊　＊

徐夫人請客人在小花廳坐定，命人取來兩只二尺多高的長方木匣擺在桌上，說：「幼蘩，這是送給妳的。打開看看，喜歡不喜歡？」

幼蘩解繩帶，開木蓋，「啊」的一聲驚呼，高興得大叫：「啊呀姆媽！銅人！是銅人！」果然是身著彩服、一男一女兩個笑咪咪的銅人。

「哎喲！女孩兒家恁響喉嚨！」孫夫人疼愛地責備女兒。

「姆媽，妳不知道，這叫針灸銅人。」幼蘩扶起銅人對母親比畫，「銅人頭頂灌進水，就可隔衣裳找穴位扎針。找得準，針進水出，穴位不對，針刺不進的！」

徐夫人笑了：「我原想難難幼蘩的，她竟識得，可見讀書不少。」

幼蘩像孩子喜愛玩具一樣撫摸著銅人，嘴裡念叨著：「書上講，銅人是北宋御醫王惟一製的……太好啦！謝謝太師母！」她朝徐夫人一跪。

徐夫人扶起她：「不要謝我，是妳家太老師請人仿製的。早聽說妳喜歡醫術針灸……做個郎中也能濟世救人，何必一定要做修女？」

「啊呀，這個囡囡啊，真正是孔夫子的褡褳——書呆（袋）子！只信書上的話。我對她講，這是中土，勿是西洋，做修女那是大黃牛鑽老鼠洞——行勿通。她卻是東西耳朵南北聽——橫豎聽不進！我再三勸她也是雞毛敲銅鑼——白費勁！……」孫夫人一口又響又脆又快的嘉定話，一串有趣的歇後語，說得大家笑個不停。她一改在教堂、在神父面前的莊重敬畏，恢復了平日的爽朗。

幼蘩立即就想試針，徐夫人命丫鬟領她去小書房，說那裡有針灸圖可以對照。孫夫人又囑咐道：

「銀翹，妳陪幼蘩一同去。」

那位二十五六歲的嫻靜秀美的女子躬身領命，嘴裡幾乎聽不見地道了聲「是」，捧了木匣隨幼蘩去了。

徐夫人眼見她們的身影從門邊消失，轉臉笑道：「銀翹，滿好聽，是草藥名吧？……從前沒見妳身邊有這個人，看上去滿穩重、滿聰明。」

孫夫人笑得很得意：「師母見得不差，家裡的使喚丫頭都是幼蘩給取名，那才是老鼠鑽書箱——咬文嚼字呢，全都是草藥湯頭！銀翹雖說成天像只浸了水的爆竹——一聲勿響，卻是喉嚨裡吞螢火蟲——口裡勿響肚裡明，樣樣家事拿得起放得下，有了她半個管家婆，我真是省心省力！」

「妳從哪裡尋來這麼可靠的人？」徐夫人不無羨慕。

孫夫人的笑容漸漸收了，蹙眉嘆道：「若講她的來歷，真是黃連炒苦瓜——苦上加苦啊！都是五年前的事情了……」

* * *

孫元化用兩天時間安置好來京居住的家眷，又急急忙忙趕回寧遠。他心緒很沉重，和所有心懷良知的士人百姓一樣，對國家面臨的局勢簡直絕望了：強敵金虜在東北崛起，官軍屢戰屢敗，喪師失地，九邊震動；朝中天啓帝深居後宮不問政事，魏忠賢和客氏勾結擅權亂政，勢焰熏天；奸佞當道，朝政一片混亂；東林黨人盡遭羅織，下獄累累，毒殺殆盡……他是一個小小的兵部主事，官微言輕，不能在朝中有任何建樹，便把一腔忠義和心血都投入抗擊金虜的寧遠大戰之中。然而，無數將士浴血奮戰，卻使魏忠賢一黨奸佞因寧遠大捷升賞封侯，連五歲的姪孫也授爵位，前方將士能不寒心？他孫元化能不寒心？……

胯下銀鬃馬忽然昂首長嘶，揚蹄人立，差點把正在沉思的主人摔下去。孫元化定睛一看，已到順城門大街，路上行人蕭疏，並無阻礙，馬竟停了四蹄，死不肯邁步，不時扭轉長鬃飄拂的馬頭，回首西南，終於不顧韁繩轡頭的控制，猛然側身跑了個小圓弧，往來路飛奔，怎麼也勒牠不住。

驚異中，孫元化忽聽有類似溼鼓悶雷之聲發自地底，從他背後「隆隆」滾了過來，聲響越來越大，銀鬃馬逃命似的狂奔，驚慌嘶叫。猛抬頭，方才還炎日當空，天晴氣朗，此時黑沉沉的烏雲驟然湧聚，頃刻蓋滿頭頂，四周屋宇竟也搖晃動盪起來。

孫元化疑心自己頭暈。須臾，大震一聲，有如霹靂，天崩地塌，昏黑如夜，萬戶千家陡然間紛紛搖落晃倒，「轟隆」「嘩啦」聲延綿不絕，沿路滾動，塵土沖天而起，瓦礫石塊亂飛。房倒柱摧的巨大聲響止息了，剎那間萬籟俱寂，彷彿時間和空氣都被驚呆，跟著就爆發了混亂和喧囂：人們狂跳突奔，呼天搶地，喊爹叫娘，呼兒喚女，哀告救命，痛哭慘號，如同踹了穴的螞蟻，燎著窩的馬蜂。老天爺並不發善心，又颳起了飛沙走石的怪風，吼叫著拔樹掀石，把受難的人們捲得團團亂轉，被瓦礫石塊擊傷無數。孫元化只得拉馬一起臥倒，閉眼聽天由命了。

狂風終於打著旋離去。孫元化起身，滿耳哭叫呻吟，四周一片瓦礫。他擔心妻子兒女，一時心急如焚。但放眼望去，十數里目及處盡都殘破，無法辨認道路門戶。只好喝一聲「回家！」放鬆韁繩，任銀鬃馬認路奔回。

一路上盡是狂奔亂走的行人，目光驚慌瘋傻，口中亂嚷，有的直撞到孫元化的馬頭竟也毫無知覺。走得時間長了，才見到扒土石瓦塊救人救物的百姓。

不遠處，幾名匆匆趕到的書辦差役，手持鐵鍬鐝頭，立在一片小丘般的瓦礫上大吼：

「底下有人嗎?快應一聲！」

「救命！……」瓦礫下傳出尖細微弱的哭叫。

「妳是誰？」諸人大聲問。

「我是小七姐……」

「老爺呢？」

「老爺太太都……」接下去的是哭聲。

眾人綽起工具，挖開積土瓦礫，小心地搬抬，一個年輕女子慢慢爬出，竟是一絲不掛。雖然身上泥土和青紅傷痕滿布，在黑灰的背景上，仍顯得粉白細嫩。她拿一片瓦遮著下體，雖是滿面淚痕，十分羞赧，卻帶著幾分孩子般的狂喜，仰望蒼天，「撲通」一聲跪在瓦礫堆上。眾人只覺眼前一亮，全都愣了，頃刻間哈哈大笑。女子也是一愣，隨即匍匐在地，放聲大哭。

路過的孫元化看不過去，脫下外面的大衫扔給女子。女子連忙拿去裹在身上，抬頭投來感激的一瞥，隨即敏捷地扯住身邊一匹脫韁的黑驢，騎上驢背，哭著走了。從書辦差役口中得知，此女是他們本官八個小妾中的一個，看來本官一家只活得這一口人了。

遠遠望見自家門牆安然，孫元化鬆了口氣，正待下馬進門慰問，騎驢女子已經跟到近前，納頭跪拜，請予收留，孫元化無奈，只得引她進家，交給夫人沈氏……

＊　＊　＊

徐夫人長嘆：「唉，那場地震，實在是魏閹作惡太多，天怒人怨，招來上帝的懲罰呀！」

孫夫人道：「正是呢！銀翹初來，我還想替她打聽家鄉父母，好讓她一家團圓。她卻是個沒嘴葫蘆，倒不出放不進，一點口風不透，死不肯走。看她又懂事又勤快，滿難得，就留到了如今。」

「她也有二十四五歲了吧？再不尋人家，怕就耽誤了。」

「咳！提過八九十來回，她是三錐子戳不出一點血，牛皮筋一樣，只搖頭不做聲。看起來牛吃稻柴鴨吃穀——各人自有各人福，也勉強她不得。她琴棋書畫樣樣通，拿她當丫頭，真是檀香木當柴燒——大材小用了！要不是咱教裡頭有規矩，我就做主把她收到房裡，倒滿合適……」

被二位夫人做為慨嘆話題的銀翹，此刻正在小書房裡幫著幼蘩興致勃勃地扎銅人，彷彿不把倒楣的銅人扎幾十個透明窟窿就不罷休似的。

窗外傳來腳步聲和蒼老的笑語：「我們小書房談天。」

「老師先請。」

後面一句聲音厚重溫潤，震得窗紙微微發顫。銀翹手裡的書「啪嗒」掉到地上，她連忙俯身去拾。

「是太老師和爹爹！」幼蘗高高興興地到門前迎接，攙扶著父親的恩師，「謝謝太老師惦著幼蘗，幼蘗給太老師磕頭！」她真的跪在徐光啓膝前，「嘣嘣嘣」叩了三個響頭。徐光啓捋著鬍子笑得合不攏嘴。

看見銅人，孫元化也向老師致謝，隨後吩咐女兒：「妳們收拾收拾，到別處去吧……哦，銀翹今天做了禮拜，覺得好嗎？願不願受洗入教？」

自男主人們進屋就俯首跪倒的銀翹仍不敢抬頭，低聲回答：「禮拜……好。老爺要銀翹入教，銀翹就入教。」

孫元化笑了：「入教可是妳自己的大事，誰也不能替妳作主。妳想好了告訴夫人。去吧。」銀翹一直眼簾低垂，長長的睫毛顫抖得像不安的蜜蜂，小心翼翼地站起身，無聲無息地隨幼蘗走了。

「賢契果然體恤僮僕，待下寬厚。」徐光啓讚了一句。

「神父常說，人們只有職分責任的不同，他們的靈魂在上帝面前都是平等的。」

「既然如此……」徐光啓沉吟片刻，望了望門生，「方才你又何必拒絕吳公公呢？」他們一回徐府，孫元化便對來送信的吳同說妻子近日傷風，不能赴宴。吳同代吳直說了許多仰慕的話，見孫元化一直冷著臉，只得放下書信告辭而去。

孫元化嘆了口氣：「我知道他們是可憐人。只是魏忠賢作惡太甚，喪盡人心，與此輩交往必為士林所不齒，徒損名聲！」

徐光啓指了指桌上放著的吳直的信，字跡秀美流利：「他們這一茬司禮監太監，都在內書房讀了多年書，由學士大學士調教，頗有學問。吳直近年尤得皇上信賴，首輔周相也與他過從甚密……」一見學生低頭不語，徐光啓也有些難爲情，想說的話不好啓齒，心緒複雜繚亂，乾脆換了話題：

「賢契此次平定劉興治之亂，爲朝廷立了大功，可算旗開得勝，你這舉人巡撫可以坐穩了。」

孫元化笑笑：「多謝老師掛念，剛剛起個頭，以後的事，唉，難說了。」

「張燾還好吧？」

「千斤重擔他挑著五百呢。我這次進京，登州的事就靠他主持著。那位張總兵張可大……唉！」

「很棘手嗎？故意作梗？」

「也談不上。他或許並非有意，但總是想不到一處，彆手絆腳地不得順暢。我那裡監軍道尚出缺，還可進人，老師再薦一個得力的人出任好嗎？」

「監軍道？也是巡撫之下的要職，非四品官不能出任，就是特簡也不能低於五品。你看中什麼人？」

「老師，王徵如何？」孫元化趕忙笑著問，神情活躍了許多，「我還沒有來得及去看望他哩！……」

「我料定你必要提他！」徐光啓也笑了，「難得你們彼此投緣，他那麼孤傲的人，長你十歲，又是進士出身，竟也服你。不過嘛……」他遲疑著沒有說下去，另起話題：「你還想到誰？」

「瞿式耜可成？」

「唉，他自元年謫官，至今未起用，薦他難以獲准。」

「那麼金聲、陳于階……」

「金聲近日方擢監察御史，不妥；陳于階乃老夫外甥，則更加不妥了……此事我記下，慢慢物色，總要得力才好。好不容易得了登州……哦，賢契陛見，聖意究竟如何？」

孫元化又變得心事重重：「奏說增建炮臺打造海船以備恢復四州之時，聖上頻頻點頭稱好，神色很是振作；提到需撥款項，聖上默默無語，不時手腳浮動，但見袍袖袍襟蕩漾不止，想來……」後面的話不便出口，縮住了。

徐光啓起身從櫃中取出一個半尺見方的木匣，打開給孫元化看，盡是乾人參：「聖上慮及國用軍餉不足，特地命將萬曆年間儲存下來的遼東人參到市上發賣，朝臣多有認購。但總共也只賣得數萬兩。」

孫元化十分驚詫，道：「竟然到了變賣家當的地步！破落戶嗎？……」

徐光啓蒼眉一揚，連忙制止：「不可如此說話！……」突發的嚴厲使孫元化略感意外，徐光啓自覺過分，沉默片刻，又說下去，但聲音壓低了許多：「日前禮部主客司郎中出缺，禮、吏二部共推尙相隆補官。聖上道：『主客司分掌諸蕃朝貢接待給賜之事，當簡循良有禮之人。尙相隆因買茶不合意，打破家奴頭臉，豈能掌主客司事？』吏、禮二部大臣無不驚愕，回來細訪，果有此事。以爲是言官密奏，但都察院緝事之人說道：『我輩鉤察，皆關於錢糧重事，居家打罵奴僕，何從問之？』連諸內侍也都相顧驚詫，真不知如此細事何以上達聖聽？……」

孫元化懂得了老師的用意，仰望屋頂，似不經意地低聲說：「陛見將畢之時，聖上忽然問我昨日飲酒沒有，我說飲了；又問我同坐者誰？我答之以同在寧遠的李、胡兩幕僚；還問吃了什麼菜，我只好一一奏上有油雞、燒鴨和豬肚。聖上便笑了，說：『一點不錯，孫元化果然誠謹不欺！』……」

師生二人好半天相對無言，四周一片沉寂。

「這不行！」孫元化一下坐在椅子上，用力敲著扶手，「別人說什麼我不管，炮臺非建不可！大炮海船非造不可！刻不容緩！」「咔吧」一聲，扶手的雲頭木雕被他敲斷了。

「自然，當然，可是到哪裡去弄這四十五萬呢？……」老頭彈著自己寬闊發亮的前額，一籌莫展了。半晌，他遲疑地老話重提：「眼下最得聖上恩寵的，宮中自然是司禮監，朝中要屬首輔周相了……」

「我寧可去求告周相。」孫元化痛苦地蹙了蹙眉毛。

「論才幹，論學識，周相可算一時之選，況且終究是士林中人，便與之交往也不辱沒你我，但凡親友故舊有事相求，他都肯盡力。只是……」徐光啓打住了。孫元化完全明白：周延儒從不接待空手上門的親友故舊。於是他口吃吃地說：

「我這裡……尙、尙有二千餘兩……」

徐光啓擺擺手，牙痛似的苦著臉：「不。金銀形跡過露。不如將你帶來送我的貂皮、人參轉贈他……」

「老師！」孫元化站起來喊一聲。

徐光啓只管皺著灰白的雙眉，唏噓著，十分痛苦地往下說：「給他，全都給他！……這是我的主意，由我向主懺悔！主會理解我的苦心，原諒我的罪惡！……」

「老師……」孫元化心熱鼻酸，忍不住想跪倒在白髮蒼蒼的師尊面前。

「保爾！伊格那蒂歐斯！」湯若望興奮地推門而入，紅彤彤的臉上滿是笑，手裡舉著那件銃規，「太好了！有了它，大炮能打出最大射程，還提高了準確度！這可是登州守軍最要緊的祕密，千萬別讓對手得到！哈，這樣一來，你的大炮，每一門都是最好的，無敵的！……」他終於發現他的兩位教友神色不對，這才收了笑容：

「出了什麼事？我能爲你們做些什麼？」

徐光啓莊重起立，蹣跚地走到神父面前跪倒，道：「神父，我要向你懺悔……」

「不！」孫元化急忙在湯若望另一側跪下，堅決地說，「是我的罪過，請聽我懺悔，求主饒恕我！……」

三

「舅，不能幫著說句話嗎？我們登州拿這四十五萬有正用！」呂烈不管說什麼，都脫不掉那漫不經心毫不在乎的形景，夾了一個鵪鶉蛋扔進嘴裡。這是呂烈回家的第三天下午，舅舅下朝比往日早，不到未時已吃上了午飯。一家三口，舅舅上座，舅媽打橫，呂烈下席，圍著擺滿菜肴的飯桌。其中有呂烈從小愛吃的燒鵪鶉和虎皮鵪鶉蛋，這兩道菜一直是舅媽親自下廚燒的。

自從呂烈日漸由千總、守備升到都司以後，當初對這個棄儒從軍的外甥暴跳如雷的舅舅，也漸漸收起了舊日的嚴厲，變得越來越和藹。此次呂烈回京到家，舅舅的慈愛可親中，竟多了一分討好，並再次提出要呂烈改姓徐，正式過繼給無兒無女的舅父母，接續徐門的香煙。這一方面叫呂烈不大自在，另一方面又看出是個討價還價的好機會，便審時度勢地拋出四十五萬的問題。看到舅舅那一本正經的瘦長臉上擠出來的尷尬的笑，呂烈的心不由得下沉了。

徐璜拿懷襠一角沾了沾鬍鬚上的湯汁：「唉，我是風憲官，怎好過問兵部戶部撥款事項？」

舅母馮氏幫襯一句：「登州事總歸關係烈兒，你不好去和兵科給事中促成一下？都是同僚……」

徐璜對妻子一板臉，斥道：「哇！婦道人家，不准胡亂插嘴！國家大事，豈爾輩所能知！」

馮氏立刻垂下眼低了頭，再不敢出一聲。

呂烈從小就替舅母抱不平。舅母的娘家在朝中很有權勢，照常理，舅母應該壓舅舅一頭才對，可是自他記事起，就見舅母在舅舅面前像惡婆婆手下的童養媳一樣受氣。如今二人都已年過半百，舅舅的氣焰倒更盛了！真不知關了門放下窗的閨房之中，他倆怎麼處怎麼過怎麼上炕！

「舅媽妳請。」呂烈有意站起身，恭敬地用匙子敬上舅母一塊燒鴨腿。舅舅裝作沒看見，這叫呂烈忍不住想替舅母「報仇」。他眼珠一轉，故意淡然道：

「舅舅身爲天子耳目，專職糾劾百司，凡貪惡小人均在被糾之列。別的不說，前朝東林楊漣、左光斗二公，因忤魏忠賢罹禍，乃君子也，而舅舅其時竟也糾劾之，何故？」

徐璜一時神色有些沮喪，彷彿痛悔前非，半晌才說：「此話也難講了。一時有一時之君子，一時有一時之小人。前朝我居言路時，舉朝皆罵楊漣、左光斗諸人，我自糾小人耳。如今看起來，卻是兩個君子。」他搖頭嘆息不止。

君子小人不分，是非隨風而動毫無定見，居然榮升僉都御史！也不知當初怎麼心血來潮，寫出有名的「何官非愛錢之人」的奏本！呂烈心裡冷笑，攪動著碗裡的湯，哪壺不開偏提哪壺：「言官貴直。周延儒將起時，言官多半阻止。舅舅也說他軟美柔佞不堪重用，卻又推舉他入閣，算什麼道理？」

「我說你閱世淺，果然。」徐璜索性放下筷子，耐心教導外甥，「彼羽翼已成，明知必不能遏而故意阻之，徒留他日隱患，不如玉成。此即古人所云『寬一分則受一分之賜』耳！」

呂烈突然換上一副嬉皮笑臉：「既如此，舅舅就寬我登州一分，替我們那四十五萬說句好話嘛！」

徐璜又拿起筷子夾菜吃飯：「四十五萬不是小數，說好話未必有用。況且你們那位孫巡撫……」

呂烈一口接過來，故意激昂地說：「我見到過的大小文武官員中，他是最有才、人品最高、爲官最清廉的！」

徐璜極力掩飾心裡的惱怒：「不料世間還有人令你心折，倒也難得！只是你那孫巡撫以舉人出身得此高位，朝中多半不服，就連這次平定劉興治，朝中也多說是天意自敗，非他之功……他的事自然格外難辦。況且又能受他何賜？」

呂烈心裡氣極了。不知朝中這幫人是何心腸！平定劉興治，他是從頭到尾參與了的。多少心血、多少危難，驚濤駭浪，槍林彈雨！天意自敗？區區四個字就一筆抹殺了！對付異己，確實得著刀筆吏的真髓，殺人不用刀！可他們還想不想再招天下賢士替國家出力？他努力壓下憤懣，只在嘴角撇下幾分嘲弄：

「終不成要外甥賄賂舅舅？……」

徐璜變色，「啪」地把碗一放：「什麼話！我最恨這兩個字，你難道不知？凡事只要沾著錢字，無不卑汙！我才幹品行雖不敢誇口，自問清廉二字卻是無愧，一向總在這二字上痛下功夫，名聲也頗不惡。饒是小心如此，一班失意小人還是心懷妒嫉，造謠惑眾，唯恐天下不亂。你是我親子姪，竟也如是說，真正豈有此理！」

見舅舅生了氣，呂烈不得不收斂幾分，並轉移視線：「怎麼造謠惑眾？朝中出了什麼事？」

「你看看這個！」徐璜從懷中取出一紙，「啪」地拍在呂烈面前，激憤形於辭色，「這匿名帖，竟貼上了皇極殿邊牆！叫他這一寫，我大明朝堂直是一團漆黑，成何體統？欲啓聖上疑忌之心、置九卿於死地而後快，用心又何其毒也！」

呂烈拿起匿名帖一看，驚異地瞪大了眼睛：上至輔政大學士，中至六部尙書，下至御史、給事中、翰林，最受重用最時興的二十四人，一一列名，編爲二十四氣，各注一綽號。首先列出的，是幾名輔政大學士：

成輔基命　雜氣　順風火
周輔延儒　妖氣　摩登伽女
錢輔象坤　屁氣　痴虎倀
溫輔體仁　賊氣　桃樹精
……

「哈哈！妙絕！」呂烈才看了幾行，就忍不住拍案叫絕。實在是太像其人了！連他們那些見不得人的隱私，也藏在「氣」和綽號中了。

「放肆！」徐瑣把筷子一擱，口氣不重，但瞪了外甥一眼。呂烈聳聳眉毛，收住笑，低頭看下去：

梁司馬廷棟　油氣　九尾狐
倪宗伯元璐　淫氣　假姜詩
房少司空可壯　臭氣　海上暴客
……

列名最多的，是參與會推薦賢的言官：

章都諫正辰　陰氣　灰地蛇
吳僉憲甡　殺氣　再生吳起
王都諫道純　霸氣　塑大蟲
……
徐僉憲瓚　痰氣　兩頭蛇

呂烈一下子看到了舅舅的大名，想笑，極力忍住。痰氣！兩頭蛇！真是惟妙惟肖，太精采了！呂烈暗暗叫絕。想想去年舅舅御前面君時的醜態，不是如痰堵喉，吐不出真話嗎？想想他平日口是心非假正經，可不是兩頭蛇性情嗎？真佩服這位「造謠惑眾者」的眼光和才氣！

哈，罵得痛快，罵得絕！還有「棍氣」、「穢氣」、「濁氣」、「瘴氣」、「毒氣」、「逆氣」、「戾氣」，甚至命名為「糞氣」、「膻氣」、「疝氣」！至於綽號，更加琳琅滿目：「賽黃巢」、「金槍手」、「靠壁鬼」、「黑面豹」、「嚙人馬」、「潑天罡」、「喉下癬」、「金甲神」、「水棉花」、「假飛虎」……如果都如舅舅之「痰氣」、「兩頭蛇」一樣準確，則朝堂上袞袞諸公，盡是何等貨色？怎能不一團漆黑？

這表面輕薄、骨子裡惡毒的匿名帖，不但極盡嬉笑怒罵之能事，而且著實包藏禍心。呂烈直是想笑，一忍再忍，還是捅出了這個要害問題：

「皇上若是見到此帖，不知作何想？」

徐瓚已吃完飯，從妻子手中接過茶水輕輕漱口。妻子忙捧過水盂接去他吐出的漱口水，再交給侍立在一旁的丫鬟，態度之恭敬，笑容之殷勤，與丈夫的視如不見的冷漠，一齊落在呂烈眼裡，又激起他一陣不痛快。徐璜卻站起身，說到皇上頗爲鄭重：

「幸而皇上英明，爲此事特地下諭說：『命司禮監收集焚毀，不許流傳，勿再令人見，以全大臣之體面，也表明朕無疑於諸臣！』……如此，則小人輩不能得逞了！」

皇上不疑，難道朝野不疑？今日不疑，難道今後不疑？小人罵小人，舅舅的神態再次使呂烈覺得可笑可鄙，不想再繼續這個話題：「不說了，不說了！小人之輩十惡不赦，都該千刀萬剮！……還是說說我們登州的四十五萬吧！」

徐璜皺皺眉頭：「你向來是從軍吃糧、萬事不管的人，對這四十五萬何以這般牽腸掛肚？莫非撥得款下有你的回扣？」

呂烈冷冷一笑，靠椅背坐定，一聲不響地看著舅舅。

徐璜越加慷慨：「如今貪風熾烈，朝野盡然。今日在朝房，不知誰提到一個新城王叔圃，竟然眾口一詞，讚美不已，大有薦舉之意。哼，必是廣行賄賂！如此朝政安得不亂！」

他正高談闊論，守門老僕持一名刺稟告：「老爺，新城王使君候謁。」

徐璜一看名刺，正是他剛才罵的那位王叔圃，登時發怒：「誰叫你亂遞名刺？沒眼色的奴才！這不是要壞我清白，辱我名聲嗎？拿鞭子來！聽見沒有？」他瞪眼衝妻子吼。老僕嚇得叩頭求饒。呂烈坐在一旁剔牙，彷彿沒看見。

丫鬟取來鞭子雙手奉給馮氏，馮氏又雙手奉上，膽怯地小聲勸說：「老爺息怒，不要氣壞身子……」

「多口！」徐璜順口斥責，馮氏立刻垂頭不語。他拿著鞭子反覆折拗試軟硬，卻一眼一眼地看呂烈，嘴裡不大連貫地念叨著：「清廉家聲，豈容褻瀆？……」

呂烈只不做聲，毫無勸阻的意思。舅媽硬著頭皮小聲說：「吳橋王家是大族……我家表姑夫姓王，祖籍彷彿……不是吳橋，便是新城……」

徐璜想了想，沉吟道：「若是親戚……」

這時呂烈才哈哈一笑：「舅舅，不見面怎知他來意？」

徐璜連忙接過話茬兒：「依你說，是見見他爲好？……也罷，傳他客廳相見。若有不軌之心，我可不留面子！」說著氣昂昂地去了。

呂烈又坐回桌邊陪舅母，替她布菜端湯。舅母感激地笑笑，溫和得可憐：「你難得回家，不要爲我忙累。」

「舅媽，舅舅怎麼還是這般形景？」呂烈很不平。

「隨他去吧。烈兒，你老大不小，到下月初八就二十六歲了。再不求親成家，惹人笑話。不孝有三，無後爲大啊！……」說到後來，舅母的聲音微微發抖。呂烈不願引起無兒無女的舅母傷心，但又不願對柔弱溫存的舅母說假話，哼了一聲，咬牙道：

「父慈子孝，他不慈我便不孝！若不看母親面上，我都懶得叫他這聲爹！……」

想起吃喝嫖賭無所不爲的浪蕩父親，呂烈打心底裡厭惡。照說男子漢不嫖不賭上不得臺盤，但他那樣不成器、沒皮沒臉卻世間難尋。記得小時候家裡全靠舅父舅母周濟過活，父親竟也心安理得地游手好閒吃白食，好多次把家用糧米銀錢偷去賭博輸個精光，害得母子在家挨餓，他卻又向舅舅伸手。錢一到手，進妓院一住就是半月，無賴至極，塡不滿的無底洞！舅父舅母彷彿欠他什麼情也似的，總是有求必應，真叫幼小的呂烈難解難猜。

還是母親怕耽誤了孩子，在呂烈八歲那年送他進京，從此在舅舅家長住。舅舅爲使外甥安心攻讀，竟把妹子也接來同住，直到九年前病故。母親去世，獨自留在錢塘的父親另娶，呂烈和他幾乎斷絕了來往。舅舅得知呂烈的父親婚後連生二子一女之後，便提出過繼呂烈爲子，改姓徐。據說父親無異議，呂烈卻不肯。爲什麼，他自己也說不清，越是厭恨父親，越不願改姓。或許還是自小養成的習慣：想方設法，專跟父親作對，叫他不得痛快！

馮氏嘆息著勸解：「他終歸是長輩，你怎好這樣說他？如今他年將五十，家累又重，聽說業已收心，改好多了……」

呂烈哼一聲，心想：狗能改了吃屎？只聽舅母用更加溫存的口吻說：「烈兒，我看著你長大，就像自己親生的一樣，過繼改姓，你怎麼就不肯依呢？」

呂烈一抬頭，正色道：「舅媽，看舅舅這麼待妳，叫我想起那人待我母親的樣子，心裡怎麼能順！……舅舅是爲什麼？」

舅媽怔怔地看著呂烈，淚光熒熒，默默無語。

「嫌妳不生兒女？再娶幾房侍妾又有何難！」

舅媽漸漸低了頭：「我也勸他納妾，勸了十多年，他終是不鬆口，寧可去勾欄瓦舍……我也弄不明白……」

呂烈愣住了，這是頭一次從舅媽嘴裡獲悉的真情，竟是如此不近常情。他思忖片刻，隨即冷笑了幾聲，說：「這也不難解，要倚仗舅媽娘家爲靠山，他焉敢納妾娶小！」舅媽的娘家親友門生遍朝野，而舅媽的親娘最是忌刻，舅舅在此事上，不得不格外賠小心，免失老泰山的歡心。

舅母張嘴「啊」了一聲，嘆口氣，放下了碗筷。

守門老僕快步走來稟道：「夫人，老爺命奉茶待客。要好茶，快些送去客廳！」

馮氏如聞軍令，趕忙起身催著丫鬟快去喚人送茶。呂烈不懷好意地笑道：「看來，留面子給他了！」他陪舅母回到後堂，剛坐定吃茶，老僕又追來稟告：「夫人，老爺命上酒肴待客，用狀元紅，八珍攢盒。」

馮氏又急急忙忙地安排去了。呂烈怪模怪樣地笑著，拖長了聲音：「舅舅爲何前倨而後恭？想必受他厚賜矣！」

馮氏臉色有些變，這樣明顯的惡意她不會沒感覺。她像對小時候的呂烈一樣輕輕撫著他的後頸，難過地說：「別怪他。昔日他不是這樣的。不記得八年前了？……」

呂烈狠狠咬住嘴唇，不說話了。

那時候，他才十七歲，翩翩小秀才，帶著舅舅籌給的五千兩銀子回原籍會試。他十三歲考中生員，有神童之稱，人們都認爲他中舉如探囊取物，進士出身的舅舅自然期望更殷。不料秉性不羈的他，一路揮霍，竟在金陵滯留三月，混跡於秦樓楚館，及至杭州，囊空如洗，又抱病不能入場，借貸而歸，沮喪到了極點。舅舅聞訊大怒，列出家法、小杖、皮鞭，嚴陣以待。舅舅管外甥，那是正管！

呂烈叩拜舅父母，已是病得骨瘦如柴，還因跌跤摔脫一顆門牙。舅母一見便哭了，舅父卻黑著臉大聲責罵，聲言要打斷敗家子的「狗腿」！奉命搜查公子行篋的書僮送上公子的詩稿，舅舅憤憤然翻看，突然停在一處，很快看一遍，吟一遍，竟至搖頭晃腦地吟哦出聲：

「比來一病輕於燕，扶上雕鞍馬不知……好，妙語好句，可憐可喜！哈哈哈哈！得此兩句，則五千金花得值也！」

呂烈已因軟弱癱倒，昏眩中也還是聽到了舅舅的話，慶幸輕易過關，感激之情湧上心頭……然而他卻從此拋棄儒業，次年以武舉出身，踏上了以武功立身的另一條路……

想起往事，呂烈也覺得自己過分，有意識地收斂了幾分狂態。這時舅舅回後堂來了，臉上有酒色紅暈，還有興奮、得意、感激的奇怪表情。他看了呂烈一眼，又恢復了些許舅父的嚴厲：

「你回西樓書齋歇息去吧！」

呂烈扭頭就走。舅舅終於忍不住，又攔住外甥，從懷中取出一帖紅禮單遞給他，笑得十分得意：「王使君之父王象春原在朝為閣臣，故而知我素負雅望，敬慕我人品學問……」

紅帖上金粉字寫著：「侍生王叔圃敬贈玄色絹絲紡綢五百匹」。呂烈冷笑著扔下禮單，轉身走了。

回到西樓，另是一番喧囂：千萬聲鞭炮震天響個沒完，和著鼓樂吹打喜氣洋洋地隔牆送到耳畔，不想聽也得聽，躲都躲不開！小書童笑道：「少老爺，不瞧瞧熱鬧？隔壁家老公給他娘做壽哩！」

三天前呂烈進家門回到西樓，發現鄰居院子翻修一新，還栽花種樹、壘石構亭地起了一座花園，正中的四方軒氣派之大，足與閣臣宅院相媲美，——原來是司禮監吳公公為他母親新置買的宅子。從樓上，呂烈得以清楚地看到吳直認母的一幕：年近三十的司禮監秉筆，炙手可熱的權勢人物，竟像個五六歲的孩子那樣哭叫著，張臂撲向那個儀容豐美、風韻尚存的老太太；老太太竟也摟定這個大漢子，一聲兒一聲心肝地哭叫，旁邊許多人陪著掉淚。若是真的倒也動人，偏生是假的，可就叫知道真情的呂烈覺著肉麻，覺得可笑到極點！戲做得越認真，他看得越滑稽。他既鄙視那些不是男人的貨，又恨這黑心肝的老鴇，王八遇烏龜，他樂得一邊看笑話瞧熱鬧，都倒楣才好！犯不上去戳穿它。

此刻，看那身著鮮紅福字壽衣的胖老太太，嫵媚地整整鬢角，斜飛一眼，這與她年齡極不相稱的賣弄風情，直令呂烈作嘔，隨意拋出一句嘲笑：「老公成孝子，公雞抱窩啦！」

「孝？」書童詭祕地笑笑，「天知道！這漂亮老婆未必真是他娘！」

「你倒聖明！」呂烈也笑了，「誰說的？」

書童興致勃勃地講給少老爺聽：半年前花園完工的那會兒，就聽說吳老公遣了專人打山東把尋訪到的老娘接來了。也在那個氣派的四方軒母子相會來著。那老太太又黑又瘦，長臉瞇縫眼，合不攏嘴的大齙牙，說實在的，吳老公雖傻，可說不上啥地方跟她真有點相像。醜老太太一看吳老公耳垂兒上的黑記，就悲切切地哭開了，哭得那個傷心喲！吳老公不知咋的，登時翻臉，一把將醜老太太推得一屁股坐在地上，叫來陪同的人，「啪啪」幾個大耳刮子搧過去，大發脾氣，說這不是他娘，叫他們重新去尋！手下人屁滾尿流，趕緊把醜老太太弄走了。今兒個看起來，多半是因嫌那個醜，不長臉……

呂烈聽罷淡淡一笑：「刑餘之人，心性自然古怪。」

「沒錯！這回他可認了個拿得出手的娘，足顯擺！到處下帖子給娘慶壽。咱這一條胡同家家都送，第一張就是咱家！還是老爺在朝中有人望啊！」

「他送他的，老爺素有清名，不會去的。」

「這個嘛……」小書童不服，又不敢直說，「吳老公是司禮監大太監，得罪他可是要命的事！他們那路人心眼小著呢，下帖子請不去，恨你幾輩子！……說不定老爺也……」

「胡說！」呂烈拉下臉。他對舅舅反感瞧不起，是自家的事，不容下人外人置喙。再說他也深信舅舅總還愛惜聲名，不至於卑賤到與閹豎爲伍的地步。

呂烈的面色嚇得書童不敢出聲了，悄悄退了出去。門扇一開，那邊花園的喧鬧便直灌進屋，報客唱名的聲音更是有腔有調，高入雲霄。書童又跑回來，跪在門邊，極力做成恭敬的態度，小聲囁嚅著：「少老爺，請聽……」

「僉都御史徐璜徐夫人拜壽！——」尖銳響亮、口齒清楚的唱名拖得長長的，很是悠揚。隔一會兒報一遍，沒有新來客人，就一遍一遍報下去。呂烈像給人狠狠抽了一耳光，書童眼裡幸災樂禍的勝利閃光，更像炙燒人心的火，他一腳踢倒書童，衝到樓外步廊：四方軒就在眼皮底下，他的舅媽穿著做客的命婦品服，跪在大紅團絨墊上，正向那個胖胖的老妖婆拜壽！

熱血一瞬間湧上頭面，眼睛幾乎爆出烈火！但另一聲更清晰、更搖曳好聽的唱名更加尖銳地刺進他的耳鼓：

「登萊巡撫孫元化孫夫人拜壽！——」

他的臉色驟然蒼白，白得像紙：一張鬼一樣的臉上一雙鬼一樣的眼睛，陰森、惡毒，盯住那位身穿二品命婦吉服、笑容滿面、嘴裡不住講著什麼的中年貴婦。確確實實，那就是他心目中人品高、爲官清廉的孫元化的夫人！

他不是瞎了眼嗎？什麼正直清廉！太可笑了。他怎麼還會相信這一套鬼話！居然還用來敲打形容舅舅！……

他突然噤住了。孫元化夫人之後，又走來一個女子，她的容貌，她的步態，她的身材，她那不時舉袖掩脣低頭一笑的動作……是她！竟然是她！她怎麼會出現在這兒？呂烈心裡一團混亂，瘋狂、仇恨、痛苦交織著，烈焰從心底延燒到全身，炙烤得他忍不住想嘶叫狂嗥……她登上臺階，進四方軒跪拜了，呂烈猛地意識到又有好戲看了。

果然，女子跪拜後起立抬頭，壽星婆吃了一驚，後退數步，彷彿見了鬼；女子雙手一起蒙住口鼻，把一聲驚呼硬生生堵回胸膛。周圍的人好奇地打量她倆，她倆極快地恢復常態：胖妖婆邊笑邊拍手掌，喋喋不休地向客人們解釋著什麼；女子微笑著一手撫胸，一手扶額頭，顯見是在說明頭昏噁心之類的病症。鼓樂吹打鞭炮響掩住了她們的聲音，但呂烈看得明白，兩人都在努力掩飾她們是老相識的真相。

他驟然轉身回屋，一屁股坐在書桌上，先是從鼻子裡哼出一兩聲冷笑，跟著越笑越急，收不住，笑個沒完沒了，「格格格格」，像怪鳥在叫，把書童嚇得目瞪口呆。

他認識這兩個女人，太認識這兩個女人了！

……

道經金陵的十七歲小秀才呂烈從來沒想到，他們這些文人學子借住的貢院街的香鄰，就是大名鼎鼎的烏衣巷、鈔庫街，擁有河房燈船的風流世家鱗次櫛比，布滿秦淮河兩岸。所以，當一枚圓圓的白果殼落在他肩頭，逼他舉頭仰視之際，珠簾繡閣上憑欄微笑的小美人立即抓住了他的心。少年性情，無所畏懼，當下就敲門入院。老媽媽領著漂亮的女兒們出迎。滿目星眸桃腮，滿耳嬌聲笑語，滿院花香粉香口脂香，從未經歷此境的少年能不心慌意亂？只記住拋白果殼的姑娘叫翠翠，桃葉院老媽媽的第十八女。

穿朱門入繡戶，別是一重洞天。燃香爐，烹清茶，獻鮮果，奉茶點，姐妹們都傾心於這俊秀的小男子，爭著爲他品簫吹笛彈琵琶。翠翠坐處離他最遠，似笑似嗔，每每目光流轉，偏又欲語卻止，更教小秀才心旌搖動。

要顯示豪俠氣概，他出手便格外大方：要來最上等的宴席，請了院中所有的姐妹。江南精美的佳肴，原應使北方生長的呂烈驚嘆才是，但他已醉翁之意不在酒了。姐妹們都已稔熟，有意無意地向他獻殷勤，或撫頸摸背，或捏手貼腮。小秀才窘迫之際，竟吟出一句古詩：「除卻巫山不是雲……」眾女郎哄然一笑，幾個姐妹上前，把翠翠生拉硬拽到他身邊，將她的裙帶與他的腰帶絲條繫在了一起。

門外一聲叫喊：「十一娘回來了！」席邊所有女郎如聽號令，聞聲而起，一齊擁向樓梯口。老媽媽臉上堆滿殷勤的笑，搶先迎接，一路嚷下樓去：「哎喲，好寶貝，可回來了！老郎會[20]花魁定是我兒無疑了！」

20 秦淮妓家有老郎會之舉，每年三次，皆在十一日，所祀為管仲和唐玄宗。屆時妓女極意修飾、陳設鮮妍，要求平日交好客人為之設宴張樂，謂之做面子。妓女名聲愈大，酒宴愈多。

一派歡聲笑語和雜沓的樓梯響，一位麗人被簇擁著驟然出現。呂烈只覺眼前亮過一片紅光，登時靈魂出竅，像鐵屑被磁鐵吸引一樣，眼睛、鼻觀、耳朵以及心神意念，全都被她牢牢地吸附住了：紅衫紅裙、華彩繽紛、富麗高貴……是人嗎？不，是神仙妃子、牡丹花王、鳥中鳳凰！就連她那不愉快的強作笑顏的神色，也那麼招人愛憐。輕啓櫻脣、緩吐珠玉，鶯燕之聲令小秀才神亂心慌，哪怕他完全聽不懂那話中含義：

「唉，媽媽，今年老郎會點了雙花魁。蘭馨院王月月今日做面子的酒席與我一樣多，難分高低，所以就……」

她的目光緩緩掃過席面、掃過眾人，高雅雍容、淡漠疲倦、傲然冷然，當它停在小秀才身上的一刹那，眸子陡然放大，精光四射，少年的心驟然被這可怕的閃電擊穿，不由得發寒熱般地顫抖了。

老媽媽湊在她耳邊輕聲說什麼，她竟然如同沒聽見，只目不轉睛地望定屋裡唯一的男子，輸送出一股股烈火，傳遞過去一陣陣春風，她終於嫵媚地舉袖掩脣，低下頭甜甜地一笑，無邊無際的蜜糖劈頭蓋腦澆下來，小秀才被淹沒了。他雙腿一軟，跌坐在椅子上。眼看著十一娘款款走來，裊娜無比，蘭麝噴香，令他心醉神迷，幾乎失去知覺。她極優雅、極迷人地笑著，輕輕解開翠翠拴在呂烈絲條上的裙帶，輕輕攜住呂烈的手，領他下樓出門，再進門上樓。呂烈馴順地隨著她，呆呆的、傻傻的、憨憨的，除了她，什麼都忘了，連翠翠的痛哭也沒有聽見……

呂烈的童貞就這樣喪失在秦淮河畔。

十一娘名灼灼，是桃葉院乃至秦淮河兩岸最出色的豔幟獨樹的名妓。因爲呂烈的適時出現，灼灼掙足了面子，擊敗了與她平分秋色的另一名花魁王月月。翠翠因此曾尋死覓活地要跳河，但誰都明白是鬧著玩，哪裡當回事！不久她果然對灼灼敬慕如初，風平浪靜，呂烈的那點歉意也就消失了。

風流世家自有一整套生意經，未經人世的小秀才失陷其中，魂魄蕩漾，自以爲可以寫一篇「遇仙記」，哪裡還能脫身回頭？不幾天就把行李銀箱搬進桃葉院，住下了。

後來，就是最普通最常見的故事了，「姐兒愛俏，媽兒愛鈔」，五千兩銀子冰消雪化。會試落第，呂烈又大病一場，媽媽笑臉變苦臉，繼而冷言譏諷，後又惡語傷人，直至下逐客令，灼灼柔腸百斷，流盡了眼淚。

雖然他愛灼灼愛到骨髓，卻不是個肯受氣的軟骨頭，立刻向情人告別：「務必等我三年。三年中我若不來贖妳，那必定是不在人世了！」

灼灼撲進他懷中，哭成了淚人兒：「灼灼委身郎君，發誓不重操舊業，不再做路柳牆花。但怕你日後變卦，使灼灼傷心絕命！」

呂烈立下重誓：「若負今日情義，萬箭穿身不得好死！」

灼灼抽泣著：「嫖客發誓，過眼煙雲一風吹。須留給灼灼一件信物。」

少年人皺著眉頭笑了：「在下囊中所有盡入姐家，哪有信物可贈？」

灼灼摟住他的脖子，在他耳邊哈著熱氣：「古人云『踐齒之約』，請鑿一顆玉齒！……」

少年氣血賁張，情熱如沸，毫不猶豫，當下鑿斷一枚門齒。雖然血流滿口痛不堪言，兩人卻都由於感激彼此緊緊摟抱，恨不能一同化爲水。

離別之時，灼灼哭得天昏地暗，涔涔淚水把呂烈的衣袖肩領溼遍。自小倔強、以哭為恥的呂烈，竟也落下幾滴熱淚。他把這張帶雨芙蓉一般迷人的面容永遠刻在了心裡。後來的三年，他拚命發憤，幹得極苦，忍受了常人難以忍受的苦痛，不惜投門路走捷徑，還幹了一些為常人也為自己所不齒的勾當，終於以武進士及第，得了官，得了許多錢，這都是為了她，為了她啊！……

不幸，當他三年後踐約去見他的這朵芙蓉時，一切都變了。這本是重複過千遍萬遍的陳舊故事的一次再重複，卻把二十歲少年多情的心撕成碎片，把他變成了另一個人！

桃葉院那娘兒倆的兩張面孔兩雙眼睛啊，如冰霜、如刀劍、如蛇蠍……然而，今天，她們又出現在呂烈眼前！

四

脫去公服，穿上福字紋的熟羅袍，頭戴一頂浩然巾，孔有德興沖沖地去逛最熱鬧的大市口。他覺得自己這身打扮很像走南闖北的客商，很是風光。帥爺放他兩天假去四處見世面，特地囑他不可撒野生事。別說帥爺的話對他從來是金科玉律，只看這天子腳下的威嚴也把他鎮住了，不由他不凜然生畏，事事小心，早早就下鞍牽馬步行了。

他出生在遼東苦寒的鄉間，後來從軍打仗，不是深山荒野，就是茫茫大海、海上孤島，雖說豪雄之至，實在也孤陋寡聞。初到登州，民居稠密，市面繁富，人物俊秀，已使他讚嘆不已，以為前所未見；這次來到京師，更是話也說不出來了，眼睛也不夠使了：老天爺！山一樣高的城門！蛛網一樣密的街巷！螞蟻般稠的人群……紫禁城裡數不清的金頂大殿放光，玉皇大帝住的也不過如此吧？……

越往前走越繁華，人多車馬多店鋪多，五顏六色，真叫花花世界！他東張西望，左顧右盼，目不暇接，眼花繚亂。別說一間挨一間的店鋪裡，千種萬種貨物他叫不出名，就連那些字號匾額、招牌幌子上的字，他也認不得幾個……哎，這邊倒有幾個眼熟的：那是參將游擊的「參」；耳朵鼻子的「耳」；大小的「大」；店鋪的「店」。啥叫「參耳」呢？木耳？地耳？……識得四個字，一塊招牌，孔有德高興非凡，一把拽住一位路過的讀書人，指著招牌高聲問，大有賣弄的意思：

「請教請教，參耳味道可好？比得上地耳木耳嗎？」

「什麼參耳？」那人莫名其妙。

「咦？就是這個參耳大店賣的參耳呀！總不是豬耳朵羊耳朵吧！」孔有德指指招牌。那人瞧了一眼，略一回味，大笑：

「哈哈哈哈！我道又出了怪物，從未聽說過！參耳！……那是參茸！懂不懂？參茸大店，人參鹿茸！」

周圍的京師人也跟著大笑，無數嘲弄鄉巴佬的話向他摔過來。孔有德卻不像許多薄臉皮勃然大怒，只是尷尬地伸手摸摸後頸，隨後發出一陣壓過所有人的更響亮更有氣派的隆隆長笑。京師人被他鎮住，反倒不笑了。

一個京師娃娃忽然指著他身後嚷道：「漢子，你的馬！脫韁跑啦！」

孔有德高聲咒罵著，扭頭就追。開春了，這匹強壯的五歲公馬早就躁動不安，不是叫聲就是氣味，引得牠離開了主人。孔有德追上牠時，牠已經闖進離大市口不遠的胡同裡，衝亂了一長列儀衛隊伍，直奔那匹栗色母馬，把馬背上的持旗兵撞下馬鞍，竟亢奮地堂而皇之地揚蹄伏了上去，激起一片嘶叫喝叱和粗魯猥褻的大笑。栗色母馬拚命踴躍，踢打後蹄，混亂哄鬧片刻，這個「強姦未遂犯」終於被一名騎手制服，緊緊勒住轡繩，另有人揮大木棒照著馬身狠狠擊下去。小公馬亂晃著一頭鬃毛，暴跳嘶叫，聲音淒慘又委屈。

孔有德心疼不過，跳過去一把攥住胳臂粗的木棒，賠著笑臉：「爺們行行好，饒牠這一回……」

「啪！」一鞭子朝孔有德頭臉抽過來，他一愣，面頰頓時火辣辣地疼！他瞪眼吼道：「怎麼打人？不講理嗎？……」

「啪！」又一鞭子抽在孔有德身上！持鞭人惡狠狠地說：「頭一鞭打你擅闖儀衛，這一鞭打你不服管教！」「啪！」孔有德腿上又挨一鞭，「第三鞭打你目無尊長犯上作亂！天子腳下豈容你這野種撒潑耍賴！講理？這就是理！」

旁邊有人答茬兒：「再賞他兩鞭！竟調教出這樣的下流畜生！」

「想必他也是個下流坯！」一句話招來一通怪笑，深深的胡同裡笑聲延綿不絕。孔有德又羞又怒，臉漲成紫茄子，想要發作，但對方聲勢浩大，不知什麼路數，自己應了帥爺囑咐，絕不敢在京師闖禍，只得強壓怒氣，又挨了他兩鞭。幸而大門深處一遞一聲地由遠而近傳出口令：

「上馬！——」

「上馬！——」

「上馬！——」

……

儀衛兵們這才撇開孔有德，紛紛登鞍上馬排好隊列，挺胸凹腹地穩坐等候，一片寂靜。寂靜中又傳來一聲大喝：「走動啦！」

「噢！」胡同裡猶如響了一聲悶雷，數百儀衛兵可著嗓子同聲大吼；跟著，胡同口的開道鑼「噹噹」響，整個隊列河水似的向前流走。隊伍中段簇擁著一頂八人抬的綠呢大轎，轎前有銀浮屠頂、黑色茶褐羅絹三簷傘蓋，轎後有青圓轎扇、紅圓轎扇各四副，之後又是無數帶刀衛兵，好半日才過完。

好威風！好氣派！孔有德呆呆地望著，暗自慶幸事情沒有鬧大。不料有人喊他的名字，倒叫他吃了一驚，回頭一看，那人從大門口跳下石階朝他跑過來，竟是營裡經管採買事務的偏將李九成！

「孔爺！果真是你！」李九成細眼削頰斷續眉，鼻側兩道又深又彎的法線紋[21]裡抖出笑意和驚奇，「你怎麼也來了京師？」

「隨帥爺來的。你呢？不是去口外買馬的嗎？」

「帥爺也來了？我是想省幾個買馬錢，才在京裡找門道，找到這侯爺府的。府裡執事跟口上

21　法線紋：相面法稱鼻翼至嘴角的紋路為法線紋。

管馬市的有交情……咦，你這臉上……」

孔有德一摸，臉上凸出長長的鞭痕，自己三品游擊竟受此羞辱，登時心頭火起，張口就罵：「他奶奶的，打馬又打人，這幫王八蛋，太橫了！……」李九成趕忙摀住他的口：「快別說了！」他回頭左右瞧瞧，壓低了嗓門：「方才我遠遠地都瞧見了，可沒認出是你！虧得侯爺不知道，也虧得那些儀衛只想尋開心找樂子，沒跟你認真，要不然哪，哼！……」

孔有德眼一瞪：「這麼厲害？」

李九成拉了他就走，他還不住地回頭看，高高的圍牆上，只能看到一個個翹角大屋頂和隱隱約約的樓臺亭閣。「別看啦！這兩三條胡同連成片，都是侯爺府的地界！」

孔有德一伸舌頭：「天爺！他是龍子龍孫？」

李九成搖搖頭。

「是皇親國戚？」

「不是。」

「跟咱帥爺一樣，進士舉人，文武全才？」

「也不是。倒跟你一樣，」李九成幾乎在耳語了，「從兵卒當起，百戶千總地步步升高……」

孔有德腳下一絆，猛地站住，愣了半天，突然打雷也似的吼了一聲：「當真？」

李九成嚇得一跳：「怎麼啦？」

孔有德摸著臉上的鞭痕，陡然間，臉漲得血紅，鼻孔翕張，氣息粗重地噴出幾句不連貫的話：

「他奶奶的！……他能，我就不能？……」

「哎，哎，孔爺小心！孔爺小心！這兒可不是登州，更不是皮島……」

強光在孔有德虎眼中躍動，有如閃電。他極憤怒又極興奮：「他是人，我老孔也是人！……走著瞧，他奶奶的！……不把他狗日的比下去，老子不姓孔！」

「老天爺，你就別嚷啦！致這分氣幹啥哩！……弄點傷藥敷上吧？」

孔有德這才回過神來，笑了笑：「不用！老孔皮厚，片刻就好。走，找個酒樓喝它幾盅，我請客！」

李九成滿口應承，打量著孔有德的坐騎：「好馬！多大？」

孔有德楂開大手：「五歲口。」

李九成哈哈一樂：「怪不得，青春正當年嘛！」

孔有德忍不住也笑了。

李九成湊近低聲道：「別說馬，曠得久了，人也難受。」

孔有德嘿嘿一笑：「有啥法！」當年李九成父子跟隨他一同投奔皮島毛文龍，後來又在孫元化麾下再次相聚，交情原非泛泛。李九成秀才出身，經過商當過師爺，給人稱遼呆子的孔有德出過不少主意，可算心腹之人了。此刻李九成隱祕地擠擠眼：「等會兒我領你去個好地方解解饞……」

從酒樓下來，兩人都是半醉。孔有德原要盡量，出出肚裡的悶氣。李九成再三攔住，乜斜著眼笑道：「喝醉了可不行！這事原要你開開眼，再飽豔福。醉裡過不得癮可就虧了！」說得孔有德心癢難撓，少喝了五六成。

孔有德跟著李九成在小胡同兜來轉去，頭都暈了，才到了地方：一棵大柳樹剛冒青芽的枝條拂著一帶平房，土牆上沒窗戶，只有幾個燒餅大的洞。有人在小洞上張望片刻，便笑嘻嘻地叩門而入。

李九成叫孔有德去瞧。孔有德皺眉道：「這怎麼好，青天白日，偷看人家屋裡，叫人拿住當賊打！」

李九成用力推他：「不礙的！人家巴不得你瞧呢。」

孔有德身材高大，爲了湊上洞眼還得矮下身子。只一看，頓時滿臉通紅，扭頭轉身就要跳開。李九成用力按住笑道：「儘管看，沒事。這是人家的生意。」

孔有德張大嘴：「啊？真的？」

李九成笑得五官都皺到一起：「誰騙你！看中誰，叩門進去要。瞧剛才那人，不是進去了？」

屋裡聚著十幾個塗脂抹粉的女人，全都一絲不掛，想是身上也搽了粉，白光光的像一串大白魚，嘻嘻哈哈笑個不停。只有兩人穿著衣裳：一個滿臉諂笑的中年婆娘，一個剛才叩門而入的男人。男人顯然老於此道，在這排光溜溜的女人身上亂摸亂掐，女人們嬌聲笑罵，好一陣子，他才從中扯出一個。中年婆娘笑嘻嘻地接過男人擲給的一串銅錢，把他們送進屋裡的另一個門。

女人們散了隊形，懶散地在長凳上各自坐下。發現窺視洞裡出現了眼睛，一個個又打起精神，朝著洞口做出她們自認為最拿手最迷人的姿態表情，或扭動腰肢飛媚眼，或捧著高聳的乳房微笑，或哼唱著淫靡的小曲，或舉起雙臂打舒展，甚至相摟著作交歡狀……

孔有德費力地嚥口唾沫，嗓子斷啞了：「走，進去瞧瞧！」他只覺耳朵裡「呼呼」亂響，昏頭漲腦地闖了進去。婆娘嚷了聲什麼，女人們挨挨擠擠地在他倆面前列成不整齊的隊形，孔有德這身富商打扮，招得女人們嚷成一片：

「大爺，挑俺吧！……」

「大爺，俺能侍候你時候長……」

「大爺，我有新花樣，包你不悔，下次還來！」

孔有德眼前一片模糊：無數粉腿粉臂，無數血紅的嘴，顫巍巍的乳峰，軟塌塌的肚皮，黝暗毛茸茸的私處，和著脂粉香、汗酸臭混合的古怪氣味，一股腦兒撲向他，纏繞著他，全身的血都燒著了，昏眩的烈焰炙烤得他舌乾口燥，失去了說話的能力……

李九成指指屋角：「孔爺，那個雛兒，可好？」

屋角一個赤身少女羞怯地低著頭，不敢往女人堆裡擠，細瘦的身材還未長成，小小的乳房剛剛鼓成一個小饅首，尖上一點嫩紅。看她渾身發抖，孔有德覺著可憐：「太小了……怕還沒有十五歲……」

李九成笑得很淫蕩：「大哥，羊羔怎麼也比老羊好吃，多嫩啊……」他伸手要點那少女，孔有德一巴掌打落，另指了兩個身強力壯的：「就這倆。多少錢？」

婆娘賠笑：「一回十文，多一回加倍，侍候得爺高興，爺就多賞下，另加炭火錢三十文……」

這麼便宜？孔有德疑惑地看看李九成。洞眼那兒猛然傳來尖聲叫喊：

「孔有德！李九成！」

孔、李兩人大吃一驚，互相看了一眼，洞外一串大笑。孔有德拔腳就走，婆娘連忙阻攔：

「大爺，都點了人啦，不興走，這是規矩！」

洞外另有個冷冰冰的聲音：「掏給人家一百文吧，早早出來要緊！」

是呂烈！孔有德叫苦不迭：偏叫他抓住了小辮子！真倒楣！呂烈又在叫魂：「快些出來！府裡有事找你。」

孔有德一聽不敢怠慢，兩人趕忙付錢出門，果然是呂烈和張鹿征站在面前。張鹿征一雙眼賊忒忒的似笑非笑；呂烈一臉冰霜，鼻子裡哼一聲：「跟我來！」

本朝太祖皇帝明令，嚴禁官吏狎娼。這是公開的祕密。二百多年過去了，時下就連有老婆有家口的軍官也常跑妓館，何況孔有德這種光棍。但是叫人劈面抓住總是難看，何況被登州營的傢伙捏拿在手，回去一張揚，這張臉往哪兒擱！孔有德李九成默默跟著呂烈走，心裡七上八下。

呂烈瞟一眼孔有德，卻衝著李九成發作：「李九成，準是你把孔游擊領來的！知道這是什麼地方？」

李九成乾笑一聲：「唉，曠得久了，尋尋開心而已。」

呂烈一瞪眼：「尋開心？這是你們該去的地方嗎？」

眼看他要搬出朝廷禁令，連損帶罵地給遼東人難堪，李九成心裡罵道：「誰不知道你是什麼東西，偏會假正經！」臉上卻賠著笑：「哎呀呂賢弟，大家心裡明白，何必較真？就算我們哥兒倆錯著一步，老弟也別拿了棒槌當針，我們眼底淺，實在擱不住哇！……」

呂烈一本正經：「聽著！這種私娼窩叫窯子，從老鴇王八到大小姑娘，全是乞丐。」

孔有德一驚：「怪不得這麼便宜。」

李九成嘟囔：「我說怎麼有股子怪味……」

張鹿征嘻嘻怪笑：「怪味？怕是剩飯垃圾香吧？女叫花做土娼，怪不得精光赤條的，沒錢買衣裳首飾唄！」

呂烈眉頭一皺：「要緊的是髒病！這麼賤的地方，什麼下作東西不來？一張大炕上容得五對野鴛鴦，不過上毒瘡才怪哩！」

「啊呀！」孔有德嚇呆了，李九成的瘦臉也發白泛青，結結巴巴地問：「領我們……上，上哪兒去？」

「上你們該去的地方！」呂烈神色依然嚴峻。

默默地走了許久，不知東南西北地穿進一條長長的胡同，遠遠卍望見一處朱紅院門，大白天的，門上也高懸著兩盞明亮的鮮紅梔子燈，燈上扁扁的三個黑字：藏春院。呂烈率眾進門，門邊四名頭戴綠色青色卍字頂巾的伙計，殷勤地迎上前跪接，笑嘻嘻地齊聲說：

「小的們給呂爺叩頭！」

呂烈拿出一錠銀子扔給爲首的伙計：「交到櫃上，要最上等侍候！」又扔下四個小銀錁子：「你們的賞錢！」四個伙計眉開眼笑，千恩萬謝，爲首的嘴裡高聲唱出一串不知什麼名堂，向後院飛跑；另三個挽韁牽馬，攙臂撣灰，問寒問暖，察言觀色，極小心極巴結。再看院內，青磚黑瓦，雕梁畫棟，長廊映著水榭，樓閣連接亭臺，綠窗紅簾，柳暗花明，一派濃豔富麗，透出隱隱絲竹、陣陣嬌笑。孔有德從沒有到過這樣的地方，不覺心裡發慌，哪敢邁步？

呂烈一陣好笑：「這裡地處南居賢坊東院，名粉子胡同，是京師有名的藏春院。孔游擊，這兒才是配得上你身分的地方裡！」他轉向伙計：「拿出你們的看家本事，好好侍候這幾位爺，給他們解乏。辦得好了再賞！」

一個時辰後，他們四人又聚在藏春院紅春樓上的留月閣，一人一桌豐盛的宴席，幾個裊裊婷婷的丫鬟斟酒，幾個歌喉嬌美宛轉的樂伎彈著琵琶、敲著檀板唱曲侑酒；每人身邊還倚著一個遍體綾羅滿頭珠翠的美人撒嬌獻媚。孔有德、李九成、張鹿征都有些迷迷糊糊，睜不開眼的樣子。

呂烈挨個兒看一遍，笑道：「滋味如何？」

張鹿征軟軟地靠著椅背，只會咧嘴傻笑。李九成拱手討好：「承你高情厚誼，在下沒齒不忘！」見孔有德還摟著身邊俏笑的女子低聲說話，呂烈大叫一聲：「孔大哥！怎麼樣啊？」

孔有德一回臉，瞇眼笑道：「還用問嗎？骨頭都酥啦！」

一屋子人哈哈大笑。

「頭一杯取這留月閣的意思，斟月波酒；第二杯上花露酒，第三杯取個吉利，來狀元紅！」東道主呂烈興致勃勃地吩咐，又左顧右盼地指說，「孔大哥是主客，使的紫霞杯；李大哥的是垂蓮盞，張兄弟手裡的叫瀏鶿卮，我這個名為鳳凰樽，都是酒器中排得上名號的珍品……」

孔有德見這些杯盞精雕細刻、玲瓏剔透，極是貴重，忙道：「我這粗手笨腳，可不敢使這個。再說這麼小模小樣的，喝不痛快！」

呂烈一笑：「好，給孔大哥換一只銀酒船！」

果然送上來一只鏤花絲嵌松石的船形酒具，可盛五大杯。孔有德又驚又喜。呂烈說聲請，大家舉杯一飲而盡。

酒美菜香，孔有德有生以來頭一回嘗到這麼精緻的東西，頭一回享受富貴溫柔鄉的滋味。剛才兩個美人領他去香湯沐浴，那兩雙玉手溫軟如綿，一雙從腳向上，一雙從頭向下，揉搓按摩他的全身，舒服得他筋痲骨醉癱軟如泥，真恨不得化成水變成粉，又恨不得把兩個知疼知情的美人吞下肚裡去。他從來沒想到天底下人世間還有這般妙不可言的境界！他只道自己還算個不好色的漢子，哪知全不是的……至此他還恍恍惚惚，彷彿身子懸在半空。忽聽李九成伶牙俐齒地致謝：

「我等有何德能，敢當呂公子如此厚愛？」

「說不上。盡地主之誼罷了。」

「我只當呂公子要拿我們的錯處哩！」李九成嘿嘿地笑，眼珠子滴溜溜轉。

呂烈拿酒盅往桌上一頓：「什麼話！拿我當何許人？聖人云：飲食男女，人之大欲。實則男女之私，比飲食尤爲要緊，難道不是？」

在場的人，連陪酒女妓在內，一齊嘻嘻地笑。這大大鼓動了呂烈的情緒，他舉杯一飲而盡，乘著酒興，滔滔不絕，大發議論：「天下事本無真是非，惟以習慣相傳爲是非。譬如祖先古人以生吃父母之肉爲大孝，又出幾位聖人闡明吃父母的道理，加以揚揄倡導，世人自會相信吃父母爲大孝，王法律令便會立下條文，將那些養父母之人杖責流徙，甚或斬首監候，甚或凌遲處死……」

大家從未聽到過這等大逆不道的怪論，都當他喝醉了說胡話，既駭又笑還想聽。呂烈只管發揮他的奇想：「男女飲食也同此例。若是古來習慣相傳，大眾人等都須鑽在被窩裡瞞著旁人耳目始能吃飯，男女之事不妨看狗連體的樣兒，在光天化日之下當眾演練，則世界當另是一番景象：開茶館飯館者將如娼妓一樣下賤沒臉；沿街賣吃食梅湯的販夫便如私窠子拉客一般罪名；公堂審吃飯案子須禁人旁聽，以免有傷風化；朋友來往交遊，絕不可請吃飯，只能請夫人出面與朋友男女一番……」

眾人聽得笑成一團，幾個女子捧腹彎腰，眼淚都笑出來了。呂烈靜坐，笑聲平息，這才一本正經地下他的結論：「所以，男女與飲食原無分別，原本無須這般大驚小怪，防閒嚴禁則大逆人倫之道。若說有分別呢，這男女之事最要講兩相情願。我家鄉的老話說得好：兩相情願脫褲子，一相情願吃官司，一些也不錯的！」

這句粗鄙的俗話，又把眾人引得大笑一場。外貌文秀冷漠的大家公子，說出這等話，實在古怪！

「說起官司，我倒想起一件，」張鹿征接過話頭，「人說前些年也有四個客人在旅店共飲，一人忽借酒大罵魏忠賢，其餘三人都驚恐不安，勸他小心。他越發上勁，說是『魏忠賢再惡，終不能拿我剝皮！』酒後熟睡，半夜忽有廠、衛[22]的人拿燈火照臉，立即擒去此人。後又提另外三個到一處所，見所擒那人手腳都釘在門板上，魏忠賢道：『此人說我不能剝他的皮，且試試

22 廠：東廠、西廠，受命於皇帝、由太監主持的特務機構。衛：錦衣衛，為皇帝衛隊，直接受命於皇帝。

看！』令人取瀝青澆那人一身，再使大木椎敲打，不多會兒果真皮肉脫離。人說那張皮殼仍像個活人，鼓囊囊的……呂哥，澆瀝青真能脫皮？要燒焦了呢？」

呂烈也罷，其他人也罷，誰也不理會他的提問，都被這故事弄得毛骨悚然。人惡到這個分上，不是比禽獸還可怕嗎？

李九成要炫耀自己所知不比張鹿征少：「沒錯，只要進了東廠錦衣衛，管你有事沒事，哪怕鐵打的漢子，不用三天就讓你依樣兒招供，再不過三天就會官處決。聽說前些時有一名江洋大盜赴西市斬首，臨刑時嘆息說：『我賊也不曾做，如何誣我爲盜？』……」

孔有德憤怒地一拍桌子：「還有天理嗎？廠衛這幫王八蛋龜孫子！有朝一日犯在老子手裡……」

呂烈更是怒形於色：「罵得好！這幫王八蛋龜孫子，不是人！都該五馬分屍，零刀子碎剮！實在是豬狗不食，壞到了頂！」

見他敞口大罵，眾人都是一愣，張鹿征有點害怕，忙道：「呂哥，喝酒，喝酒！……」

呂烈甩手扔掉鳳凰樽，氣呼呼地嚷：「不喝了！悶酒沒喝頭！擲骰子，押寶！快，拿骰子筒來！」

侍候丫頭趕忙奉上裝了象牙骰、鏤刻著江南山水的竹骰筒，四個男人吆三喝四地開賭了。酒灌得越多，賭注下得越大，嗓門越高。女人們也捋起袖子替自己的客人搖筒下注，骰子的「喀啦啦」和著女人的金翠玉鐲的丁丁當當，又是助興呼喝拍桌搗椅，又是驚叫喜叫高聲惋惜長聲嘆息，酒香菜香花香脂粉香，汗臭屁臭酸呃臭木炭煙臭，留月閣內熱烘烘亂糟糟混沌一片……

「哈！全吃！」呂烈攥拳在桌上猛一擊，大吼一聲，眾人一齊靜下來，驚駭地望著他。寂靜中，呂烈稀里嘩啦把桌上所有銀錢用兩隻胳膊一掃，全摟到自己胸前：「哈哈哈！你們都脫褲子光屁股啦！我全贏啦！……你們情場得意，該我賭場得意！哈哈哈哈！……」他就像沒看到眾人的表情似的，沉醉於自己的勝利，一下子蹦上椅子，又跳上桌子，手舞足蹈，控制不住地往下說，往下說：

「我就愛賭博這一門！如今這世道，事事不得自主，成敗不由自身，連拉屎撒尿不是有人管著，就是有規矩管著。唯有賭博，這輸贏誰管得著？全憑自個兒運氣，誰也不靠！天地君親師，全他媽的乾瞪眼！……運氣這玩意兒才叫公道，你就龍子龍孫，該輸還就是輸；哪怕叫化子窯姐兒，說贏還真贏……瞧瞧今兒個，我這個天下頭一等的壞蛋有多走運？大贏家！哈哈哈哈！我這個不是人的人！哈、哈、哈！……」他的笑聲刺耳又難聽，彷彿烏鴉叫，又像蛙鳴。一個個「哈」「哈」怪裡怪氣地從他口中蹦出來的時候，他的眼淚流下來了，終於「哇」地大哭出聲，捶胸頓足，哭得非常苦痛。

眾人見他醉成這樣，趕緊擁上來攙他下桌子坐椅子，好言勸解。不料他雙臂一架，把眾人推得踉蹌後退，氣哼哼地環顧一番，一把拽住藏春院當家鴇母，拉開她胸懷領口，把贏得的銀錠、銀錁、錢串大把大把往裡塞，沉著臉，翻著陰淒淒的眼睛，說：「聽著！銀子錢全歸妳，妳得好好侍候這幾位爺，事事要頭等：吃的喝的用的睡的，女娘也要最好的！兩日的費用，夠了吧？」

鴇母滿面堆笑：「足夠，足夠！」

* * *

他沒有醉。但這一場大笑大哭之後，他覺得很累。身子累，心頭更累。原想藉藏春院一席酒，籠絡同僚，也藉以自我排遣、遊戲人生，不想觸動了真情，引發了他對自己、對周圍一切人一切事的習慣性的厭倦和痛恨。他信步走在自幼熟識的街巷中，竟感到孤獨，內心深處生出無可言狀的空落和淒切。

他痛恨自己，痛恨舅舅，痛恨藏春院，痛恨張鹿征、李九成，痛恨那個曾使他出乎意料地產生過敬意的孫元化！所有的人都在裝假，一切都是欺騙！……自己不是也在裝假欺騙？

是了，是了，如此而已，可笑罷了！……這也值得真動情？可笑，可笑！

當呂烈跨進隆福寺廟門時，已經心平氣和，瀟脫而從容了。嘴角又如平日一樣掛上一絲嘲弄的微笑。

正逢廟會，隆福寺裡人山人海，百貨雲集，喧鬧嘈雜，香煙繚繞。賣藝的、說書的、耍猴的、算命的，和各種買賣一樣，擺著地攤大聲吆喝著招徠顧客。吃食攤和五顏六色的果餅糖人小車，更像磁石一般吸住了一群群小孩。呂烈舉步艱難，便轉到書攤集中的西院，清靜多了。他忽然想起前日在朋友家看到的一函春冊，圖畫得精美，題詞也別緻有趣，不知能否買到？

他走進一處氣派頗大的書肆棚，點手招來肆主：「《花營錦陣》有貨嗎？」

肆主對他略一打量，滿臉堆下笑：「有，有！頭等貨色，好紙好版，不比那些野狐禪！只是價錢嘛，嘿嘿……」

「只管拿來！……」一套錦緞函表、象牙插扦的書擺在面前，確實精美，很得他好感，又問：「還有什麼？」

「還有一部李卓吾先生的說部《繡榻野史》，極是風流酣暢……」

「也取一部來。」他說著，想開函看看《花營錦陣》，略覺不妥，又怕上當，終於隨意翻開一頁，果是精品。猛然間背後一個清清亮亮的聲音柔婉地問：

「主人家，請問你這裡可有孫思邈的《千金要方》？」

呂烈的手一哆嗦，趕忙闔上書，又覺得耳熱，忍不住回頭。一看之下，頓時呆住：正月十六在登州天妃宮邂逅的黑衣女郎，竟站在面前！還是那麼清瘦蒼白，一雙眼睛仍是又大又亮，湛如秋水。剎那間，呂烈覺得腿軟心慌，覺得眼眶發熱，耳邊「吱」地響過一聲尖嘯。此刻，他才明白，爲什麼這些日子心神不寧喜怒無常；爲什麼有空就在小小的登州城裡東逛西遊南來北往，只不過是爲了她，爲了再遇到她，這個像小孩子一樣，像清泉一樣，像寒梅一樣毫不起眼、並不出色的少女！

黑衣女子看著他，也怔了怔，蹙起長長的秀眉似在回想；跟著，那雙純淨靈動的眼睛朝呂烈手中的書函瞥了一眼，呂烈「騰」地紅了臉，眼皮顴骨耳根髮際，直到脖根前胸後背，全都火燒火燎。多年不知道臉紅、忘記難爲情是怎麼回事的呂烈，這一瞬間突然覺得無地自容，恨不得能找個地洞鑽進去……

五

京師人特別看重水泉，往往加以尊稱，水面超過里許便稱海；水面頃餘寬闊便是湖；水面不過數畝就叫河。崇文門城東角的泡子河，就是這麼一個不大的積水窪子，卻東西修了堤岸，岸上建有園亭，堤外林木蔥蘢，水邊蘆荻蕭蕭，魚在水下翔游，鳥在蘆葦水面飛掠，居然成了京師一景。南岸北岸的張家園、方家園、傅家東園西園等等，亭臺樓閣、曲橋月門，成了官員、富商們住家和文人雅士詩酒酬唱的勝地。

孫元化騎在馬上，遙遙望見河邊綠柳如煙，不禁想起初來京師還是「草色遙看近卻無」的時節，十來天奔波勞碌、穿梭般地拜望求告，那四十五萬仍無著落，朝廷裡也不見有一點動靜。他知道焦躁不得，唯有盡全力爭取，可心下不無「謀事在人，成事在天」的慨嘆。今天他不著官服、不帶儀從，只跟了幾名親隨，風帽藍袍地前來拜望住在泡子河邊的王徵。老友相聚，乃是私事。但對眼下的孫元化而言，已沒有什麼純粹的私事了，縱然會友，也包含了兩項重要的目的——他要將王徵拉到登州，出任他的監軍道；他要爲那四十五萬再努一把力、再作一次呼號。對此，他心裡不能無愧於老友，卻又無可奈何；但慚愧和無可奈何之餘，未嘗沒有些許自矜和自賞。

門丁進去通報，孫元化下了馬，整一整衣帽。門裡卻是一片腳步聲伴隨著說笑聲，直傳出來：「初陽兄！稀客！真是稀客！哪陣風把你吹來了？」

孫元化微微一怔：這不是王徵的聲音。

門裡急急忙忙迎出來兩個人，笑著向孫元化拱手爲禮，又瘦又矮的丁易垣不停嘴地問長問短，責怪孫元化進京這麼些日子不到他家去玩；又高又胖的王徵卻只是笑著攙了孫元化的手，簡單地連說了幾個「請，請」。

王徵這個住宅，院門不大，裡面卻很寬敞。大門、儀門、二門、正堂、後院、客廳、花廳一應俱全，還帶了一個東跨院和一個花園。孫元化知道，無論王徵有錢沒錢、是借貸還是家資，作爲一名四品京官，這是必須維持的起碼排場。

一路走來，王徵都沒有放開孫元化的手，進了客廳，王徵細細對老友打量片刻，才鬆了手，拍拍孫元化的肩頭，搖頭嘆道：「又瘦了許多！」

孫元化笑道：「瘦了好，騎馬省力。你還是老樣子，十年如一日嘛。」

丁易垣笑道：「心廣體胖，笑彌陀一個！」

他們都是老朋友，又都是徐光啓門下，交往中自然就可以免去許多禮節客套，主人王徵吩咐僕人換上新茶新點之時，丁易垣已經和孫元化聊上了：

「初陽兄，你進門之前，我們倆正在說你呢。」

「怪不得我一路上耳朵都熱烘烘的！定是在罵我來京這麼些日子沒來拜望，良心叫狗吃了！」孫元化爲了輕鬆氣氛，故意說著玩笑話。

「不，不，」丁易垣連連擺手，「登州求餉的事，我們都知道，初陽兄的處境可想而知。想要助兄一臂之力，可嘆官卑職微，無著力處。方才我說一同去兄處拜望，看看可有用得著小弟的地方，良甫卻說你諸事繁冗，不便打擾，還說你但凡有閒隙，自會來訪……」

「哈哈，果然是生我者父母，知我者王兄也！」孫元化依然說笑，似乎顯得很輕鬆。

王徵微笑著搖頭，眼睛卻沒有笑意：「初陽，真難爲你了！」

這充滿同情的溫潤、低沉的聲音，竟令孫元化鼻子有些發酸、眼角有些發燙，他端起茶杯，一飲而盡，掩飾這種與他極不相稱的軟弱。然而這推心置腹的知己之感，卻令歷歷往事刹那間泛上心頭……

五年前，得罪魏忠賢的孫元化受譴革職，被勒令回籍。其時，魏黨的熏天勢焰壓得人們不敢言，甚至也不敢怒了。孫元化立功受賞升官時，可說是相交相知滿京華，笑臉盈目、讚語盈耳，多少人以蓋世奇才、中興名將相期許；而此刻，孫元化一劍一琴兩筐書悄然離京，敢於不避嫌疑前來送行者，只有王徵一人。

正如孫元化盛時王徵待他不改常態一樣，孫元化走逆境時，王徵仍是不改常態，溫潤安詳。送出京門，五里長亭之外，他們執手道聲珍重，默默相視，感到彼此心靈的相通，因晦暗艱難中獲得可貴的支持而無比欣慰。那時，王徵也這樣眼中沒有笑意地微笑著搖頭，也這樣說：

「初陽，真難為你了！」……

* * *

* * *

孫元化放下茶杯，嘆道：「自我出任登萊，朝野上下，無不以為元化僥倖、以為元化小人得志、以為元化榮華富貴、威福莫比，我只道甘苦自知，卻不料良甫倒能體諒我的處境，真所謂人生得一知己足矣！」他很快收起感慨，直入主題：「登萊事務雖然繁冗艱難，卻是大有可為的所在，徐師對此可謂殫精竭慮，期望於此建起天下第一堅固的海上要塞，以此起步，收復四州、擊敗金虜、中興大明。我那裡又要造船鑄炮，又要趕修炮臺，又要操練水軍炮隊，真正知情懂行的人太少，只有張燾一人實在支應不來，忙亂之時常常顧頭顧不了尾。眼下監軍道尚出缺，良甫兄，你看……」

丁易垣一拍大腿：「欸呀，初陽你晚了一步哇，不然良甫可是上好人選！」

孫元化心裡一涼：「怎麼？」

丁易垣說：「你還不知道？今上勵精圖治，器重真才實學的實心之臣，王徵首當其選，已被特簡爲南贛汀韶巡撫，不日就要上任了！……徐師門下竟在一年中出了兩位方面大員，真可謂雙星閃耀，好不光彩也！」

「哦？」孫元化也很高興，「大好大好！以良甫兄之才具，足以擔當大任！這是南贛汀韶百姓之福啊！」但他心裡明白，他的第一個目的就此瓦解消散。四品的監軍道怎能與二品巡撫相比？他又怎能將一位封疆大吏召到自己麾下做屬官？想也不要再想！爲了掩飾自己的失望，他取笑王徵說：「南贛汀韶可是賽過蒸籠的酷熱之地，再加上官務煩難，看你這笑彌陀還笑不笑得起來！」

王徵揉一揉圓圓的鼻頭，笑道：「胖子怕熱不怕難，再說，怎麼難也比你輕鬆。」

「何以見得？」孫元化笑問。

「我那裡不是前敵，無須打仗，少了一多半的繁難；我又好歹有個進士出身，少聽那些小人的口舌是非、冷嘲熱諷，耳根清靜，又少了一小半繁難。」

孫元化看著王徵，心裡甚感溫暖，半晌方點頭道：「不是王徵，說不出此話呀！」

就監軍道的人選，三人又商議了一會兒。孫元化便順勢提出了第二件大事：四十五萬。對登州而言，這是怎樣的性命攸關；要得到它，又是怎樣的艱難；朝廷對此至今沉默，莫測其高深；

而孫元化則是不達目的誓不罷休……

王徵一聽就明白，說：「我和易垣兄爲此上書言事原也義不容辭，況且並非難事，誠恐成事不足、敗事有餘呀！」

丁易垣張了張嘴，沒說什麼，嘆了口氣。

孫元化若有所悟：「你是說，避嫌？……」

王徵團團的圓臉上掠過一片無奈：「我何曾懼怕嫌疑？我等均屬徐師門下，所謂同門好友，又都是天主教徒；今上英明過人，也與歷代明主相似，最恨臣下結黨營私，若將我等奏本視爲同黨相援，豈不壞事？」

三人一齊沉默下來，沉默中有一種揮之不去的鬱悶：仕宦之途原本就是荊棘叢生的，官位越高，前途越難預料，古人說的，天威難測！

丁易垣悶悶地坐著不語，王徵背著雙手在客廳踱來踱去，孫元化捧著茶杯起身瀏覽東西兩壁懸掛的畫軸，終於停在其中一幅《松林秋壑圖》前，極力用輕快的聲調說：「這畫倒也罷了，難得題詩好，字好！」

王徵好似沒有聽到他的話，拍拍自己的腦袋說：「聽你方才說起，來京後四處求告，怎麼獨獨少了一處最要緊的所在？」

孫元化無言，暗暗咬住了嘴唇。

「對呀對呀，」丁易垣也恍然悟道，「你怎麼沒有託人去疏通司禮監呢？」

半晌，孫元化不大情願地說道：「你們知道我，從來不跟他們打交道的。」

丁易垣道：「這就是你膠柱鼓瑟了。閹人可憐者居多，不少宮中內監也入了天主教，受洗成了教徒的嘛。」

孫元化連忙分辯：「我並非鄙夷其人，只是不願攀附權貴，託請他們，終非正道，無論成事與否，徒損我輩清名！」

王徵又是一笑，笑中不無苦澀：「你呀你呀，只學來徐師的好學、機敏，沒學來他老人家處世的開通隨和！務有用之學，要就在一個實字上。爲了做成一件實事，需從權時且從權——反正不是謀私，問心無愧！」這段話他像是在勸諫孫元化，更像是在給自己打氣，因爲沉吟片刻之後，他提出了這樣一個從權的途徑：

「我那不成器的內弟，學問品行一無可取，吏部一小官耳，花花公子一個，卻與司禮監某太監之姪爲酒肉朋友，我囑內人要他辦事，他總還得念同胞之情，不能不辦的，由他經那太監之姪將話遞到司禮監，多半就能上達天聽了。」

「不知那位司禮監大太監是何人？」孫元化問。

「聽內人說，姓吳，名吳直，很得今上任用。」

丁易垣連連點頭，說這不失爲一妙著。孫元化便也默認了，心中卻苦兮兮地不是滋味：老友啓動他顯然很不待見的內弟的關係，間接再間接，繞如許大圈子求到其名下的吳直，正是他迴避、推拒如不及的數次求上門來的人物。當他迫不得已地命夫人去爲吳直的母親拜壽時，還一再叮囑她禮到即可，千萬要疏而遠之。古人視「得虛名而受實禍」爲一大不幸，他這豈不是得清譽又受實利嗎？雖是幸事，對老友可能無愧？他心念叢集，衝折迴盪，丁易垣連呼了他好幾聲，他才清醒過來，不知他們倆剛才說的什麼話題，一臉迷茫。王徵笑道：

「你讚這《松林秋壑圖》詩好字好，今日我叫你們看一幅真正的好字！」

丁易垣道：「你又得著什麼上好碑帖了？」

王徵不正面回答，只說：「今天風和日麗，是佳時；難得二位老友來訪，是良朋，佳時良朋，瞻拜觀賞，方不褻瀆此絕代寶卷也！請！」

三人一同走進這幢後花園裡新近蓋好的精巧小樓，沿著赤龍抱柱的木製樓梯上到了最高一層。剛剛站定，便有一陣風動塔鈴之聲遙遙送到耳邊，清脆悅耳，孫元化信手推開兩扇雕花木門，門外還有一圈遊廊，倚在廊邊欄杆四望，他不由讚了一聲：

「何其開闊！」

他來此的兩項目的，一個完全無望，另一個也算不得有著落，他雖不難做到神態自若，心情實在不佳。這樣登高遠望，春風和煦，滿目柳色，令他心神一爽，沉重感頓時減輕了許多。

丁易垣驚奇地問：「閣下這新樓何時落成的？我怎麼一點不知道？」

正在囑咐僕人準備食盒酒具等雜物的王徵，胖胖的圓臉上滿是得意的笑，說：「二位是首蒞此樓的嘉賓。」

孫元化在門外大聲笑道：「不勝榮幸之至啊！」

王徵越發得意，也來到廊下，向兩位老友一一指點：北邊的貢院遙遙在望，密密麻麻的考棚頗似棋盤；泡子河岸一帶紅牆倒映水中，是京師有名的道觀呂公祠；掩映在一片青青煙柳之中的佛塔，屬金剛寺，廟小香火盛，離得這麼遠，也能聽到那裡的晨鐘暮鼓、誦佛念經……

孫元化一笑：「良甫，你身處釋、道、儒三教包圍之中，堅信天主之心可不能動搖哇！」

王徵笑道：「本人定力，當不在初陽之下！無用之物，棄如敝屣！」

丁易垣遲疑道：「三教源遠流長，崇信者正多，這無用二字……過分了吧？」

孫元化收起笑容，很認真地說：「絕不過分！如今國事艱難，海內紛擾，大丈夫理當建功立業，報效國家。佛門道教講的是出世，講的是清淨無爲，豈不是水火不相容？儒門雖然講求修身齊家治國平天下，然而自孔老夫子至今，千餘年下來，卻是世風日下，人心不古。」這話題似乎觸著了他的痛楚，他劍眉飛揚，情緒越來越激烈，言詞也越來越尖刻了：「朝野上下，盡都自稱忠良、自以爲賢能，其實多是蠅營狗苟之輩，唯利是趨；滿口仁義道德，一肚子男盜女娼！何來修身齊家？又怎能治國平天下？要挽回國家頹勢，挽回世道人心，唯天主教耳！我輩不正是因此才信奉天主來救世的嗎？願天主真仁真義的光輝臨照，使我大明於衰朽之中復興！」

孫元化一向溫和沉靜，很少疾言厲詞，這一番話令王徵和丁易垣十分意外，不由得驚異地互相對視一眼。孫元化立刻感到了，很快收斂了自己的鋒芒，和緩地笑了笑，自我解嘲地說：「我這也算是矯枉過正吧！……易垣兄也在湯神父教區，上次做禮拜怎麼沒見到你？」

丁易垣表情有些尷尬，一時未答，王徵在側忙向孫元化努嘴搖頭。

「良甫不用遞眼色了，」丁易垣窘笑道，「我其實還未入教哩。」

「當真？」

「我知徐師門下皆教徒，也有入教之心，但不孝有三，無後爲大，縱然我不以後嗣爲重，父母親族斷難依從。何況小妾已然有孕在身，我實在……唉！」

入教者必須遵守一夫一妻的嚴格教規，所以一些信教受洗的官吏士大夫都將側室小妾休離。但許多人終於不肯入教，不願放棄三妻四妾是主要原因。沒想到老朋友丁易垣這樣瀟脫的人竟也過不了這一關。孫元化淡淡一笑，說：「這也難強求，還當水到渠成爲好。……此匾想必是良甫的手筆，好勁的魏碑體！匾名有什麼典故呢？」他指著簷下大書「快雪閣」三字的黃楊木匾，故意另找話題，免得丁易垣受窘。

王徵臉上不僅有得意，還帶了幾分神祕，將二人請至桌前坐定，自己卻親自搭了一架小木梯，爬上閣頂的小屋，開門鎖、開櫃鎖、開箱鎖，取出一個尺餘見方的皮篋子，下得木梯，滿臉莊重地放在窗下的八仙桌上。取下篋上銅鎖，扯去帶封識的火漆，王徵開始一層又一層地打開篋中物外面的包裹。孫元化和丁易垣一聲不響地看著，不知被王徵如此珍藏的東西究竟是什麼。

篋中物原來是兩件長方木盒。王征拉開其中之一，取出一軸卷，雙手捧著，笑嘻嘻地說：「我這快雪閣是爲它才造的，二位請來觀賞吧！」

兩人展卷一看，立刻又驚又喜。

這是一幅裱裝得非常精美的碑刻，前後題跋多是如米芾、趙孟頫等輩歷代名家，「墨林祕玩」、「稀世之寶」、「內府珍玩」等印章表明了這件藏品曾出入於歷代宮苑。碑刻的正文，是遒勁秀美、結體均勻、氣勢貫通、筋骨血肉恰到好處的二十四字草書：「羲之頓首快雪時晴佳想安善未果爲結力不次王羲之頓首」，後面有「山陰張侯」四字爲結。

孫元化和丁易垣都是書畫內行，一眼就看出，這就是被世人譽爲無雙神品的王羲之的《快雪時晴帖》。此帖早在唐代就有記載，宋時已有三本摹本，依題跋記敘，這當是唐代摹本。多少書法名家都以難得一見此帖爲終身之憾事，如今這絕世珍寶就在眼前！

丁易垣揉揉眼睛，驚詫道：「果真是《快雪時晴帖》呀！怎會落到你的手中？莫不是在做夢？」

孫元化卻欣然笑著說：「今日春和景明，得以見此無上法書真跡，乃百年中之一大快也！當浮一大白！」

王徵只是笑，並不說話，自顧打開另一個方木盒，取出兩只拳頭大小的雙耳杯，略一清洗後，小心地放在桌上，這才手執酒壺笑道：「此壺中乃京師最好的玉壺春酒；此杯乃我王家最珍貴的犀杯，必須捧此杯飲此酒，方配賞此天下第一法書！」

兩人不由得一齊去細看那一對雙耳杯：彷彿是玉，但質地更細膩；說它像象牙的，又呈半透明狀；不白不黑不紅不棕，卻每樣顏色都帶了一點；杯子的形狀很普通，只是雙耳有細雕，一杯爲龍形，一杯爲鳳形。乍一看，不覺得它們有什麼特殊好處。

丁易垣恍然道：「我隱約聽人說良甫有家傳寶杯一對，莫非就是它？」

王徵點點頭，道：「不錯。龍耳杯爲雄，說是雄犀牛之角所製；鳳耳杯爲雌，是雌犀牛之角所製。杯中注水注酒，飲之均有妙用：龍杯可調治各種弱症陰症，有壯陽強身之效；鳳杯可調治各種亢症火症，有滋陰養血之功……」

孫元化笑道：「當真嗎？」

王徵也笑了：「誰知道，只不過老輩人一直這麼說、這麼往下傳就是了。近百年吾祖吾父直到我，都拿它珍藏，從未用過。至於那帖，得到我手卻是緣分。上月我一好友病故，無兒無女，恨親族無情無義，感念我多年接濟相幫，便將一生所積蓄的金石書畫都遺贈與我了。真不料其中竟有此帖，所謂老天厚愛，僥倖僥倖！」

丁易垣嘆道：「這也是良甫兄厚德之報啊。」

孫元化點頭道：「天主的賜予，是天主的意思……良甫，你這兩件寶貝看來均是唐代以前的古物，你又祖籍關中，唐代好幾位皇后娘家姓王，莫非你家就是後族？」

王徵笑道：「這我就不知道了，沒有細細查過族譜。」

丁易垣說：「無論如何，這雙杯、名帖都是國寶，無上之寶，無價之寶！」

王徵得意地笑道：「那是當然！馮銓那傢伙不知從哪裡聽到風聲，請人來說，要拿三十萬兩銀子換我這二寶呢！」

馮銓是極令士人不齒的魏黨分子，曾是魏忠賢的乾兒子；魏忠賢倒臺後，他又因貌美多才巴結上了當朝輔臣周延儒，再成新貴。肯花三十萬兩銀子買古董，可知其實力並未因魏黨垮臺受損，也可見清除閹黨並不徹底。

孫元化十分憤慨，他爲國事要籌四十五萬，弄得焦頭爛額而不可得；馮銓這種小人竟能輕而易舉地花三十萬去買兩件古董！他當然不肯拂了老友的興致，只淡淡地說了一句：「豈有此理！」

王徵笑道：「所以啊，我才特意築了這『快雪閣』貯藏二寶哇！」

三人相視，哈哈大笑。又商定，每人喝一龍杯，必須再喝一鳳杯，取陰陽調和之意。聚知己、持寶杯、酌美酒、賞名帖，實在是人生難得的快事，丁易垣連連大呼：「今日定要一醉方休！」

偏偏他不能一醉方休，酒到七八成光景，赤龍抱柱梯上一片腳步聲，王家老僕領來了他家的僕人，上來就急急跪稟道：「老爺快家去！姨奶奶就要生了！」丁易垣一驚，又一喜，立刻起身，拜謝兩位好友，興沖沖地快步下樓。他在樓梯上腳步慌張錯亂，摔了一跤，幾乎滾下去，咚咚的聲音，樓上聽得一清二楚。王徵和孫元化在廊下目送著他的背影離去。王徵笑道：「難怪他入教這麼猶豫，求子之心太切了！」

孫元化笑笑：「他或許是如此，但多數人不過以此爲幌子，不肯放棄貪淫縱欲的罪惡罷了。」

王徵點點頭，兩人慢慢踱回閣中。孫元化拿起那只龍杯，又注目著《快雪時晴帖》，輕聲說：「良甫，你知道天主教的教義中哪一條最令我折服？」

王徵不作聲，只默默看著他。

孫元化接著說：「就是這一條：無論是誰，無論是什麼樣的人，生來都有罪！這其實也與諸子百家中人性惡的論說相合。只有認定自己有罪，不斷向主懺悔、不斷清洗自己的罪惡，人才能變好，人心才能挽回，國家才能得救，你說對不對？」

王徵點頭，知道老朋友多少有點醉了，不然不會把這種想法這樣直白地說出來。

孫元化又說：「如果我們不是受過洗禮、不是時時懺悔謝罪改變自己，使自己完善完美，那豈不要玷汙這絕世的名帖和寶杯！」說罷，他雙手捧起龍杯，恭敬地對《快雪時晴帖》一照，仰頭把杯中酒喝乾了。

六

「……京中士人好著馬尾襯裙，因此官馬被人偷拔鬃尾，有誤軍國大計，乞要禁革……」司禮監秉筆楊祿念到這裡，朱由檢皺眉打斷：

「誰的奏本？」

「是兵科給事中方龍正。」楊祿見皇上只嗯了一聲，沒說什麼，便又拿起一本，先報姓名：「僉都御史徐璜建言：皇上崇節儉以變風俗，誠英明之舉也。但觀京中各處茶食鋪店所造看桌[23]糖餅，大者省功而費料，小者省料而費功，乞令有司擘畫定式，功料之間務在減省，以使風俗歸厚……」

朱由檢又哼一聲，眉宇間的不快更顯著了。楊祿連忙放下奏章，恭敬地垂手而立。

「朕命言官建白，內憂外患一字不涉，偏又將這些小事體，生扭在極大題目上，怯懦之至！」朱由檢惱火地朝御榻一靠，雙手抱住了肩頭。

楊祿立刻對侍候在側的小太監一示意。小太監伶俐解事，趕緊捧來一件暗龍紋夾披風遞上楊祿，楊祿抖開了披在皇上肩頭。朱由檢看了一眼，問：「是新的嗎？」

「回皇爺，洗過兩次了。」小太監連忙回稟。

23 看桌：宴席中擺滿一桌果點菜肴，只看不吃，用作排場。

「至少再洗一次，記住了嗎？」

「是，皇爺。」

楊祿滿臉堆笑：「奴才服侍過的三位皇爺，所御衣物皆是隔夜便換新。萬歲爺衣必三浣，真勵精圖治聖主，節儉之德中外稱頌……」

朱由檢微微搖了搖頭，順手提起披風下襟，從面前撩了一下，說：「熏的什麼香？」

「回皇爺，是萬春香。」小太監回應如流。

「不好，香味不正。改用龍桂香，黑色的那種。」

「是，皇爺。」

皇上雖節儉，卻有潔癖，衣物不浣淨不熏香則不服用。他對香料的精通、對各種香味的辨別力，更是高得令人敬服。

四年前，十五歲的信王朱由檢以弟承兄繼位，是爲崇禎皇帝。登基之初，對天啓帝寵信的魏忠賢、客氏一黨任用如舊。魏忠賢不摸底細，不敢亂動；外廷文武官員也都觀望，不知新皇上打的什麼主意。

一天，皇上在便殿召文臣討論治理天下之道，興致很高，初更打過尚未回宮。正講論間，皇上忽然命太監秉燭繞巡查看，牆角屏後都走遍了，寂無所見。他自己竟然起身離座，逕直朝一處殿角走去，仔細打量殿壁，令人立刻拆毀，此牆竟是夾層！一個十一二歲的小太監手持線香端坐其中，壁上有幾十個細眼，燃著的香煙正通過這些細眼裊裊飄向殿中。一盤問，嚇得渾身哆嗦的小太監招認說，是魏老千歲命他所爲，因皇爺勤於政事，太過勞倦，爇香爲皇爺解乏。

朱由檢對眾臣說：「方才朕正靜攝思索，而心忽動，欲念頓起，立時想起所謂『迷魂香』之屬的邪香。果然如此！」他正顏厲色地轉向服侍太監：「從今以後，再進此香者，殺無赦！現存宮中者，一概焚毀掩埋！」

太監們戰戰兢兢領命接旨之際，朱由檢忽然望著群臣嘆息道：「皇考、皇兄，皆為此所誤啊！」

一句話，如震春雷！群臣驚喜交加，明白了萬歲爺的真情：絕不會再任用魏黨，絕不再是好色荒淫、昏庸懦弱的天子。

果然，朱由檢很快殺掉魏忠賢和客氏，定逆案，把魏黨一網打盡，為東林黨平反追謚。他勵精圖治，勤於政事，事必躬親，罷土木織造貢品，不近聲色貨利玩好；又英明果斷，禮敬大臣，朝堂上彷彿颳起一陣清新的、生氣勃勃的勁風，大有橫掃百餘年來陳腐死滯之勢！

大明朝自正德皇帝浪蕩了十餘年之後，萬歲爺一代比一代懶散昏庸，一個比一個更深地沉溺於自己的癖好，置朝廷大事於不顧，只享受萬民君父的威勢和奢華，絕不肯負萬民之主的一星點責任。

嘉靖帝醉心於求長生，修道煉丹會神仙，二十多年不上朝，許多閣臣、六部尚書從上任直到離職也不曾見萬歲爺一面。

萬曆帝更是澈底荒怠，深居後宮，近三十年中不視朝、不御講筵、不親祀郊廟、不批答本章，不批補中外缺官，一切不聞不問大撒手，只孜孜不倦於酒、色、財。

泰昌帝在位僅二十九天，起居無節，溺於女色，一枚號稱仙丹的強壯補劑紅丸送了他的命。

天啓帝又是深居後宮不問政事，酷愛做木匠活兒，不肯攏弄令他大傷腦筋的政治，把這一切順手推給寵信的太監魏忠賢和奶媽客氏，鬧得朝廷大亂，天怒人怨……

終於盼來這麼一位英明天子好皇帝，扶大廈於將傾，撥雲霧以見青天！自然天下歡悅，人心大定，士人相聚，無不額手稱慶：大明中興有望了。

宮裡太監眼中，這位皇帝可太出眾太英明太叫人敬畏了！身經萬曆、泰昌、天啓、崇禎四朝的龐老太監就是這樣說的：「好容易出了個管事的萬歲爺——準是赤腳大仙下凡！」所以太監們全都誠惶誠恐、小心翼翼、全心全意，不敢有絲毫疏忽。這會兒，楊祿就這麼不敢錯眼地侍候著，見皇上扯順披風坐定，微微頷首，便立刻拿起奏章要念。

朱由檢問道：「誰的？」

「宗室朱術珣。」

朱由檢點點頭。即位四年以來，他每每對文武百官失望。無能昏庸者辦不了事，精明強幹的又多貪賄成性，所餘幾個略有才幹或略爲清廉的，又多結黨營私，門戶之見極深，互相攻訐，幾無虛日。他深爲憂慮，很怕自己挽回大明衰勢的勃勃雄心付之東流，不得不走上歷代君王的老路，轉而信任宗室和內官。內官們沒有妻兒家室之累，孑然一身，不會像百官私心那麼重；宗室是自家人，無論如何比百官可信。這位朱術珣，就是被特意召來京師，授給戶部主事分管草場。這是一項肥差，又關乎兵馬之用，很重要的。不知他上疏爲著何事？

「……珣以奉旨欽召，御口親承召對之言，不料一出門外，便被戶部尙書拿去買草……」

朱由檢又氣又好笑：無知無能到這種地步，又憨得可憐！他說：「拿奏本來。」楊祿忙把奏本呈放御案，朱由檢迅速瀏覽一遍，竟有兩處白字。他嘆了一口氣：「楊祿，拿昨日和今日這些沒用的奏本，送去內書房傳看，能校正其中一個錯字訛字者，賞銀五錢。」

楊祿領命而去。宮中的大太監，尤其是司禮監文書房秉筆太監，多自幼在內書房讀書受教。今日當值御前的楊祿和吳直，都是就讀六年，熟史事、諳掌故、擅書法、頗具文采的。由於種種原因，楊祿總高出吳直一頭，所以楊祿在側，吳直寧肯不做聲，此刻才走過來，拿起奏章要繼續爲皇上誦讀。朱由檢端起龍泉青瓷的精巧茶盞，說：

「不必全讀。講講各奏章貼黃[24]大意。」

「是，皇爺。」吳直半讀半講，一本一本揭過去，「湖廣漢陽徐孝婦剖肝進姑，漢陽令楊蘇奏請旌表……給事中劉懋上言秦寇剿撫失當……御史吳甡奏報賑濟陝西饑荒、招撫流盜七千有奇……巡撫延綏副都御史洪承疇敗賊張獻忠於清澗、懷寧……」

朱由檢心裡一陣輕鬆。去年此時，東虜圍京師、占據京東四城之時，適逢陝甘流賊大起，一時東西交困，寢食不安。幸而勤王兵馬擊退東虜收復四城，陝甘流賊也因自己施行剿撫並舉之策，得以漸次平定……他啜了一口茶水，清香滿頰。

「鴻臚寺卿奏報烏斯藏貢使請陛辭歸國……戶部奏請增田賦以充餉……禮部尚書徐光啓奏請增撥款項以固登防復四州……御史余應桂糾劾首輔周延儒攬權納賄……」

「啪」！朱由檢不高興地放下茶盞。即位以來他看清了這樣的事實：他重用誰，言路就必定

24　貼黃：將奏本的主要內容簡化到百字以下，用黃色紙寫好，貼在奏本首頁，稱為貼黃。

參劾誰。言官們不是怯懦無用，盡上些「馬尾」「糖餅」之類的細事，就是專攻首相內閣大學士以博取直諫的名聲！周延儒才學淵博，風度翩翩，機敏瀟灑，不論御前應對還是票擬條陳，都令朱由檢稱心滿意。他心裡暗暗罵著：這幫信口雌黃的黑烏鴉！……他皺著眉問道：「余應桂所奏指實何事？」

吳直瀏覽一遍：「稟皇爺，奏本劾周相受三邊總督楊鶴重賄，爲之掩敗爲功，又受登萊巡撫孫元化參貂等貴重珍品，爲登州加餉。」

「哦？」朱由檢心裡一動，沉吟道，「拿徐光啓奏本來看。」

他並未看奏文本身，是在看內閣的票簽[25]。那確是他熟悉的周延儒一手極純熟流麗的行書，寫著：「擬准行，四十五萬銀著兵、戶部酌商，以加餉撥給。」

難道是孫元化施賄，周延儒受賄，徐光啓敲邊鼓，爲了弄到這四十五萬？

「吳直，你記得孫元化此人嗎？」

「回皇爺，奴才認識孫元化不自今朝。他忠君愛民，才幹優長，勤勞王事，爲人也極是剛直正氣。」

朱由檢微微笑了，想必因孫元化由自己破格提拔，吳直便極口讚美以討好，不由問道：「何以見得？」

「先皇在世日，奴才該死，曾替魏逆奔走，蒙皇爺寬恕赦免之恩，方有今日……」

25 票簽：輔政大學士代皇帝擬出的處理意見，合皇帝意則封出照辦，不合意則退回內閣改票，或皇帝直接批發內閣，稱為中旨。

朱由檢微微點頭，閉閉眼睛，表示不願聽他感恩，要他說下去。

「奴才曾受魏逆示意，邀他在奏本上具名乞朝廷封魏逆爵位。其時正當寧遠大捷之後，他名望幾與袁崇煥齊。袁崇煥具了名，他卻嚴詞拒絕，給奴才好一場難看。奴才雖說一時羞怒，心下也佩服他的骨氣。後來袁崇煥升任兵部尚書兼薊遼總督，他只得了個小小的寧前道，便是因此。唯皇爺知人善任，孫元化方得以破格重用，大展其才……」

朱由檢又微微點頭，神色越加和悅。慢慢又呷了幾口茶水，剔著指甲，平淡地問：「廠衛方面對他品評若何？」

「登州那邊有一位錦衣衛指揮使，東廠不便再去。錦衣衛回報孫巡撫才幹優長，未見異常，尚無過失。」

登州要衝，至關重要，何況還關乎收復四州乃至恢復遼東的大事！徐光啓德高望重，學問大家；孫元化是自己破格提拔的封疆大吏；周延儒就更不用說了。幾斤人參，幾張貂皮算得了什麼！但若不聞不問，豈不是容忍朝廷內已經很不成樣子的貪賄之風嗎？還有，四十五萬兩可不是個小數目啊！……朱由檢委決不下，放下茶盞，打個舒展，說：

「傳軟輿，往承乾宮。」

承乾宮是朱由檢寵愛的田妃的住所。她是個地地道道的揚州女子，嬌小玲瓏；聰慧秀麗，體態嫻雅，最能揣摩迎合朱由檢的心意，因此從信王府到紫禁城，田妃受寵始終不衰。

吳直因爲收發奏本，晚了一步。趕到承乾宮門，不禁嚇了一跳，敢情皇爺還沒進去。跟從的小太監全都泥塑木雕般站著，不動更不敢做聲；承乾宮的總管太監和宮女還是跪著接駕的姿態，想是皇爺沒有叫起。皇上呢？正靜靜地站在影壁邊那棵老柏樹底下。吳直小心翼翼地朝皇爺臉上看一眼，那確是都下百姓和朝中文武再三讚頌、嘆為不世出的煌煌天表：容色白皙，方面闊耳，兩眉長過眼梢，瞳神亮如點漆，丹脣秀髭，瑩然玉潤，似乎沒有表情，怡然藹然，又似乎若有所伺。吳直侍候皇爺已經四年，還是摸不清皇爺在想什麼。

這位皇爺可不像乃祖萬曆、乃父泰昌、乃兄天啓那樣從小生長在宮禁之中，世間百事不懂。當他是信王的時候，就常常微服行走都市街坊，熟知民情，智識深遠，寡言少笑，不輕易示人以異同。魏忠賢擅政囂張時，暗中派人夜投信王府，向這位皇上的親弟弟慷慨陳詞，控告魏、客一黨種種不法，求信王為朝廷除害。信王答道：「忠賢才可輔主，皇上眷寵方盛，賴以治國。爾等危言聳聽，意欲何為？況且吾乃外藩，行將就國[26]，尚須借重忠賢。爾等毋須多事，若招其怒，必將禍及家身性命！」魏忠賢聞得回報笑道：「信王果然對我有畏懼之心，不足慮也！」後來天啓帝暴卒，信王登基，魏忠賢竟一無措施，也許就是錯以為信王能成為第二個天啓帝的緣故吧！……

承乾宮裡又飄出一陣琴聲，丁丁冬冬，很是幽美動聽，精於此道的朱由檢聽出是那首名曲《高山流水》，也聽出彈者若非有十年功夫，不得到此。彈者，自然是他寵愛的田妃。但田妃到他身邊五年了，從不曾說過她會彈琴。這一曲知音難得的感嘆，寄託什麼心緒？田妃之父出自市井，不會有此雅興，那麼她這一手技藝來自何人？……朱由檢越想越疑心，只是為了體面，不便

26 明制，除太子以外的皇子，成年後封王，離京到所封地區建王府居住，稱藩王；離京赴封地也稱就國。

流露。

止住通報，朱由檢一腳踏進田妃的寢宮，田妃吃了一驚，連忙起身跪接聖駕，心中頗有些惴惴不安。待到皇上命她坐下說話時，體味他略略不同往常的表情和聲音，田妃更感到惶恐。

「朕倒不料妳也會撫琴，更不料妳指下功夫如許深。」朱由檢微笑地看著田妃，眼睛卻不笑。田妃是個極聰明的人，連忙離座跪下請罪：

「妾妃於琴理原能識得一二，因見皇上勵精圖治，勤勞國事，不敢以此微末小技褻瀆聖聽……」

「不必如此，」朱由檢做個手勢命田妃起來，「我聽妳指法純熟，琴韻清幽，當不是尋常功夫。」

「是，皇上明鑑，妾妃學琴實有十年了。」

「從師何人？」朱由檢精明的目光盯住愛妃甜美的面龐，其犀利無情，使田妃心跳不止，她連忙嫣然一笑：「妾妃還能從師誰人？自然是家母親授。」

「哦……」朱由檢的目光還在田妃臉上打轉，田妃竭力保持柔婉的笑容，竭力自然輕鬆地添上一句：「非但撫琴，便是作大書、撇蘭、下棋，也都從師家母啊！」

「妳母親真是多才多藝！」朱由檢還看著田妃。

田妃臉上綻出那一向討皇上歡喜的、壓倒六宮的甜笑，露出雪白如珠貝的皓齒：「所以皇上才有多才多藝的田妃啊！」

「嗯……」朱由檢這才移開目光，同時也站起身。田妃慌忙喊道：「皇上！……」

朱由檢脣邊作出一點微笑：「朕因批閱奏章勞倦，出來隨意走走，是這琴聲把朕引來承乾宮。奏本尙多，今日怕不得閒了。」他點點頭，轉身出了寢宮。

田妃送到承乾門外跪下，眼淚汪汪地說：「求皇上節勞養生，是六宮之福，是萬民之福！」她望著皇上的御輿離去，想起方才一番問答，心裡越發惶懼，淚珠竟鎖不住，「啪嗒嗒」滾落，連忙裝作抬手理鬢，用袍袖偷偷拭去，重整端莊貞靜的神態，慢慢退回承乾宮。她知道，此後的幾天，她別想吃得下睡得穩了……

回到乾清宮的朱由檢，揀出徐光啓和余應桂兩本奏摺細細看著。一陣小風微微掠過，他不自覺地裹緊了披風。吳直立刻奉上一盞熱騰騰、香噴噴的茶水，他就手端起來喝了一口，又覺得腳下升起一股熱氣，身上頓時暖融融的很是舒服。移目注視，是吳直正彎腰跪地，把一只嵌松石銀絲腳爐端放在他兩腳之間。他不由輕聲嘆道：

「反倒是你們一片忠心啊！……」

吳直忙跪拜道：「奴才肝腦塗地，也不能報聖恩萬一！」

這是一句常用的十分誇張的感恩用語，但卻是吳直的真心話。他對朱由檢的崇敬達於極點，遠遠超出一般臣子奴輩對天地君親師應有的情分。

當初，御用監太監崔文昇進丹藥，天啓帝服用後大泄不止，以致晏駕。登基後的崇禎帝進宮的頭一件事，就是拿住崔文昇問罪殺頭。不料各宮宦官成群結隊喧囂不止，形同譁變，直逼到乾清宮。皇上臨亂不懼，鎮定如常，立在宮前丹陛上，俯問總內監說：「爲何事喧譁？」內監們七嘴八舌紛紛亂嚷：「崔官兒是好人，理不應殺！」皇上很痛快，立刻下令免崔文昇一死。內監們歡呼著散去，只以爲這個十五六歲的少年皇帝不難相處、不難駕馭。卻不知數日後皇上已有了心腹太監，通過暗地查訪，弄清爲首鬧事的四名內官，連同崔文昇一起拿住杖殺了。太監們這才嚇壞了，從此不敢不夾住尾巴。

吳直是首先倒戈成爲新皇爺的心腹太監中的一個。他雖也是魏黨一員，卻不如崔文昇得臉。他的相好菜戶是翊坤宮茶上宮女，兩人已得主子許可同屋居處，形同恩愛夫妻，卻被崔文昇倚勢活活拆散。常人的奪妻之恨不共戴天，太監的奪菜戶之仇也一樣深長。他無力與崔文昇爭高下，便跑去佛寺企圖出家，出家未成又逛到娼館嫖妓，直鬧到與他做了一場乾夫妻的妓女化裝成男子，到紫禁城裡索取他沒有給足的度夜資。他被判「杖斃」待死之際，新皇爺進宮，親自審問，他毫無隱諱，供出所有真情。皇爺竟免死免罪，從此對他大加任用，直到今日的高位。所以每當吳直謝皇爺聖恩之時，眼裡總有淚光閃動。

吳直的言行，引得朱由檢容色轉霽，忽然笑道：「朕再賜你一個菜戶，可好？」

「奴才不敢當！」吳直感動得終於落淚。

朱由檢確實比較喜愛吳直。吳直並不算最有才幹的內侍，但他肯說心裡話，像一條忠心耿耿的看門犬。朱由檢初踐帝位、初入大內，很需要這樣的侍從。見他誠惶誠恐，朱由檢進一步表示說：

「舊的怕不好了，配個小宮女給你，如何？」

「皇爺恩典，折殺奴才！奴才是怕……咳，女人嘛，老的小的，舊的新的，醜的俊的，又有幾個是不欺哄人、作弄人的呢？……」

朱由檢目光一寒，這話正點在要害處。田妃寵冠後宮，撫琴之技的小事，竟也瞞了五年！爲什麼？真如她自己解釋的那樣？對皇帝而言，最近切莫過於后妃，后妃尙且如此，更何況文臣武將？……那登州府的四十五萬增餉，果真其中無弊？周延儒、孫元化，以至那位老學究徐光啓之間，果真無私？無風不起浪，言官難道盡是捕風捉影？朝臣黨比最是可恨，足壞大事，切不可掉以輕心！……

「吳直，著人去田弘遇府，召田妃之母入宮陛見。」朱由檢說罷這句話，再不做聲，沉埋進一本本奏章中去了。

午膳，皇上召中宮周皇后共進。

乾清宮中殿兩側的內府樂女奏起細樂，朱由檢夫婦分別在兩張南向寶座上坐定。口兜絳紗袋的宮女們側著臉，防止口鼻氣息出入汙了雙手捧著的菜肴，流水般傳送，把一品品金絲籠罩的膳盤膳碗先放在旁邊的幾個大食案上，再依次送上帝后的御案。

一案米食：蒸香稻，蒸糯米，蒸稷粟，稻粥，薏苡粥，西梁米粥，涼谷米粥，黍秫豆粥，松子菱芡棗實粥；

一案麵食：玫瑰餡、木樨餡、洗沙餡、油糖餡、肉餡菜餡饅首，發麵，燙麵，澄麵，油搽麵，撒麵等；

一案常用菜肴：熏雞，炙兔，爐鴨，燒羊肉，黃燜山雉，清燉牛肉，燴麃蹄筋；

另有特設的一桌小碟菜品。朱由檢指著它們對周后說：「這都是民間時令小菜小食，朕命膳房不時進來，庶幾不忘外間百姓辛苦。」

周后笑道：「陛下勤政愛民，食用節儉，足爲臣民表率。何不將菜食名目一一報來？」

朱由檢很高興這個提議，一一唱名，定能傳揚中外，他的節儉焦勞就能爲百僚百姓知道，不僅聖名大著，更得教化之用。他心裡很感謝皇后的體貼入微，便轉向司禮監掌膳事的楊祿：「報來！」

吳直望著楊祿替他著急。升到秉筆太監，雖然掌膳事，哪會注意這些小菜？可楊祿胖胖的如中年婦人的臉上沒有一絲驚慌，清清嗓子，用女人一樣細柔的聲音報起了菜名：

「皇爺娘娘容稟：這小菜有苦菜葉、苦菜根；蒲苗、棗芽、蘆葦根，蘇葉、葵瓣、龍鬚菜，蒜薹、匏瓠、蒲公英，苦瓜、野薙、野藠芹。小食樣數也不少：苜蓿、榆錢、錦葵、杏仁糕；稗子、高粱、雜豆麵；麥粥、炒麵、艾汁糕；稷黍棗豆糕，倉粟小米糕，還有邊關將士征戰隨身的乾糧餅和重陽糕……」

楊祿數得又流利又好聽；博得帝后一笑，命隨侍宮人內監各取小菜一碟嘗試。自然不好吃。但兩位主子都面帶微笑地嚥下去，皇上還連連點頭，楊祿、吳直和許多宮女內監都心裡感動，幾乎落淚。

周后感嘆地微微點頭：「陛下潔己愛民如此，文武百臣若肯體念聖意，節儉一分，廉潔一分，國用也不至於……」

朱由檢瞥了皇后一眼，臉上笑意倏然消失。

皇后使象牙箸撥弄著小碟裡的菜葉，並沒注意丈夫的臉色：「孫元化爲登州請餉四十五萬，不知有多少要流進周延儒的相府……」

「啪」！朱由檢一拍牙箸，沉臉叱道：「妳深居後宮，知道什麼孫元化？誰告訴妳的？」

周后一驚，忙離座跪倒：「皇上息怒！是今日上午，臣妾去慈慶宮問候皇嫂，皇嫂說起此事，道周延儒軟美多欲，攬權納賄，深恐皇叔爲其所誤……」

周后所謂的皇嫂，就是天啓帝的皇后張氏。天啓帝駕崩，張皇后力主召信王朱由檢入繼大統，因其時魏忠賢仍柄大權，她特意密囑信王切不可用宮中飲食，朱由檢於是藏了些麥飯糰在袖中，熬過了入宮最艱險的頭幾天。張皇后於朱由檢繼位有大功，於朱由檢本身有大恩，所以崇禎元年特進張氏尊號爲懿安皇后，住慈慶宮。

「登州之事，皇嫂聽誰說來？」朱由檢陰沉沉地追問。

「臣妾不曾問……」

朱由檢大怒，一腳踢翻食案，「嘩啦」一聲巨響，碟碗盤盆摔得粉碎，菜肴粥米濺了一地，內監宮女都嚇得屏息靜氣，不敢仰視。殿中一片寂靜中，朱由檢聲音格外嚴厲：

「吳直，速往慈慶宮，問清是誰將外廷事傳進宮中！快去！朕立等回話！」

吳直領命急忙退去。朱由檢端坐寶座，全然是嚴陣以待的樣子。皇后低頭站在旁邊，哪裡敢勸。

不一會兒，吳直氣喘吁吁地回報：懿安皇后只說全然爲皇叔著想，傳言之人則堅不肯吐。

「胡說！」朱由檢怒氣沖沖地喝叱，「今天非吐實不可！不然，朕親自到慈慶宮請教！快去！」

吳直汗都不敢抹，急匆匆地又向慈慶宮跑去。

周后硬著頭皮小聲勸解道：「陛下……」

朱由檢斷喝一聲：「不用妳說！」

他覺得太陽穴「卜卜」地跳得很凶，額頭發脹，眼前一片片一叢叢發黑起花。他是氣壞了。他從來不許后妃干政，認爲那是對他天子獨斷的褻瀆；他從來嚴禁內外交通，因爲那將是外廷借助後宮亂政的途徑，特別是他一向以「閨門有序、家法嚴謹」自詡，認爲勝過唐太宗。然而，他心裡也在暗自奇怪，僅僅因此他不至於如此失態地大發雷霆。分明還有什麼別的令他憤慨的原因。是什麼呢？他一時也說不清。

吳直過了好半天才又跑回來，慌得直眉瞪眼，說懿安皇后不住流淚，請稟告皇上，她只是爲皇叔爲朝廷著想，並無歹意。但傳話之人她絕不說，她不能害人。如果定要逼問，她願一死以謝皇叔！說罷果真退回後殿，找帛帶搭上了梁，被慈慶宮管家婆率一幫宮女死活攔住……

殿內無人出聲，只有稟完事的吳直還跪在那裡呼哧呼哧喘氣。此刻必得皇后出面緩解。她果然輕聲地說道：「皇嫂於社稷有功，於皇上有恩，求陛下三思……」

朱由檢心頭一動，忽然明白了：他之所以特別氣惱，就是因爲皇嫂於他有恩！這是他心理上一個不能觸碰的「痛點」。他最不願受人恩惠，只願施恩於人。他不能容忍自己處在受恩的地位，哪怕是不得已。受恩，意味著受恩者的無能和屈辱，而他是天子，是至尊！皇嫂這種縱然是無意的干政，也頗有恃恩不法、恃恩藐君的意味，正觸犯了他的尊嚴，招致異常的「龍顏大怒」。

懿安皇后爲人嚴正，鬧成這種局面，他本應想到。眼前怎麼下臺？他不理睬周后，獨自沉吟。

一名乾清門太監來稟：「啓皇爺，田弘遇夫人進宮。」

不料臺階來得這樣巧！朱由檢立命宣田夫人到乾清宮見駕，又命吳直去承乾宮召田妃來見，然後彷彿忘了剛才一場風波似的對周后說：「御妻稍候，將有雙琴對撫，妳我來判個高下。」

喘息未定的吳直又匆匆奔去承乾宮，慈慶宮那邊的事就不了了之。

半個時辰後，乾清宮東暖閣中，帝、后上坐，下首兩張琴臺，東邊琴臺邊坐著田妃，彈著綠漪琴；西邊琴臺邊坐著田夫人，彈著同樣珍貴的鳳尾琴。母女二人都烏髮如雲，面容秀麗，有江南水鄉女子的細膩娟美，只是田妃嬌媚纖巧，田夫人豐滿雍容。她們的琴韻和指下技巧的差別也在於此。兩琴合奏雖然奇特好聽，皇上還不滿足，又命母女倆分別獨奏名曲《水仙操》：丁丁冬冬，凌波仙子冉冉飛翔而來，在水面迴風轉雪地飄逸而去……

朱由檢終於露出笑容：「好！田妃果然師承乃母，雖造詣和韻味還差著幾分，也算名師高徒了！」

看到皇上龍顏大悅，周后和田妃都各自鬆了口氣，而朱由檢本人，也在這一刻拿定了主意。嗣後，周后、田妃及田夫人，還有翊坤宮的袁妃，都應召在乾清宮用晚膳，肴香酒美，歌吹細樂動聽，萬歲爺談笑風生，和藹可親。

田夫人告退出宮，后妃們陪著皇上說了會子閒話，見他沒有留誰的意思，便拜辭各自回宮。

朱由檢重返西暖閣批閱奏章，專心致志，頭都不抬。暖閣中只間或有紙頁翻動的窸窣響，極為安靜。

「咚，咚！噹，噹！」更鼓金鉦的敲擊從寂靜的深處隱隱傳進來。朱由檢往御座背上一靠：「哦，二更二點了，真快！」他打個舒展，呷了兩口熱茶，在黃麻紙上寫了幾個字交給吳直：「去內閣值房。」說罷，又埋頭去看奏章。

吳直看紙上寫著「登州增餉事就教於周先生溫先生」，是宣召首輔周延儒、輔臣溫體仁的。早點召不好嗎？何必定要過二更呢？想來是為讓臣下看看皇上勤政吧？此念一動，吳直立刻覺得是褻瀆和冒犯，暗罵自己「該死」，忙叫了提燈小太監，持著黃麻紙御書直奔內閣去了。

內閣值房就在乾清門外，不一時周延儒、溫體仁都宣到，向皇上叩拜。朱由檢待輔臣一向恩禮有加，立刻賜坐，賜茶湯果餌，寒暄幾句，方入正題：

「登州增餉四十五萬，朕看周先生票擬撥給，甚當。惟恐各邊衛所起而效仿，難以應付。」

周延儒半年前升任首相，更加自信瀟灑，笑容很有魅力：「陛下，登州乃水陸要衝，既護衛京師，又隔海與東虜相峙，萬萬不能有失。登撫孫元化乃皇上特簡，善用西洋大炮，又有收復四州重任，撥發四十五萬專為修築炮臺，造船造炮，各邊衛所安能攀比？」

朱由檢點點頭，轉向溫體仁：「溫先生，你意如何？」

溫體仁長身多鬚，面容黑黃，遠不及周延儒漂亮，也不似周延儒那樣才華橫溢。但他深陷的眼眶裡的一雙眼睛，卻是異常靈活，不時閃爍著或冷或熱的光亮。若不見這雙眼睛，他頗似一位迂腐的老儒，只要一觸到他的目光，便會懼然而驚，悟到這其實是個心思很密、心計很深的不尋常人物。他去年六月入閣為大學士，幾乎完全靠了首輔周延儒的援引推薦，因此對周延儒畢恭畢敬，言聽計從。他比周延儒大二十多歲，仍像門生對老師那樣亦步亦趨地跟隨其後。今天也不例外，立即應聲道：

「周相說得明白，登州若要固防，非四十五萬不可……」見皇上眉間幾乎不能察覺地皺了一皺，他立刻想到皇上最討厭臣下結黨，自己若鸚鵡學舌，難免黨比之嫌，便很聰明地另闢蹊徑，「當年往澳門募購西洋大炮，尙須八千兩一門，況且還要築炮臺、造海船，四十五萬用來也算拮据了。」

朱由檢又點點頭，沉默片刻，突然盯住周延儒，慢慢說道：「周先生，你看，又有言官彈劾你哩！」

周延儒一聽便知，離座跪下，憤然道：「陛下明鑑，受楊鶴賄爲之掩敗爲功，純是無中生有！至於參貂，臣並未受孫元化饋贈。數日前臣偶感風寒，徐大宗伯前來探病，他精通醫道，看脈後說臣腎水不足，元陽有虧，所以畏寒受寒，百病叢生，出於仁心，贈我人參兩斤貂裘兩襲，也是同僚的一番情義……不料言官平白誣蔑！臣已修得辭政回籍本章，明日便上！」

溫體仁連忙離座挨在周延儒身邊跪奏道：「陛下，余應桂此疏甚是無理！近日言官不是摘取細枝末節誇大其辭，就是捕風捉影、無事生非。周相身爲首輔，最是眾矢之的。受賄之事決然無有！參貂一事，確係徐光啓爲周相療疾所贈。據說是孫元化贈給徐光啓的。但孫元化是徐光啓的門生，門生饋贈老師乃天經地義！」

「二位先生請起。」朱由檢笑道，「此事朕早有決斷，所謂用人不疑，疑人不用。朕豈是那種猜疑忌刻之昏主！……朕已擬定批答，請先生看過。」

吳直將余應桂的奏章交周延儒，見頭一頁貼一張御用宣紙，上有朱批：「應桂讒譖輔弼，必使朕孤立於上，乃便爾行私，是何心腸！著降三級調用！」

周延儒忙拱手謝道：「陛下待臣之恩天高地厚，延儒雖粉身碎骨不足以報。只是余應桂若因劾首輔而得罪降調，恐鉗衆人之口，難服言官之心。伏乞陛下寬免，薄懲足矣。」

溫體仁看了朱批，說：「周相忒謙了。余應桂一干人若不切責重懲，內閣如何行事？不殺一儆百，攻訐之風難息；攻訐之風不息，朝中黨爭終無了時！」

朱由檢取了兩位輔臣意見的折中，將余應桂降調一級以示警戒。此後，君臣三人講說些個通鑑史事、前代興革、人材進退等等，很是和諧愜意。三更鼓起，輔臣才告退出宮。

周延儒與送他們出宮的吳直邊走邊說，說的雖是閒話，卻都因四十五萬終於落在實處而有一種完願的愉快。只是周延儒想到余應桂的降調心中仍然不安。他知道，皇上這種逾常的恩寵，會給他招來更多的敵視和攻訐，所以他仍以謙恭的語氣請求吳直：趁皇上哪天高興，免了余應桂的處分。

看到周、吳二人的親密情狀，溫體仁有意稍稍避開。他的內線尚不爲人知，是皇上跟前的另一名秉筆楊祿。既然讀書，就要中狀元；既然做官，就要做閣老；既然入閣，就要當首相——這是溫體仁的信條。眼下麻煩的是，首相周延儒對他有舉薦之恩，使他在取而代之的路上不得不多幾道迂迴。比如處置余應桂，他就來了個明助暗拆臺，給周延儒多樹幾個政敵；還有一個大祕密，只有他和楊祿兩人知道——「周延儒受孫元化賄，批撥四十五萬增餉以分肥」的消息，就是他通過楊祿、再通過懿安皇后的娘家灌到慈慶宮裡去的。可惜沒有成功，使他略感沮喪。但他可不是一個肯認輸的人。他還有一個信條：大丈夫能屈能伸！

*　*　*

白天，孫元化得到批撥四十五萬增餉給登州的批件，一直抑不住興奮：眼看一個強固的登州要塞就將屹立在海灣。二更已過，他還在書房畫炮臺圖，計算土石方和經費。忽聽一聲呼喝：「聖駕到！——」驚得他直跳起來，以爲自己是在做夢。老家人郝大連滾帶爬地衝進書房，結結巴巴地稟告：

「老爺！快，快！果真是聖駕！車馬停在門外，萬歲爺鑾駕已進中堂啦！」

孫元化拍拍腦袋，打死他也不敢相信自己竟會獲得這天大的榮耀！他手忙腳亂，氣促心慌，哆嗦的嗓音幾乎發不出聲：「來！快取朝服、朝冠！……」

不知是老家人還是他自己的過，幾次伸胳膊都伸不進朝服的袖筒，靴子也高低穿不進去。忙亂一陣，總算就緒，急忙出書房往中堂。一出書房門，院裡已站滿了人！從這東跨院到中堂，一串串大紅燈籠射出的紅光，連成一片紅霧，罩住了周圍的一切：房屋、道路、密密麻麻的人臉、光華燦燦的斧鉞刀槍……孫元化騰雲駕霧似的，自己也不知是怎樣邁進中堂門檻的。

中堂裡塞滿了侍衛儀從，無一點縫隙，青煙繚繞，香氣絪縕，滿目繽紛，鮮亮得難以逼視。孫元化不知皇上在哪裡，也不敢尋找，只面北跪下，叩拜不已，口中大聲念著例行的參覲詞：「登萊巡撫孫元化叩見聖上，萬歲萬歲萬萬歲！……」

朱由檢正倚在東窗欄下看月，此時不由得笑了，喊道：「孫元化，朕在這裡。」

孫元化忙轉過來，重新叩拜。

一些禮節性的問答完畢之後，朱由檢屏去左右，跨步上前，執了孫元化一手，說：「東北患金虜，西北患流寇，朝廷患黨爭、患貪賄，國事維艱。登萊要衝之地，朕就委託你了！」

看著皇上白皙年輕的面容，和與這面容不相稱的充滿憂慮、充滿期待的深沉目光，孫元化心頭震盪，熱淚忽地湧出，哽咽道：「伏乞聖上寬心，元化必與登州共存亡！」

朱由檢略略變色，覺得此話大不吉利，但立刻掩飾了過去，笑道：「酒來！」

太監捧過斟滿御酒的金杯，朱由檢接在手中，賜給孫元化。孫元化跪下雙手接住，一飲而盡。朱由檢說：「好，此爲壯行酒。這杯也賜給你了。」說著他回頭望了一眼，身後的吳直便大聲喊道：

「起駕！——」

一片紅光之中，聖駕遠去，黑夜的黝暗又籠罩了街市。良久，孫元化還像送駕時一樣跪在大門前，心潮澎湃，熱血沸騰！似真非真，似夢非夢。口中尚有御酒香，懷裡揣著御賜的雙耳龍紋嵌珠金杯……皇上恩重如天，孫元化覺得自己幾乎承載不起。他感念已極，不覺淚溼前襟……

第四章

一

孔有德隨孫元化回到登州，已是仲春。得知劉興基終因傷重，嘔血而亡，不免兔死狐悲。清明節邀了耿仲明，換上素服去爲劉興基掃墓。

出城西迎恩門，過觀音堂行不到二里，便見南面一帶綠色平岡，岡上粉粉白白，團團如雲，盡是盛開的桃李，遠望遊人如織，在花間行坐不定。唯有岡北鬱鬱蔥蔥，是松柏覆頂的墓冢。樹下時見火光閃動，紙錢飛揚，彷彿一群群白蝴蝶翩翩飛舞。這便是胭脂岡，劉興基長眠於此。

新土新墳，一塊不足二尺高，鑿刻得十分粗陋的新石碑，端端正正面向西北，如在行注目禮，在周圍一律坐北向南的群冢間，非常觸目。孔有德和耿仲明對死者的用意心領神會，不忍說破，只默默地跪拜，默默地燒紙錢，默默地示意侍從親兵擺上祭品祭菜，每樣揀一點撒在墳上，又默默地斟滿杯酒，從墓碑頂慢慢澆下去……

「嘻，無家人祭無家鬼！」耿仲明高舉酒杯，笑嘻嘻地拖長了聲調，帶著濃濃的遼東腔。此時兩人已遣開侍從，就著餘下的祭品祭菜，在墓前盤腿而坐，相對而飲了。

孔有德白了他一眼，只管仰脖喝酒。

「大哥吃菜，別嗆著！」耿仲明連忙點頭哈腰，推碟子假獻殷勤。

孔有德放下酒杯：「咱哥兒們還用這一套？你是怎麼了？全沒個正形！」

耿仲明哼一聲，沒精打采地向樹幹一靠，眼睛順樹幹看上樹梢，呆了半晌，說：「咱哥兒們真不該上這條船！」

孔有德臉一沉：「仲明，你聽著，誰敢說帥爺一句不是，我老孔可不答應！」

耿仲明一擺手：「我哪會對帥爺怨恨！只是想當年隨大哥在皮島何等逍遙自在，如今來到登州……受不完的窩囊氣！咳！哥哥進京這些日子，登州人欺咱遼東人更甚了！別說南兵登州兵、城裡的官商士民不把咱放在眼裡，連賣唱賣身的娘兒們、要飯的花子也敢對咱鼻子不是鼻子臉不是臉！男人家到了這分上，不如一頭碰死！」

孔有德皺著濃眉，慢吞吞地說：「咱哥兒們手下弟兄在關外在島上野慣了，拽出哪一個也都夠橫夠惡的，不怪登州人怵咱！」

「怵？他們恨不能把咱哥兒們攆出登州！咱可不能認，不給他們點厲害瞧瞧，出不了這口氣！」

「又胡說！」孔有德責備，「有帥爺在，誰敢攆咱們？帥爺爲咱們擔不是，咱們也得爲帥爺爭氣！就說爲了你我弟兄的前程，也得忍著，管住自己、管住下面弟兄！」

人人都知道，領兵大臣中，唯有孫元化強調「遼人可用」，並大量招募和使用遼東的兵將，雖因此承受朝野上下許多攻訐和勸告，始終不屈。

「大哥，」遲疑一陣，耿仲明問，「這回你去京師，莫非吃錯了藥？像是變了個人，話都不投機了！」

孔有德一愣，隨即哈哈地笑了：「不錯不錯！咱老孔是喝了一大碗醒酒湯！再不能糊裡糊塗地混日子啦！」他大手在滿臉迷惑之色的耿仲明肩上輕輕一拍，知心地小聲說：「仲明，想不想掛帥封侯當大將軍？」

耿仲明一笑：「就咱們弟兄這號？狗屁！」

「怎麼狗屁？若講文韜武略，咱不敢巴望到帥爺的萬一；要講帶兵打仗不怕死，咱哥兒們怯過誰？只要遵朝廷的法度，給朝廷打勝仗立功，小兵卒子也能封侯！」孔有德情緒高漲地講起此次進京令他震動最大的事：威風凜凜貴盛無比的侯爺大將軍，原也起自民間，出身士兵！他是個大開大闔，拿得起放得下的豪爽漢子，這回卻一眼看準，死活不放，決心這條路走到底了：「仲明，一輩子怎麼過不是過呀？可人往高處走，水往低處流。當年在皮島那般逍遙自在地混，混到頭也不過是綠林英雄、海上豪客，有啥出息？」

耿仲明摸著自己白胖的腮幫，飛快地眨著眼睛。

「爬山不也是越往高處越累人嗎？就得忍苦忍累忍羞辱！瞧瞧咱帥爺！文才德行，咱這輩子也不想了，可帥爺忠君愛民，帥爺待人處事，咱還不能學嗎？……」

「大哥，你說帥爺會不會來給劉興基上墳？」耿仲明突然冒出來這麼一句。

「這……」孔有德搔搔頭，「劉興基雖說免了罪，可終究是叛臣的兄弟……」

「可是他舉發劉興治逆謀，於帥爺有救命之恩。」

「帥爺終究是封疆大員，節制一方，怎好……」

兩人都沒有把話說完，可都明白彼此的意思，一時都不做聲了，彷彿在靜聽風過松柏帶起的樹濤聲和周圍墓冢間隱隱傳出的哭聲。

耿仲明突然興奮地指著岡邊大路，一簇人在那裡下馬，其中十數人緩緩上坡向墓地走來。走在前面的一位，長衫飄飄，風帽披肩，似一老儒，但身軀修長步態瀟脫，白淨面膛和五綹美髯已隱隱可辨：「帥爺！帥爺終究來了！……旁邊那人，哎呀，是呂烈！還有張鹿征那小子，呂烈的跟屁蟲！」

＊　＊　＊

孫元化走到鼓樓下的畫橋邊時，遇上了呂烈，沒有諱言自己要往胭脂岡。呂烈一聽興高采烈，說要去上墳，正好隨行。同到西門，又碰上張鹿征。此人只要見到呂烈，便緊跟緊隨不放的，於是一同出城西南行。

好像感於郊野明媚的春景，又像是安心要大顯其才，呂烈一路談詩說賦，搖頭晃腦，滔滔不絕；張鹿征硬充行家打邊鼓，讚嘆不絕；孫元化只靜靜聽著，微笑不語。

「……當年我初到金陵，還是一個不懂世事的小秀才，爲賦新詩強說愁，又自命才高八斗，便目空四海，最得意一闋《減字木蘭花》，單詠著過秦淮：春衫乍換，幾日江頭風力軟。眉月三分，又聽簫聲過白門。紅樓十里，柳絮濛濛飛不起。莫問南朝，燕子桃花舊溪橋……」

「好！好！字字珠璣！」張鹿征大聲嚷叫、拍掌。

「帥爺以爲如何？」呂烈恭敬地在馬上躬身問。

孫元化撫髯微笑：「雖然搖曳有致，但過於嫵媚濃豔了。真不料你當年能作此語。」

呂烈哈哈一笑：「少年心性，哪有定準！……後來棄文從武，只有詩詞一道未棄，曾題一絕道：十里五里出門去，千峰萬峰任所之。青溪無言白雲冷，落葉滿山秋不知。」

「妙！妙！真如行雲流水！」張鹿征又叫好，心裡暗暗準備下一次的讚語，不可與前兩次重複，叫人笑話。

孫元化微微點頭，沉吟不語。

「近年參透世情，看破紅塵，若能脫離苦海、跳出三界，其樂何如？」呂烈指著田野丘壑邊掩映在綠樹間的竹籬小院、草屋土房，嘆道，「反倒是山野村夫平民，令人羨慕！閬苑瀛洲、金谷瓊樓，算不如茅屋清幽。野花繡地，草也風流，也宜春也宜夏也宜秋。酒熟堪箏篘，客至須留，更無榮無辱無憂。退閒一步，著甚來由，倦時眠渴時飲醉時謳！……」

「絕！絕！真是高人雅士大手筆！」張鹿征費了好大勁，終於找到這麼一句不倫不類的讚詞。

孫元化終於首肯，笑道：「如此境界誰不想？當年我也作小詞讚道：笑指吾廬何處是？一池荷葉小橋橫。燈光紙窗修竹裡，讀書聲……至今神往啊！只是君憂臣勞，國事如此，豈容我等去尋求那番清福？也不忍只圖一己的逍遙受用吧？」

呂烈連連點頭稱是，有熱誠得過分之嫌：「大人出言便是正論，令卑職受益不淺！聽說大人十二歲便進學，次年考中秀才，三十歲方中舉，其中十多年不肯出來應試……果真是不同凡響！」

孫元化詫異地看看呂烈：「這些瑣事你竟也知道！……說來或許是我的偏見，但至今不悔。

少年登科，是人生之大不幸。僥倖中舉為官，一點世情不諳、一毫艱苦不知，任了痴頑心性魯莽做去，必然上誤朝廷、下誤當世，自家也被功名所誤，未必善終。不如遲中晚進，多學些才術在胸。所以安心研讀，不肯躁進。也虧了那十多年拜師求學，才得於算學、天文、火炮等項要務擅一技之長……」

他們談論著，走上胭脂岡，孔有德、耿仲明已迎到路邊行禮。孫元化笑道：

「你們也是來為劉興基掃墓的吧？好，領我們同去。」

孫元化在劉興基墓前鄭重奠酒祭拜，孔、耿站在他左側，呂、張站在他右側，全都默不作聲。耿仲明對登州兵將一概惡感；孔有德雖與呂烈有交情，卻討厭張鹿征；至於登州營的呂烈、張鹿征自然絕不肯向劉興基俯首下拜——哪怕他已經入土。孫元化拜罷回身一看，立刻感到凝聚在四名部下之間的冷氣，而他正處在這團冷氣的正中，不由暗暗慨嘆：若能化冷氣為和煦，這些人都會是他有力的左膀右臂，登州事就大有可為了！

他撫著烏黑冰冷的墓碑，仔細看去，心中一懍，問：「這碑文……是誰撰寫的？」因為碑石黝黑暗淡，只有「劉興基」三個大字很明顯，孫元化一問，眾人才看清，碑上刻著十一個陰文：

朝鮮嘉州居昌劉興基之墓

耿仲明連忙答道：「是劉興基自擬的碑文，他臨終囑咐墓碑立向西北，是不忘本的意思。」

孫元化點頭嘆道：「論公，劉興基首發叛逆，得以殄滅隱患於海上；論私，於我有救命之恩。這次進京之前，本來要為他請功請賞，他都再三謝絕……我想，應在他墓碑上添寫『大明義士』四字，也好表彰忠義，令他泉下心安。」

耿仲明囁嚅著：「帥爺，他……他萬萬不肯的！」

孫元化揚揚眉梢：「哦？」

耿仲明硬著頭皮往下說：「他臨死跟我嘮叨，他自念賣了同胞兄弟，罪孽深重，日夜不安，便活下去也無生趣，能夠一死逃脫悔恨折磨，他求之不得。若為他建功樹碑，是張揚他的罪過，使他死不瞑目……」

「真所謂一死掩百醜，死得值！死得該！」呂烈忽然插了一句，頓時破壞了墓前的哀思惋嘆氣氛。耿仲明眼裡冒火，那樣子若不是孫元化在場，他就會朝呂烈撲過去了。

呂烈冷冷一笑：「他若不賣了他那些狼心狗肺的兄弟，就得賣了帥爺和一干同島弟兄，還不是一樣罪孽深重？照樣日夜不安，活得沒有生趣！」

耿仲明一愣，憤憤地問：「叫你這麼一說，劉興基怎麼著都是死路一條啦？」

「那還用問？」呂烈尖刻地說，「除非他全無良心，全無人味，全無羞恥，否則終究難活！」

幾句話像一股冰水，澆得幾個人心裡寒颼颼的。呂烈還不罷休：「其實何止劉興基這個死鬼，劉家兄弟早就身處絕境，非死不可了。劉二聰明，自己在兩軍陣前尋了個光明磊落的死法；劉五不甘心，還想蹦達掙扎條活路，看不清時勢殺人的厲害，枉自聰明一世！」

孫元化遠望長空，喟嘆不已。耿仲明低了頭，盛氣全消。孔有德卻繞不過來了：「呂老弟，你說這時勢殺人，是怎麼個意思？」

呂烈高談闊論的勁兒又上來了：「聽我給你分剖分剖：劉家兄弟投我大明，金國饒得了他們嗎？立馬將他們的老母妻子下獄爲質；劉家兄弟再回頭降金，我大明饒得了他們嗎？定發大兵剿滅盡淨。劉家兄弟都是不肯爲人下的豪雄，然既非漢人又非金人，投明投金，能夠取信嗎？不得信用，劉家兄弟能忍受嗎？終究是復叛而亡。劉五聽信金國汗鬼話，想以屬國之分獨立於明、金之間，豈不是做夢？如今劉興治兄弟一死，金國汗不就將劉家人質男女老少都殺光了？……」

真是絕境！沒有出路、沒有希望，必死無疑的絕境！想起劉興祚戰場送死；劉興治皮島作亂、長島陳兵；劉興基冒死首告，劉家兄弟拚命掙扎的種種往事聯在一起，令人驚心動魄！連渾渾噩噩的張鹿征也聽明白並覺得害怕了：

「呂哥，這左也是死，右也是死，難道咱們每個人都得遇上？」

這個不學無術的紈袴子弟，忽然問出這麼一句有分量的話，真有點當頭棒喝的味道，教在場的每個人都不由得同聲自問，接下去還有一句：遇上了怎麼辦？

呂烈不屑理他，又不忍不理，輕飄飄地說句風涼話：「遇上遇不上，要看各人的造化。」

「呂哥，真要遇上，你怎麼辦？難道非死不可？」

「我怎麼辦？你怎麼不先問問你自己怎麼辦呢？」

「我？……我可真沒轍！不知道該怎麼辦……」

「孔大哥，你說呢？」呂烈揶揄地眨眨眼，找到孔有德頭上。

「我？我不信啥時候能死活沒路走！總能死裡求生，你說是吧，仲明？」

「可不是！這些年，咱們弟兄經的險事還少嗎？……」

「帥爺，你說呢？」呂烈的態度口吻都很恭敬，眼睛卻亮光閃閃，一派挑戰意味。

孫元化神態雍容，微微笑了笑：「劉氏兄弟的處境原屬罕有，呂烈所說的絕境怕也是千載難逢。若真的臨到我頭上，那麼只要一死是我職分所在，死就是了。」他扭頭看著呂烈：「你呢？」

「我呀，除非上了陣武藝不如人叫人殺了，別的死法我都不幹！實在沒路，寧可逃到深山老林，與鳥獸爲伍！人生百年，容易嗎？……」他又說又笑，半真半假，誰也摸不清他到底怎麼想。

孫元化心中不安，從呂烈的態度中又感到了敵意，這本是他初到登州時曾經感覺過、後來漸漸消失了的。不知爲什麼，從京師回登州後，呂烈故態復萌。他一直想與呂烈作一次深談，但回登州後極爲繁忙，總不得空。或者藉今日踏青之機，遣開諸人，單獨相對，說說心裡話？……

孫元化沉吟之際，岡下馳來幾騎，一個瘦小的身影滾下馬鞍就往岡上飛跑，一面跑一面大叫：

「帥爺！帥爺！——」

尖銳的嗓音和掄得飛快的兩條細腿，除了陸奇一這小猴子還有誰？孔有德笑道：「帥爺穿便袍，爲的不叫人知道，偏他亂喊亂叫！」

「帥爺，快回府！張參將說有急事！」陸奇一滿臉汗水，氣喘吁吁，齜著牙瞇縫著眼直是笑。

孫元化略一尋思，頓時笑逐顏開：「好！好！耿中軍，我們趕緊回城！……哦，孔有德，你們三個自去郊遊踏青吧，不要壞了興致。」他邁步就走。呂烈在一旁不冷不熱地冒出一句奉承話：

「劉興基這個罪徒之弟，高麗種子，能得巡撫大人一祭，也算他幾輩子修來的福分了！」

走出幾步的孫元化停下，回身，看定呂烈，誠摯地說：「所有的人，死後的靈魂在上帝面前彼此一樣，只有善惡之分，不論貧富貴賤榮辱。你我也是如此。」他對呂烈微微點頭示意，轉身下岡，腳步很輕快，彷彿年輕的營官。

孔有德連忙聲明：「我也回城！」跟著一路下山，揪住陸奇一悄聲問有什麼好事，這麼笑眉笑眼的？陸奇一那清脆高亮的男孩嗓門嘰嘰呱呱，反覆一句話：「我就不告訴你，氣死大狗熊！……」

眼見那一行人說說笑笑下岡，上馬，在大路上馳遠，方才還在高談闊論嘻嘻哈哈的呂烈頓時沒了興致。張鹿征不知高低，討好地笑道：「呂哥，草橋三官廟後邊，新開張一家什麼春院，廚下燒得好海貨，粉頭唱得好曲，咱們去嘗嘗啊？」

「不去不去！」呂烈不耐煩地揮手，「要去你自個兒去！」

「我請客還不成嗎？剛從我娘手心裡摳出來二十兩！」張鹿征嬉皮笑臉，拽住呂烈的衣襟往岡下拖，呂烈氣衝腦門，一把推開：「你幹什麼老纏著我！」

張鹿征沒料到這一推，一屁股坐到地上，又是驚詫又是委屈地望著呂烈。他雖又蠢又頑劣，花花公子，但好壞都在外面，從不裝假道學，對自己又是忠心耿耿，呂烈覺得他可憐，自己過分，連忙拉起他拍打灰土，抱歉地說：

「你先回城吧，我還想獨自散散心……沒摔著吧？」

張鹿征立即釋然，高高興興地下山回城去了。

呂烈離開墓地，緩步走上岡頂，漸漸，桃李樹代替了松柏，他視而不見，過岡下行片刻，恍然發現置身在一片嫣紅粉白的花海之中了。

一枝顫巍巍的白花擦過他面頰，像一下子點燃了炮仗捻，招得他暴跳而起，對著這株倒楣的老杏樹拳打腳踢，嘴裡呼喝叱罵，壓制已久的怒火和不平之氣噴湧不止。

京師之行，叫他發現自己又一次受了欺哄。他開始真心欽佩的孫元化，卻原來也是個僞君子！和朝中貪賄無恥的百官，和自己那位假清高的舅舅並無兩樣！他無情地嘲笑自己有眼無珠，更恨孫元化騙取自己的真情。他想了許多叫孫元化難堪丟臉的花招準備付諸實施，出出胸中這口惡氣！

令呂烈憤憤的是，一旦與孫元化在一起，就不由自主地受他吸引，爲他的風度學識所傾倒，那些捉弄人的花招就使不出來，甚至刻意對他嘲諷譏刺之後，心裡還老大不過意，彷彿做了錯事。這難道是呂烈？是看破紅塵、玩世不恭的呂烈？是無情的大丈夫呂烈？

呂烈恨自己無能！恨透了！老杏樹成了出氣筒，花瓣像雪片一樣紛紛揚揚滿地飄灑，幸而根深幹壯，它才未曾折斷。呂烈發作一通，渾身乏力，無精打采地靠樹坐下。陽光溫暖，流蕩花間的春風輕柔又芳香，蜜蜂嗡嗡唱著催眠曲，他眼餳身懶，迷迷糊糊睡過去了。

是鶯聲？是燕語？被春風送進他的夢中：

「……銀翹姐姐，妳這句『水含山色難爲翠，花近霞光不敢紅』真好！可算是詩中畫了。」

「這哪裡比得上姑娘的『雨足一江春水碧，風甜十里菜花香』？真可壓倒鬚眉！」

「噢，一腔憶江南、憶故園的心境罷了……」

「姑娘先生！銀翹姐姐！走慢些，我們緊追慢趕跟不上！」

「哎喲，哎喲，氣也喘、喘不過來了！……」

「姑娘，這裡花樹最濃，草地又軟，不如就歇一歇。」

「也好。可也不能輕饒了這兩個懶讀書的小鬼頭！……」

「哎喲，姑娘先生，饒——紫菀這一回吧！」

「姑娘先生，紫菀背不出書，罰黃芩代她背就是。以後姑娘先生有賞，也讓黃芩代她領好不好？嘻嘻！」

朦朧中的呂烈，不知是在做夢，還是遇上了花妖樹精。可以辨出，那柔美穩靜的聲音出自「姑娘先生」，是此間身分最高的；甜而略帶沙啞的嗓子屬於那個銀翹；清脆似銀鈴，一急一緩，一伶俐一笨拙，便是兩個十六七歲的小丫頭黃芩、紫菀了。就算是狐狸精迷人也罷，靜聽嬌語軟笑如聽天籟，令人心醉神怡，不也是人生一樂？縱然是夢，何須便醒？

「真有些懷想江南呢！……我們家鄉，每到清明，男女老少戴薺花，前後十五日，出城掃墓祭祖，折竹枝懸紙錢，門上掛柳，墓邊插柳，女孩踏青、盪秋千……」

「登州這兒，清明時節女孩也打秋千。只是這裡人頭上簪柳，不戴薺花……」

「姑娘先生，薺花是什麼呀？……」

一陣風過，簌簌落花灑呂烈一身，似乎已入縹緲幻境：茅舍竹籬小院，桃杏繁花似錦，他醉臥花下木榻，家人悄言笑語，步履輕輕。溫柔靜美的嬌妻，時而課讀小兒女，時而曼聲吟詩，時而懷想江南春色、清明鄉俗，絮語連綿，娓娓動聽……何等寧謐恬靜，何等悠然天真！兵刀戰陣的凶險，宦海沉浮的獰惡，離此十萬八千里！呂烈願長夢不醒，終老此境！……

「呀，真所謂落花似雪！……薺花也潔白如雪，是薺菜的花。薺菜雖野生野長，味道極是鮮美。」

「姑娘先生，這一棵可是薺菜？」

「這是蒲公英，別名黃花、地丁，性苦，可入藥，有健胃之功……」

「姑娘小小年紀，便如此博學多才，真不枉了自名小字二喬……」

二喬！呂烈心口驀地一跳，頓時驚醒。難道是她？……又是她！——不是冤家不聚首啊！

＊　＊　＊

「妳……」慌得不知所以的呂烈，忘卻了書肆主人在側，還有許多流連書叢的顧客，竟冒昧地張口要向黑衣女子說話，黑衣女子倒退一步，注視著呂烈，似乎認出他，又似乎以為他有癲病，流露出一絲好奇和憐憫。

也許正是這憐憫激怒了他。他這樣的情場老手，什麼架勢沒見過，很快穩下心緒，記起調戲女子的要訣：不問她肯不肯，只看她笑不笑，只消朱唇一綻，就有好消息。他要先引得她笑，調侃話張口就來：「女孩兒家何不朱閣綺戶描龍繡鳳，而來書肆佛院舞文弄墨？」

她驚異地聳聳長眉，張大孩子般黑白分明的眼睛：「我並不曾舞文弄墨，這《千金方》乃濟世救人的醫書啊！」

這麼老實，這麼認真！戲弄這樣的女孩真是罪過！但呂烈開了頭就收不住：「哦，女華佗，失敬失敬！然而除了《千金方》，尚有一部更要緊的濟世救命醫書……」

「莫不是《本草》、《黃帝內經》？要不然是《傷寒論》？」見呂烈直是搖頭不認，黑衣女郎更加熱切，「請告訴我好嗎？果真能濟世救人，何惜重金購買……」

呂烈指著櫃上一部當時稱爲「圖文並茂、繪刻印三絕」的萬曆年師儉堂刊印的《鼎鐫陳眉公先生批評〈西廂記〉》，有心再調侃一句：還有這療治天下怨女曠夫的濟世文章！偏是這要緊當口，一個京中相熟子弟闖進來，見了呂烈一把扯住，便大喊大叫：「放著這位大手筆竟不知道求告！快拿我那畫來，就要他題詩！」

肆主連忙對呂烈打躬作揖道：「恕老夫眼拙，不識足下尊面……」

那熟朋友放開喉嚨只是嚷：「快拿那畫來，筆硯伺候！連他都不認識？當年小神童，徐府大公子呂爺！」

「哎喲！原來是徐大公子，呂爺！大名久仰如雷貫耳，今日識荊三生有幸！……」一串套話從肆主口中滾出，伙計早把一張擺好筆硯的八仙桌抬到呂烈面前了。這分殷勤，他的名氣，讓他在黑衣女子面前十足長臉。他不由看了她一眼，見她正好奇地打量自己，心頭好不得意。

桌上鋪開的畫，是潑墨芍藥，筆鋒奇恣怪誕，不同常法。那朋友只管絮叨：「這畫來得不易，人說出自徐文長之手，你看此處有個小印章，彷彿青藤道士四字，像不像？……你只管題寫，是詩是詞都好！……」

看到黑衣女郎全神貫注於《芍藥圖》，一臉讚嘆，呂烈安心一展七步之才，好勾起她愛慕之心。略一沉吟，揮筆而下，嘴裡伴著吟誦——全然爲了給她聽：

「花是揚州種，瓶是汝州窯，注以東吳水，春風鎖二喬。如何？」

爲了與奇丞的畫面相和諧，他選用了怪異的字體。朋友哈哈大笑：「妙極妙極！春風鎖二喬！……」

黑衣女子突然變色，面帶怒容，對呂烈生氣地說：「我又不認識你，你怎麼可以隨意出口傷人！」她掉頭就走。

呂烈慌了，追出書肆：「小娘子留步！在下真不知何處得罪，乞明言相告！……」

女子回頭瞪他一眼：「這豈是正人君子行徑！」

呂烈尷尬地立住腳，眼睜睜地看她消失在隆福寺進進出出的人流中。他一向放蕩不羈，哪裡把天下脂粉輩放在眼裡。而這個貌不驚人的女孩子，對他竟有管束之力，一句話就止住了他的進一步妄想。

歷數這一番書肆奇遇，她全然是個情竇未開的娃娃，一本正經說的是大人話，卻絲毫不解男女之間的奧祕，拿他呂烈和書函、畫卷等量齊觀，全無意思。唯獨最後瞪他這一眼，有那麼一點女人味。

他回到書肆，不但買了他要的兩部書，把她要的《千金方》和自己指給她看的《西廂記》也全買下，還說好說歹，出重價把《芍藥圖》硬從朋友那裡搶到手。他覺得自己這些行爲很可笑，但還是忍不住地做，爲的供日後慢慢咀嚼回味。

他只是百思不得其解，他怎麼會突然惹惱了她？

* * *

「二喬！」呂烈心裡「怦怦」亂跳。那「春風鎖二喬」的詩句，可不就像是專門戲弄小字二喬的姑娘的嗎？怪不得她變色生氣，真是無巧不成書了。

真會是她嗎？她怎麼會又回了登州？她究竟是什麼人？

要想探清她的來歷，呂烈可說不費吹灰之力，以前這種事他做得還少嗎？但對她，偏偏作怪，自己也說不清道理，心下竟藏著些敬畏，若使出那些鬼蜮手段，一旦被這個正大光明的女孩識破，他將無地自容。如同那日在書肆她的目光投向他買的春冊時，呂烈感到了這輩子不曾有過的自慚形穢一樣。

難道是三生冤孽，前世姻緣？……

呂烈睜開眼，完全醒了。聽覺恢復正常後，頓感那片燕語鶯聲中有些聽來耳熟。循聲望去，觸目盡是一團團、一簇簇如煙似霧的紅桃白李，在藍天下幻出無窮色彩，耀得他眼花。輕輕站起，輕輕邁步，穿過花叢向那邊挪近……啊，她們在這裡！那就是她！

與前兩次不同，她身著銀紅衫子玉色羅裙，外面仍披了一幅邊緣繡紅花的黑絲絨長披風，彷佛黑絲絹包裹的一枝桃花，站在那裡，亭亭玉立，小巧玲瓏，正低頭注視著蹲在那兒的兩個丫頭用樹枝在地上劃字，十分認真地皺著眉頭。雖是個孩子，儼然一副嚴師模樣。呂烈一陣感動，心頭發軟，蕩著溫柔。她並不是美人，相貌毫不俏麗，但那種純真，那分嫻靜，那清新絕俗的姿質風韻，卻是呂烈此生所僅見。

她蹙額一嘆：「唉，紫菀，又寫錯了！叫我拿妳怎麼辦？」

那個胖墩墩的小丫頭站起來，咬著手指頭，滿含歉意地望著她的「姑娘先生」不敢說話。

「姑娘別生氣，一會兒下山打泉水，罰紫菀多提兩桶。」冷不防，略帶沙啞的聲音輕俏地鑽進呂烈耳中，這記憶深處的聲音太清晰了，清晰得叫人不相信。他不由得一哆嗦，連忙由聲尋人：一個綠衫女子！那背身盈盈而立的後影，那腰肢微扭、雙肩微聳的楚楚動人的姿態，還能是誰？……呂烈目不轉睛，心上一片混亂。

「也好，」呂烈的意中人點點頭，「咱們也玩得夠了。清泉井水是城西南最好的水，紫菀多提兩桶，多做善事贖罪，天主一定高興，是獎不是罰了！」

她們說笑著相隨下岡。呂烈不眨眼地盯著綠衫女子，轉身的一剎那，呂烈確認無疑，是她，灼灼！……

她們的身影已溶進花海，笑聲也漸遠漸消，呂烈還呆立著一動不動。他胸中怒火滾滾，想狂叫，想大罵，這該詛咒的命運！爲什麼專來折磨他，叫他在同一地點同一時刻，意外驚喜地見到他此生最嚮往的姑娘，又意外驚怒地見到他此生最恨的女人！……但他既叫不出又罵不出，渾身無力、四肢癱軟地靠在樹幹上。是他太愛捉弄人，所以被人捉弄？是他做壞事惡事太多，所以受此報應？……

一個念頭令他悚然驚起：灼灼是風塵女子，口口聲聲稱她「姑娘」，那麼，她?!……他一把捏住了自己的喉嚨，幾乎不能出氣：一切都明白了、都可以解釋通了！她們都是登州的豔戶賣笑女，一同去跑京師大碼頭，採了路賺了錢，又一同回了登州！

呂烈幾乎經不住這狠狠的一擊，眼前發黑，指尖冰涼，冷汗涔涔。老天爺爲什麼這樣殘忍，爲什麼要剝奪光他的所有真情，一點點都不肯留給他？……

他輕聲地、連續不斷地冷笑。他笑，因爲人間原本沒有什麼純情真心，而他百試不爽仍存僥倖；他笑，因爲他是大丈夫，豈能爲女人落淚！……

然而，他真想痛哭一場。

過了許久，他才慢慢踱回城中。卻見舉城若狂，男女老少都奔向水城，奔向蓬萊閣，說是運到了許多紅夷大炮，隨船來了許多紅毛夷人。登州自古是海上商船停泊碼頭，登州人見多識廣，從來見怪不怪的，這次卻出門俱是看炮人，川流不息，熱鬧得如過年節。

呂烈此刻覺得一切索然無味，周圍人流的擁擠、興奮、好奇和喧鬧議論，都鄙俗可笑，他猛一轉身，回署睡大覺！

二

丹崖山下，小海岸邊，水城牆頭，到處人頭攢動。清明節出城上墳踏青的登州人，都被吸引到這裡，興致勃勃地指看幾艘新到的大海船。船上矗立著十多門巨人般的紅夷大炮，一尊尊炮口朝天，立在雙輪炮車上，更顯得魁偉。一百多名炮手已經登岸列隊。鮮紅的軍裝，金黃色的肩飾領飾，亮閃閃的衣扣腰帶黑皮靴，威風凜凜的頭盔和腰間長劍，在春陽照耀下醒目漂亮。他們大多是人們稱之爲紅毛夷的葡萄牙人，粉紅臉膛、高鼻深目、棕紅色鬈髮鬈鬚，在周圍無數黑髮黑眼黃皮膚的東方人中間，格外奇特突出。人們用喧笑表示他們的歡悅：又增加這麼多大炮和紅毛夷炮手，登州城可稱固若金湯啦！

「巡撫大人親自來迎接了！」不知誰高叫一聲，人群「轟」地響應著、擁擠著，又都爭著伸頭踮腳尋看孫大人。可不嘛，孫大人在許多隨從簇擁中來到小海邊，一下馬就快步走過來。紅毛夷隊裡一個穿黑袍的迎上去了，孫巡撫竟執了這紅毛夷的手，邊說邊笑，好不親熱！黑袍紅毛夷多是傳教的，莫非與孫大人是舊交？……

「湯神父，」孫元化仍握住湯若望的手，高興地搖晃著，「公文只說請一位傳教士押送大炮，卻沒想到是你！」張燾和可萊亞也笑容滿面地分別用中國話和葡萄牙話向湯若望致意。湯若望一一答謝，又轉向孫元化笑道：

「還有一位你沒想到的人呢，看！」

一個穿著華麗織錦長袍、頭戴瓦楞棕帽、彷彿富商的胖子已經走到跟前，團團圓臉泛著紅光，小眼睛笑得瞇成一道縫，早早地就用鼻音很重的關中腔招呼道：

「初陽，咱們又見面了！」

「王徵！」孫元化確實很意外，高興地迎上去，「你老兄來登州有何貴幹？去贛州上任，走海路也太繞遠了嘛。」

「咦，你這裡不要我？」王徵仍笑咪咪的，滑稽地皺皺鼻梁，「不是說監軍道出缺的嗎？敕書、印信、官照我都隨身攜帶著，少時交割……」

孫元化吃了一驚：「什麼？我出京之時，你不是已經定下巡撫南贛汀韶了嗎？」

「是啊，是啊，」王徵揉一揉圓圓的鼻頭，「是贛州還是登州？我想來想去，到底熟人好辦事，就投到你麾下來了。朝廷公文尚未到？必是陸路遲延誤事，反不如水路迅捷。」

「你！……」孫元化心頭猛地翻起一個熱浪，眼角發燙，感動得一時說不出話來。王徵竟然放棄雄踞一方的巡撫要職，就任他孫元化屬下的監軍道！好半天，才極力笑道：「人都說寧爲雞頭，不爲牛後，你卻反其道而行之……」

「欸，欸，不在那個！」王徵笑嘻嘻地連連擺手，「我這關中人，自小長大到如今，從沒見過滄海是啥樣子。忽聞海上有仙山，山在虛無縹緲間。我是衝著蓬萊仙山來的！」

張燾也是王徵的老相識，平日寡言，但一開口便是實在話：「雖說官階低了兩級，大處上算，值得。可除了王老夫子，誰也辦不到！」

「唉，說過了，不在那個！聞得你這蓬萊閣上有蘇東坡和董其昌手跡刻石，說都是真跡，我不親眼看看，是萬分不肯信的！」

孫元化笑道：「明天我就陪你去看！」說著，他轉向列隊等候的紅毛夷炮手，王徵、張燾隨後，一直興奮地大聲說著拉丁語的可萊亞和湯若望也停止了交談，一同上前向這些遠離故土的異鄉人一一慰問致意，又與隨船同來的數十名造炮造船工匠問答一番。孫元化命可萊亞教官統領葡萄牙炮手回他的教練營，命中軍耿仲明領工匠們往製作局報名，妥善安置。

孫元化攙了王徵的手，率先登船巡查大炮。他心情振奮，精神煥發，滿面春風，步履矯健。王徵雖胖，尚不臃腫，行動還很敏捷；張燾跟在兩人身後，亦步亦趨，不稍遲延。湯若望落後一些，微笑地欣賞他的三位教友，這是他施洗入教的教徒中最傑出的三名，都在五十歲上下，正是男人最成熟、最富魅力、最有氣派的年紀。有了這樣的左膀右臂，孫元化如虎添翼，必定更有作爲！……

他們停在一門鐵色黝黑、有少許鏽斑的大炮旁邊，湯若望道：「還認識嗎？是你當年去澳門募購的四門大炮中的最後一門。」

「哦，」孫元化目光閃閃，輕輕撫摸炮口炮身，像撫摸小兒女一樣充滿感情，輕聲說，「久違了！……」沉默片刻，回頭笑道：「神父，張燾，還記得吧，那時候多艱難？」

十年前，張燾、孫元化受徐光啓委託，在澳門募購大炮四門，徵募葡萄牙炮手數名。即將北上，廣州地方官以未奉上諭爲藉口不准外國人入境，葡萄牙炮手都被遣回澳門。孫元化與張燾只得自捐經費，歷盡艱難，好不容易把這四門炮北運到江西廣信府，卻接到徐光啓急信，要他們停運。因爲他們這次私人捐資發起的購炮運炮行動，引發朝廷裡一次攻訐大風潮，紛紛指責他們「辱我天朝國體」、「心懷叵測」、「沽名釣譽」，徐光啓已因此而辭官回籍養病。這樣，四門大炮就陷在了江西。直到遼東失陷，金兵直逼山海關，京師受到威脅，才又起用徐光啓，四門炮才運抵京師。其中兩門立刻送往寧遠，一門試放時炸裂，餘下一門防衛京師，如今又來到登州陣前……

孫元化拍拍大炮笑道：「恭賀你熬到出頭之日。」

湯若望嘆口氣：「你看看吧，這是徐保爾的信。」

徐光啓在信中告訴孫元化：共運到刀、銃、鐵盔各兩千件，大炮十五位，並有放炮教師一百人及他們的僕役一百人，造炮造船匠人五十三人隨船同到登州。因其中有五位大炮是舊物，所留二十萬銀尚餘十萬五千兩，也隨船隊押到……

王徵在側，伸手點了點信紙末端的地邊，叫孫元化注意那裡數行小字：「原於澳門徵募一百五十名葡人教師和炮手往登，因言官連本上疏有『華夷有別，國法常存，堂堂天朝，何必外夷教演然後能揚威哉』之說，又有彈章謂我等『騙官盜餉』、『以朝廷數萬之金錢，供一已逍遙之兒戲，越俎代庖其罪小，而誤國欺君其罪大』。我已上辯疏，據理力駁。但募葡人教師炮手事不得不停，只將在京教演火器的葡人一百名送往登州，望賢契好自爲之。切切。」

孫元化恭敬地收好信，沉聲道：「幸而還有登州！」

湯若望笑了：「登州沒有痛恨夷人夷器的？」

孫元化笑笑，指著四周圍看紅夷大炮、久久不肯散去的興奮的人群，說：「登州若能建成強固不破的要塞，最爲高興的莫過於登州百姓、登州守軍！登州可不是京師，如今也不是十年前，舊事豈能重演！」他頓了頓，開玩笑似的添了一句：「這裡，我說了算！」

他轉臉向王徵，凝目注視對方細細的眼睛，彷彿還不敢深信，好半天才微笑道：

「真沒想到，良甫，你竟然來到登州！……這真太好了！」

王徵報以誠樸的微笑，知己之情，真摯溫馨，瀰漫在兩位好友之間。他們感到了彼此的信賴、理解，心上一片光亮。

孫元化不由得又說：「昔日君送我，而今我迎君。但你這樣去高就低，叫我……」

王徵打斷他：「海市詩刻石就在山上嗎？我可等不到明天，現下就去看吧！」

「風濤行船，苦了許多天，先歇歇氣，養養神。再說，湯神父也很累了……」

「什麼話！」湯若望笑著說，「王利歐（Leo）都不怕累，我竟然怕？一起去，一起去！是叫蓬萊閣嗎？那麼，誰是蓬萊仙山、蓬萊仙島呢？」

孫元化、王徵、張燾都笑起來。

他們果真下船上山，一路說些京師傳聞、相熟朋友的近況，談笑風生，很是愉快。待看過刻石，話題就再離不開字跡真僞了。直到下山上馬出水城回大城，還在繼續爭論。刻於天啓甲子年的董其昌手書是真跡，大家無異議。但蘇軾的《題吳道子畫後》手跡，張燾認定是假，卻不說理由；王徵堅信是真，滔滔不絕地加以考證，很是認真；孫元化不置可否，只微笑著聽老友的宏論；湯若望全然不懂書法的妙處，但很喜歡觀察爭論雙方一胖一瘦、一動一靜的鮮明對比。

「……觀其書法，先楷書後行書，由行書而草書，新意自出，不拘法度，最是東坡風格，令人擊掌叫絕，必是據真跡上石無疑！」王徵的圓臉上一團熱誠。

「也只草書相似而已，絕非真跡！」張燾不肯認輸。

「豈只最後草書，統觀全篇，如行雲流水，遊刃有餘，的確是大家風采！……可惜丁易垣不在，否則，他必能令老弟折服。」王徵說著，抹抹頭上的汗。

「丁易垣近日可好？」看王徵爭論得那麼認真費力，孫元化笑著引開話題，「他終於受洗入教了吧？」

王徵搖搖頭，笑道：「他終是捨不得那位如夫人……其實那小妾足可做他的孫女了。還有幾位，皆同此病，仍是猶豫不決。」

孫元化笑嘆一聲：「唉，世上多少人打不開這重關鎖，參不透這層迷團。」

王徵道：「也難一概而論，乏後嗣終是人生大忌呀！……哦，此處竟有祭海的習俗？」他指著海邊打幡舉傘、向海中燒紙錢投祭物的人群，奇怪地問。孫元化正在專心回首遠望薄靄輕籠的蓬萊閣，彷彿沒有聽到他的問話。張燾於是簡單地講起客店女兒母子投海的傳說。

湯若望聽著，心裡不無感慨。他的傳教事業進行得相當艱難。天主的十誡，爲什麼中國人如此難以接受？士大夫們的智慧才能並不遜於歐洲人，又很講道德修身，卻不肯遵守一夫一妻制和不許邪淫的誡條；平民百姓崇拜祖先，崇拜無數雜亂繁冗、奇奇怪怪的邪神，卻不願只拜上帝、不拜其他偶像。他的講道能感動得聽衆唏噓落淚，慷慨捐款，但是真正願意奉行十誡、皈依天主、受洗入教的，總是極少數。望著城外處處可見的掃墓燒紙祭祖的人們，他眉頭打結，輕聲嘆息：「哦，可憐的靈魂，何日才能聽到主的召喚啊……」

孫元化把目光從遙遠的海濱收回，說：「神父，我和張燾屬下，均有十數名奴婢僕從願奉天主，願受洗禮。正好你來登州，過兩天，請你爲他們施洗，可好？」

「爲什麼要過兩天？」湯若望精神一振，藍眼睛發亮了，「就今天吧！早一天早一時都是好的呀！」

* * *

歷數天下兩京十三省的總督、巡撫府第，唯有登萊巡撫府中有一間祈禱室。房間不算太大，潔淨樸素，一塵不染。北牆神龕上高高懸掛著耶穌受難像，長明燈日夜映照著他垂頭俯視人間的痛苦又仁慈的姿態表情。神龕下放一張供桌，桌上擺了兩瓶鮮花和許多支紅燭。今天，供桌鋪上清潔白布，用做講道壇，一排排長條凳上坐著的有孫元化夫妻兒女、王徵、張燾、孫家老僕、張家老僕等入教多年的教友，也有今日受洗的新教徒。湯若望很容易就造就了最恰當的境界，他用純淨嘹亮的嗓音講經布道，熱情地歌頌天主和耶穌，領大家一字一句地誦讀主禱文：堅信天主，拯救自己有罪的靈魂，施行仁愛，死後得進天堂，獲得靈魂的永生……無數支大大小小的蠟燭圍繞著神龕，把亮光一起投向受難的耶穌，聖體像塗了金似的光華一片，神龕下神父那繡了銀絲的法衣和胸前的金十字架，都在這燦爛的光華中閃爍，神聖莊嚴的氣氛感染了每一個人，把他們從日常的煩囂、苦惱、怨恨中解脫出來，升上藍天白雲之間，得著片刻精神的安寧、心靈的淨化……

教徒中迸出哆哆嗦嗦的一聲：「神父！……」

是銀翹。她臉色蒼白，不敢抬頭，濃密的睫毛垂下，不安地顫動著，彷彿被自己的大膽嚇住了。

「孩子，妳有什麼問題？」湯若望的聲音是那樣慈祥淳厚，就像白髮蒼蒼的老父親在安慰自己生病的女兒。兩串淚珠陡然從銀翹眼角滾落。她咬咬嘴唇，堅持說下去：

「罪孽深重的人，天主也肯接納嗎？」

「我的孩子，全能的上帝，我們的天父，發大慈悲，應許把赦罪的恩典賜予一切真心悔罪、誠信主、歸向主的人，耶穌降生，就是爲了拯救這個世界上的罪人。」

「若犯貪財害人罪……犯姦淫罪違反十誡呢？」銀翹口吃吃地把極難出口的話到底說出來了。

施洗儀式前，孫夫人曾把受洗者的情況一一告訴神父，他知道銀翹曾是某京官的侍妾，所以並不見怪：「我的孩子，只要真心悔罪，與人親愛和睦，立志自新，從今以後遵上帝的命令，行上帝的聖道，他的靈魂就一定能得到拯救，升入天堂。」

他極而言之，講了聖女瑪德萊娜的事跡：瑪德萊娜原是一位絕色名妓，極其奢侈豪華，每日花天酒地，又生性淫蕩，多少名門子弟爲她身敗名裂、傾家蕩產，被時人痛恨唾罵，原是必下地獄的罪惡女子。後來她受天主感召，悔罪自新，屏棄一切華服美味，居住木屋，著粗衫，以清水麵包爲食，每日誦讀聖經、贖罪祈禱之外，還不住鞭打自己，苦苦修行，終於得到天主的赦免，靈魂升上天堂，進入聖徒聖女之列，爲千萬教友所敬仰。

「願上帝憐憫你們，」神父向大家宣讀著安慰文，「拯救你們脫離一切所犯的罪，賜你們行善的力量，賜你們永生，阿門！」

「願榮光歸於主！」教徒們同聲回答，其中可以辨出銀翹嗚咽抽泣的嘆息。

受洗的十八名教徒跪在神壇之下，神父口中誦讀著施洗禮的經文，莊嚴地把聖水一一點向他們。當他的手觸到銀翹額頭時，不禁呆了一呆：多麼光潔柔嫩的膚色啊！那是自幼精心保養、經過修飾調理的皮膚，誘人的芳香彷彿生自肌理之中，隱隱襲來，令人心旌搖動。湯若望連忙攝神靜氣，暗暗吃驚：她絕不是普通婢女或侍妾……

教徒們同聲贊道：「主與我們同在，阿門。」

洗禮完成，新老教徒都感到興奮：前者有了幾分歸宿感，後者爲了同道的擴大增強。受洗的都將得到教名：約瑟、大衛、瑪麗亞、保羅、賽西麗亞、露西亞、瑪德萊娜等名字被提出來。一個異國情調的新名字，多麼有趣啊！而在今後的聖事中，彼此將用教名相稱，連帥爺、夫人、小姐也一樣，好像大家是同輩人似的，這怎麼敢呢？喔唷，想想都叫人害怕！……

銀翹虔誠地問：「神父，我的教名可以選瑪德萊娜嗎？」

「可以。孩子，妳就叫瑪德萊娜吧。」湯若望和藹地微笑著，為銀翹劃十字祝福，暗暗確認自己的判斷——這或許是一個中國的瑪德萊娜。

教徒們散去了。湯若望儘管因傳教的新成績十分高興，卻也實在身心俱疲，以致幼蘩問他能不能告解時，孫元化夫婦連忙制止，責備女兒不懂事，竟然看不出神父若再不立刻上床休息，眼看就要站不住了。

幼蘩難為情地低了頭：「真抱歉，神父！」

「不！為什麼？」湯若望蹙眉道，「上帝任何時候都不會拒絕他的孩子告罪的急切請求，湯神父不可能瀆職偷懶！伊格那蒂歐斯，阿嘉達，我曾是你們全家的懺悔神父啊！」一瞬間，他如注入了神藥一般，垂下的雙肩挺起來，重新顯得神采奕奕、熱情蓬勃，疲倦憔悴彷彿被一陣風吹走。

孫元化真佩服湯若望對他的傳教事業的崇高熱情和無窮的不知疲倦的精力。他不再多說，指著祈禱室邊垂著厚重帷簾的懺悔室：「請吧，湯神父。」

合攏帷簾關住門，小小斗室便如同開天闢地以前一樣漆黑、混沌一片了。神父靜靜站著，懺悔的幼蘩跪在他腳邊，這真是一個供人思索、令人內省的環境氣氛……

這次一見這姑娘，湯若望就發現她變了，難道兩個月間忽然長大了？她沒再請求做修女，行洗禮儀式時，她又心事重重，顯得很苦惱。藉此機會，湯若望用注滿慈父情的純淨低音安慰這個可憐的孩子：「上帝愛這世界，所以差遣獨生聖子耶穌基督把我們從罪惡中拯救出來，並在天上爲我們代求，使我們進入永生。讓我們省察自己對上帝、對人的過錯吧，讓我們除去靈魂的重負吧！……」

幼蘗終於鼓足了勇氣，低聲懺悔：「神父，我曾發誓要做修女，終生供奉天主。如果……如果我終於不……終於沒有做修女，違背了自己的誓言，這是背信棄義的罪惡，對嗎？」

「放心吧，我的孩子！天主原沒有允許妳當修女的請求，只要堅定對主的信仰，仁愛的主會原諒妳。」

「我……我……不該思念一個不認識的人……犯了不潔之罪……」幼蘗的聲音小得像蚊子叫。

「這人是教中兄弟姐妹？」

「我不知道。」

「與妳父母家庭相識嗎？」

「我不知道。」

沉默片刻，神父把手輕輕地按在幼蘗的頭上：「可憐的孩子，幸而妳迷途知返，能夠悔過改正。全能的上帝寬恕妳所犯的罪，賜妳進入永生。阿門。」

平日豪爽有男子氣、說話極利落的孫夫人沈氏，進了懺悔室跪在神父腳下，竟激動得結結巴巴、語無倫次：「我有罪，求、求天主寬恕……我悔改自新，我犯了嫉妒罪……」

「不管是何種過失罪行，天主將賜予所有真心悔改的人以赦免的恩典，拯救他們的靈魂。」

「我，我……」沈氏突然流淚了，「我早就不能盡爲妻的職分了，丈夫有家其實沒有家……我卻總怕他移情別戀，便嫉恨所有能與他相見的女人，暗地詛咒她們不得好死……哎喲，我真是罪孽深重，怎麼有這樣的壞心腸哦！……」

孫元化進到懺悔室，又是另一番氣象。他虔誠地跪倒後，很長時間默不作聲，黑暗中只聽得二人的鼻息：神父平緩悠長，懺悔人起伏不穩。終於，孫元化長長吁了一口鬱積胸中的悶氣，低聲徐徐說來，如在夢境中與人暢談：

「我一生爲情所累。少年荒唐，遊學大江南北之際，結了許多露水姻緣，犯了姦淫之罪。但因事在三十年前，自己業已淡忘，又因其時尚未皈依天主，所以不曾懺悔告罪，終於受到主的懲罰……來至登州，便聽說客店女兒被情人所棄，母子正月十六投海自盡的故事，從此被罪惡感纏繞，總覺得這是自己當年作下的孽，常有噩夢見那母子討命……

「當年情泛，至今不能記清是否在登州有這一段。但那許多女子，其中豈無得此結果之人？爲此特闢懺悔室，每每祈告天主拯救她母子靈魂得升天堂，乞求天主饒恕我的罪惡。我以爲主已憐憫我，接受我的懺悔和求告了，孰知……唉，我是否注定此生爲情所累至死？情魔時時誘惑，年近半百，仍不能自已，有許多次險些又破了主的戒律！

「我必須滅除心中罪惡的火苗，求天主憐憫他的僕人，饒恕我的罪惡，求最慈悲的父拯救我！……」

孫元化走上仕途之時，也曾努力實踐「吾日三省吾身」的先賢教誨，來痛悔自己少年時代的荒唐。但自省功夫越作到家，內心的罪惡感就越重，這沉甸甸的精神重負完全得獨自默默承受、不敢被他人窺見，痛苦鬱結五內，實在難忍。是天主教的告解儀式給予了他所需要的一切——他有了傾訴的地方，有了懺悔的機會，他把靈魂深處的罪惡重負卸下來，交給了天主，於是他得到了解脫。他不斷地自省、告解，由淺而深，今天，終於藉著懺悔最新過失之機，傾吐出了埋藏心底困擾他數十年的往事。如果能得到解脫，也不枉此生作一回虔誠的天主的教徒了。

湯若望接受過許多信徒的懺悔，從未如聽孫元化懺悔這樣震驚，震驚不在他懺悔的事實，而在於他那威嚴、正直、英明的外表之下，竟然埋藏著這樣深的祕密，這樣可怕的隱痛！……按照常規，他向懺悔人宣讀了解罪文，代上帝寬恕了懺悔人的罪惡，允許他們仍舊得著天主的恩寵，獲得靈魂的永生。懺悔人沉重的心得以輕鬆，獲得極大的安慰。

湯若望作爲神父，必須爲懺悔人絕對保密；但作爲孫元化一家的朋友，卻不免爲這個家庭擔憂。因爲夫妻父母子女間心靈上的隔閡太深了！

然而，在接下來的幾天裡，湯若望看到的是一個和諧美滿的家庭。告解之後的母女倆，像是經了一番沐浴似的精神煥發，幼蘩恢復了天真，沈氏又那麼興高采烈、快人快語，對丈夫關懷備至。孫元化不改常態，仍是威嚴中帶著儒雅，仁慈裡顯出精明，全身心地投入了造船造炮築炮臺的龐大繁雜的事務中，並且總是拉著湯若望同來同往。

在登州盤桓了十天後，湯若望回京師了，留下一個隨軍牧師陸若漢主持教務。湯神父得意於此行傳教工作的成績，想到孫元化一家又覺得心裡不安。中國人的內心沉埋得太深，和他們的外表相差太遠，他真擔心朋友一家還有更深的隱憂，引起料想不到的後果。

三

登州初夏的夜晚，總是那麼溫馨，縱然沒有月亮，燦爛的星空也給人明亮的感覺。遠遠的海潮聲隨風送來，比白天更清晰。三個月來因趕製紅夷大炮和造海船、築炮臺而日夜不息的火光、日夜不息的鐵器木器的敲擊喧囂已經停止，千門萬戶一派寧靜，整個城池都已落入沉睡，只有各處巡街的營兵偶爾來往，腳步匆匆，提醒人們：這裡是海防邊城，軍事重鎮。

巡撫府牆外小巷中，巡夜的撫標衛兵們，正在嬉笑著逗弄小侍衛陸奇一：

「嘿！春睏秋乏夏打盹，睡不醒的冬三月，這小東西快成睡鼠了，死活叫不醒！」

「陸奇一，別仗著帥爺寵愛，就混賴不想上夜！」

陸奇一惱了，一扭頭：「誰混賴了？胡說！……」他猛一機伶，「騰」地跳起來，大叫：「什麼人？站住！站住！——」拔腳向小巷深處追進去，大聲招呼著：「快！快！有人想上牆！」

「站住！」另外三人也看到黑影倏忽一閃，跟著大喊，迅速分兩路包抄過去。

那人沒料到自己鑽進一條死胡同，只得慢慢走出來，對四名巡哨點頭哈腰、滿臉賠笑：「唉，唉，小的是本城百姓，到親戚家喝酒，出來晚了，實在不該，不該！」

領班提燈籠照照，一個不起眼的普通百姓，但還是豎起眉毛盤問：「見了我們跑什麼？」

「小人膽小，這年月兵荒馬亂的，怕遇上歹人……」

「你怎麼往牆上貼？」陸奇一粗了嗓門盡量嚴厲，仍然尖聲尖氣，招得那人趕緊朝小兵解釋：「哎喲，小爺說哪裡話！小人是喝多了，頭重腳輕站不穩啊！」

眾人確實聞著一股濃重的酒氣。

「住哪兒？」領班又問。

「城隍廟北街桃柳巷。」回答極流利。

「叫什麼名字？」

「李寶山。」

「喝的什麼酒？」

「嘿嘿，自家釀的，不曾上市賣過……」此人賠著笑臉連忙說明，似乎怕加給他造私酒的罪名，而這正是登州府今年才興的規矩。領班的口氣和緩下來，但責任所在，還是說道：

「如今登州軍情機密，凡百姓不准黴夜行動，得把你押送巡檢司，明日叫你家裡人來領……」

「哎喲，好我的大爺小爺們，就饒我這回吧！我家娘子脾氣凶得狠，我吃酒晚回家一刻，就要頂日頭罰跪，若遲到明天，我還能囫圇個兒見人嗎？……」

巡哨們哈哈大笑。自命爲大丈夫的男人們，對怕老婆的同類多半極力取笑，而內心卻是理解和寬容的。領班笑個不停，揮揮手：「饒你這回，去吧！」

李寶山連連作揖：「多謝包涵！小的再也不敢啦！……」他轉身要走之際，小兵湊到他身邊，漫不經心地小聲問：

「莫林雅盧非幾何歐[27]？」

李寶山順口答道：「瓦卡，莫德里伯幾何額[28]。」

陸奇一大喝一聲：「韃子奸細！」

李寶山拔腳就跑，四名巡哨大叫著：「抓奸細！」猛追上去。

突然一道強烈的紅光，把小街窄巷照得透亮，跟著「轟隆」一聲巨響，天崩地裂也似的，靜夜中格外駭人，耳朵給震得嗡嗡亂鳴，被追的和追人的都嚇得撲倒在地，不知老天爺降下什麼大災大禍。

頃刻之間，像滾油鍋裡滴進了水，全城頓時炸開了！女哭男叫，雞飛狗跳，燈火紛亂，喧鬧聲盈天動地，似有千軍萬馬從西門向東奔湧，越來越近，彷彿隆隆的悶雷就要砸到頭頂！巡哨們心裡發慌，領班趕快回府稟告帥爺，另三人追趕奸細，很快隱沒在夜幕中。

「韃子兵打來啦！——」

「韃子兵攻破西門啦！——」

人群的大潮湧過來了！一浪推著一浪，驚慌恐懼迅速蔓延。韃子兵殺人如麻；韃子兵攻破一城就七日不封刀，殺盡漢人；韃子兵殺男霸女搶孩子，搶到他們四季冰雪的寒陰地當牛馬使喚……這些年可怕的消息傳了又傳，早把多年安享太平的登州人嚇壞了。一聽韃子殺進城，驚得喪魂失魄，男女老少衝出自家院門，背著大包小包，牽著騾馬牛驢，哭喊著逃命，潮水般湧向

27 滿語：騎馬來的吧？
28 滿語：不，從海路來的。

東、北、南三個城門。登州城裡頓時大亂。

守門的官兵蒙了，不知出了什麼事，又不得上司命令，哪敢隨便開城門，眼看人流匯集門下，越擠越多，哭喊怒罵震天動地，盡都束手無策。

十幾個急紅了眼的漢子吼罵著強行推開守門兵卒，人們便像狂暴凶猛的巨浪，合力向厚重的城門拚命衝撞。前面的人被擠倒了，後面的人跟著踩上去，慘叫，哀號，都被瘋狂的喧囂吞沒了。

沿著古城堅固的城堞，許多騎兵打馬從西門飛奔而來，吹著螺號，舉著燈籠火把揚手大吼：

「沒有韃子兵！是西門上大炮炸膛！——」

「是大炮炸膛！——別亂啦！都散了吧！——」

一遍一遍聲嘶力竭的吼叫，終於使沸騰的人群漸漸安靜。他們伸長脖子向西疑惑地望著聽著，確信沒有異常，才嘆息著，小聲議論著，慢慢各自散開。驀然間迸出尖厲的哭叫：

「孩兒他爹！孩兒他爹！……天哪，這不坑死俺這一大家子老小哇！——」

那個背著孩子、懷抱嬰兒的婦人撲在被眾人踩得奄奄一息的漢子身上。怕擔干係的許多人都加快了步子，繞過婦人，趕忙離開這是非之地。

* * *

天快要亮了，孫元化才從西門回到家中。一進中廳，發現全家人連同婢僕都在，看樣子從他聽到爆炸聲出府以後，一直在這裡等候。

沈氏急忙迎上來：「老爺，不要緊吧？」

孫元化緊皺眉頭，看看眾人，輕鬆地揮揮手：「沒有什麼大事。一門大炮炸膛。」

幼蘩摟著七歲的小妹妹，很擔心：「爹爹，沒有傷人吧？」

「半夜裡炮身自炸，就是傷人也有限……好了，天還不亮，各自回房歇息去吧！」

眾人放了心，各自走去。沈氏關切地說：「老爺昨夜睡得晚，又跑出去忙了這半天，也好歇歇啦！看你一頭一身的汗，叫他們燒熱湯來洗洗，換換衣衫……」

「算了算了！」孫元化大不耐煩，「我還有事，偏妳有這許多麻煩！」

「哦喲，這真是老虎頭上捉蝨子——好心無好報！你在啥地方吃炸藥了？」沈氏很少受這種對待，立刻不客氣地反擊。眼看要絮絮叨叨數落下去，幼蘩過來攔住：

「姆媽，爹爹既有要緊事，我們不要去擾他，女兒陪娘回房。」說著同弟弟和京去攙母親。走出幾步，沈氏回頭問：

「哎，你啥辰光用早點？早點送到啥地方？」

孫元化自覺不該口氣生硬，招夫人發火，當下換了笑臉：「有勞了。早點做好送來書房就是。」

「書房？」沈氏愣了一愣，狡獪地笑了。出門以後，她低聲問女兒：「阿囡，爲啥不見銀翹？」

「姆媽不是打發她昨晚去書房侍候爹爹茶水的嗎？」

「那麼，她還在書房裡？……」沈氏笑著，頻頻點頭。

「姆媽，妳做什麼呀！……」幼蘩語調裡有不能出口的埋怨。

沈氏白了女兒一眼，衝口說道：「做什麼？我是石臼裡春夜叉——搗鬼哩！」

孫元化自然聽不到母女倆的悄悄話，自管重新回他的書房。銀翹果然沒有離開，懷裡抱著茶壺，靠牆角坐在那裡睡著了。孫元化大步從她面前走過，不是走動的風聲就是掠過的衣角把她驚醒。只見孫元化已除下紗帽，大聲喚著書童：「青豆！青豆！」

銀翹知道，孫元化很愛整潔，不論著官袍穿便服，都要求無汙無塵無皺，襯領須每日一換，雪白潔淨。但凡從外面回來，頭一件事就是洗臉、更衣、換襯領。

銀翹趕忙捧出懷中仍然溫熱的茶壺，斟了一盅茶水，雙手捧上，笑著說：「爺辛苦了，先用溫茶漱漱口，我這就去備熱水侍候淨面，不用叫青豆了……」她聲音微微發顫，臉兒紅紅的，遞茶盅時，一雙白嫩溫軟的、有意無意蹭著孫元化的手也在微微發顫。

孫元化心不在焉地看她一眼：「哦，妳還在這裡。不用了，回後堂去吧。」

銀翹一驚，眉峰顫抖了，又不敢違拗，輕聲地問道：「爺這是……那昨夜……」

孫元化的目光早越過她，又喊：「青豆！」

小書童捧著一銅盆熱水趕忙進來，又是開櫃取襯領取衣服，又是爲老爺解衣帶脫官袍，忙忙碌碌，彷彿也沒注意書房中還有個銀翹，彷彿她不過是桌邊的一只圓凳、牆角的一副木雕花盆架……

銀翹心一酸，眼淚湧上來，急忙向主人低頭一跪拜辭，扭身出了書房，沿著窄窄的長廊快步跑著，滿心委屈淒惶，雖用手帕摀住嘴不讓嗚咽漏出，淚水還是忍不住，流了滿臉。

她二十六歲，半世風塵，閱人多矣，一生不曾動過真情。良家女子視爲神祕非常、羞於啓齒的男女之情，由於是她們的日常生計而變得毫無意趣。她自小爭勝好強，爭的一是錢，二是拔尖，永遠占住第一把交椅。一次突然的嚴酷打擊，澈底改變了她的信條。爲了贖罪，她從良爲人姬妾，自然也說不上柔情蜜意。誰知老天叫她遇上孫元化，叫她背負了孫元化的救命之恩，於是，由感恩而敬仰，終於啓開了愛慕之心。晚來的愛戀卻倍加濃烈，她幾乎不能承受。她願爲孫元化做一切，別說入教，哪怕下地獄，只要他喜歡；她願把自己的所有都奉獻給孫元化，只要他肯要。

她忠誠勤勉，沉默寡言，悄悄地討好府中上上下下每一個人，竟以卑微的身分，得到夫人的信賴，小姐當她閨中友伴，使女們叫她「好姐姐」。有誰能知道，她做這些都是爲了孫元化呢？可偏偏就是他，在所有的人中，最不注意她！難道他從來就沒有發現她姣好的容貌、動人的體態和含情脈脈的目光嗎？銀翹心頭的焦灼和渴望，從來沒有這樣強烈過，比她年少時渴望金銀珠寶，渴望出人頭地更加熱烈、更加痛苦！

昨晚不是一個轉機嗎？多少次奉夫人命在書房服侍他，只有這一回有了點消息，要不是那一聲炮響，唉，該死的炮，爲什麼不晚一刻再響呢！……

那時，他正擺弄著尺規和鉛條，畫著銀翹永遠看不懂的圖。忽然一聲「添燈！」驚起了門邊靜候的銀翹。想必是圖畫到精細處燈亮不夠了，她連忙又點了一盞羊角明燈，站到孫元化身邊，把燈高高舉到案前。她從沒有離他這麼近過，似乎有男人汗體的特殊氣味襲來，似乎感到他的體溫，銀翹的心跳得「咚咚」響，不信他聽不見！

他終於從他的圖上抬起頭，神情竟如此和藹親切，笑道：「把燈放在案上吧，不用老舉著，太吃力。」

銀翹只覺熱血一陣陣往臉上湧，生怕自己透不過氣、說不出話。然而，早年那個秦淮河畔烏衣巷裡伶牙俐齒、風情冠絕一時的灼灼，忽然在她身上復活，幾乎不假思索，調情話便出了口：

「古來名士蓄有燈婢燭奴，爺何不收銀翹充當？」

他似乎吃了一驚，是不料她有此才情，還是不料她有此膽量？他的目光更溫和了。

一陣輕風吹進窗來。五月的風自然不涼，銀翹卻忍不住渾身一哆嗦。是由於風清，還是因爲心頭的戰慄，或是有意作態，連她自己也弄不清。而他卻伸手在她肩頭撫摸著，說：「穿得少了吧？」

他的手熱烘烘地隔著衣裳熨燙著銀翹，眼神驟然變了。對男人目光的變化，銀翹能夠分辨得非常細緻、準確。在這之前，他還是莊重的主人和長輩，此刻，那眸子深處驀地亮起兩團欲求的火，忽隱忽現，忽放忽縮，在掙扎著向外衝突，強烈得使銀翹既興奮又害怕。她抿嘴一笑，低下頭視而不見地看看自己的雙手，而這雙手又突然被他緊緊捏住，聲音低沉又沙啞，熱氣哈進銀翹的脖頸：「連小手也冰涼冰涼的……」

銀翹腿發軟頭發暈，仰臉笑道：「爺給銀翹暖暖……」

他的兩隻大手猛地抓住她的肩頭用力揉捏，臉膛和眼睛如烈火焚燒，鼻翼翕張，呼吸粗重，也許他就要把她摟進懷裡，可那該死的大炮就在這時響了！他立刻撇下她走了，沒有再說一句話，沒有再看一眼！……今天重見，竟是這般模樣，就像昨晚什麼事也沒有發生一樣！……他是太無情還是太與眾不同？唉，他終究是個奇男子啊！

銀翹埋怨，銀翹苦惱，但她絕不後悔，絕不退卻。

四

若在平日，爲了夜來書房裡險些破誡，孫元化定然早早地就進懺悔室了。然而，眼下炸炮事件中所隱藏著的危機太嚴重，把他心中那點惶惑和悔恨擠到微不足道的小角落，終於無影無蹤。腦海裡面翻來覆去都是炸炮的現場，疑點很多，難以定論。

炸膛的，是西門城樓南側的那門西洋大炮；守西門的是登州鎮陳良謨營。孫元化到達西門時，陳良謨率部迎接，從營官、哨長到兵卒，全都繃著臉，十分緊張。

木製的兩輪炮車完全炸碎，包了鐵皮的輪子一東一西，都變了形。炮身不復存在，像遭了一場大火的地面灑滿了它的殘骸——烏黑的鐵塊、鐵片、鐵渣。城樓的窗戶震壞，一個翹角炸塌。炮位上有兩具肢斷體殘血肉模糊的屍體，數步外還有一具完整的屍身，似被飛來的彈片擊中胸膛。炮位四周盡是鮮血殘肉，慘不忍睹。

說起炸炮因由，陳良謨竟是一問三不知。因爲他住在城中他的游擊署，是被炮響驚醒後匆匆趕來的。孫元化立刻查對盤問。原來，白天西門操練大炮，裝填手剛把火藥填滿壓緊，裝上碎鐵彈頭，有人來向他要賭債，幾句話不合打了起來。眾人只顧了先瞧熱鬧後勸架，操炮的事就擱下了。裝填手一肚子悶氣，也就忘了取出彈頭、掃出火藥。

這樣，有人半夜潛上城樓，點著了引火繩，引起大炮炸膛。

這樣，這三具屍體便可能是點火繩的人。點火繩爲的是發炮，炮膛爆炸是意外事故。

他們爲什麼發炮？向哪裡發炮？

他們是什麼人？

面目清晰、屍體完整的一個，西門守軍無人認識。

孫元化命陳良謨查點本營官兵。一個不缺。

孫元化又命所有營官認屍並查點本營，結果與陳良謨營情況一樣。

因侍從飛馬來報：巡撫府侍衛巡查拿住一個韃子奸細，他立刻趕回，急於知道詳情，哪裡還能想到銀翹！

換洗完畢，孫元化在中堂傳見中軍和四名巡查侍衛，仔細詢問追捕經過。他覺得大炮炸膛和金國奸細同時出現，不是偶然。問到後來，孫元化笑了，很有興趣地說：

「陸奇一，你怎麼想起用女真話試他呢？」

陸奇一得意地笑眯了眼：「他呀，把『人』念成『銀』，『日頭』說是『意頭』，又不是登州腔，倒帶著好些遼東味。我心想試一試有什麼要緊。哪知他不經詐，立馬露餡！」

「也虧你城中混亂之際，仍能盯住不放，終於成功。」

「帥爺，當年他們逮不住我，現今我可得逮住他，叫他們也知道知道我的厲害！」陸奇一越加雄赳赳氣昂昂。

陸奇一是京東通縣人。十歲那年隨爹媽往錦州探親，趕上金韃大軍攻錦寧，搶掠人口財物，他一家被掠到瀋陽，分賞給有功將士。他在貝勒豪格旗下爲奴，從此再沒見過雙親。他不堪受役使，幾次逃跑，終於成功。沿途乞討進關，四處流浪。

去年六月，孫元化上任途中收留了這個衣不蔽體的骯髒的小流浪漢，讓他吃一份軍糧。這小鬼頭一聽說打韃子，很來勁。因爲他記得清清楚楚，在韃子家爲奴的一年裡，他挨了一百二十九次鞭子，每次不打三十，也打二十。

他不記得自己姓什麼。主家叫他「寧溫湯古那丹卓木」，那是女真話六百七十一的意思，標誌著他是那年貝勒名下得到的第六百七十一個奴隸。孫元化按「六七一」的諧音，給他取名陸奇一，時年十三歲。今天他頭一回立功，難免得意。

「給他們上功勞簿，按例升賞。」孫元化說著走下座位，拍拍陸奇一的肩膀，「果然出息了，當初真沒有白留你。除了例賞，你還想要點什麼？」

陸奇一長了個小模樣，肩窄脖子細，到登州一年了，好飯好菜仍養不胖，還像個十一二歲的娃娃。他滴溜溜的眼珠子早盯到帥爺腰間，那把鑲金嵌玉的小佩刀，夢裡都忘不了。可這麼貴重的東西，怎麼好開口？他把話硬縮回去，狠狠嚥了口唾沫，聳聳鼻子，擠著眼嘿嘿地笑了。

「小鬼頭！」孫元化點點陸奇一的大額角，隨手解下腰間佩刀遞給他，「拿去吧！盯了有半年了吧？」

陸奇一眉開眼笑，搶上去叩了個響頭：「謝帥爺恩賞！」

眾人都笑了。中軍耿仲明待笑聲過去，稟道：「帥爺，奸細嘴硬，什麼都不說。要不要押來帥爺過目？」

孫元化想了想：「請張總兵過署來一同審問。」

陸奇一不滿地小聲咕嚕：「我們逮的韃子奸細，幹啥要他們登州佬來摻和！」

旁邊有人捅捅他，他連忙閉嘴。孫元化繼續吩咐耿中軍：「在前堂小側廳開審，布置不必過分鄭重，去辦吧。」回過頭來眼睛望住陸奇一：「在登州抓了韃子奸細，是軍機大事，登州鎮總兵不管誰管？」

* * *

審問頗出人意料。

奸細反剪雙手在廳下站定，極是從容；中等偏矮身量，極是普通。既不像陸奇一他們說的那般猥瑣油滑，又不故作大丈夫氣概昂首挺胸，只是乾瘦的身軀似乎很重，穩穩站著，像多半截埋在地下的拴馬樁。

「跪堂！」兩邊侍衛按規矩大聲喝令。那小個子卻似沒有聽見，只展眼掃過去，自正坐的孫元化、側坐的張可大、張燾，挨個看過耿仲明、孔有德、管惟誠、呂烈，最後又回到孫元化身上，大聲道：

「上坐的定是登萊孫巡撫本人，可對？」

眾人一驚，孫元化不動聲色地點點頭：「正是。」

小個子大步走到中廳，對著孫元化再看一眼，自語道：「不錯，鳳眼斜挑，雙眉入鬢，一臉書卷氣……」說著他跪下去，一拜，又起身，仍是穩穩地站著。

眾人更是驚疑不定，平日熟視無睹，並不覺得，經這韃子奸細一形容，可不正是孫巡撫的寫真！

撫標中軍耿仲明忙喝一聲：「大膽奸細，敢不跪堂！」

小個子一笑：「我們從來只跪英雄！咱佩服孫巡撫是個忠臣，敢跟我們比試高低，不然，剛才這一跪也沒有！」

鎮標中軍管惟誠也喝一聲：「死到臨頭，還敢犟嘴！」

「我不過一時大意，犯在那個小猴崽子手裡。要是胯下有馬，手中有弓箭，別說你們四個，四十個也不是我的對手！」

張可大一拍堂案：「張狂之極！廢話少說，快快招供：你是何人，從何處來，到我登州來做什麼？」

小個子不答，站堂的侍衛同聲大吼：「快招！快招！」震得窗紙簌簌亂響，奸細依然沉默。

張可大是世襲武官，原本沒有審問的經驗，更沒有坐堂的興趣，加上這小個子方才那一跪，比得他心裡很不自在，早就窩著火，此刻便乘機發作：「騷韃子狗奸細！留著何用，推出去斬了！」

侍衛們一聲呼喝，推了奸細就走。腳步聲遠了，孫元化才對張可大道：「覷甫這樣嚇他一嚇，倒也使得，或者能逼他說出真情。」

張可大臉上微微一紅，有幾分尷尬，口中只得含糊應道：「這些胡人夷種，全不知好歹……」

孫元化連連點頭，命道：

「中軍，招回來！」奸細二次上堂，不住叫罵：「要殺要剮老子認啦！怕死就不算大金國的待他嚷夠了，孫元化才靜靜地說：「兩軍交戰不斬來使，張大人不過試試你的膽量。」

眾人聽得糊塗了：明明是奸細，怎麼成了「來使」？明明張總鎮要殺他出氣，怎麼成了試膽量？小個子也有些吃驚，忍不住露出喜色，放鬆下來。

「此番來登州打探軍情，只你一個人嗎？」

小個子眨眨眼，再次緘口不語。

「昨夜大炮炸膛，那一聲巨響你可曾聽見？」

小個子不由自主地點點頭。

「西門炮炸之處，有幾具屍體。」

小個子倏地變了臉色：「幾具屍體？……」

「不錯。雖然殘肢斷腿紛飛四處，但那腳上著的鞋卻不是關內所有，軟皮鞋底，草編鞋幫，那草生在遼東長白山間，名曰烏拉，你不會不知道吧？太大意了，竟穿著一樣的鞋來闖登州！」

孫元化銳利的目光直射小個子，眾人一齊注目，這名金國探子果然穿著一雙編製得十分精細的皮底草鞋！

小個子臉色發白，慌忙問：「有幾……幾具屍體？」

孫元化緊接著問：「你們來了幾人？」

巴圖魯[29]！……」

29　巴圖魯：滿語，勇士的意思。

小個子脫口道：「四個。」

「那，本帥只好據實相告，只有你還活著。」

小個子呆了半晌，突然跪了下去，仰頭向天，雙掌也朝天平舉，嘴裡默念著什麼，隨後彎腰垂頭至地面，抬起來，再垂下去，反覆三次，默禱片刻。重新立起時，如遭了霜打的禾苗，神色很是沮喪。

孫元化知道女真人尚武，戰死者靈魂必能升天，被當作英雄敬仰，小個子是在為三名同伴祝福送行。儘管是敵國，他不能不暗暗欽佩，痛感大明官軍多年來荒於訓練、怯於上陣，再不整飭強化，前途可憂……他敲敲堂案，口氣溫和地提醒：「說吧！」

「沒指望了！……還當他們得了手哩，我便一死，也還有世襲爵位，子孫榮耀……」小個子失神地喃喃自語。

張可大又忍不住了，喝道：「休再囉唆，快快招供！何名？受何人指使？來登州何事？」

小個子不理睬張總兵的喝叱，突然又跪在孫元化案前：「孫巡撫，我自知必死。只求你拿兩樣東西讓我瞧上一眼，我索赫揚古雖死無憾！」

「你要看什麼東西？」

「銃規。」

「什——麼？」孫元化一驚，眾人也很意外。

銃規，是登州炮手的祕密，他竟然知道！不過，使用它雖然能提高大炮的準確性，終究有限，所以孫元化正在算計著製作一種新的瞄準器來代替銃規。昨夜那一聲巨響之前，他正在繪製瞄準鏡的分件圖，準備近日開始打造。

不想這個索赫揚古又說了一句話，孫元化完全蒙了：

「還有一件，瞄準鏡。」

孫元化一時竟不知怎麼往下問了。他太吃驚了。倒是張可大緊鎖濃眉，氣沖沖地喝問：「看它作甚？」

「索赫揚古實在想知道，它莫非是寶石打造黃金鑄成的？一個銃規，怎麼就值得四個一等阿思哈尼哈番呢？」

耿仲明瞪大眼睛喝道：「不許胡扯！」

「怎麼是胡扯！汗王親口應許，若能帶回一個銃規，我們四個每人都賞一等阿思哈尼哈番！」

汗王親許！一等阿思哈尼哈番，相當於明朝的世襲副將銜！只為了一件小小的銃規？大金國汗莫非瘋了！

「那麼，瞄準鏡呢？」孫元化問，「也是你們汗王命你們盜取的？」

「這倒不。」索赫揚古流露出幾分得意，「是酒館裡你們營官爭罵透的風：一些人大罵紅夷大炮空耗巨款，是榔槺無用之物，立刻有人回敬說待孫帥爺的瞄準鏡拿將出來，大炮就百發百中天下無敵，足見登州佬是坐井的癩蛤蟆！……可知這更是神器，若能弄到手，定能賞我們世襲一等精奇哈番！」

好大口氣！一等精奇哈番，相當於大明的世襲一等子爵啦！比在座的任何一位審訊官的爵位都高，何況是世襲，子子孫孫的俸祿榮耀！

「早已探得西門防衛最鬆，我們便兵分兩路，他們三個去西門盜銃規，我來巡撫府尋找瞄準鏡。不知他們撞上什麼陷阱，竟被炸死……後來的事，你們都知道了。」

眾人面面相覷，大致窺出事故的真相：西門大炮裡火藥和引火繩忘了清掃，盜銃規的三人點火尋找，無意間引燃了火繩，發炮時炮身炸裂，神差鬼使，歪打正著，送了三條奸細的命。天下竟有這樣的巧事！

「那麼，你究竟是什麼人？」

「大金國汗王駕前正黃旗甲喇章京索赫揚古！」

廳上一陣沉靜，人們迷惑不解，難道大金國汗特別喜愛這些奇巧機括玩意兒？一個不足尺長的銃規，竟花這麼大氣力、出這麼高賞格、差這樣的親信勇武之士深入險地，被捕被殺在所不惜！想來倒與喜愛木匠製作的天啓皇帝相似，也是個不足成大事的昏庸之主，豈非大明之福！

孫元化卻暗暗吃驚，又一次感到危機的緊迫。

劉氏兄弟敗滅後，他讀罷金國汗與劉氏兄弟的私通信函，有過同樣的緊迫感。已經稱帝建國號的皇太極，爲要籠絡劉氏兄弟，不惜自貶以討好之，甚至指天爲誓，言甘如蜜，較之大明君臣間事事隔膜，真不可同日而語；況且肯尊劉氏兄弟爲一國，盡用友邦對等之禮相待，其審時度勢、可盈可縮，確有欲上則凌雲、欲沉則伏泉、變化萬端、不可捉摸的神龍氣概，絕非器小易盈之輩！

他在寧遠、寧錦之戰中敗於西洋大炮，回去便自己造炮，又不惜代價千方百計獲取小小的銃規！回想十年來和老師朋友們爲引進西洋大炮經歷的萬千磨難，至今仍時時如踞爐上受烤，即使是支持引進的朝官，又有誰知道銃規是什麼？……相比之下，他的見識和心胸大不尋常，難道真是人中龍，真有天下之分？……孫元化不敢往下想，也不該往下想。他回頭對張燾說：「拿那銃規來，給他看。」

張燾果真拿出一把銅製銃規，著侍衛遞過去。

股長一尺；勾長一寸五；寬四分厚一分；勾股間連一弧形規，規分十二度；勾股連接處垂下權線，這就是紅夷大炮特有的炮具銃規。索赫揚古拿在手中小心翼翼地翻看，滿面敬仰之情。

「是從其中一具屍體身上搜得的。」孫元化添了一句。

「啊！」索赫揚古高叫一聲，「差一點就成事了！……唉，運氣不好！……算了，算了！」

孫元化正要示意耿仲明把索赫揚古帶走，耿仲明卻不在廳上。孔有德小聲稟道：「皮島送來緊急軍情，他去接收，少時就回來。」

那邊呂烈在張可大耳邊說了句什麼，張可大點點頭，立刻大聲發問：「你方才一上堂，爲何就認得出孫巡撫？」

「臨行時，汗王親口交待，說孫巡撫相貌不凡，鳳眼斜挑，雙眉入鬢，一臉書卷氣……」

「你們汗王難道會過孫巡撫？」張可大此問口氣平淡，原是順理成章，孫元化聽來卻十分險惡，驚得頭皮一陣發麻，生怕背上難以洗刷的嫌疑。

「汗王說，只見過面，不曾說過話。」

孫元化急忙追問：「難道你們汗王來過登州？」

「來沒來過，非我等奴輩所知。但汗王對孫巡撫極是讚賞，說南朝督撫中，只佩服袁督師與孫撫帥二人！」

孫元化不禁暗暗咬牙：如今朝廷上下、萬民百姓，人人唾罵袁崇煥賣國賊，此話豈不是又在給自己增添不祥？前有強敵，後有朝廷猜疑，同列排擠，前後作戰、左右應付，雖智殫力竭，也難周全！他只能千謹慎萬小心，連忙說道：

「我看你也是個錚錚漢子，若肯歸順我朝，必得重用！」

「歸順你們南朝？哈！那劉愛塔兄弟不知好歹，非投南朝不可，得了什麼好？家破人亡！若留在我國，前程無量！」

他說的是實情，眾人都覺得臉上掛不住，總兵大人紅頭漲腦地大喝：「斬！推出去斬！」

索赫揚古不等人推，扭身就大步出廳，走到門口，忽轉身，氣昂昂地笑道：「聽我一句勸：你們朝廷極是無道，好不容易出了個大忠臣袁督師，還叫你們那小皇帝給殺了，足見氣數已盡！我們汗王是真龍，你們都該識時務知天命，歸順我們大金才對！」

孫元化冷冷地說：「我若背主投敵，你還敬我是忠臣嗎？」他一揮手，侍衛把面現惶惑之色的索赫揚古推出去了。

廳內又出現片刻寂靜。孫元化為這一場審訊心緒激盪難平，好半天才感慨道：「如此頑劣，少見！」

耿仲明匆匆進廳，才要有所稟告，孫元化只當為索赫揚古的事，皺眉道：「不必多說，按張總兵將令斬了就是。」

「稟帥爺，是皮島黃爺的告急文書！」耿仲明趕快呈上。

孫元化拆封，皮島總兵黃龍稟告：金國派兵一萬五千餘人往朝鮮借船，將入襲皮島、旅順等處，乞大帥立派援兵。孫元化把告急文書遞給張可大時，竟喜上眉梢，掩不住躍躍欲試的興奮：「好哇，終於來了！正好一試鋒刃！如今我們新造的炮船足以陳兵海上，邀擊敵船，水戰定能成功！」

張可大詫異地看看孫元化，臉上掠過一絲陰雲，又掩飾地低頭去讀函件。孫元化已經窺見，預感到要有爲難。

張可大並不抬頭：「理當救援。只是風向不利。」

「四五日內風向便可轉南。」孫元化眉宇間一團英氣，眼睛閃亮，「我意張總兵掛先鋒印，率登州水師五營在前……」

張可大沉吟著，皺起了眉頭：「這……」

孫元化立起身笑道：「觀甫，我們到廂房去坐，喝茶吃點心，這半日實在是又渴又餓了！」

* * *

半個時辰後，孫巡撫送張總兵出府。屬官們不知他倆談了些什麼，但可以看出心緒都不佳。張總兵拜辭時說：「卑職肺腑之言望大人三思。」孫巡撫只點點頭而已。

回到廂房，孫元化坐在案邊，一手托頤，一手輕輕敲著茶碗蓋只管默想，似笑非笑，表情透著古怪。

「初陽，他怯戰了？」張燾問，在私下場合，他總以好友身分相待。

孫元化搖頭。張可大不怯戰。他是一員良將。但他拒絕海戰中使用大炮，今天頭一回態度激烈地、有條有理地闡述了他反對的道理。

他說：「堂堂天朝，精通火器，能得先臣戚繼光真傳的，也有的是，何必外夷來教演？仗夷器為水戰先鋒，招夷兵助陣殺敵，縱然得勝，豈不惹人恥笑？我輩世代軍職，實無顏面對我百姓，對我祖先……」

他說：「紅夷大炮固然殲敵多，但我用以制人，人奪得也可用以制我。若海戰有失，落入韃兵之手，轉而以紅夷大炮攻我，豈不為禍更烈？……」

還有一層他沒直說，但孫元化能體味到：金國眼紅於登州城防的紅夷大炮及銃規瞄準鏡之類的炮具，必定反覆設法爭奪盜取，他這個坐鎮登州的登州鎮總兵，從此多事，將不得安寧了。

至於掛先鋒印，張可大說得清楚：昨夜炸炮之慘，登州軍民如遭一劫，各營官兵均惶懼不安，深恐用這大炮未殺敵而先自傷。若在先鋒水師船上架裝大炮，人心恐慌，士氣不揚，絕難取勝。所以他出任先鋒責無旁貸，但不能用紅夷大炮。

孫元化能說什麼呢？再仔細說明紅夷大炮與戚少保所習火器大不相同，必須格外教習嗎？再告訴他只要鑄造炮身冶煉鐵汁不留砂眼，炸膛事件就可以避免嗎？看他義正辭嚴，一派磊落，全然是一副犯顏直諫的莊重神態，孫元化什麼也沒有說，只苦笑著送客。

是啊，他只想著千方百計地打勝仗，收復失地，而朝廷上下的大多數人把體面看得比勝負重要得多！他所爭的在目的，他們斤斤計較的是手段……

耿仲明小聲問起那個很使他放不下的疑點：「大哥，你說韃子汗王會不會真來過登州？」

「不能！韃子汗王就跟咱們萬歲爺似的，哪能隨便挪窩？就是真要出門，鑾駕不也得擺一氣的！」

「那也不能！咱登州兵是兵山，將是將海，他敢走這險？」

「他要是微服私訪呢？」

「他要是真有這膽量呢？」

張燾看看他，一皺眉頭：「你在說什麼？」

耿仲明一眼又一眼地偷看著孫元化：「我是說，我是說……正月十六海神廟會……」他觸到孫元化的銳利目光，對視的一刹那，彼此都明白他們想到了同一個人。

孔有德一捶腦袋：「參客程秀才！……不對，我去客店尋過，他已經走了，並無可疑之處哇！」

耿仲明說：「不是他，是那個老護院！」

孔有德大悟：「對！帥爺說過那人非等閒之輩……可他若身為大金國汗，又怎肯降低身分扮一個又啞又聾的奴僕呢？……」

孫元化此刻似乎又看到那張氣度軒昂、目閃精光、廣額方頤的紅臉膛，真是能伸能縮、為達目的不惜任何代價的雄傑！對付這樣的敵手，也得針鋒相對，不拘常格。孫元化長眉一揚，拿定了主意：

「孔有德，此次救援皮島，渡海作戰，我若委你為前隊先鋒，你可敢接印？」

如雷轟頂，孔有德不由得渾身一戰：「什麼？我……我，我老孔，當先鋒？……」

他做夢也不敢想，先鋒印能落到他手中，一時血脈賁張，面紅耳赤，寬闊的胸膛大起大落，裡面的心跳得「怦怦」響，就像擂起了營中最大的那面一人高的戰鼓！

五

遼呆子孔有德竟然被點爲先鋒大將！

登州大譁。上至登州府、蓬萊縣的知府、知縣各官，陸師水師各營營官，下至商民儒生販夫走卒盡都議論紛紛，驚詫之後轉爲一片訕笑，準備著瞧好戲。

自從孫巡撫率領八千遼丁來登州駐防以後，家鄉淪於金韃、死裡逃生的許多遼東難民也因之投親靠友，大批來到登州，有數萬之多。他們久在北地吃苦耐勞，各個身高力強，既憨厚又剽悍豪爽，與當地濃厚的商人氣息自是格格不入，加上他們什麼活計都肯幹：匠人、伙計、雜役、堂倌、老媽，直至掃街、背水、擔糞，既奪了本地人的飯碗，還被本地人譏爲下賤。一年多來，不是遼民吃虧上當，受本地人的蒙騙欺侮，就是本地人吃遼民痛打，甚至砸鋪面、燒房子，大小官司無日不有。駐防的遼東營兵自然也成了登州人嘲弄鄙視的目標。

登州鎮各營至少行動上一直不曾介入這類爭端，這是因爲總兵張可大的管束和巡撫孫元化在軍中的威望。可是孫巡撫這樣點先鋒大將，一下子就使強制隱蔽的登州營與遼東營的緊張關係突然升溫，公開化了。在等候海風轉向的三天裡，雙方不斷發生衝突，由相罵轉爲鬥毆，終於鬧出了昨晚的惡作劇，造成嚴重後果。

孔有德匆匆從城外回到他的游擊署。他一直虎著臉，被人稱爲「巨目」的眼睛瞪得很大，布滿血絲，大嘴陰沉沉地緊閉著，使得緊隨其後的李九成、李應元父子和中軍、侍從親兵們都不敢發話。

他在前廳像籠中猛虎似的大步磨了幾圈，突然舉起醋缽大的拳頭往茶几上一砸，吼罵出聲：「他奶奶的！看老子不扒了他的皮！」

茶几垮了，碎木片四處飛迸。

被點爲先鋒大將，是他生平第一回。帥爺撥給他前、右兩營共三千兵，是他此生領過的最多人馬。當此重任，他極爲振奮，立刻將三千官兵集中在瀕海的西校場，日夜操炮練船，演習水戰隊形。萬事俱備，只待南風。

昨夜二更北風停息，三更南風漸起。一直焦急巴望著的孔有德滿心歡喜，準備次日啓錨。不料四更時分，一聲拖得長長的刺耳尖嘯從北面飛來，直飛到西校場上空，隨後又是兩聲震耳的鳥銃轟鳴。久在遼東的官兵聽出尖嘯是金韃用來發攻擊令的響箭，只道韃兵偷襲，全營立刻起而應戰，剎那間佛朗機、鳥銃伴著喊殺聲，驚天動地。殺出營區，卻一場空，海上沒有帆影，營外不見人影！白白耗費許多火藥銃子，最可恨的是黑暗難辨，發生誤傷十數起，其中兩人傷勢很重，性命難保……

李九成那黑瞳仁很小的眼睛不住轉動，看著孔有德的臉色說：「定是登州營幹的！他們氣不過點你做先鋒大將！」

李應元是先鋒手下的營官，更加年輕氣盛：「孔叔，不能忍下這口氣！……我看多半是呂烈那壞小子……」

孔有德搖頭。

李九成道：「那麼，定是陳良謨！他爲西門炮炸的事受帥爺申斥，降了兩級，心懷不滿！」

見孔有德默認，李應元跳起來：「走！孔叔，找帥爺告他一狀，非要這小子挨上一百軍棍不可！」

孔有德反倒一屁股坐下，只不出聲。李九成見狀，轉向兒子：「眼下大戰在即，帥爺豈肯准狀？無非做和事佬，反倒教人知道咱們吃了虧，笑掉大牙！」

李應元狠狠地一拍大腿：「那就吃啞巴虧？……」

門外一聲接一聲地喊叫著「大人！」兩名游擊署內使卒，進門就撇下踩扁的菜籃，跪在孔有德面前連連叩頭：「大人！大人！替小的做主！」

菜籃裡蔬菜鮮肉上糊滿泥土，還有醬碗和酒罈的碎片，兩人衣衫扯爛了，臉上、手臂上有一道道血紅的鞭痕。

「怎麼回事？」孔有德問，顯得心平氣和了些。

兩名內使卒，一個氣哼哼地說不成句，一個口齒利落，說得極是清楚明白，有聲有色：

他倆買了菜蔬後上酒樓打酒，正遇幾名鎭標侍衛喝酒聽歌，大說大笑：

「老兄昨夜手段高，可給咱登州弟兄出了口惡氣！哈哈！」

「那幫喪家犬，遼呆子，也配當先鋒！笑話！」

一內使卒氣憤，想上前理論，被同伴拽住。那些人見他們在場，罵得越加放肆：

「他娘的上萬喪家犬，把咱登州都吃窮啦！」

「有啥了不起！什麼英勇善戰，不就仗著紅夷大炮不照面傷人嗎！哪有真本事！」

「可不嘛，就跟沒鬍子的老公，買個驢大的假貨，就算把娘兒們肏死，又算啥本事？終究還是個沒屌子的貨！」

「哈哈哈哈！」滿桌面、滿屋子、滿酒樓一片狂笑。

內使卒氣得滿臉通紅：「你們敢辱罵先鋒大將！」

「辱罵？」一名侍衛拍著桌子給自己打點，「他不是喪家犬？他不是遼呆子？他能當先鋒，登州沒人了？中國沒人了？」

另一個醉醺醺地大叫：「那孫巡撫也是瞎了眼，失心瘋！用這個老海賊老強盜做先鋒，不怕人家韃子笑歪鼻子！」

雖然眾寡懸殊，內使卒還是氣不過地低聲罵一句：「該死的登州佬！」

櫃上打酒的伙計聽到了，瞪眼叫罵出聲，酒樓上下的本地酒客一哄而起，罵聲沸騰。鎮標侍衛立刻擒住二人，揮鞭痛打，每人挨了四五十鞭，臨了還把菜籃扔當街踩爛……

李九成父子聽罷，氣得咬牙切齒，捋袖揎拳。他們知道孔有德最忌諱「盜賊」二字，必定勃然大怒。出乎意料，孔有德仍然平坐平視，了無表情，也不說話。只是面頰上咬筋聳動，彷彿有條蛇隱藏在膚下翻滾。

孔有德是隻虎。身軀魁偉，虎頭燕頷，巨目豐頤，口可容拳，力舉千鈞，足追奔馬，能拽其尾使之倒行，刀盾銃炮無不精通。爲人豪爽重義氣，又有幾分憨呆，很得孫元化賞識。早年行劫江海，也曾殺人越貨，野性十足。投奔毛文龍後有所收斂，到了孫元化手下，受主帥人品心性的熏陶感染，野性越加減退。年初京師之行給他巨大震動，他發誓要掛帥封侯，時時勤於職守，學著溫良恭儉讓，已經微弱的野性在他的心中差不多熄滅了。此刻，怒氣攻心，那一股野性的火「呼」地復燃，好像一隻生長得極快的猙獰怪物，眨眼間便由崽子變成龐然巨獸，吞噬了近些年他修身養性的全部正果！

孔有德突然笑了，笑得很怪。熟悉他的李九成父子和內使卒被他笑得心頭一噤。孔有德若無其事地說：「你們這些下三濫，鬥毆是常事，哪天沒有兩三起……」

兩內使卒面面相覷。

「你們倆是勝了還是輸了？」孔有德一腳蹬在座椅上，一隻手扠腰，不再如近來那麼注意儀表姿態了。

「給擒去挨鞭子，怎麼敢爭勝敗……」口齒伶俐的曹得功話還未說完，孔有德大怒，踢翻椅子大喝：「來人！拉出去斬了！」幾名親兵應聲上前，捉住大叫冤枉的兩內使卒的胳膊。孔有德戳手罵道：

「窩囊廢！幾個登州鎮侍衛都不能勝，還能上陣殺敵？斬！」

兩內使卒掙脫親兵，一下子蹦起來，這一個連連叫著：「不服！不服！」那一個高聲嚷著：「我倆礙著孫帥爺的面子，又見是總兵大人親隨，才讓他們一讓。求爺准我們重新去鬥過，要是不勝，甘願受這一刀！」

孔有德沉著臉，手一揚：「滾！」

兩內使卒叩個頭，扭身就走，大聲商議：如何去叫陣，如何罵他八輩祖宗、八代子孫……

游擊是三品武官，署衙中外有公事房，住吏員文書中軍衛隊，內有廳堂寢所安置家眷和婢僕家丁。孔有德沒有家眷，從中軍到廚下火伕，所有從人都是自他出道以來就相隨的，人人武藝不弱，只是不爲外人所知罷了。兩內使卒此去挑戰罵陣，大打出手，定能叫這些登州佬吃一驚，叫他們知道孔有德強將手下無弱兵，連買菜的雜役也不是孬種！

不到一個時辰，兩內使卒飛跑回來，進門便大喊大叫：

「勝了！大勝特勝啦！」

孔有德大喜，也不問詳情，立命：「抬兩塊門板來！」

門板來了，孔有德又命兩內使卒：「趴門板上倒著！」

兩內使卒應命臥下，孔有德再令：「提雞來！」

侍從送上一隻紅冠大公雞，孔有德捉雞在手，刀往雞脖子上一勒，雞血頓湧，他叫著：「別動！」提著亂扑打的雞揮動著，把雞血淋在兩內使卒身上。隨後扔雞大吼：

「抬好傷卒！列隊！去總兵府！」

總兵府不遠，只隔了一條街。但孔有德騎了高頭大馬，領了數十名彪形衛兵，抬著血淋淋的內使卒，過宏濟橋，從宜春門、考院、都土地廟、鎮海門、草橋、鼓樓、畫橋、鐘樓、縣署一路，走過半個登州城，到達總兵府門時，已圍了數百看熱鬧的人了。

張可大聞訊率下屬來大門相迎，孔有德立刻上前拜揖參見，不容總兵大人開口，便大聲說道：

「總鎭大人，我們遼人各營雖由孫帥爺帶來登州，但也屬大人麾下。昨夜先鋒營受人捉弄，黑暗中放銃廝殺，誤傷四十餘人，其中兩人重傷難治，性命不保，特地稟告，求大人查明內情，嚴懲首惡！」

張可大方才正在向部下追問此事，他心裡明白十有八九是登州營的人幹的，確實太過分，所以他提高禮節規格，親自出大門迎接，此時更滿口答應：

「此事太不成話！本鎭定要查清，嚴懲不貸！」

「好！抬過來！」孔有德一聲令下，血淋淋的內使卒連門板抬到總兵大人面前，「大人，這是卑職屬下兩名兵丁，被大人親隨侍衛打成這樣，求大人發凶手付我營懲治，不然人心難服！」

張可大愣住了。圍觀的人群也被這兩個血人鎭住，表現出了同情。總兵身後有人小聲咕噥：

「他們也動手了的……」

孔有德冷笑一聲：「哼！遼人雖是生長關外，也是大明百姓、朝廷赤子！如今大戰就在眼前，是行軍用人之際，遼東士卒不惜性命，爲保登州出死力，大人理應一視同仁！」

張可大火了，喝斥中軍管惟誠：「誰幹的？嗯？爲什麼不回稟？」

管惟誠見總兵大人變了臉，只得結結巴巴地說：「稟大人，是他們幾個……喝醉了鬧的事……」

孔有德五指挓開，大手一張：「不是醉酒！這幫小兒輩仗著總兵大人親信暱愛，無故鞭打兵卒，還當眾在酒樓大罵我孔有德，大罵孫巡撫，實在是動搖軍心，傷我先鋒大將威風！大人若不發付凶手給咱，先鋒各營人人憤恨，軍心一散，大戰敗陣，難道大人你能逃過朝廷的責罰？」

張可大臉漲紅了，眼睛也紅了，對自己的衛隊吼道：「是誰？給我滾出來！」

屬官中甩出一句冷冰冰的話：「好漢做事好漢當。酒樓上逞英雄，眼下當狗熊嗎？」

不用問，說話的定是呂烈。他竟像是在幫著孔有德，恨得總鎮府侍衛們不住斜眼瞅他。

管惟誠無奈，對屬下示意，終於走出來兩名酒氣未消的侍衛。孔有德叩謝了總兵大人，帶著兩名「凶手」，率著從人一擁而去。

張可大大發脾氣，把部下臭罵一頓，心裡卻慶幸著總算體面地下了臺。

孔有德一回到他的游擊署，只喊了一聲：「走！」人馬盡出，留下一座空署。

孔有德一馬當先，領著人眾馳出北門，直奔海邊西校場。胯下赤騮馬四蹄翻飛，好像不沾地，馬鬃馬尾飛揚，如一團烈火躍動。陣陣勁風沖蕩著這個遼東大漢的胸懷，復甦的狂野，帶著嶄新的力量，使他感到渾身的勁氣像要裂開肌膚迸發開來，眨眼間掙斷了一年多來「修真養性」的束縛。他突然覺出解脫的狂喜，陡增勃野的生氣，彷彿又回到當年稱雄海上、自由自在的豪傑生涯……

奔回西校場，立刻傳令升帳，各營營官戴盔束甲齊集先鋒大將帳中。孔有德神采飛揚，聲音裡洋溢著豪氣：

「發公文飛報孫巡撫、張總兵：今日上上大吉，先鋒啓行殺敵去也！」

令旗一揮，眾將聽得一聲虎吼：「齊集沙灘，祭海！」

頃刻間，三千先鋒營整整齊齊列隊岸邊，孔有德親執金杯美酒，向大海三拜三酹，一回身，圓睜虎目，喝道：

「血祭！」

那兩名總兵侍衛被推上礁石。他們驚恐地瞪著眼睛，張大嘴，卻喊不出聲。刀光閃過，鮮血噴濺，兩顆人頭一前一後落進海中。劊子手順著海潮湧來的水勢，將兩具屍身一起推進海中。海神龍王定能保佑他們得勝成功！

「轟隆！」「轟隆！」「轟隆！」……大炮九響，震撼了海天，震撼了整個登州，宣告先鋒營出征，順風揚帆北上！

六

浩大的船隊，載著一萬五千名金國官兵離開陸岸，駛出江華灣後北上，直奔皮島。南風把巨大的白帆鼓成弧形，水聲汩汩，行船順利。

船隊正中，由四艘開浪船護衛的艨艟船上，插著一面牙邊大藍旗，旗上有新定滿洲文字書寫的姓名：貝勒阿巴泰。這位貝勒爺正坐在寬闊的主艙，全神貫注地看著一本書：新近譯成滿洲文字、汗王要求八旗官兵都讀的蠻子書——《三國演義》。他看得津津有味，一點也不理會兩名年輕副手的不滿。

那個膚色白相貌俊眼睛靈的蘇克薩哈，也許仗著自己是額駙之子，與主帥阿巴泰有甥舅之親，終於忍不住故意碰倒一張弓，以期引起舅舅的注意，然後一面扶弓一面自言自語地嘟囔：

「就這麼走了？太便宜姓李的雜種了！」

他說的「雜種」，是朝鮮王李倧。他們這一萬五千官兵受命到漢城向朝鮮索取戰船兵馬攻打明朝——自然說是借船借兵。照說四年前大金國征朝鮮，李倧歸降結盟，願從此絕明，該是打怕了的；不想這回一說伐明，朝鮮王還是婉言謝絕，實在推脫不了，只奉送十艘開浪船和這艘艨艟船，還都是早先朝鮮從明朝買來的。阿巴泰居然收下這點破爛就打回頭了，豈不太窩囊！

阿巴泰眼睛沒離開書：「照你說，該怎麼辦？」

「殺呀！殺出威風給這傢伙看看，他就老實了！」

「就知道殺！」阿巴泰臉一板，「你的三等甲喇章京是怎麼削掉的？」

蘇克薩哈臉上紅了紅，故作不在乎的樣子：「不過多殺了幾個人，算得什麼？當年老汗王殺人如麻，流血如海……」

「那是老汗王的時候！不殺立不住腳。如今要開基立國，成就大業，濫殺還不壞事？罰得輕了！」阿巴泰轉向另一名副手，「鰲拜，依你說呢？」

鰲拜還是個少年，面色黧黑，脣邊下頦和兩腮卻已冒出茸茸的絡腮鬍子。他從早到晚總是沉著臉，一整天也說不上兩句話，但是行動敏捷，靈活有力，一看就是自幼練武的好手。這很自然，他的家族就是以武功顯赫於八旗的，他很小就從征上陣，屢屢有功。此刻聽到問他，一雙黑眼睛忠誠地望定主帥，簡單地回答：「鰲拜聽命。」

阿巴泰心裡不由得佩服他的弟弟、大金國汗皇太極的眼光和賞罰分明：蘇克薩哈去年征討察哈爾，收降蒙民二千戶。聽說降民要叛，便把男人殺盡，俘回八千婦女返京。汗王責他妄殺無辜，革去三等甲喇章京，降爲牛錄章京，罰到阿巴泰身邊爲副官；鰲拜卻是因戰功破格進升牛錄章京，獎到阿巴泰身邊爲副官的。臨行皇太極曾囑咐他說，這兩個孩子都是好坯子，全靠時時磨礪，方能出鋒。

阿巴泰拍拍《三國演義》：「你們說，劉備爲什麼死在白帝城？」

蘇克薩哈快嘴快舌：「陸遜火燒連營，蜀漢大敗，氣的！」

「蜀漢爲什麼大敗？」

「劉備不聽諸葛亮的話，偏要去伐東吳……」蘇克薩哈眼珠子不住地轉動，似乎悟到什麼。

「諸葛亮說的什麼話？」

「東連孫權，北拒曹操……那就是說，要東連朝鮮，南擊大明了？」蘇克薩哈見舅舅又埋頭書本，便轉向鰲拜，這黑小子也不做聲，只蹙著兩刷濃眉，沉思著微微點頭。「那就是說，得留著力氣，專攻皮島……咳！皮島有什麼大不了的！咱們上去殺他個片甲不留！」蘇克薩哈頗有以豪言壯語博取主帥欣賞的意思。鰲拜仍是點頭，眼睛卻亮了許多。

阿巴泰仍不理睬，但都看在眼裡，聽在耳中。皮島並不好啃，強將手下無弱兵，既在孫元化轄制下，它不可能一捅就破。兩個小鬼說大話，上陣就知道厲害了！……

再難啃也得啃，還要力爭速戰速決。阿巴泰有一分不好明言的心事。

出征前夕，他去參見汗王，看還有什麼囑咐。尚未進門，汗王的朗朗笑語早飛出庭院：

「好，好！這一著極要緊。打鐵先要本身硬嘛！……看來，凡事都照大明會典施行，極爲得策呀！」

阿巴泰立刻悟到，汗王又將有重要決策了。

果不其然，汗王見他邁進門檻，立刻笑道：「七哥來得正好！兄弟子姪輩唯你和薩哈璘算得有學問，倒要聽聽你的高見。」

汗王承襲女真舊俗，極重兄弟情誼，除了坐朝公會，平日延見，多是兄弟相稱。旁邊的文館大學士范文程於是告訴阿巴泰，近年大金國人口日增，地域日廣，朝廷政務日繁，想要參照明制，也設吏、兵、戶、禮、刑、工六部管理國事。

阿巴泰大喜，立刻說道：「太好了！這才像個大國嘛！極適時，極妥當！……但不知選何人為六部之長？」

皇太極的紅臉膛上盡是笑意：「自然是諸兄弟子姪，怎敢放手外人！」

阿巴泰狡獪地眨眨眼，說：「這一來，要跟南朝爭天下可就……」

皇太極連忙搖手：「切不可如此說話！」他也對阿巴泰使個眼色，會心地一笑：「我大金立國，無非求個民富國強、安居樂業，天下太平。自顧不暇，哪有心思跟人爭什麼江山！況且大明天朝，我遠夷小邦安敢望其背項？」

阿巴泰自然明白他這位八弟說的是反話。越是祕而不宣，竭力掩蓋，那心思越是強烈。可以斷定，汗王取中原的雄心已是堅定不移的了。他不由得問道：

「幾時設置六部？」

皇太極又一笑：「偶爾動些念頭，剛剛與范先生計議，離施行還遠著哪！」

汗王這麼說，阿巴泰心裡就著了急，看來此事近日就會付諸實施。他可是當仁不讓，目光緊緊盯住吏、兵、戶這三大部，決心爭它一番！別人難道是傻瓜？他估摸著強勁對手至少有四五個，而且多數現都在瀋陽，近水樓臺先得月，自己遠征在外，吃虧太大。他必須盡快結束征伐，趕在設六部之前班師。

「舅舅，守皮島的叫黃龍吧？沒聽說他有啥本事！」

「黃龍也許沒大本事。你們知道，皮島歸誰轄制？」見兩個小將都瞪著眼搖頭，阿巴泰暗自嘆了口氣。是啊，六年前寧遠大戰的時候，他倆都還是小孩子。「知道孫元化嗎？」

兩個小將互相對視一眼，蘇克薩哈道：「可是那善用紅夷大炮的孫元化？」

「不錯，你竟知道。如今他是轄制登萊、旅順、東江、皮島的大帥，駐節登州。」

「登州隔著大海好遠。況且紅夷大炮是守城火器……」

前方隱隱傳來發悶的炮聲。阿巴泰手一擺，大步出艙，立在船頭觀望，果然最前面的開浪船上升起一串小紅旗：前方發現敵軍船隊！

阿巴泰頓時臉色冷峻，神態沉著，下令：各船準備弓箭火銃盾牌迎敵，主帥船加速向前！

強勁的海風吹得滿船五色旗幟嘩啦啦亂響，持銃張弓的甲兵密密麻麻布滿船舷。各船隊統領不眨眼地望著艨艟船頭的貝勒爺，而貝勒爺阿巴泰卻不眨眼地盯著前方越駛越近的明軍船隊，並且看到對方的背後，隱約掩映在海上霧靄中呈淡青色的陸地影子，那就是皮島，他們此行要奪取的目標！

兩支龐大的船隊對開著，迅速接近。船數、兵力數五對一，大金占有絕對優勢。

它們已能看清彼此的標誌：大金船隊上空密如叢林的五光十色的旗幟，大明船隊帆篷上密密漢字書寫的將軍官爵姓名。鋪滿海面的大金船隊人多氣盛，大有泰山壓頂之勢；大明船隊卻在極力收攏隊形急進，並無畏懼怯戰的跡象。然而，雙方竟不開戰。

它們離得更近了，已能分辨對方的身形四肢……已越過了火銃擊發的距離！……已越過弓箭射殺的距離！仍然一片沉寂，像兩隻巨型海獸，狠狠地盯住對方，悄沒聲地迅速接近，在最有利的時機，突施猛襲，制敵於死命……

「阿巴泰，你這狗韃子！接著吧！」一聲虎吼從對面船上響起。幾乎是同時，阿巴泰認出吼叫著的孔有德，手中令旗一揮，一場海上大戰爆發了！

飛箭如雨，銃聲震天，火藥的濃煙剎那間瀰漫開來。

戰鼓隆隆地敲響，喊殺聲和叫罵聲攪成一團。

水面激起水柱，翻成水花，急雨般擊打著船頭和交戰的人群，燃燒的火箭尖嘯著在空中亂飛。兩隻金國的船帆燃著了，一瞬間烈焰騰騰，燃燒開來，兵丁紛紛跳海逃命；不多時，明軍一船也著起大火，火藥及噴筒煙罐爆炸，「轟隆轟隆」地飛出無數碎片，引起一番混亂。

兩軍離得太近，收束不住，海滄船與蒼山船撞在一起，船上的將士竟跳上對方船舷，持短兵器對面搏殺，鬥得難解難分。而明軍戰船更發揮了火器的專長，擲火桶煙罐，打火磚火炮，佛朗機炮子威力巨大，擊斷敵船桅杆大櫓，藥弩火弩連發，一排排射出的弩箭火箭，殺傷敵兵無數，金國船隊四處起火，兵員損傷慘重……

鰲拜沉著臉，弓開滿月，一箭射出，極其有力，看上去遠不能及的孔有德突然中箭，踉蹌幾步，撲倒了。阿巴泰大喜，用漢話高聲呼喊：

「孔有德死啦！」

金國船上轟然回應，歡呼聲壓倒銃聲炮聲，震撼海天：

「孔有德死啦！孔有德死啦！」

孔先鋒陣亡！明軍官兵大驚。蛇無頭不能行，他們頓時心慌意亂，陣戰不穩了；在金兵猛然高漲的士氣壓迫下，勢頭立刻低下來，攻上敵船的將士紛紛退卻，幾艘大福船開始轉舵……

倒下的孔有德突然挺身站起來，揮著空拳，一聲霹靂落在海面：

「孔有德在這兒！阿巴泰死啦！」

他一把奪過侍從爲他準備的大刀，高舉過頂，連聲大吼，巨雷滾滾：

「殺！殺！殺！——」

已呈敗相的明軍聞聲士氣大振，歡呼吶喊此起彼伏，連綿不斷，後退的又衝上前，轉舵的又闖進水陣，射箭發銃突然凶猛密集了一倍，大戰愈加熾烈了！

阿巴泰盯著孔有德，情不自禁地讚了一句：「真是一員虎將！」他命鰲拜、蘇克薩哈向各船隊傳令：以多勝少，圍住明軍各船，四面擊射，務必拿住孔有德！

同是這句話，同是評價孔有德，數天前也有人說過，用的同樣是讚賞中含有別的複雜意味的口吻。——是登萊巡撫孫元化。

* * *

風向由北轉南的那天，從早上起，孫元化的心就一直像繃得將要斷裂的弓弦，沒有一刻平緩和鬆弛。傳令兵穿梭般進進出出，送來一件件驚人的消息，往往他還沒有想出對策，情勢又生巨變：先鋒營無故驚亂自傷；城內數起遼丁與登州兵鬥毆；先鋒大將孔有德抬了兩個血人往張總鎮署衙尋釁，並擒去兩名親隨侍從；當他立命侍衛快馬去招孔有德，著他釋放總兵親隨之際，「轟隆轟隆」大炮九響，震動了全城，先鋒營的兩名持公文報卒正好趕到，報告了先鋒大將祭海啓行的消息。

親隨被斬祭海！在座的張可大驚怒異常，眼瞪得彪圓，看看要發作，又極力忍住，對著孫元化雙手一拱，憤懣地喊了一聲：「巡撫大人！……」

孫元化也暗自吃驚，不料憨厚的孔有德會幹出這種事情。然而，這一連串行動如風似火，雷震電閃，極是豪壯，無愧先鋒大將身分。自己若不回護一二，遼丁今後在登州將無立足之地。他一拍桌案，緊皺眉頭：「不成話！這個孔有德，如此大膽妄爲！……」他略一沉吟，轉向張可大：「終究是一員虎將！此戰必能成功。張總鎭，容他將功補過吧？」

「大人，你！……」張可大眉間深紋裡聳動著受傷害的怨憤，使孫元化心中生出一絲愧意，只好裝作沒看見，說：

「張總鎭，先鋒既已啓行，諸軍也當繼後出海。就命各營整裝，今夜三更啓錨，你看……」

張可大憤憤搶過話頭：「大人，卑職請命，留守登州！」

孫元化心裡一涼，他明白這其實是強烈抗議，他明白嫌隙將因此而愈加擴大，不知要用多少氣力去彌合……

* * *

此刻，孫元化率領著後續船隊六千餘人，經過三天三夜的航行，趕到了皮島東南的海面上，立刻投入了鏖戰。皮島總兵黃龍也率船隊駛出接應，敵方深怕腹背受敵，及時鳴金收兵，向東北方向遁去。

孫元化登上先鋒主艦，探望受傷的先鋒大將。

孔有德傷勢原本不輕，又帶傷鏖戰半日，鮮血浸透了綁帶，染紅了半邊身體，敵船一退，他就昏倒了。孫元化一行進艙時，隨可萊亞教官同來的葡萄牙醫生正在爲孔有德上藥包紮。孔有德剛從昏迷中甦醒，一見榻邊的孫元化，叫了聲「大帥」，便掙扎著要起身。孫元化連忙按住，在一旁的葡萄牙醫生也擺手示意，用生硬的漢話說：

「亂動不可以，生氣不可以，喝許多酒也不可以。七天以後，傷口才能封好。」

孫元化微笑地安慰他：「如今大軍趕到，金虜攻皮島之勢已被遏止，便安臥十日也無妨礙。」

孔有德憤然道：「只燒得他十條船，可恨沒捉到阿巴泰！」

「七貝勒阿巴泰？」孫元化暗自盤算：對手不弱，不能大意。「以寡敵眾，初戰成功，先鋒各營辛苦了！本帥奏疏當列孔先鋒首功。」

副先鋒李應元和中軍互相補充，詳細稟告了戰況，尤其是先鋒大將身先士卒、勇冠三軍的神威。孫元化不住點頭稱讚說好。只是最後，都講完了，孫元化問道：

「你們福船上沒有架紅夷大炮嗎？」

「架了。十條船上有。」

「爲什麼不用？」

沉默片刻，李應元支吾道：「敵我船艦相距太、太近，怕誤傷，不敢發、發炮……」

「敵我船艦總有相距不近的時候吧？」

李應元不做聲了，方才眉飛色舞的中軍也低頭不語。

「是怎麼回事？火藥潮了？炮彈出毛病了？……要不然，你們也懼怕大炮炸膛？」孫元化聲音陡然嚴厲了。

「不不，不是的……」李應元和中軍不好說，只望著他們的主將。孔有德「嗐」了一聲，「咚」地一捶床榻坐起，恨恨地說：「我要叫那登州佬瞧瞧，咱老孔不憑紅夷大炮，照樣打勝仗、立大功！」

「咳！真糊塗！」孫元化覺得可氣又可笑，這麼大的漢子，又是生死攸關的大戰，竟如小孩子一樣賭氣！……由此可見遼、登嫌隙已到何種程度！日後如何收拾？……他極力使思緒平緩下來：「躺下躺下！好好養傷。耿中軍，另備小船，送孔游擊去皮島上養傷。」

「不去，不去！老孔死也要死在我這條福山船上！」

隨來的張燾、耿仲明、可萊亞、呂烈等人也上前慰問。待孫元化一行回到主帥船上時，探哨來報，敵方船隊在東北二十里外一小島邊下錨。

孫元化沉思著點點頭：「看來，明日將有一場大戰！」

張燾看著主帥說：「我方先鋒及後續船隊共九千人二百艘船，加上皮島黃總兵水師二千人五十艘船，人數船數均弱於敵方……」

孫元化突然一笑，又斂住，說：「孔有德不肯用炮，反成好事，金兵當無防備。」

張燾領悟，面帶笑意：「若如此，則不啻增我一倍雄兵！」

耿仲明可萊亞等人聽糊塗了。孫元化道：「我們這樣安排……」他忽然停住，看看諸將：「明日之戰，不要讓孔有德知道，他傷重，須安心休養。」

「是。」眾人同聲回答，瞪大眼睛等候主帥布置明日戰事。

＊　＊　＊

如孫元化所料，孔有德確不是能安心養傷的人。他的船在皮島之南海域停泊，離戰區甚遠，但他早把侍衛分派成瞭望和傳信兩撥。瞭望的三人，爬上高高的桅杆頂刁斗內，觀察戰場上的進退動靜；傳信的十多人得隨時把瞭望來的戰況稟報孔有德。所以，天亮以後，金國船隊像密集的巨大魚群向皮島方向襲擊時，孔有德知道得一點不比孫元化晚。得訊時他正俯臥榻上，侍衛替他按摩疼痛的肩臂，只問了一句：「帥爺的船隊呢？」

不一會兒，傳信侍衛近前稟告：「咱們船隊迎戰了！雁行隊形，正對敵船，快得像箭頭！」

孔有德點點頭，閉目忍受按摩帶來的痛楚。

「稟將軍，我船隊前鋒行進減緩，兩翼張開成一字陣。敵船黑壓壓一大片，也在展翼拉開！」又進來一名侍衛。

孔有德閉著眼問：「咱們船隊兩翼間還有船嗎？」

「稟將軍，我方船隊前鋒退後，成倒雁行，全隊退向皮島……」

「什麼？後退？不是還沒交火嗎？」孔有德猛地睜開眼。

「稟將軍，我軍有二十艘遼船、數十艘三板唬船突了出去，方才都藏在兩翼之間……」

「好！」孔有德興奮地大叫，「可要有好戲瞧啦！」

幾乎與他叫喊同時，「轟隆隆」一陣巨響，海空震動，跟著，「嘭嘭」「啪啪」銃聲炮聲大作，一片轟鳴，連川流不息地奔來稟告的侍衛，都得扯著嗓子大叫才能聽清：「稟將軍，我軍二十艘遼船上均架有紅夷神炮，衝敵正面，已有三炮轟中賊船，死傷無數，一沉一翻一著火！」

「稟將軍，我軍數十艘三板唬船都架著三眼鳥銃和佛朗機，駛進如飛，四面攻打賊船！」

「稟將軍，又有兩艘賊船中炮著火！」

「稟將軍，五艘賊船中炮翻船，韃兵落水無數！」

……

好消息不斷遞進，孔有德非常高興，忙命侍衛扶他到窗邊觀看。只見戰艦蔽日，炮煙瀰漫，火光四起，銃聲炮聲吶喊聲排山倒海，他一生從未見過如此壯闊、如此撼人心魄的大戰！他更加信服了孫巡撫，信服了紅夷大炮！

「韃子打退了吧？啊？賊船轉舵了嗎？」他連連發問。

「稟將軍，韃兵傷亡慘重，賊船已不得前進，他們卻又不肯後退一步！……」

「什麼?!」孔有德瞪起了眼珠。他背後的李應元朝傳信侍衛連遞眼色，這些機靈鬼豈能不懂？於是後來跟進傳遞的消息，又都是賊船中炮，賊帆著火，賊兵落海，孔有德便放心地躺回榻上靜候大勝了。不多時竟沉沉入睡。

半醒半睡之際，飄來一聲焦慮：「哎呀，這下可糟了！怎麼辦哪！……」後面的話彷彿被人用手摀住了。

孔有德陡然睜眼，見兩名傳信侍衛摀著嘴，李應元在指著他向他們搖手。

「什麼事糟了？啊？」孔有德問。

「沒什麼事，沒有……」李應元和侍衛一齊賠笑臉。

孔有德突然坐起，「嗖」地拔出床頭寶劍，威脅地指著他們：「快說！」

眾人無奈，只好稟告詳情：敵軍傷亡雖重，卻不畏炮火槍彈，極力快速靠近我船，使紅夷大炮和佛朗機因要避免誤傷而不敢開火。更有一艘快船，船頭立一員敵將，竟冒著如雨槍彈飛矢，直衝我軍帥船，似要碰撞拚命，逼得我船陣震動後退，主帥船竟而擱淺，諸賊船企圖隨後衝入環而圍攻，我各船攔截混戰，孫巡撫已入險境……

「傳令！升帆，救援主帥！」孔有德大吼，震得眾人耳內嗡嗡作響。李應元趕忙阻攔：「孔叔，你千萬不能動氣，不能上陣哪！……」

「放屁！」孔有德一把推開李應元，催促侍衛們，「發什麼呆？快！拿墨斗魚那黑汁，把帆篷上我老孔的大名描得濃濃的、黑黑的、大大的！」

片刻之間，先鋒大將的船啓動了！它帶領著二十多艘福船、海滄船，又會合了趕來救援的皮島水師五十艘船，浩浩蕩蕩殺向戰場。

諸將戰船的篷帆上書寫的官爵姓名，字大二尺左右，遠看猶如蝌蚪，唯有孔有德大船帆上只寫「孔有德」三個大字，每字方廣各二丈，看得見船就看得清字。

「孔有德！孔有德來了！」明軍一片歡呼，軍威大振！

「孔有德！孔有德來了！」昨天領教過他的虎威，也認得他這特別帆號的大金官兵不由得有些膽怯，互相提醒。心氣一低，攻勢頓減。

孔有德乘機急進，撲入船陣，直奔擱淺的帥船，指揮新投入的生力軍，犁田般一路猛攻。這艘像海上活動城堡似的巨大福船，撞翻撞沉那些小的敵船，鳥銃佛朗機弩機把火藥子彈火箭傾瀉向大的敵船，就像它的主人一樣橫衝直撞，如入無船之境……

敵船終於不能支持，放棄圍攻明軍主帥企圖，退了下去。孔有德揮師追擊，跳上敵船拚殺。八旗兵優勢原在馬上功夫，如今船上步戰，吃了一多半的虧，何況對手是這些整日在海上訓練的登州水師！不多時就傷亡慘重，失掉了招架之功。孔有德奪下敵方幾艘大船，請孫元化換乘。「孫」字帥旗又在船頭飛揚，主帥又在船樓指揮了！

主帥脫險，明軍士氣高漲，金國船隊終於大敗。

阿巴泰鳴金收兵，又命蘇克薩哈去把仍在孤舟奮戰、不肯撤退的鰲拜緊急招回。

金國的船隊，分成幾股，向南繞過皮島回鴨綠江口。明軍船隊聽主帥號令，嚴守皮島海岸，遠望金國戰船遁走，也不再開炮。

渾身血跡、頭上纏了帛布的鰲拜，隨蘇克薩哈回到艨艟艦上時，阿巴泰正陰沉著臉聽屬官稟報戰況：

「稟貝勒爺，託佛爺保佑，大金國官兵神勇，共擊沉敵船十二艘，擊殘敵船二十艘，殺敵三百有餘，只是許多沉入海底，難取首級……」

「我方損傷實數，報來！」阿巴泰一臉冰霜。

「是。沉船三十一，損傷船近五十；死八百一十弟兄，其中有兩牛錄三孤山，帶傷弟兄不止千人……實在是他們的大炮，誰料想到，大炮也上了船？……」

阿巴泰一揮手，止住了稟報。半晌，他咬牙切齒地低聲說：「我真想會一會這位孫巡撫！」

蘇克薩哈滿面煙塵，衣甲也撕破燒黑，憤憤難平：「要不是這個孔有德，至少能打成平手！」

一直不吭聲的鰲拜發作了，黑臉漲得紫紅，額上頸脖上蚯蚓般的青筋跳動，血紅的豹眼凸了出去，跺腳怒吼：

「不拿下皮島，我不是人！」

七年以後的大清崇德二年，二十五歲的滿洲勇士、甲喇額真鰲拜爲先鋒，征伐皮島，渡海搏戰，所向披靡，皮島終於從大明疆域中喪失，成爲大清伐明的前哨基地。

此時得勝的明軍另是一番景象，各營營官，各船領隊都聚集在孫元化的帥船上。雖然人人煙熏火燎，衣甲焦糊了，眉毛鬍子燒了，身上沾著血跡，有人還帶著箭傷，但歡聲笑語、互相打趣，情緒很是振奮：他們打了個大勝仗！

不知哪個侍衛發現這艘奪來的船艙下存著幾罈烈酒，孫元化立命大碗盛來，諸將同飲。

孫元化舉著酒碗，笑容可掬：「今日一戰成功，皮島安然，又殲敵無數，實屬海上首捷。諸將英勇敢戰，果然不負朝廷厚望！本帥將紅旗報捷，拜疏爲諸將請功！請！」

眾人歡聲雷動：「謝帥爺恩典！」同飲一碗。

孫元化嘹亮渾厚的聲音在寬大的主艙內外回響：「此戰首功當屬先鋒大將孔有德。孔有德，本帥敬你一杯！」

在眾將歡呼聲中，孫元化與孔有德對飲。

「本帥還要特別爲西洋統領可萊亞都司及他所率領的十五名西洋炮手請功！」又是一重歡聲浪潮。可萊亞站得筆直，恭恭敬敬地向孫元化一鞠躬：「能允許我，和孫大帥碰碰杯嗎？」他的白臉上一道道黑灰，說出的漢話又怪腔怪調，眾人不由得哄笑起來，氣氛更加活躍隨便。孫元化手持酒碗，在艙內艙外人群中走了一周，向所有的營官領隊們一一敬酒慰勞，神色極是和藹，又不失主帥的威嚴，使躲在人背後倚在船邊的呂烈看呆了，又落入矛盾的心境中。

「呂都司，辛苦了，本帥敬你一杯！」悅耳的低音磁石般吸引著呂烈，他心頭微微振盪，雙手接過孫元化遞來的酒，一口喝盡。

「呂都司，今日一戰，感覺如何？」

呂烈脖子上帶了傷，衣襟也濺了不少血跡，他望定主帥，第一次不含惡意地說：「遼東兵善戰不畏死，登州兵不如。」

孫元化笑著搖頭：「不盡然。你率著營中弟兄與蘇克薩哈對射就很勇猛，跳船近身搏戰，你身先士卒，登州兵奮勇衝鋒，也都善戰不畏死啊！」

呂烈噤住了，心潮翻騰，卻不知說什麼好。孫元化放低了聲音囑咐，只讓他們兩人聽到：「你那話，回登州後不必再提起。」

呂烈點點頭，仍是說不出話來。

孫元化再次走到孔有德面前，執著他的手察看他肩背傷勢：「醫生囑咐你，七日內戒怒戒酒戒走動，所以我戒禁左右，不許把戰況告訴你。這才不到一天，你怎麼竟來參戰了呢？」

孔有德眨眼笑了：「主帥被圍，咱老孔哪能安閒養傷？就算箭瘡迸裂要了命，那也是天定，咱老孔不悔！」

孫元化心頭騰過一個熱浪，眼前這張粗獷憨厚的大臉模糊了。他趕忙舉碗飲酒，好一會兒才把這碗酒喝完。

七

「黎明即起，灑掃庭除。」儘管孫元化一家信奉天主，居家度日，還是嚴格遵循顏氏家訓，何況今日是七月初七女兒節，幼蘩、幼藻姐兒倆天不亮就起身了。梳洗完畢，到父母房中問安。照慣例，今天她們將得到一份禮物。

果然，爹媽已坐在中堂飲茶了，看去都很寬和愉快，這是近些日子少見的。行了家常禮，孫元化笑道：「還是兩副鐲子兩包銀錁子，先尋著的賞一只紫晶戒指。」

沈氏接口笑著說：「妳們爹爹真是八月裡的石榴——滿肚皮點子，想出個賞戒指的花頭。快去尋吧，兩個囡囡好運道，篤定是獨眼龍相親——一眼看中！」

一家人笑得合不攏嘴。兩個女兒進了父母臥室，四處尋找被藏起來的禮品。開櫃子，拉抽屜，翻枕頭，倒被子，嘻嘻哈哈非常開心。七歲的小幼藻像隻快活的小貓，一會兒在床上打滾，一會兒鑽到八仙桌底下喔喔學雞叫。沈氏笑著數落：「這小囡，真是熱油鍋裡爆蝦，活蹦亂跳，窮開心嗎？還不好好尋！螞蟻鑽磨盤——條條是路嘛！」

孫元化摸著鬍鬚提示一句：「首飾嘛，總該在梳妝臺……」

沈氏連忙阻攔：「你不要嚮好勿好？……」

兩個姑娘已經撲向母親的妝臺，從首飾箱裡找到一大一小兩副晶瑩細潤的青玉鐲，大聲喊叫著：「多謝爹爹！」「多謝姆媽！」她倆立刻套上玉鐲，轉著胳膊腕看來看去，非常快樂。

「鐲子是兩人一同尋著的，不分先後，那就要看誰先尋著銀包了。」孫元化提醒女兒。他喜歡天真純潔的女孩們嬉笑歡鬧，從中感受天倫之樂，這真是賞心悅目、極爲恬靜怡和的美事。一幅可愛的圖畫：兩個小仙女，穿梭般飛來飛去，臉兒紅潤，眼睛黑亮，裙裾飄舞，神采飛揚……可仙女總找不著屬於她們的銀包，引得她們的母親不住唉聲嘆氣。

孫元化又忍不住了：「真所謂司空見慣渾閒事……」

幼蘩展目略略一掃，果然發現兩個紅綾小包就掛在帳角。她卻轉向一旁的搭衣架翻看，嘴裡喊：「小妹，別碰帳架子，小心帳鉤脫掉！」

幼蕖跟著歡叫起來：「尋著啦！爹爹，姆媽，是我先尋到了！」

孫元化看在眼裡，暗暗點頭，笑道：「好，好！紫晶戒指歸幼蕖！」

沈氏也笑了：「恭喜恭喜！昨日已吩咐廚下作巧果，妳姐妹兩個拿去分給府裡的大小丫頭女孩！」

巧果，是用糖和麵扭成各種小花油煎而成，七夕夜拜銀河吃巧果，是嘉定老家的習俗。

幼蘩說：「孩兒還要去開元寺摘鳳仙花、捉蜘蛛乞巧……」

七夕夜搗鳳仙花染指甲，捉蜘蛛扣在碗裡，天明開碗以蛛網多少卜來年女兒之巧，這是登州的民風。

孫元化道：「妳不是常於禮拜日在開元寺捨藥針病嗎？鳳仙花、蜘蛛何處不有？」

幼蘩神態中有點捉摸不住的羞澀：「黃芩這丫頭說，本地風俗，只有七月七開元寺的鳳仙和蜘蛛最靈驗……姆媽，要銀翹姐姐陪我同去，好嗎？」

「那可不行。妳銀翹姐姐今天有要緊事體。」

「什麼事？」從不過問家事的孫元化竟追問一句。

「家務事不要你管！」沈氏口氣甚至帶點威嚴，「還是快叫篦頭師傅來與你櫛髮修面，才好去大宴眾官！……巧果就歸我家小囡看著散發就是。小囡啊，可不要黃鼠狼看雞——越看越稀喲！」

幼蘩又笑又叫，滾到母親懷裡撒嬌，娘兒倆鬧成一團。

幼蘩興奮地仰望著父親：「爹爹的慶功宴，終究辦成了？」她知道，自海戰大捷歸來，爹爹絞盡腦汁費盡心血，與每一位營官將領都做過深談；朝廷頒來升賞嘉獎詔令，爹爹就想借慶功大宴各官，彌合往日裂痕。由於遼、登雙方抵制，始終不能如願。看到爹爹不展的愁眉，鬢邊日多的白髮，幼蘩十分憂慮，常常到書房陪伴父親讀詩寫字作畫，以她的溫柔沉默，給孫元化很大安慰。爹爹終於走出困境，幼蘩能不喜上眉梢？

孫元化含笑點頭，心裡感激女兒的至性真情，伸手撫平了幼蘩額前的黑髮。

「爹爹姆媽，那我就帶黃芩、紫菀去開元寺了？」幼蘩不厭其煩地又說一遍。

「去吧去吧，女兒節嘛！」沈氏笑嘻嘻地瞥了丈夫一眼，對女兒別有深意地眨眨眼，「女兒節，七月七，天上牛郎會織女……」孫元化聽她說得不倫不類，回頭瞅她一眼，她卻摟著小女兒看她的玉鐲和戒指，笑個不了。

幼蘩驟然間面紅過耳，趕緊低頭退出，心裡直打鼓：難道心事竟被母親看破？……從來沒對人說過，連天主也不知道，母親竟能猜到？……幼蘩領著兩個丫頭坐小轎到開元寺，一路上自問自答，心裡七上八下，不得安生。

開元古寺在府署前街南端，府學和文昌宮的斜對面。寺僧聲稱此寺建於唐朝開元年間，規模不大，廟宇也不甚宏偉，不像天妃宮、東嶽廟那樣，一逢廟會，驚動四方，周圍數十里百姓來趕會，熱鬧得如同節慶。開元寺置身城隍廟、關帝廟、觀音堂之間，頗有點矯矯不群、鬧中取靜的意味：山門內兩進佛堂，佛堂邊數楹僧舍，古柏森森，花木繁茂。最難得佛院中有一口玉寒井，說井其實是泉，清涼的泉水由地底湧出，塡滿一石砌方井，再流入佛堂前的荷花池，池中荷花蓮葉年年茂盛非凡，都說是因泉水質美之故。

開元寺沒有廟會，因而沒有趕會的熱鬧人群；開元寺沒有祭祀禮，因而招不來衆多求籤還願的香客。這裡住持及僧人專心修行禮佛，佛學文字造詣最高，使開元寺也染上了文人清高習氣。寺門附近、佛院兩側、荷池周圍，只有爲數不多的小攤，都帶點文人味：字畫攤、算命測字攤、草藥攤、書攤、文房四寶攤，其中雜著幾處茶點攤和登州麵攤，比起那些百貨雜陳、喧鬧擁擠的大廟，真可算得寥落清靜了。

幼蘩走到荷香四溢的池邊，扶著那株老幹斑駁的古柳，繚亂的思緒漸漸平靜。哦，那一枝初開放的紅荷花，嬌而不媚，豔而不俗，在微風中搖曳得多麼動人！……

爲了用這股清涼潔淨的寒泉水和藥，半月前的一個禮拜日，她將善事攤選在了這裡。爲了行善不留名，也爲了不露她大家閨秀的身分，和往常一樣，她洗淨鉛華，不戴飾物，如她想像中的修女那樣黑衫黑裙，領著早年入教的老僕郝大夫婦，爲求醫的人診脈、針灸、施藥，散發避瘟解暑的清涼湯藥飲劑。

那時，她正低頭在池中淨手，一陣大笑從佛堂傳出，驚得她渾身一哆嗦，頓時心頭狂跳，兩腮火紅，慌忙躲到古柳背後，好半晌，氣息才漸漸平緩。是他！使她不想做修女、使她向天主懺悔過的那個她認爲不該思念的人！

自京中返回登州後，幼蘩千百遍地回憶那次書肆奇遇，一言一動，一顰一笑，他怎麼說，自己怎麼答，記得清清楚楚，憶得爛熟於心。他高貴的公子派頭，傲慢的「神童」姿態，都掩不住他眉宇間的憂傷，眼睛裡的落寞和神情中的孤獨，而正是這些打動了她，並立刻聯想起天妃宮的邂逅。她猜測這位京師翩翩佳公子定是遊學登州而偶然相逢的，日後再難見面，爲此她曾生出無限憾恨。如今驟然又見，怎不令她喜出望外？

她悄悄地移動腳步，調整位置，使那個人的音容笑貌、一舉一動都落入自己眼中。

他大笑，是因爲陪他遊寺的僧人請他拈香拜佛。他指著佛像金身：「就這袒胸露腹，赤腳光頭，不衣不冠的，也值得我低頭拜他？」

僧人一臉不自在，強笑道：「呂爺不肯，不拜也罷。」

他仰視佛像片刻，忽又莊容點頭：「若論年齒，少說也長我二三千歲，還是該得一拜！」說著跪下，深深一拜。

僧人笑得合不攏嘴：「呂爺詼諧真個少有！……爺可肯隨喜施捨？」

他哈哈笑了：「真是得寸進尺，登鼻子上臉！好吧，拿你的化緣簿來！」

「呂爺，小寺住持留得有話，若是呂爺肯隨喜，不化你香火銀燈油錢，只求呂爺手書一幅，爲敝寺增光。」

「哈哈，好個文墨和尚，真不該出家！……取紙硯筆墨來。」

「請爺往靜室焚香烹茶……」

「不用！這供桌上香花寶燭，青煙繚繞，對佛吟詩走筆，誠爲大快事也！……」

那番狂態，那種瀟脫，能不令人傾倒？

小和尚料理好文房四寶，他真就面對佛像揮毫，引得不少人圍過去看稀罕。幼蘩實在好奇，也躲在人群背後從縫隙中窺視。啊，好一筆行草！瀟灑流暢，剛勁鋒利，而筆下情思更令人嘆絕：

一聲梧葉一聲秋，一點芭蕉一點淚，三更歸夢三更後。落燈花，棋未收。嘆新豐孤館人留，枕上十年事，江南萬里憂，都到心頭。

幼蘩覺得，只有自己這樣生長江南的人，才知道這詞的情景何等真切，憂思何等深。然而圍觀的人們也在嘖嘖稱賞，讚字好，讚詞面漂亮。這些擺字畫攤的畢竟肚裡有些文墨。

忽聽一個女人拿腔拿調的嬌聲：「哎呀，字倒也罷了，詞不過一首動春心的曲，有什麼好？

也未必是此人所作，抄錄來的也未可知……」

那是個滿頭珠翠、一臉脂粉、遍體綾羅的中年肥胖婦人，竟穿了一件胸前布滿橫襻紐的月白羅衫，淡鵝黃裙，愈顯其矮胖，竟如一桶。令人難受的是她故作識文、故作嬌小娉婷的姿態，幼蘩只覺像給搔著腳心一般哭不是笑不是。眾人卻都忍不住地揶揄嘲弄，嘻笑不止。

他放下筆，對那女子上下一打量，信口吟道：「一幅鮫綃剪素羅，美人體態勝姮娥。春心若肯牢關鎖，紐襻何須用許多。」

人們哄笑了。胖婦人先怒後笑，不知是她不懂詩意，還是因畢竟得了美人二字而得意。他淡然一笑，轉身答人問話。眼看要與他照面，幼蘩心跳如鼓，趕忙避開，逃走一般回到荷池邊，讓濃密的柳絲把自己遮掩，卻又後悔，不如讓他認出自己，又會怎樣？……

幸虧那個跛足老婆婆來了，難道不是命裡注定？……

他究竟是哪裡人？做什麼的？徐大公子？呂爺？……

「姑娘先生！姑娘先生！」草木深蔭中傳來黃芩快樂的叫聲，「鳳仙花紅得了不得！蜘蛛也好多呢！」

*　　*　　*

營官們騎著馬，帶著侍從，三三兩兩在登州窄巷小街上絡繹而行，去巡撫府赴宴。鼓樓下畫橋邊，呂烈忽然撥馬回走，說是要去順路看看開元寺住持僧是否雲遊歸來。

那日開元寺重逢，教呂烈半個月心神不寧。

當圍觀的人各自散開，他向陪同僧人道別之際，佛殿階下一片笑聲叫喊，原來一位跛足老婆婆指著幾個跟在身後學瘸腿扮鬼臉的淘氣娃娃在叫罵：「不學好的猴崽子！促狹鬼！你們爹媽怎麼教出這種缺德東西！……」

偏偏此時呂烈從跛足老婆婆身邊走過，偏偏他昨晚扭了腳，走路也是一瘸一拐，旁觀的人不覺大笑。老婆婆則回首大怒，指著呂烈嚷道：「你這人！那些猴崽子是頑皮，做這短命事！你穿衣戴冠讀書人，也這麼促狹人，還有天理良心嗎？」

「老媽媽莫急，誤會了！」剛才嘲弄富商肥婦人時極盡嬉笑怒罵的呂烈，此時對著跛足老婆婆卻極力賠小心，「實在不是學妳走路，我的腳脖子昨兒傷了……」

老婆婆只是不住口地罵，「缺德」「沒良心」「短命鬼」一串一串傾向呂烈，呂烈再三解釋，她終是不信。呂烈無可奈何地笑道：「我若掉頭便走，老媽媽妳更要說我故意學瘸子形容妳；若不走，就得聽妳罵我一天；說妳誤會妳又不肯信，這怎麼辦？」

「我老人家是來求避瘟消暑藥飲的，只要那行醫施藥的一家子說你是扭了腳，我便信。」

好固執的老婆婆！呂烈左腳瘸，老婆婆右腳跛，二人一拐一拐直到施藥攤前。呂烈脫下雲頭鞋，抬腿踩著凳邊，翻下布襪，對那灰髮老夫婦道：「請看，可是扭了？」

果然一片紅腫，像發起的炊餅。老頭驚道：「莫不是傷筋動骨了？」跛足老婆婆瞇著眼說：「你們一家濟世行善，就替這位相公治治吧！」她討了一小罐避瘟消暑湯，對呂烈滿意地點點頭，逕自去了。

老頭按一按紅熱的傷處，爲難地看了老妻一眼，老太太只得回身叫道：「姑娘，請來瞧瞧……」

老柳樹後面轉過來一位黑衣少女，呂烈兩眼發直，想要收腳穿鞋也來不及了，竟然又是她！清明掃墓之後，他已下決心忘掉她了，只要不看見，時間長了，印象淡了，也還是容易的。可是，眼前……

她極快地看了呂烈一眼，他能覺察到其中的慌張羞澀，像一個未經世事的小女孩。但那目光一投到他的傷處，立刻變得認真莊重，擰著眉毛，儼然一位包治人間傷疼病患的救世良醫，這神情跟她年輕的身形面貌是這樣不相稱，叫人覺著可笑又很可愛。她嚴肅地查看片刻，冷靜地吩咐：

「取銀針，燒艾灸！針刺足三里、三陰交、太溪、崑崙，艾灸丘墟、解溪。」

老頭立刻燒艾條拿銀針，照指示的穴位給呂烈灸刺。

「取酢醬草、鵝不食草搗爛，待他灸罷，敷在紅腫處。」老太太聽命趕緊翻找草藥，和水搗爛，攤在長條帛布上，準備給呂烈敷用。

素來以能言善辯著稱的呂烈，此刻竟不知說什麼好。那老少三人誰都不看他，只專意地爲他的傷痛忙碌。黑衣女子低頭捻針，他呆呆地望著那黑亮頭髮襯出的潔白聰慧的前額，心亂如麻。

敷好藥綁好帛帶，呂烈放下腳走了兩步，輕鬆多了。

「好一些嗎？」黑衣女子微笑著問。

「一點不痛了！真是神針神藥！多謝姑娘，多謝老爹爹、老媽媽！……」呂烈連連作揖，連連致謝，摸袖子要拿錢。

少女一搖手：「施藥行善，豈能要錢。再說不會真是一點不痛，我們也算不得神針神醫，相公不要言過其實。」

「哦，施藥行善，姑娘莫非是俠、俠……」呂烈本想說「俠妓」，後一個字卻無論如何出不了口。這姑娘一團天真，凡事認真，言笑舉止端正，實在不像煙視媚行的風塵女子。他急忙改口：「俠醫俠女流？請教尊姓大名。」

他拱手彎腰口說「俠、俠」之際，黑衣少女已轉身離開，走到柳樹後面，臨水坐在石凳上了。他抬頭時，只見老頭揶揄地對他眨著眼：「濟世行善豈須留名？我們原不是欺世盜名的！」

呂烈想起年初天妃宮的衝突，這老頭，虧他還記得清楚！他對著老夫妻，更是對樹背後的姑娘深深一揖：「小子無知，當日唐突，多有得罪，現下賠禮，賠禮了！」

輕輕的笑聲，似一個開心的小女孩爲自己的惡作劇成功而得意。呂烈忍不住繞過柳樹，對黑衣女郎的後背一躬到地：「姑娘既不肯以姓氏相告，那麼，二喬可是姑娘小字？」

她猛地回頭，細長的眉毛輕輕聳動，似嗔似喜。二人目光一撞，便知彼此都想起京中書肆、《芍藥圖》題詩。她慌亂地垂下眼簾，蒼白的臉飛上桃紅，十分局促，聲音像蚊子一般悄小：「你……相公猜到了？……」

呂烈怎敢提起清明節桃林偷聽的事，他含糊道：「也不難猜。只是二喬乃雙稱，不如就字小喬。」

她匆匆看了呂烈一眼，臉兒更紅，但眼睛更亮，微笑中有一種特別的自信：「兼金雙璧，名有相當。」她伸手點了點荷池中自己的影子：「此亦一喬也！」

絕妙的解釋！絕妙的表字！但不等呂烈讚嘆叫絕，她已起身去施藥攤，因爲又來了求助的人。

呂烈更不敢打聽這位「俠女」了。不只是怕褻瀆了她，更怕自己的推測被探聽結果證實，毀壞了心目中這個潔淨天真繡口錦心的女子真容。他又常常覺得不安，她指著水中影說「此亦一喬也」，那種奇特的、隱藏在微笑下的幾乎可稱爲傲岸的自信神情，是他所熟悉的，卻又說不清自何而來。

此後，他以種種藉口，又幾次到開元寺，希望再次相遇，卻再沒有如願。他什麼目的也沒有，只是想看見她。今天他又來了，難道又要落空？

方進寺門，黃鶯般妙曼的聲音飛送他耳邊：

「黃苓，捉蜘蛛小心，別傷著牠，明早用完就放牠走。」

「噯，知道啦！」

呂烈心頭突突地跳，停步觀望：靜靜佛院，兩處字畫攤，攤主在打瞌睡；一池蓮葉，濃綠欲滴，映日荷花煥然耀眼；幾株池畔古柳，蓬蓬勃勃，生氣盎然。並無遊人蹤跡……突然，他看到了她！她從「她的」那株古柳後面緩緩轉過來，拂開柳條，在池邊站定。輕風吹過，一朵皎潔的白蓮搖曳著散落，白玉般的花瓣跌到荷蓋上，又跌到水面，慢慢飄向岸邊。她微微一笑，注目池水荷田，低聲吟誦著什麼……

佛院不存在了，寺門佛堂字畫攤都不存在了，呂烈眼中只有這位飄浮在荷花蓮葉清泉古柳之間的少女：銀紅紗裙，藕色夏衫，腰繫紫玉條，頭上金鳳釵，眉黑髮青，朱脣皓齒，真神仙中人也！……呂烈從來沒有想過她是不是美貌，因爲從一開始他就不是因爲美色而被她吸引。而此刻他卻深信，人間天上，沒有比她更美的人了！

兩個丫頭興沖沖地跑來給她看什麼東西，嘰嘰呱呱說個不停。她笑著掩耳搖頭，又說：「紫菀，拿筆來。」

胖丫頭顯然慣於這種差遣，立即從身上斜背的布包中取出硯臺研墨，把紙筆遞給她。她接過來，想了想，扔開紙，指著池中的白蓮瓣：「用它好。」

小丫頭搶著撈上來一把，她揀了一片大的，寫了幾個字，沉吟片刻，看看天，望望樹，一會兒抿著嘴脣，一會兒又咬咬筆桿，像煞背書做文章的應考童生，那模樣極是逗人憐愛。呂烈恨不能去幫她出點子，學一學蘇東坡的「投石驚開水底天」……

她突然叫一聲：「有了！」笑容滿面地續寫了幾個字，得意洋洋地晃著可愛的小腦袋：「黃芩，妳看我這兩句！」

呂烈再忍不住，顧不得禮儀忌諱，急步上前，拱手彎腰低頭一揖，聲音有些發抖：「姑娘！……」

三個女子吃了一嚇，花瓣落得一地。

「你？……」她眸子裡明明是一團驚喜，臉上明明泛出嬌羞的紅潮，不知怎麼對他上下一打量，倏地變色，明媚的眼睛頓時閃出驚慌，後退了好幾步，慌忙轉身，急急忙忙繞著荷池的另一邊出寺門去了。

呂烈莫名其妙，看看自己，一身爲了赴宴而著的三品武官服飾，猛然想起以往幾次見面都是文士便裝，難道她被這套官服嚇跑了？呂烈納罕地搖著頭，從地下拾起她失落的那片白蓮花瓣，兩行墨字映入眼中：

荷葉魚兒傘，蛛絲燕子簾。

他笑了，真所謂女郎詩，小兒女詩！清新可喜，語出天然，難得對仗如此工巧。想想她的「雨足一江春水碧，風甜十里菜花香」，不也是天然風韻，不事雕琢嗎？詩如其人，一個純淨、真實的女孩子，還是個小才女呢！……

可是，那令人痛恨的灼灼，她竟稱之爲姐姐！

難道這一瓣白蓮，又如當年的白果殼，不過是穿針引線的媒介？……呂烈悚然而驚，額上沁出了冷汗。

「呂哥！你果然在這兒！可萊亞教官尋得你好苦！」耳邊熟悉的喊聲使他回過神來，呂烈定睛一看，是張鹿征和葡萄牙教官可萊亞，都穿著嶄新的武官禮服，都是去赴宴的。

呂烈幾乎是本能地把花瓣藏進懷中，故作灑脫地說：「我來訪住持僧不值，偶得詩句，在此吟哦……」

「什麼好句？快吟給小弟聽聽！」張鹿征竟然十分急切。

「這不是公雞下蛋，老母豬上樹了嗎？」呂烈嘲笑張鹿征向來肆無忌憚，可是一看到他倏然下垂的眼角，滿臉沮喪，又可憐他了，「好，念給你聽聽：荷葉魚兒傘，蛛絲燕子簾。如何？」

張鹿征眼睛望天，想了想：「也罷了，只是忒小氣。你聽我這兩句。」他清清喉嚨，十分得意地拖長聲調，搖頭晃腦：「葉垂千口劍，幹聳萬條槍。詠竹的。如何，氣象可大？」

呂烈笑道：「果然武人本色。好便好，只是十條竹竿共一片葉，何其蕭疏！」

張鹿征愣住，半天回不過味來。呂烈轉向一直有禮貌地微笑著旁聽的可萊亞：「尊兄何事見教？」

他倆在五月海戰中互相支援，並肩殺敵，情誼頗厚，彼此再不像從前那樣許多虛禮酸文，盡可直問直說。可萊亞卻面孔微紅，看看張鹿征，笑而不答。張鹿征正在那裡呆頭呆腦地面對荷池，盯著柳條，嘴裡絮叨著：「要嘛，葉垂萬口劍，幹聳千條槍？也不好，一條竹竿十匹葉，還是稀了……」

呂烈挽著可萊亞離開數步：「他正瘋魔著呢，說什麼也聽不見，你儘管講。」

「這個，聽說你們中國人，求婚，要先向一個媒人求婚？」

呂烈驚訝地眼珠一轉，笑了：「不是向媒人求婚，是請媒人爲你去求婚。」

「哦，哦。聽說你們婚姻，有許多許多限制？」

「嗯，按律條而言，同宗不婚、士庶不婚、良賤不婚、官兵不婚、宗妻不婚、外姻不婚、逃亡不婚、仇讎不婚、先姦不婚、買休不婚……多啦多啦，對，還有僧尼道冠不婚！」呂烈說著，自己也笑了。

「好像，你們的婚姻儀式，也很複雜？」

「不錯，堂堂中華禮義之邦，重的就是這個。」呂烈撇嘴一笑，說不清是嘲諷還是賣弄，「自古婚姻行六禮。六禮者，納采、問名、納吉、納徵、請日、親迎之謂也！」

他滔滔不絕，詳細地一一說明：

納采禮：男家（稱乾宅）向女家（稱坤宅）送一點小禮物表示求親的意思。禮物種類很多，如玄纁、羊、雁、清酒、白酒、粳米、稷米、蒲葦、卷柏、長命縷、延壽膠、五色絲、合歡鈴、九子墨、鳳凰、鴛鴦、鹿、烏、香草、金錢、魚、受福獸等。每樣禮品都有講究：玄象天、纁象地；羊者祥也；雁則隨陽；清酒降福；白酒歡悅；粳米美食；稷米粢盛；蒲葦性柔而久；卷柏屈捲附生；長命縷縫衣；延壽膠能合異類；五色絲屈伸不窮；合歡鈴音聲和諧；九子墨長生子孫；鳳凰雌雄伉合儷；鴛鴦飛止相匹鳴相合；鹿者祿也；烏知反哺，孝於父母，等等。

問名禮：乾宅問明坤宅女子姓氏生辰，回家據此占卜凶吉。

納吉禮：乾宅在禮廟卜得吉兆，再送禮物到坤宅報喜。

納徵禮：也即訂婚禮，乾宅要送大宗貴重物品作聘禮，聘禮必須符合雙方身分。如天子選后，聘禮可達黃金萬兩，其餘人等而下之，但即使是庶民百姓，也得竭力支撐。

請日禮：乾宅擇定完婚吉日，再帶禮品，向坤宅徵求同意。

親迎禮：這才算正式結婚，大紅花轎把新媳婦娶進門。

……

這每一項都十分繁瑣費事的六禮，把可萊亞聽得糊裡糊塗，目瞪口呆。

「尊兄莫非有婚於中國的意思？」呂烈笑著問。

「唉，你是知道的，我們不可以跟異教徒結婚。所以，來中國，沒有這個打算。可是春天裡，湯神父來登州，做彌撒，領聖餐，我見到她……」可萊亞臉色漸漸發白，藍眼睛閃爍不定，像含了許多水，聲息也急促了：「哦，她是那麼可愛！就像聖母馬麗亞！我愛她，她是我心中唯一的人！……哦，我的安琪兒，我夢裡的愛神！」他雙手合在胸前，一臉狂熱，動情得幾乎落淚，叫呂烈覺得可笑可嘆，試探地問道：

「她是誰呢，你的這位安琪兒？」

可萊亞就像沒有聽到問話，自顧自地繼續說：「原來，我覺得配不上她，怕受到拒絕……現在我海戰立功，也得朝廷封爲游擊，是三品武官了！所以，想請你做我的媒人……」

「欸，說了這半天，你要向誰求婚？」

「向……孫帥爺。」

「什麼？」

「是的。請求孫帥爺把他的女兒嫁給我。可以嗎？你願意當媒人嗎？」

呂烈愕然。不論他如何參透世情、玩世不恭、行動乖僻、驚世駭俗，但替一個紅夷鬼子做媒，向巡撫大人求親，只有瘋子才會應承。可是一口拒絕，他又不肯。想到這個求親將由自己向孫元化提出，孫元化會如何表示，他又覺得很有趣。於是故作莊重地皺起眉頭：「這可不是小事！尊兄不要著急，容我好好思謀，明日咱們再商量，可好？」

「好的。呃，一會兒赴宴，我跟你在一起，好嗎？……自從我想要求婚，看到孫巡撫，就害怕……」

看他一副苦臉，呂烈忍不住想哈哈大笑，終究忍住了。

三人同往巡撫署。張鹿征騎在馬上還起勁地吟哦，呂烈不解地拍拍他肩頭：「老弟中了什麼邪？」

張鹿征突然忸怩地看看可萊亞，欲言又止。呂烈會意，沒有再問。但在巡撫府前下馬之後，張鹿征把呂烈扯到一邊，悄悄告訴他：想向孫巡撫求親……

呂烈忍不住大聲說：「怪了！難道孫家小姐是天仙？」

張鹿征趕忙制止：「呂哥千萬別嚷！……」

前幾日張鹿征在樹上綁了隻小狗練飛刀，小狗腿上著刀，汪汪慘叫，把隨孫夫人來總鎮府作客、正在花園賞玩的孫小姐引過來了。她驚呼著撲上去解繩子，趕忙把發抖的小東西抱在懷裡撫慰，生氣地漲紅了臉，回頭質問張鹿征：「你這人竟如此忍心！小小犬兒有何罪過？練武盡可設靶，何苦要傷害一條小命？」她立刻叫隨侍的胖丫頭打開背著的藥箱，尋草藥嚼碎了敷在小狗腿上，再用帛布條裹好。

「哦哦，可憐的小東西，就好就好，敷上藥就不疼了，就不會留殘疾了！乖乖的，別亂動……」她輕聲輕氣地安慰著，手下動作又溫存又輕柔，彷彿她醫治的是個能聽懂她說話的可憐的小孩。

張鹿征起初覺得可笑，當從人悄悄告訴他是來府作客的孫小姐時，他可就愣了神，嘴裡期期艾艾地再說不清楚：「這……這隻小狗……」

孫小姐定是以爲他要討還傷犬，瞪了他一眼：「就當牠已經給你砍死了，行不行？……賠給他三十文錢！」胖丫頭真的取出一串小錢掛在樹上，主僕倆憐愛備至地抱著小狗，悻悻離去。

那一刻，張鹿征恨不得以身代犬，伏在那溫軟的懷中，領受那溫存的撫摸、溫柔的細語、溫馨的氣息……他這位總鎮公子，自己又是有品級的武官，在家裡只除了父親，誰都不怕，誰都怕他，無法無天，寡廉鮮恥，追逐從父親姬妾到粗使丫頭的所有女人，從不曾遇到拒絕，他也習以爲常。這回被斥責幾句，又被那一雙清澈無比的美麗眼睛瞪了一下，心裡竟然蕩過一陣難言的愜意，立刻著了迷……

「孫帥爺是舉人出身，他的千金文才出眾，你想，我若一點詩不懂，如何能攀得上呢？」張鹿征一副哭笑兼半的面孔，真叫人可憐。呂烈笑罵道：

「詩蛆！沒的玷汙了詩賦清名！……那你怎麼打算？終不能毛遂自薦吧？」

張鹿征愁眉苦臉：「我也犯愁哩！我老爹對孫帥爺嘛……口服心不服。就算他能准下，著人去求，誰去？方才我就想請呂哥拿個主意，卻被那個紅夷鬼拉你去絮叨了半天！」

呂烈暗笑：你若是知道這紅夷鬼因何絮叨，怕不蹦起三尺高！嘴裡卻含糊應道：「好說好說！容我尋思個十天半月，總能想出妙計！」

「十天太長了呀，我的好呂哥！」

「那就七天！也長？好，三天！」呂烈忍著笑，一本正經地擰著眉頭，做出爲朋友兩肋插刀的氣派。那邊「紅夷鬼」一直站著等候，朝他倆招手，那觳觫不安的樣子，沒有呂烈陪伴，他絕不敢獨對孫巡撫。呂烈心裡一陣好笑。

然而，還有更可笑的事情等著他。宴會廳左右花廳分文武聚集著與宴官員等候入席。耿仲明坐在角落裡，正對孔有德輕聲講著什麼，姿態的無精打采、面孔的萎靡不振，活像一個受委屈的女人在訴苦。呂烈懷著惡作劇的心情，想開個玩笑，悄悄扯過孔有德，小聲問：

「耿中軍是怎麼了？害相思嗎？」

孔有德一點不會掩飾驚訝，瞪大眼睛：「你，你怎麼知道？」

呂烈索性把玩笑開到頂：「莫非相中了帥府小姐？」

孔有德張了張嘴，卻出聲不得，用力嚥口唾沫，低聲囑咐：「你千萬別到處張揚！……」這真見了鬼啦！輪到呂烈發怔了。想想這滑稽的三鳳求凰，呂烈回過神來，再忍不住，哈哈大笑，笑得孔有德莫名其妙，站在旁邊看了一陣，說：「你瘋了嗎？」見呂烈笑個不停，只是朝他連連擺手，他哼一聲，轉身走開了。

八

宴會廳武官一側，登州營和遼東營營官們的宴桌交叉排列，當然不是無意。孫元化不僅用心安排了一切，還以身作則，頻頻舉杯祝酒勸酒，談笑風生，極力促成席間不拘不束、輕鬆愉快的氣氛。眾人都響應主帥的努力，一時間觥籌交錯，笑聲不斷。

雄傑之士濟濟一堂，都是自己屬下將領，孫元化看著，感到欣慰，感到沉醉，也許還因酒力催發，他生出無限感慨，不覺喟然長嘆，與宴文武漸漸靜下來，聽他自抒情懷：

「元化本江南小鎮一介書生，耕讀田園，寄興山水，養親教子，詩酒為伴，平生願足矣！但先賢有言，君憂臣勞，君辱臣死，當此國家危亡，焉能坐視？於是進京師、走邊關，竟得寸功，忝受明主恩遇，實屬僥倖！而今文武一堂，登萊薊遼雄傑盡聚於此……當年何曾承想有今日啊！……」

他笑了，很舒心快意。他想放聲大笑，體味當日曹孟德橫槊賦詩的豪情，卻又感到不妥，不可過於張揚矜誇，連忙斂住，灑脫地往椅背一靠，恢復平日的慈祥和藹，敘家常一般講起他早年的趣事：

「當日從師讀書，諸生中唯我不善交遊，沉默少言。一蘇州籍同窗最是狂傲，每每誇口蘇州出才子出進士出狀元，又每每譏笑嘉定人粗俗無才。我從不與計較，他卻得寸進尺，一日竟當眾嘲罵嘉定人孱頭，還故意問我比得像不像。我氣不過，回他一句，從此他竟不再來招惹了。」

登州太守忙笑道：「老大人必是以仁義之心相感召，而令其幡然悔過。」

孫元化笑著搖頭：「哪裡！其時，我也不知爲何，突覺豪氣撞胸，竟不客氣地拍案而起，直對他臉靜靜看了許久，方說道：嘉定人固不才，然非我；蘇州人固多才，然非汝！何得相欺弄？」

文官和一些武官擊節叫好。多數武官沒太聽懂，也被笑語盈盈的氣氛所感染，互相探問議論。宴會情緒居然添了幾分熱烈，頗有慶功的意味了。

孫元化高興地順著西列武官宴桌看過去，一件要事陡然兜上心來：日前張可大因幼蘗爲其老母針灸肩痛見效而向自己致謝時，話語間透露了求親的意思，若真遣了媒人來，怎麼辦？張鹿征無才無貌，絕非幼蘗之匹，但因此而結怨於張可大也不明智；耿仲明呢？漂亮、精明、能幹，可惜出身太惡；可萊亞縱然忠心耿耿，終究不同種族……這些雖未明說而孫元化早已覺察的求親者都不盡如人意，倒是那個無意求親的呂烈處處皆好：才幹出身相貌無不拔尖，但又處處皆不好：

所有拔尖處無不令人疑惑，難以捉摸……

孫元化想著，不覺看到呂烈身上，卻正撞著他一道寒冰似的目光。孫元化想有所表示，微微一笑，呂烈卻急忙扭臉避開，令他心頭湧上一陣不快。

孫元化哪裡知道，他的往事趣談令呂烈失驚。因爲呂烈驟然聯想起那位二喬的話：「兼金雙璧，名有相當」，同樣是柔中含剛，同樣是掩藏在謙恭之下的傲岸、自尊，甚至說話的神情也有一種無法言傳的相似！……她與孫巡撫會有什麼瓜葛？或許就是孫元化的千金？想到這，呂烈心慌意亂，一時嗓子乾得發痛，連灌了好幾盅酒，才慢慢平靜下來：不，不可能！灼灼是什麼人，他太清楚了，稱之爲姐姐的會是什麼人，還不顯而易見！況且他比別人更知道，孫元化一家都信教，他身邊兩個女兒，小的尚未成人，大的一心想當修女，不見男人也不嫁男人。這種孤僻古怪的女人和二喬怎能相提並論？怎麼可能是一個人！

心緒平靜了，四周談話也才入耳。而這些談話不知何時起，又變得緊張了。

海戰中孔有德有大功，原應晉三級，卻因殺總鎭侍衛祭海事受罰，功罪相抵，只由從三品的游擊升爲正三品的參將，心裡想必窩火，情緒一直不高，也不理人，只管一盅接一盅地悶頭猛喝酒猛吃菜。他食量本大，更加顯眼。與他鄰座的陳良謨便隔席對張鹿征笑道：

「小本官，給你講個笑話：有一酒客見同席吃喝極猛，驚訝問道：『老兄屬相是什麼？』其人答說屬犬。酒客道：『幸而是犬，若屬虎，連我也吃下肚了！』」

眾人都望著屬虎的孔有德笑，他渾然不覺。耿仲明卻有了三分氣惱，大聲說：「孔哥，我也給你講個笑話：有一猴兒死後去見閻王，求轉人身。閻王道：『既要做人，須將身上的毛拔去。』即喚小鬼拔毛，才拔得一根，猴兒便極口叫痛。閻王笑道：『你一毛也不肯拔，如何想要做人？』」

遼東營官們哈哈笑著叫好，誰不知張鹿征屬猴，又出名地吝嗇小氣？張鹿征漲紅了臉，要跳起來爭辯，中軍管惟誠把他按住：「我又想起一個笑話：山中仙人養了一頭老虎服役，每每差虎去請客，常將客人吃在肚中，沒有一客請到。仙人知道了責罵道：『你這畜生，既不會請客，如何又去吃人？』」

孔有德再呆，也聽得出這笑話是衝他來的，瞪起了眼珠子：「怎麼？咱屬虎也不對啦？你怎麼拐著彎子罵人畜生？咱吃的是帥爺的慶功宴，吃你了嗎？」

耿仲明立刻幫腔：「屬虎有什麼不好？跟豬狗雞猴這些挨吃的貨比起來，老虎，獸中王，英雄！」

這話惹下了一大堆人，真真假假，嚷成一片。喧鬧中呂烈冷冷地吟道：「說英雄誰是英雄？五眼雞，岐山鳴鳳；兩頭蛇，南陽臥龍；三腳貓，渭水飛熊！……」

孫元化提高嗓音問：「呂游擊，你在說什麼？」

呂烈默默站起來，其實心裡有些後悔，自己實在有些過分。不知爲什麼，今天對耿仲明特別反感，總想給他難看，卻令其他許多人都難堪，破壞了喜慶氣氛。他立刻換了笑臉：

「大人，卑職不過有了幾盅酒在肚裡，隨口胡謅……只喝悶酒，終是不暢快，盧綸《從軍行》中尙有『醉和金甲舞，擂鼓動山川』的名句，我們這慶功宴也當有餘興。我想，不用刀槍弓箭不騎馬，只較射術。諸君何不一顯身手，大家同樂？」

孫元化一想，又不角力比武，倒是緩和氣氛的好辦法，於是笑道：「好，本撫備下彩頭，爲諸位助興。」

張可大及太守知縣等文官也紛紛湊趣，最後以兩匹錦緞、四朵金花爲彩物，與宴諸將自選方法演練射術。

孔有德隔著桌子吼：「呂烈！你出花樣難我老粗，我也叫你出出招！你不是能寫會畫嗎？給我畫個猴兒！」

「幹什麼？」呂烈瞅他一眼。

「用來顯顯咱的射術！」

呂烈哪能認栽？紙墨筆硯立刻送到。孫元化看著呂烈提筆，暗暗替他爲難。但見他略一思索，濡染大筆，潑墨揮灑，片刻間猴頭猴身猴尾一筆刷下，惟妙惟肖；略加點染，猴兒露出笑臉；換了朱筆，染出滑稽的紅臉紅腚；再蘸深紅淺紅，猴兒雙手便捧出一只斗大的仙桃！人們大聲喝采，孫元化微微點頭：果然絕頂聰明，畫了一隻仙猿，既不輸給孔有德，又不開罪張可大父子。

「懸到二十步開外！」孔有德又大聲要求。

好奇的陸奇一早就躍躍欲試，見帥爺朝自己示意，搶先上前拿過呂烈的畫，拽了另一名侍衛站在大廳門口，各拈畫紙一角，張著等候。

孔有德端起桌上的一碗花生米，右手動作奇快，連續拈花生彈射。人們眼看著一串花生豆激射出手，洞穿畫紙，耳邊如聽雨打芭蕉，流泉飛迸，轉瞬之間，猴兒被彈掉了，就像被大剪刀剪去一般，而豔麗的仙桃除了底部因抱桃的猴兒胳膊爪子彈成空洞而略顯欠缺而外，其他全都完整無恙。

「好！」「好！」大廳裡采聲雷動。陸奇一撇了畫紙，對孔有德高舉起兩隻伸出拇指的手，不住地跳著叫好。

「花生米彈猴子也作數？不如使大飯盆扣癩蛤蟆！」惡意的譏諷來自陳良謨，他已站起來。

「陳都司！」張可大制止地喊了一聲。

陳良謨只管大聲喊：「拿綠豆來！」

真有侍從送上一碗綠豆。陳良謨揮揮袍袖，轟起十數隻蒼蠅，嗡嗡地四下飛舞。只聽輕微的「嗖嗖」響，每顆綠豆彈出便擊死一隻蒼蠅，人們就跟著驚呼一聲，直到空中蒼蠅被盡數擊斃，和綠豆一起落了滿地。大廳裡的笑聲喝采轟響一片，把窗紙都震得「蘇蘇」響。

「耿中軍，咱兩個賭賽！」呂烈突然主動挑戰，「染紅豌豆對射十枚，身上著紅點少者勝。」

登州營官叫好聲中，耿仲明勉強應戰。呂烈立在席邊笑道：「你先攻，我守。」

一粒又一粒沾染了胭脂的紅豌豆射向呂烈，呂烈順手綽起席上小接碟左擋右接，丁丁當當，紅紅的小流星紛紛墜落，一粒也沒有擊中目標。呂烈邊接邊揶揄：「耿中軍中氣不足，精神不濟呀！怎麼力道越來越小，彈射越來越慢了呢？……」說著，他撇下接碟，一張手，對準射來的最後一粒豌豆用拇指和食指輕輕一彈，紅光劃過一道弧線，飛出窗欞。眾人哄然叫好，登州營官格外開心。

「氣力不興，哪能射得中！」一名登州營官借題發揮。

「對呀，舉不起，自然射不出！」另一名同伴做鬼臉竊笑。

旁邊陳良謨拍著巴掌大笑：「應當說不能硬焉能射！哈哈哈哈！昨日市上一秀才看劁豬，詠道：雙手擘開生死路，一刀斬斷是非根。那才叫痛快哩！……」

這一群人大笑。冷不防孔有德衝過來，一把揪住陳良謨的脖領，舉起醋缽大的拳頭，臉漲成豬肝色，怒沖沖地吼：「你說的啥？給老子說清楚！要不老子一拳把你賊眼打瞎！快說！」

陳良謨咒罵著掙扎，孔有德張開簸箕大的巴掌，兜頭抽了他一耳光，眾人擁上去拉架勸解，但孔有德力氣大，誰也撕拽不開。一時喊的叫的笑的鬧的，亂成了一鍋粥。

「孔有德大膽！快放手！」孫元化喝道。眾人見帥爺和總兵過來了，紛紛閃開。孔有德聽喝一驚，張狂的神色收斂些了，但仍像老鷹抓雞一樣死死揪住陳良謨不放，氣哼哼地說：

「帥爺，這事必得弄清楚問明白！絕人後嗣斷人香煙，太陰損毒辣了！我老孔寧可冒犯帥爺，拚了這條命不要，也不能與他甘休！」

「先放開陳都司！如此粗魯，成何體統！」

孔有德看了孫元化一眼，順從地放手。陳良謨抹了一把嘴角的血，竭力不搖晃地站住，眼睛不看任何人。

「怎麼回事，陳良謨？」張可大嚴厲地問。

陳良謨低著頭，一副絕不招供的樣子。孔有德搶著說：「帥爺，總爺！近日我們營裡又出了怪事：凡是住在校場的遼東官兵，那東西都硬不起來了。下面哨官兵丁的家眷們吵罵渾鬧，攪得人頭昏腦漲，什麼難聽的話都罵將出來，男人家的臉難道放褲襠裡？」

眾人聽得想笑又不敢笑，因爲孔有德憤怒得厲害，如同在稟告一次本不該敗的敗仗：「剛才他們幾個取笑耿中軍，什麼硬不起來不能射，明擺著就是他們撮弄的！又說什麼劁豬啦，一刀斬斷是非根啦，那還不是斷根絕後啦？……」

遼東營官們憤怒地圍過來，亂紛紛地吼成一片：

「誰幹的這缺德事？」

「審清問明，先把他小子閹了！」

「欺人太甚！這些斷子絕孫的王八蛋！」

「咱們弟兄幹啥要給人來守這臭登州！」

……

氣勢洶洶，人心激憤，遼東營官那一邊沸反盈天。孫元化只是望望張可大，眉頭微蹙，並不做聲。張可大心裡不安，怒斥陳良謨：「你又惹的什麼是非？快說，究竟是怎麼回事？」

陳良謨心裡被遼東營官這陣勢嚇住，表面上仍做出無所謂的樣子：「說就說，沒啥大不了！……他們遼東兵因了海戰大捷，恃功逞威，在登州爲非作歹，強買強賣，橫行霸道，百姓誰不側目？又貪色好淫，包占行院妓館，白日宣淫，醜名四播。我等不過想勸誡罷了，以回龍草摻雜在菜蔬中，令菜販賣給遼東各營。此草不絕後不傷身，只令男子陽痿一月而已，體格強健者，還到不了一個月哩……」

回龍草確是一味驅寒陽痿的怪草藥，歷來守邊軍隊時有採用。久在軍間的孫元化、張可大雖不曾用過，卻也都聽說過。他倆互相看了一眼，都明白此刻最要緊的是平息事端，便相繼訓話，斥罵自己的親信，褒獎對方的部下，洋洋灑灑，說了小半個時辰，無非闡明同舟共濟的意義。畢竟回龍草不致絕後，而且遼東兵恃功爲非作歹，諸事有憑有據，孔有德諸人雖感大丟面子，卻也不好再爭強；而暗中作弄人終究是小人之行，縱然能攬三分仍還是無理，登州營官們也只得唯唯諾諾聽訓。

慶功宴不歡而散。散前備了四份相同的彩頭。分贈出手競技的孔有德、陳良謨、呂烈、耿仲明。孫元化並再三警告：回龍草之事到此爲止，誰再敢因此挑起爭端便重罰誰！

孫元化送張可大出府時，張可大憂心忡忡，神色猶豫，欲言又止。孫元化很擔心，怕他一時糊塗，貿然求親，反使自己難以應對。張可大終於開口，說的卻是軍國大事：

「巡撫大人心慈面軟，是有佛性之人。卑職深恐遼丁不諳王法、不遵軍律，有損大人威名……」

「張大人好意，我領受了。遼東官兵家園祖墳淪於敵手，如今背井離鄉來守登州，同仇敵愾之勇當倍於關內諸軍，況且生性淳樸憨厚、上陣剽悍威猛，此次海戰可見一斑。如今國家危難之際，正堪大用啊！」

「大人所言極是。只是……孔有德此人不免有跋扈之嫌，遼東營官兵也多蠻橫無禮，望大人明鑑。可用而不可重用，此乃卑職一孔之見，不知大人以爲如何？……」

孫元化和藹地微笑著，把話題岔開：「新秋將至，天氣涼爽，各營練兵練陣又將開始，要張大人費心勞累了。」

張可大輕嘆一聲，道：「這是卑職的分內事，何言勞累二字！」說罷，拱手告辭，轉身而去。

孫元化望著他匆匆背影，陷入沉思。陸奇一清亮的童聲把他喚醒：「帥爺，王監軍和張參將在小花廳等候。」

兩位老友見孫元化進廳，都迎了上來。

「初陽，不料如此爭鬧！後患無窮啊。」張燾眉頭皺得很緊，很是憂慮。

「我想，要盡早彌合才好，日深月久，嫌隙愈難消除。」王徵不安地眨動著細眼，一張圓圓的紅臉膛仍很慈和。

孫元化示意大家一同坐下，然後說：「此事雙方都有責任。遼東兵逞強跋扈是有的，但登州人排外也太過分。」

「要論起來，遼東漢人大多祖籍山東。」張燾明顯地傾向遼丁，「人家落難，竟無一毫親情！」

「唉，原來二人分食一個肉蒸餅，一人一半；冷不丁擠進一個人來強分，每人只能分得三分之一，不怪登州人心下不平。」王徵說得也很實在。

孫元化苦笑道：「這筆帳誰不明白？是金虜占遼東逼出來的。登、遼兩方本該同仇敵愾才對，互相鬥什麼！其實金虜一日不滅、遼東一日不復，登州乃至山東與外來遼東人的爭鬥一日不得解！還得把此中利害向雙方反覆講清。」

張燾道：「講道理各個點頭，遇事又各個爭鬧，把道理忘個一乾二淨！」

孫元化也皺眉了：「是啊，就算營官哨官明白事理，互相謙讓，兵丁們無知無識，依然渾鬧，一點小事還會引發互鬥。」

張燾想了想：「著軍官們向屬下宣講。」

「嗯，是個辦法。不日練兵，就把這個內容加進去，專講同仇敵愾！王徵，你說呢？」孫元化轉向王徵。

王徵點點頭，又搖搖頭：「好是好，但兵丁多半愚魯，長篇大論，他們未必聽得明白，聽了也未必記在心上。」

這是事實。孫元化沉吟不語。

張燾道：「有勝於無。」

王徵邊飲茶邊尋思，放下茶盞，說：「初陽，我想，依照此地四季小唱節律，編上幾段小曲，把勸諭的意思寫進去，叫各營弟兄傳唱，或可收教化之效。」

「哦？好哇！」孫元化神色一振，很高興，「這個辦法好！快叫文案師爺，著他們即刻編起來！」

王徵笑道：「不必了，我已經謅了幾段，請初陽過目。」說著他已走到桌案邊鋪紙選筆舔墨，孫元化和張燾趕忙上前觀看，只見他筆下如飛，墨跡縱橫：

春季裡來百花香，
大明海上打勝仗。

登遼兄弟殺金虜，
立功受賞喜洋洋。

夏季裡來柳條青，
遼東兄弟多苦情。
家破人亡恨金虜，
妻離子散痛在心。

秋季裡來菊花新，
登州遼東本同根。
同仇敵愾抗金虜，
衛國保家興大明。

冬季裡來雪茫茫，
登遼兄弟練兵忙。
收回四州逐金虜，
恢復遼東返故鄉！

王徵寫罷，擱筆，仰頭笑吟吟地問：「如何？」

孫元化大喜鼓掌：「好！好！不料你文思敏捷如此！又朗朗上口，頗有民間小曲韻味，難得！」

張燾也一展愁容，猛地一拍王徵的圓肩頭：「好你個笑彌陀，真才子！」

孫元化想了想，道：「各營弟兄多半稱金韃，虜字是否太文了？」

王徵道：「好，改虜爲韃，聲韻更嘹亮。」

孫元化笑著說：「不日登州滿城傳唱，王徵就可以與貴同宗王之渙的《旗亭宴聽歌》古今輝映、前後媲美了！」

王徵揉揉圓鼻頭，細眼笑成一條縫，連連說：「不敢當，不敢當！」

九

送走王徵、張燾，孫元化臉上的笑意慢慢消逝了，耳邊又響起張可大那句刺耳的話：「可用而不可重用。」他咀嚼著這句話的意味，慢慢踱回後院。

他居官遼地日久，帶領手下遼丁轉戰數年，屢建奇勳。他們是他花了許多心血，親手訓練出來的，猶如自家子弟一般，他們也敬愛尊崇他有如父兄。一個個忠誠可靠，戰場上更是與他生死相依。可用而不可重用？那不成了笑話！……恃功而驕，爲非作歹，乃是所有駐防官兵的通病，登州各營也不例外，爲何苛求於遼丁呢？

這次海戰雖然告捷，但也破碎了孫元化收復金、海、蓋、復四州的雄心。登州兵與遼東兵之間的嫌隙因戰事而格外突出，使他不能冒險行動。海戰之後，他的全副精力都花在彌合裂痕上了，不料又出了個回龍草，宣告他的一切努力無效！在這種情勢下，還談什麼渡海作戰！雄圖壯志，因這些雞毛蒜皮的內鬥的牽掣而不得施展，真如同威震山林的猛虎無法對付可惡的蚊蠅跳蚤一樣，叫人窩火憋氣，滿心憤懣！孫元化回到後堂，坐在那裡靜靜喝茶，似在解酒，心裡其實非常沉重，甚至有幾分淒惶。一杯熱茶已在手中端涼了，身上的官服也忘了脫換。

上房使女來稟：「夫人請老爺去書房。」

孫元化從沉思中驚覺，奇怪夫人不在後堂，來傳話的也不是夫人最寵信的銀翹。她被差去哪裡了？近日總是她服侍孫元化更衣洗臉用茶，沉靜溫柔，動作輕盈，時時透出似有若無的幽香，不知來自肌膚還是來自柔髮。這團溫馨常能使他在勞頓疲累之後得到舒放，但有時也撩得他心緒不寧，要費一番按捺心性的氣力。

出了後堂門，兩名提了大紅燈籠的使女便走向前領路，孫元化這才發覺天已擦黑，面前有如兩團紅霧，顯得喜氣洋洋。

「夫人有什麼事嗎？」孫元化感到幾分疑惑。

「老爺到了書房，夫人自會說明。」使女恭敬地回答。

在迴廊的石板路上走了片刻，進月洞門是西跨院，院牆和太湖石上爬滿了長春藤，石邊矮叢竹依著兩株古松，濃密的松針團掩映著簷下一塊孫元化手書的木匾，上面三個端正的松石綠顏體大字：松竹軒。這就是孫元化心愛的書房。奇怪的是，簷下廊柱間竟結著紅綢彩花，正門兩邊各懸一個直徑三尺的大紅燈籠，上面還貼了金箔剪成的「囍」字！夫人沈氏穿了大紅的暗蝙蝠紋軟緞吉服，鬢邊插了一朵紅絨花，笑嘻嘻地在門口相迎。

「夫人，什麼喜事？我怎麼一點不知道？」孫元化一邊問著，一邊同夫人一起走進了書房。書房裡也洋溢著喜氣：牆上、窗上、書櫥上都貼了「囍」字；新的紅緞繡花桌袱椅墊替換了舊的；桌燈壁燈也添了帶「囍」字的紅燈籠罩；正中八仙桌上一對大紅喜燭燒得正明亮，連東側臥室的門簾也換成了繡八寶花樣的紅緞。

沈氏並不回答丈夫的問話，只不住地吩咐使女：服侍老爺盥洗、給老爺更衣換吉服、給書房備茶備酒、給老爺夫人在八仙桌邊安置座位，下設跪墊……

「夫人，究竟是怎麼回事？」孫元化忍不住又問。

「噯呀，我這裡螺螄殼裡做道場——正施展不開呢，你就勿要多問了，聽我擺布……」話未說完，她又急急忙忙跑去支使婢女往淨瓶插荷花，在門邊擺兩盆石榴樹。樹上大大小小的果實，在紅燭照耀下像寶珠一樣閃亮。她顯得異乎尋常地忙，忙得有些過分。這叫孫元化感到不安，又沒辦法，只得安坐八仙桌邊。

悠揚的細樂吹打由遠而近，直響到跨院來了。兩名使女撥開松竹軒的珠簾，走進三個人來：兩個喜娘模樣的僕婦攙著一個紅衫紅裙紅雲肩、滿頭珠翠絹花的女子。儘管她粉面低垂、行動拘謹，孫元化還是一眼就認出，是銀翹，心裡「咯噔」一跳，不由得發慌。這一身新娘子的裝束，這一切辦喜事的布置，顯然是嫁娶之儀。莫非他未能掩飾住對銀翹的特別興趣？莫非那幾次夢中歡會由夢話洩露春光，因而夫人要將她遣嫁出去以絕他的邪念？……

銀翹已跪在孫元化夫婦膝前一拜再拜，哽咽著低聲說：「夫人恩義，奴才此生此世永不敢忘……」

這告別的感謝詞，竟令孫元化鼻中一酸。想到從此再見不到這個面目姣美、溫柔體貼、善解人意的女子，他突然感到難言的惆悵，一時竟有幾分悔恨：當初夫人勸納她爲妾，若自己首肯，如今早是床頭人了；還有，許多次夫人遣她來書房服侍到深夜，原也是良機……

沈氏扶起銀翹，看一眼默默無言的孫元化，笑道：「老爺，雖是納妾收小，你也該還人一禮呀！梁上的麻雀——好大架子！」

「什——麼？」孫元化回過味來，吃了一驚。

「這事我作主了！省得你又推三阻四！」沈氏抬臉揚眉，頗有幾分男子豪爽，話說得很快活，「今天七月七，牛郎會織女，正是良辰吉日。這書齋就是洞房，你們就……」她臉上笑著，嗓子眼裡不知怎的一哆嗦，打個磕絆，有點說不下去了。

「夫人，妳這是做什麼！」孫元化真的發急了，「早跟妳說過：不納妾不收房不置家姬！妳這不是壞我清名嗎？」

「什麼清名！誰家裡不是三妻四妾？你這樣才迂得惹人笑話哩！再說，收了銀翹，她就是半個主子，掌管家事、調教奴婢也就名正言順，沒人敢不服，我也好享享清福了。」說著她起身就要出門，孫元化一把拽住她的衣袖：

「夫人，我們都信奉天主，妳真要違背主的十誡，陷我於罪惡，讓我的靈魂墮入地獄嗎？」

沈氏甩脫丈夫的手：「這是按了禮數規矩娶妾，也好算姦淫罪的嗎？瞎說！那麼皇帝老倌三宮六院七十二妃，可就要萬世不得超生了！」

「夫人不可信口胡說！」孫元化連忙制止。

沈氏快步走到門口，一手扶著丫頭，一手扶著門框，舉步要出門檻，這一刹那她停住腳，回身對丈夫笑笑，笑容裡帶著某種憤慨和難以言說的無可奈何的酸楚：「我不願意頂著個不賢婦的惡名，也不要你落個怕老婆的笑柄！不然，怎好爲官，怎麼做人呀！……」她聲音有些沙啞，趕忙跨出門檻。兩名僕婦一左一右關了書房門，照夫人吩咐，在外面落了鎖。

「夫人！夫人！」門裡孫元化還在喊，沈氏不敢回頭，急急忙忙出跨院回後堂。她抬袖要拭額上的汗，半道卻摀住眼鼻，淚水「呼」地湧出來，軟緞大紅吉服的袖子頃刻便溼了一片……

*　　*　　*

嘉定府的孔廟建於南宋嘉定年，青瓦粉牆，飛簷戧角，雅致古樸，巍峨壯觀，古有「吳中第一」之稱。孔廟之南有魁星閣、應奎山。登上應奎山凌雲閣，遠望可見「雨中春樹萬人家」的繁華城中街市，俯瞰山下，一潭碧水環繞，便是有名的匯龍潭。

匯龍潭碧波漣漪，深不可測，有五條進水河道。都說每條河底有五眼大井，其中一眼直通東海，即使天下亢旱，此潭也不乾涸。水由五條河道入潭，潭中又坐落著綠樹蔥蘢的應奎山，恰成五龍搶珠之勢，注定了嘉定好風水。每年端午節，四鄉百姓各自裝飾出一條條生動逼真、威風凜凜的龍船，有喧天的鑼鼓助威，有飛揚的彩旗點染，有划手和觀眾的吶喊歡呼，五條水道五條長龍，同時飛槳競渡爭先搶划，衝入匯龍潭，那才是真正的五龍搶珠哩！

就是這樣一個端午節，就在匯龍潭畔一株古楓楊樹下，沈家艾艾和女伴們像一簇盛開的豔麗的十姐妹花，臨水觀看賽龍船。她們咬著瓜子杏乾，小聲地說，悄悄地笑，不時偷眼看看擁在潭邊看熱鬧的人群。比較起來，艾艾自幼幫爹娘經管織機、買棉絲賣布帛，是見過世面的，不像女伴們那麼羞怯，倒成了熱心的百事通，一百句話裡八十句是她在講。

「知道魁星嗎？讀書人能得魁星筆頭一點，定中狀元！魁星閣裡供的就是他老人家。」艾艾只怕說得還不詳細，指著閣上重樓，「看，那閣上開了四扇門，聽我爹爹講，都有名字，喏，南朱雀、北玄武、東書府、西墨林……」

她後側一個男子扭過頭，認真地糾正她：「說反了，是東墨林，西書府。」

「關你什麼事！」艾艾沒好氣地白他一眼，立時有些後悔。那人雖是年少，黑眉斜飛、鳳眼含威，文靜的讀書人相貌中蘊含著幾分英氣，很是懾人。剎那間，她面熱心跳，不由自主地後退了兩步，正踩上潭邊青苔，腳下一滑，竟「撲通」一聲落入水中！

一片驚叫，女伴們嚇慌了，她也嚇慌了，雙腿一軟，跌坐水底。幸而岸邊水不深，不至沒頂，但她雙手亂揮，大叫救命，卻怎麼也夠不著女伴們戰戰兢兢亂伸亂揮的纖手。

受她白眼的男子猛地拽下腰間長劍，把劍鞘伸到她面前，她雙手緊緊抓住，渾身軟得站不起來。劍鞘那一頭傳來的強大力量，教她騰雲駕霧一般，轉眼就上了岸。渾身水淋淋的，衣裙都貼在身上，她又羞又窘，雙手捂住臉，但沒有忘記致謝，嚶嚶哭泣著說：

「多謝相公救我，請問尊姓大名？」

「區區小事，何足掛齒。」他眼睛望著別處，只應了這麼一聲，便轉身離去。

旁邊有認得的人插嘴：「他是孫公子孫元化。」

節。

艾艾像是挨了一棒，忘記自己的狼狽相，驚問道：「是高橋何家衕的孫家嗎？」

「妳也聞知他父子賢名嗎？正是高橋何家巷孫秀才孫繼統之子……」

艾艾連忙咬住嘴脣，極力壓住心裡的翻騰，一回到家，便伏在床上大哭，哭了整整一個端陽節。

這位救援她的孫公子，原來是她的未婚夫婿啊！如今卻白白錯過了……

她爹爹原也是讀書人，可是從十二歲進學，考到三十歲，連個秀才也沒考上，灰了心，改做生意。先營釀酒，後來又試著做糖，都不成功，虧了本。六年前，傾其家私，購進一張織機，織厤織布織帛。靠了妻子女兒勤勞靈巧，也靠了他有點水墨丹青的底子，織品精良，染色雅致，上市後竟然售價高銷路暢，大獲其利。於是添購織機、雇請機工，雞生蛋，蛋生雞，三四年間竟大發了，成了嘉定城中數得上的大戶。

還在他當老童生的時候，某次縣考認識了孫繼統，談得投機，結爲好友。孫繼統中式爲秀才，仍挈帶他參與文會，流連詩酒，切磋舉業，他既感激又羨慕，便與孫繼統定下了兒女親。等到他棄儒經商以後，想起當年文人騷客之行，只覺得慚愧，白白耗去十數年光陰，耽誤了千金萬銀的進項，好不後悔。那位親家孫繼統得了秀才便不再上進，整日吟詩作賦，聲稱絕不做官，何等可笑又可恨？與這樣人家結親有何益處？又聽人說孫家兒子也是不事產業經營，只知讀書遊學，還喜歡擺弄紅毛夷火器，怪頭怪腦，叫人害怕，怎能把女兒配他？和妻子一商量，便退了親。

定親又退親，母親都告訴了艾艾。她又沒見過孫家人，哪知深淺？爹娘嘛，總是爲女兒好、替女兒著想的。

原來爹娘眼裡的好歹，與女兒眼裡的好歹是不一樣的！就連他們自家眼裡的好歹，十年前與十年後也不一樣！

艾艾哭了又哭，不吃飯不喝茶不睡覺，今天說要上吊，明天又去跳河。終究因爲掙得這一大份家私有女兒好多功勞，爹娘拗她不過，到底老著臉皮去孫家賠禮，重新續上婚姻。兩年後，沈家艾艾過了門，成了孫家媳婦。其時夫妻同年二十歲。

人們都想，一儒一商，兩不般配；以女求男，艾艾過門必定受氣。哪知竟是一對佳偶。沈氏大有賢妻良母之聲，又治家有方。無人不讚沈氏命大福大，給孫家帶來三旺：家道興旺——不上十年，又添了兩處好田、兩處房產，孫家也搬進嘉定城，落戶在天香橋畔禾在堂；人丁興旺——夫妻倆共得三子二女，長子和鼎、次子和斗、三子和京、長女幼蘩、幼女幼藻；官運興旺——孫元化婚後十年得國子監生，不久中舉授官，終於做到封疆大吏，巡撫一方。

結縭至今近三十年了。孫元化絕不納妾娶小，自稱君子不二色。這固然因爲信奉天主，遵行天主倡導的一夫一妻；也因爲國事焦勞、重任在身，無暇追歡逐樂；更因爲許多年同甘共苦，伉儷情深。沈氏生產幼女時已年過四十，很是艱難，傷了元氣受了內傷，夫婦居室之私其實已不能應付，對年事方壯的丈夫，每每歉疚於心，也曾勸說丈夫收房以自代，但丈夫不允，她自己私心裡也並不願真的再娶一房，直到今夏她和幼蘩應邀去張總兵府拜訪爲止。

一到張府，沈氏就感到自己頗受注意。門衛門丁、家院僕婦雖不敢抬頭直望，卻都藉著跪稟、問安、攙扶的各種機會，偷偷閃眼瞧她。從大門到中堂，一路穿過廳繞迴廊，她都能覺出有許多眼睛隱蔽在各種縫隙洞罅後面向她張望，並伴有隱約的耳語和竊笑，對她的好奇甚至超過了對幼蘩，這可真怪了，好像她是什麼頭上長角背後生刺的怪物！

一大群女眷將她母女迎進後堂，她只覺滿眼粉馥馥的臉蛋、紅豔豔的櫻唇，滿耳嬌聲笑語，胭脂香花香四處流溢，真有些目不暇接。正中一位鬢髮如銀的老太太由一位中年貴婦攙扶著來與她母女見禮，這便是張總兵的母親和夫人。雙方寒暄一番，分賓主坐定。那七八個花枝也似的俏麗少婦齊齊跪倒堂前，同聲嬌呼：

「孫夫人安康！孫小姐安康！」

沈氏母女連忙起立答禮，那邊張夫人笑道：「孫夫人就坐受了吧，這些小妮子理當跪拜的。」

沈氏心裡拿不準，沒聽說張總兵有這許多女兒。張夫人又笑道：「都是我們老爺的身邊人，都還和睦親熱，姐妹也似的。」

沈氏吃了一驚，脫口而出：「這麼許多？」

張夫人掩口低頭而笑。老太太笑咪咪地指著兒媳對沈氏說：「虧了我這賢德的媳婦，知大體不嫉妒，我張氏家門多子多孫，多福多壽，她可真是功臣喲！聽得人家說，孫夫人不許丈夫娶小……」

張夫人忙向老太太使眼色：「老太太，這茶要趁熱喝，松仁是新剝的，老太太快嘗嘗……」

後來幼蘩給老太太把脈看病的時候，張夫人悄聲對沈氏說：「孫家姐姐，我們老太太歲數大了，有時候糊塗，說話沒深淺，姐姐可別見怪，我們小輩人替她賠罪了！」沈氏心裡再不痛快，也只能裝出笑臉敷衍。

後堂宴罷，孫夫人被安置在一間精緻臥室午眠，因爲有點醉意，又有兩個靈秀的小丫頭給她輕輕捶腿，她舒舒服服、迷迷糊糊，很快就進入半睡之境，偏是耳朵醒著，把門口幾個看貓狗趕鳥雀的小丫頭的議論一句句都聽了進去：

「我看孫夫人滿和氣，也挺好看，怎麼人都把她說得凶神惡煞也似的？」

「哎喲，花花面子誰不會裝！我認識巡撫府裡的人，巡撫大人真的沒有姨太太，也不收通房，可見她就是不賢！」

「難道巡撫大人還怕了她不成？」

「可不嗎？都說巡撫大人文有文才，武有武略，又堂堂正正，一表人材，樣樣好，就是怕老婆！多怪？誰說誰笑！」

「怪不得營裡那些老爺小爺們私下都拿他取笑！可真太沒漢子味啦！……」

摀住嘴壓下去的竊笑，像蟲子一樣嚙著她的心。因酒而紅的臉，又紅深了一層。羞憤使她渾身滾燙，淚水也在眼眶裡打轉，就是這一刻，她決定了七夕之夜要做的事情。靈魂上天堂還是下地獄，畢竟太遙遠，先顧眼前要緊。

她果然這樣做了，心裡果然獲得某種寬慰和滿足，在人前說話走路都比平日格外精神。然而一回到自己的臥室，早上女兒們來翻尋禮物的臥室，心底又湧上一片淒涼，還得要把悲泣強嚥下去，不能讓別人聽到……

＊　＊　＊

「嘩啦」一聲，門外落了鎖，孫元化陷入了尷尬境地。

以他的身手氣力，不難破門越窗，但身分所限，他不能。怎麼辦？望一眼臥室裡低頭端坐床沿、豔麗非常的銀翹，他輕嘆一聲，真有些進退兩難了。

誤以爲遣嫁銀翹時偶生的悵惘，此刻早不知丟到哪裡去了；而且心裡暗悔是一回事，真的破戒而行是另一回事。幾十年清介端嚴的名望，比文武全才、機敏過人之類的褒獎難得得多！因爲朝野上下，後者車載斗量，前者當世也只屈指可數，萬不能毀於一旦！

孫元化拿定心性，緩步走去，熟練地在書櫥裡選了幾部書，坐進他平日慣坐的紅木圈椅，漸漸沉入書卷之中，在歷代政壇宦海、戰場邊塞中徜徉沉浮。

四周一片他心愛的寂靜。燈花跳動、燭芯輕爆，書頁翻動、改換坐姿時，衣服窸窣聲顯得格外響，倒襯得寂靜格外深。

不知過了多久，一盞香噴噴的茶水照常放在他手邊，他也就如慣常一樣端來呷了一口。

又不知過了多久，一雙從鮮紅的綾袖中伸出的纖纖素手打開案頭的博山爐，續進一把龍涎香末，隨著書房內驟然轉濃的芳香氣息，飄來一聲似吟誦又似嘆息的低語：

「紅袖添香夜讀書，可不是風流才子的得意境界？……」

孫元化必須做出置若罔聞的樣子，又翻過一頁書。

紙頁上漸漸添進一片紅光，越加亮堂了。她輕柔的腳步聲伴著含笑的問話：「老爺看的什麼書？」

孫元化頭也不回，莊重地皺眉答道：「《通鑑》。」

略停了停，她悄悄一笑，聲調很是柔媚：「燈婢燭奴侍候老爺讀書，權當作肉臺盤、肉屏風，竟不能博得老爺一回眸嗎？」

孫元化只得掩卷扭頭看她一眼，心下一驚，這光景小妮子真的要纏上來。她已把外面的大衣服脫了，只穿著薄薄的淡粉色紗衫紗褲，不但能看見繡了荷花鴛鴦的大紅兜肚、果綠的縐紗汗巾，粉頸酥胸以至豐腴柔美的全部體態，都像薄霧中的山巒一樣若隱若現，逗得人意馬心猿；最是那一雙星眸，眼波蕩漾著的柔情蜜意，像氾濫的春水，足以把任何男人淹死在裡頭……孫元化自覺出氣不暢，趕忙扭開臉，不敢再看第二眼，極力把持住心念，用相當平穩的聲調說：「我這裡不用服侍。妳去臥床上睡吧。」

「那，老爺你……」

「我還要看書。」

「老爺，我……」脂粉香、髮香、肌膚香混合一起，越加濃烈，她逼得更進了一步。孫元化不得不站起身制止：

「銀翹，不要如此，夫人不該辦這事，老夫也決計不肯置姬妾。」

如同被澆了一盆冰水，她抱著雙肩，怕冷似的縮緊身子，滿腔熱情化作一臉懊喪，眉梢眼角浸透了失望。半晌，傷心地小聲說：「那麼，定是銀翹不中爺的心意……原以爲爺心裡對銀翹還留情幾分……」

「銀翹，」孫元化連忙打斷她的話，「妳何苦要自輕自賤，爲人做小？與其整日受氣受苦楚，何如出去嫁人做正頭夫妻，自己當家做主，才不辱沒了妳這分才具……」

「不！不！」銀翹驚叫著，「撲通」一聲跪下，伸臂緊緊摟住孫元化的雙腿，「銀翹不出去！哪裡也不去，銀翹死也不離開爺！」

孫元化輕輕嘆息，道：「府內雖是榮華富貴、錦衣玉食，可是身爲姬妾，俯仰隨人，妳……」

「爺竟以爲我，」銀翹抬頭，滿臉漲得通紅，滿眼委屈的淚，嘴角急劇抽動，「以爲我貪圖富貴！……」她猛地撲在孫元化膝頭，「哇」地放聲大哭，倒把孫元化弄得不知所措。膝蓋上溫溼一片，那是她的淚水——她真的傷心了。

「我知道我是個壞女人……我配不上爺，可我已經贖罪了，受了那許多苦楚，天主也已接受了我的懺悔。你……爺還是這麼嫌棄我！」她斷斷續續、嗚嗚咽咽地說著，淚落粉腮，浸溼的長睫毛恰如花蕊，令孫元化聯想到一枝帶露的桃花，不覺看得呆了。

「我……實話對爺說了吧！原是個無情無義沒心肝的青樓女，也算秦淮有名的花魁娘子，上過花榜，中過榜眼探花……那時節眼裡只認銀子，心裡只想出人頭地拔尖稱魁，拿情義二字當笑話取樂，害了不少子弟，一個個傾家蕩產半死不活……」她搵著淚，遮掩著羞得通紅的臉，有些說不下去。

當初收留銀翹時，她的身分，她的相貌姿質、才情風韻，都不像普通女子，對她今天的表白也就不甚吃驚，倒是由於她能鼓起勇氣承認可羞的過去，令孫元化感動。他安慰地撫摸一下她的柔髮：「不要哭了，過去的事說它做什麼！」

「不，不！我要都說出來，都說給爺聽！……那今年歡笑復明年、秋月春風等閒度的日子，終也到了頭，報應來了！是現世報啊！極酷極烈的現世報！……我的高傲和我的錢財癖，都給人家踩到腳下狠命地跺，直跺進土裡泥裡，變得一文不值！到了痛極悔極，我懸梁自盡，即便在氣息將斷、魂靈將墜之時，那一雙雙無比怨憤的眼睛仍是緊追不放，仍在討索……」她雙手蒙住臉，泣不成聲。

孫元化的手從她的髮際落到肩頭，輕輕撫慰，心裡不由得應和共鳴。三十多年前那一雙雙怨恨的眼睛，那些至今不時襲擾他清夢的模糊的面貌、身影……

「……我被媽媽和姐妹們救轉回來，在地獄邊過了一趟，從此不是以前的花魁，自知罪孽深重，一心一意想要贖罪。我選中狂躁凶狠、家中已有一妻六妾的王推官從良，就爲的受苦受難受折磨，好抵罪消災……在王家兩年，那兩年啊，唉，說不得什麼九九八十一難，只除了抽筋剝皮下油鍋，沒有沒嘗過的苦楚。既是甘願贖罪，我也都受過來了，再苦也沒想去死……那年大地震，全家人都壓死了，獨獨我活著，連傷也沒有！這是上天應許了我！我的罪孽洗清贖完，我就像初生的赤身嬰兒一般乾乾淨淨、清清白白了！……不料我給救出來的時候，真的赤條條一絲不掛，眾人的恥笑像皮鞭，像尖刀利刃，我……兩年裡我不曾想死，可那會兒，直想一頭碰死！……這時候爺來了！……」她仰起臉，滿含崇拜和愛戀的眼睛烈火般燃燒著，兩片鮮豔豐潤的嘴唇誘人地翕動著，把一陣陣快意的顫抖注入孫元化的心，逼得他胸口發悶，呼吸困難，昏沉沉的腦海裡又閃現出當年從瓦礫堆中升起的那具嬌美白皙的年輕軀體……

「爺來了！騎著高頭大馬，身披紅袍，頭上的盔、袍內的護甲像是金子打造的那般金光燦爛！威風凜凜，相貌堂堂，是神將，是天將，下凡顯聖來救我出苦海啊！……爺丟給我裹衣的紅袍，那上有爺身上的溫熱，有爺身上的氣味，它把我的心我的身我整個人都裹去了。就在那時候，第一眼見到爺的時候，我就是爺的人了！我心裡明白，不管水裡火裡，刀山劍樹，我絕不離開爺！……我洗淨罪孽，重新得來的乾乾淨淨清清白白的身子，這些年都加意珍愛保護，只留給爺一個人……」

「銀翹，妳不要說了……」孫元化很感動，眼角發燙，聲音嘶啞，帶著一點哽咽。世上的男人，哪一個面對這樣的深情摯愛能夠無動於衷呢？但是，不可再繼續了……

「爺莫非不信？」銀翹說著站起身，後退了幾步，由於激動亢奮，眼睛亮得叫人不敢接觸，臉兒燃燒得火紅，敏感的鼻翼急促翕動，鮮紅的嘴脣不住哆嗦著，兩手急促地解衣帶除汗巾，「爺若不信，就請今晚驗看！……」

薄如蟬翼的淡粉色紗衫紗褲輕柔地飄落在她腳下，血紅的繡了荷花鴛鴦的兜肚也落在她腳下，一具耀眼的嬌軀出水芙蓉般亭亭玉立在孫元化眼前，豐潤柔美，無與倫比，是造物主完美無瑕的傑作！數遍他少年風流時的所有際遇，數遍他目睹過的楊妃出浴、漢宮春色種種畫冊畫卷，不曾見過如此動人心魄、炫人耳目、令人心醉神迷的軀體！

孫元化只覺體內不知何處發生強烈的震盪，壓迫得渾身的血噗噗亂竄，幾乎要爆開血管迸出肌膚，一股股炙人欲焦的烈火，一陣陣刺人骨髓的寒流，是震驚於眼前這極美的軀體，還是驚恐於自身強烈的男人欲念？……不等他分辨清楚，銀翹已旋風般撲過來，緊緊摟住他的脖頸，仰臉相對，熱烘烘的氣息帶著口脣胭脂和她特有的幽香一股腦兒把他罩住了……

「要了銀翹吧！……爺已鰥了這許多年，銀翹願都爲爺補上！」

火上澆油！孫元化的封閉了七八年的中年男子的欲念，被完全調動，以駭人的力量，衝破了他極其堅固的理念堤壩。一個強猛的動作，猶如雲間炸開一個悶雷，亮過一道閃電，豐美的嬌軀已緊緊擁抱在懷，親吻便如雷電之後的滂沱大雨，急促地落在杏眼柳眉、桃腮櫻唇、玉頸酥胸上，他的大手也被柔滑細膩的肌膚奉承得沁出汗水……

他的理性、意志終於被完全衝垮，他原來是這樣渴望得到她，渴望得到床笫之愛、肌膚之親！他終於抱起這團柔媚，一步步走進臥房，輕輕安放在銷金帳裡，安放在繡著百子圖的紅羅被褥婚床上。他寧願那銷魂時刻來得慢一些，好細細體味，細細咀嚼這久違了的醉人甜美……雙臂還纏繞著他頸子的銀翹，在他耳邊親熱地低語，爲的是解除他最後的疑慮：

「銀翹向天主祈禱，天主應允，我們這不算犯戒、不是罪惡……」

孫元化悚然一驚，彷彿有隻冰涼的手按在他熱烘烘的額頭上，狂亂的血流、躁動的心頓時靜了許多。不是犯戒？不是罪惡？是什麼？

她贖了罪。我呢？早年的罪惡至今沉重地壓在靈魂之上不得解脫，又要罪上加罪？信奉天主二十年，靠主的仁慈寬恕，時時爲我解罪，賜給我心靈的平靜，怎能又違背天主，明知故犯？

舉朝上下，以學問才幹勤勉而論，自己確屬一流；若論道德品行清白廉正，則除了老師徐光啓，他絕不讓第二人！不納妾不二色，儘管有人譏爲道學，實則是他出類拔萃、幾乎無人能夠做到的令人欽敬的特點。今日若一步走錯，就會喪失他的最大優勢，從政爲官以來的清名，豈不付之流水？……想到此事成真後朝官同僚、老師門生、神父教友乃至親友兒女的各種嘲笑、訕笑、匿笑和惡意的幸災樂禍，他背後滾過一個個寒顫……

心念電轉之間，衝垮的堤壩又倔強地挺立起來。孫元化解開銀翹的雙臂，費力地慢慢轉身，如在轉動一扇巨大而沉重的、難以轉動的石磨盤，是磨軸在「嘎吱」作響，還是他的骨節在痛苦地呻吟？……但他終於轉過身，大步走出臥室，端起那盅涼茶一飲而盡。涼水入口下喉，令他輕輕打了個冷戰，胸中狂濤隨之平息，心神終於安定，漸漸清明。他在案邊踱了幾個來回，然後走到臥室門邊，背著身，十分溫和地說：「銀翹，穿好衣服，到外間來。」

當銀翹惴惴不安地穿著那一身紅衣紅裙走到孫元化面前時，他慈和地說：「銀翹，老夫老矣！不能做這種傷己害人、有違天主的事。如果妳不嫌棄，便拜在我二老膝下做螟蛉義女，妳可願意？」

銀翹驚得蒙了，慌亂之中不知所云：「做義女？我……我不知道……」

「老夫已有三男二女，添了妳，正湊成三男三女，六子乃是吉數哇！」

「不！」銀翹猛然挺身，「爺不老！我不願拜乾爹，我……」她說著又要撲過去，猛聽孫元化厲聲喝道：「瑪德萊娜！」她被震住了，猛然想起這是自己的教名，想起自己教名的來歷，立刻呆住了。

「瑪德萊娜，」孫元化又緩和了口氣，「要向主懺悔罪過，懺悔那些不該有的念頭，主會原諒的……」他沒有說明要誰懺悔，求主原諒誰，是「妳」還是「我」還是「我們」。

銀翹低了頭，半晌不語。

「不勉強妳……妳去吧！」

銀翹低頭轉身走向臥室，在門邊停住，又回頭慢慢走到書房門口，站了片刻，終於扭過臉，一步步挪到孫元化面前，雙膝跪倒，低低叫了一聲：「爹爹！……」淚水隨之奪眶而出，泣不成聲。

孫元化閉目忍過心頭一陣酸楚，強笑道：「好，好！女兒起來。」他做個扶的姿勢，並未真扶，此刻他其實很怕碰她，像怕碰著火一樣：「按姐妹排行妳爲長，幼蘩仲幼藁季，妳就改名叫幼蘅吧，孫幼蘅。」

「謝過爹……」銀翹吞噝著淚水，聲音淹沒在嗚咽中。

「妳先到臥室去歇息，天明他們自會來開門，妳便去稟告夫人叩拜義母。不要怕人笑話，我們但求於心無愧，眾人也終究會明瞭真情……」

「帥爺！帥爺！」窗外喊聲急促，嗓門又尖又亮，定是小侍衛陸奇一：「有緊急軍務！……」

門外的鎖「咔嗒」一聲打開，孫元化忙拉門扇，開鎖的僕婦已退在一旁，陸奇一擋在門邊跪稟：「帥爺，山東余巡撫派員剛剛趕到，有緊急公文要面呈帥爺！」

「在哪裡？」洞房紅燭銷金帳、哀哀哭泣的銀翹眨眼間全都不存在了，他的聲調面容頓時恢復了沉靜莊重。

「在前堂公事房候著呢。」

孫元化抬腳便走。僕婦攔著跪道：「老爺要不要更衣？」孫元化恍然記起身穿吉服、出見差人不妥時，銀翹已取來常服披在他身上了。

孫元化一邊穿衣一邊走，陸奇一絮絮叨叨地訴說各班侍衛如何不敢深夜驚動帥爺；他如何自告奮勇；夫人起先如何罵他不識相，得知軍務緊急又如何催他快來書房等等，孫元化一句也沒聽進去。他在想，差人深夜趕到立即求見，必是事急；要求面呈，必是事情重大。山東巡撫余大成，是他任職登萊以來待他比較坦誠、比較不懷惡意的少數人中的一個，登萊巡撫下屬各處軍餉，也是由山東巡撫籌辦撥給，從來沒有延誤過，對此他很感激余大成。此刻則不免心中忐忑，彷彿預感到某種不祥。

山東巡撫的專差跑得衣裳都溼透了，見了他立刻呈上信函。是余大成親筆寫的：

初陽兄臺鑑：頃接朝廷諭旨，金虜大軍圍攻大凌河，情勢緊迫，令各地調兵員糧餉馳援解圍。弟受命分撥山東糧餉一半押送軍前，兄處軍餉也不得不照此例遞減，望兄諒解弟之苦處，實屬萬不得已。

據聞朝廷將詔調登萊兵馬由海路往援大凌河，或可免幾分減餉之苦，弟也獲些許慰安。又接京中邸報，上特命太監張彝憲總理戶、工二部錢糧，又命內監王應朝、鄧希詔監視山海關、寧遠鎮兵糧及各邊撫賞，內監吳直監視登萊皮島兵糧及海禁，兄可早為預備……

看著看著，孫元化額上冒出冷汗，拿信函的手指不聽使喚地發僵發直，事情比他預感的不祥嚴重十倍、百倍！

調遣兵馬往援大凌河，是他職分所在，雖說眼下夏秋之交，風向不利海路北上，還可轉為陸路馳援，正好調孔有德率遼東營應援。一來大凌河地處明、金交鋒的遼西錦州前沿，這些悍將勇兵爲報失卻故土、家破人亡的深仇大恨，定能一以當十，所向披靡；二來遼丁調離登州，也可緩和登、遼雙方久結不解的矛盾。

內監來登州監軍，自然有許多麻煩，難免掣肘受制，只要小心在意，也還應付得來。可是，糧餉！這是頭等大事！怎麼辦？

增撥的四十五萬軍費和以登萊巡撫名義籌集的二十五萬經費，他以一個學者和發明家的狂熱，幾乎是不顧一切地全都投入造炮造船築炮臺的無底洞裡了。海戰後傷亡的將士需要優恤，受損的船炮需要修補，正嫌費用不夠，從何處挪借還沒有著落……若是糧餉不繼，軍心必然浮動，不要說他籌建天下第一海上要塞的雄心，更不必說他收復四州乃至收復遼東的壯志，就連維繫軍心防海守城，恐怕都難以支撐！

多少次兵變、兵亂，歷朝的本朝的，哪一次不起自欠餉缺糧？三年前寧遠兵變，遼東巡撫因而自殺……

冷汗涔涔，溫馨的秋夜之中，他卻感到嚴冬將臨的寒意。但無論憂慮如何沉重，他必須保持沉著從容的神態外表。回到後堂，一邁進門檻，就聽到沈氏慌張的一聲高叫：

「老爺！……」

他心頭一緊，難道又有什麼壞消息？

沈氏和銀翹都在。沈氏是聽了銀翹一番稟告，驚異和感動之餘，又有幾分不信，見孫元化進來，連忙問：

「老爺！銀翹說……說收她做乾女兒？」

孫元化掃了夫人和銀翹一眼，皺皺眉頭，極力從憂慮中掙脫出來：「哦，不錯，我們認她做乾女兒，改名幼蘅。以後夫人再不要費心辨昨天那種蠢事，可好？」

沈氏看看孫元化和銀翹的神態，立刻明白了真相，呆了半晌，竟滾下眼淚，感動之至，長嘆道：「你呀！……真服了你！你是聖人……就是天主臨凡，也不過如此啊！……我個老太婆糊裡糊塗，唉，怎麼配喲！……」

她抹著淚，說不出心頭是悲是喜，銀翹——幼蘅趕忙上前含淚安慰，娘兒倆小聲地絮語，不時望著孫元化。而這位可比天主的「聖人」安坐在那裡不聲不響，心神早不知飛到哪裡去了。